Für meinen Nordstern

Prolog

Es fühlt sich an wie ein Déjà-vu, als ich den Anruf meiner Mutter entgegennehme. Die belegte Stimme, das Schluchzen darin, das sie zu unterdrücken versucht. Und bevor ich das Gesagte überhaupt begreife, es realisieren kann, weiß ich bereits, was los ist. Ich weiß es einfach.

Meine Gesichtszüge entgleisen, und mein Handy fällt mir aus der Hand wie in einem Film. Es landet mit dem Display nach unten auf dem Boden und ich höre das Knirschen zersplitternden Glases. Ich hebe es nicht auf. Einen Augenblick lang ist es ruhig, als hätte jemand auf die Pause-Taste gedrückt und die Welt zum Stillstand gebracht, dann beginnt meine Mutter erneut zu reden. Wortfetzen dringen wie durch Watte zu mir hindurch, doch ich höre sie kaum. Ein langer hoher Piepton dröhnt in meinen Ohren wie ein viel zu spät einsetzender Warnruf. Meine Sicht verschwimmt. Chemotherapie … geringe Chancen … das alles haben wir schon einmal durchgemacht.

Nein, ist alles, was ich denken kann. Es darf nicht von vorn beginnen. Es darf einfach nicht. Wir haben heute Morgen noch geschrieben … und jetzt … ich sinke zu Boden und vergrabe meinen Kopf in meinen Händen. Wieso … wieso sie? Wieso das Einzige, was mir wirklich etwas bedeutet? Das Einzige, was mir geblieben ist? Sie hat mich zusammengehalten, nachdem alles auseinanderbrach. Sie ist das Kontinuierliche, der Fels in der Brandung und der beständige

Wechsel aus Ebbe und Flut, der ihn umspült. Während ich sprunghaft und ruhelos bin. Ich bin wie der Wind, hat unsere Grandma immer gesagt. Unberechenbar, muss immer Neues sehen und ausprobieren, kann mich nicht festlegen, nicht binden. Aber für sie wollte ich das. Für sie bin ich immer wieder zurückgekommen. Denn dort, wo sie ist, ist mein Zuhause. *Sie* ist mein Zuhause. Und jetzt bekommt es Risse, beginnt zu bröckeln.

»Wieso?«, schreie ich wieder und wieder, bis meine Kehle schmerzt und kein Geräusch mehr hervordringt außer rasselndem Keuchen und ersticktem Schluchzen. Ich schreie, schreie mir stumm die Seele aus dem Leib, obwohl es nichts bringt. Obwohl es nichts daran ändert. Ich habe Angst, wie ich sie bisher nur ein einziges Mal in meinem Leben gehabt habe. Und diese Angst frisst mich auf, zerreißt mich von innen. Weil ich nichts tun kann. Ich kann nichts dagegen tun, dass der Krebs zurück ist.

1. Kapitel

»ICH WEISS GAR NICHT, WAS ICH SAGEN SOLL. TOTALKATASTROPHE.«
– EYLA, 25

Heute ist nicht mein Tag. Ganz und gar nicht.

»Cassie!«, schreie ich, allmählich wirklich aufgebracht. Wieso nur habe ausgerechnet ich als ewige Zuspätkommerin eine Mitbewohnerin, die unter dem Ewig-Dusch-Syndrom leidet? »Ich muss zur Arbeit, bitte!« Ich verlege mich aufs Flehen, während ich die Knöpfe meiner weißen Bluse über dem Spitzen-BH zuknöpfe. Ich habe bereits eine Verwarnung, weil ich einmal die Bahn verpasst habe, und ich kann mit Sicherheit nicht noch eine gebrauchen, nur weil ich dank meiner Mitbewohnerin nicht auf die Toilette kann. Ich spiele mit dem Gedanken, die Tür aufzubrechen, lasse es dann aber bleiben und sehe verzweifelt auf meine Armbanduhr. Dann muss es eben anders gehen. Mein Weg zur Redaktion des *Leighton* Modemagazins besteht aus insgesamt zehn Minuten Fußweg und zwanzig Minuten U-Bahn-Fahrt. Letztere werde ich ziemlich sicher verpassen. Dennoch bin ich mir nicht zu schade dafür, dem Ganzen eine Chance zu geben, reiße meine Jacke vom Haken, packe meine Tasche und sprinte zur Tür hinaus.

»Hallo, Mrs. Fieldman!«, rufe ich im Treppenhaus unserer Nachbarin zu, die Cassie und mich manchmal zum Essen einlädt, wenn sie ihre Enkel vermisst.

»Guten Morgen, Liebes, wieder zu spät dran?«, kommt die Antwort, und die alte Dame schenkt mir ein verschmitztes Lächeln.

»Leider ja!« Zerknirscht hetze ich weiter. Das Wetter draußen ist bewölkt, und wäre ich nicht so gestresst, wäre mir vermutlich ziemlich kalt. Es beschreibt jedenfalls nahezu perfekt meine triste Stimmung. Nur noch ein paar Minuten rennen – drei Minuten, um genau zu sein … ich sehe auf meine Uhr … vielleicht schaffe ich es in zwei … und dann könnte ich auch eventuell die Bahn noch schaffen … wenn sie ein paar Minuten Verspätung hat … ach, zur Hölle!

Die Häuser verschwimmen bereits vor meinen Augen, als ich kaum zweihundert Meter weiter erschöpft an einer Laterne haltmachen muss. Immer ist es dasselbe. Und dabei habe ich meiner Schwester versprochen, mich zusammenzureißen, sobald ich studiere. Das ist ein Jahr her, und es hat sich nichts verändert, obwohl ich mich anfangs wirklich angestrengt habe. Ich stöhne auf und renne weiter. Es ist ein sinnloses Unterfangen, mit voller Blase die Bahn erwischen zu wollen. Aber ebenso sinnlos ist es, in der Wohnung die Zeit noch weiter verstreichen zu lassen. Doch irgendjemand scheint es gut mit mir zu meinen und die Bahn ist tatsächlich noch da, als ich auf den Bahnsteig sprinte und einsteige. Der Schweiß rinnt mir von der Stirn, ich muss krebsrot im Gesicht sein. Einige der anderen Fahrgäste mustern mich neugierig, doch ich ignoriere die Blicke geflissentlich und lasse mich auf den nächstbesten freien Sitzplatz plumpsen. *Jetzt bin ich auch noch völlig verschwitzt.* Während sich mein Atem langsam beruhigt, hole ich mein Handy aus der Jackentasche und bemerke eine Nachricht meiner Schwester.

Bist du rechtzeitig aufgestanden? Schaffst du die erste Bahn?

Keine fünf Minuten später eine weitere.

Also nicht. Soll ich anrufen?

Ich grinse in mich hinein. Merve als Wecker zu engagieren ist keine schlechte Idee. Denn diese acht Minuten Schlummern, die ich mir jedes Mal aufs Neue herausnehme, sind einfach genau die paar Minuten, die den Unterschied zwischen Stress und Gemütlichkeit ausmachen. Den Unterschied zwischen der früheren oder der späteren Bahn. Zur Antwort schicke ich den Affen-Emoji, der sich die Augen zuhält, ehe ich das Handy wieder einstecke. Ich sehe zu, wie es draußen zu nieseln beginnt, und bin froh, dass ich es zuvor noch in die Bahn geschafft habe. Der Herbst hat langsam seinen Höhepunkt erreicht und die Bäume in den Parks und Straßen tauchen New York in ein Meer aus Orange und Gelb. Dieser Anblick erinnert mich immer ein bisschen an Abschied nehmen. Wo andere die wunderschönen Farben sehen, sehe ich das nahende Ende.

Ich haste die letzten Meter zum Gebäude des *Leighton* Magazines, das sich durch seine ungewöhnliche organische Form von den rechteckigen Glasklötzen auf der Straße abhebt. Innerhalb dieses Wolkenkratzers befinden sich alle Redaktionen der *Leighton*-Gruppe, auch das Modemagazin *Skyscraper*, für das ich seit zwei Jahren arbeite. Der Nieselregen hat sich beruhigt und ist nur noch als leichter Nebelhauch auf der Haut zu spüren. Meine Blase ist gefühlt kurz vor dem Platzen und ich bete inständig, sie möge sich nicht hier und jetzt entleeren.

Innerlich schreiend stolpere ich die Stufen zur Eingangstür hinauf und verschütte dabei eine geraume Menge des frisch erworbenen Caffè Latte über mich, den ich für meine Chefin besorgen sollte. So ein Mist! Ich spüre die heiße Flüssigkeit zwischen meinen Brüsten hinabrinnen und verfluche mich. Das darf doch nicht wahr sein. Heute geht wirklich alles schief, was schiefgehen kann. Ich muss irgendetwas Furchtbares getan haben, womit es mir die Göttin Karma nun heimzahlen will. Nach dem Ausmaß meines Peches zu urteilen, habe ich jemanden auf dem Gewissen. Während ich überlege, wen ich versehentlich ermordet haben könnte, schlürfe ich den Rest des Getränks aus und versenke den leeren Becher mit einem gekonnten Wurf in einem der Mülleimer. Ein kleines Grinsen schleicht sich dabei auf mein Gesicht. Dann wird es für Mrs. Chain eben keinen Kaffee geben. *Vielleicht ist genau dieses böse Denken verantwortlich für deine Probleme,* schießt es mir durch den Kopf, und mein Grinsen erstirbt.

Mit gerümpfter Nase betrachte ich den braunen Fleck auf meiner weißen Bluse und seufze resigniert. Da muss ich jetzt durch. Die Damentoilette liegt im linken Flügel des Erdgeschosses, und ich staune nicht schlecht, als ich im Foyer eine lange Schlange in Schale geworfener junger Frauen entdecke. Sie wirken, als wären sie Gäste eines Galaabends, und ich durchforste mein Gehirn. Habe ich irgendein nennenswertes Event vergessen? Aber es ist erst kurz nach acht … Ich hebe eine Augenbraue und quetsche mich an einigen von ihnen vorbei nach links, wo ich anschließend schleunigst in den Toilettenraum verschwinde.

Nachdem ich endlich wieder durchatmen kann, stehe ich vor dem Waschbecken. Das Unglück meines Kaffeeunfalls ist größer, als ich zunächst gedacht habe. Ich versuche mit etwas Wasser den Fleck notdürftig zu entfernen, was mir jedoch gänzlich misslingt. Stattdessen wird meine Bluse immer durchsichtiger, und schließlich gebe ich auf. Die kann ich definitiv nicht mehr retten. Aber immerhin weiß meine Chefin so auch gleich, wo ihr Kaffee abgeblieben ist, und ich muss keine unnötigen Fragen beantworten. Vielleicht knöpfe ich aber auch die Jacke für den Rest des Tages bis obenhin zu. Mit einem Blick auf die Uhr mache ich mich auf den Weg. Als ich endlich vor dem Büro stehe, bin ich bereits dreizehn Minuten zu spät, und mein Herz rutscht mir in die Hose. Ich versuche so unauffällig hineinzuschleichen wie möglich, aber Mrs. Dean, unsere Sekretärin, fängt mich bereits bei der Garderobe ab.

»Sie sollten so schnell wie möglich in Mrs. Chains Büro kommen …« Sie sieht mich missbilligend über den Rand ihrer Prada-Brille an. »Sie ist nicht besonders gut gelaunt.«

»Oje, danke für die Warnung.« Ich weiß, dass ich in diesem Fall absolut keine Chance mehr habe, meine Verspätung in irgendeiner Weise zu vertuschen. Mit zitternden Fingern und weichen Knien laufe ich zum Büro meiner Chefin und klopfe an die Tür. Ein äußerst mulmiges Gefühl überkommt mich. Mein Mund ist ganz trocken, als das ungehaltene »Herein« erklingt und ich mit wackeligen Schritten den mit blauem Teppich ausgelegten Raum betrete. In der Mitte steht ein großer Glastisch, um den mehrere Stühle gestellt sind. Auf einem davon sitzt meine beste Freundin Amber. Auf den anderen weitere Arbeitskollegen. Mrs. Chain hat an der Ecke Platz genommen und bedeutet mir nun, mich auf den einzig freien Stuhl zu setzen. Dass ich meine Jacke noch trage, würdigt sie keines Blickes.

»Schön, dass Sie uns auch endlich beehren, Miss Morgan.« Ihre Stimme ist so kühl wie das Oktoberwetter vor dem Fenster.

»Entschuldigen Sie bitte.« Kleinlaut lasse ich mich neben Amber sinken, die mir ein aufmunterndes Lächeln schenkt. Wenn ich bis eben gedacht habe, dass dies der schlimmste Teil der Besprechung sei, so habe ich mich geirrt. Das Fiasko beginnt erst, als Mrs. Chain ihre Hände faltet und sich auf dem Stuhl kerzengerade aufrichtet.

»Wie Sie alle sicher mitbekommen haben, müssen wir einige Stellen kürzen.«

Gänsehaut überzieht meine Arme, kaum dass sie das ausgesprochen hat, und ein eiskalter Schauer rinnt meine Wirbelsäule hinab. Denn mit diesen wenigen Worten macht sie mir bewusst, dass ich verloren bin. Dass ich es hier nicht lebend herausschaffen werde. Dass es ganz egal gewesen wäre, ob ich heute pünktlich gekommen wäre, denn die Entscheidung, mich rauszuwerfen, stand ohnehin schon fest. Die Ersten, die geschmissen werden, sind immer die Werkstudenten. Mein Herz pocht so sehr, dass ich Angst habe, es könnte mir jeden Augenblick aus der Brust springen. Mit diesen wenigen Worten ist nicht nur mein Job Geschichte, sondern viel, viel mehr. Wie soll ich denn nun in der Lage sein, meine Schwester zu unterstützen? Wie soll das gehen? Ohne Job bin ich machtlos! Ich habe Pläne geschmiedet, wie ich meiner Mutter mit genügend Überstunden entgegenkommen und auch einen Teil vorstrecken könnte … wie ich vielleicht Merves Anzahlung mitfinanzieren könnte. Und jetzt ist alles dahin. Als mein Name fällt, kann ich meiner Chefin nicht einmal mehr in die Augen sehen. Ich weiß, dass es nicht ihre Schuld ist, dass die Einnahmen momentan nicht glänzend sind, und ich weiß auch, dass sie es nicht gern tut, dennoch ist sie diejenige, die mir meine einzige Hoffnung raubt. Meine Schwester wird ihre Behandlung nicht beginnen können – wegen mir! Die Zeit vergeht zäh, Sekunden kommen mir vor wie eine Ewigkeit, und als es endlich vorbei ist, weiß ich nicht, was ich sagen soll.

Ich streiche mir eine widerspenstige Haarsträhne aus dem Gesicht und stehe langsam auf. Meine Knie drohen nachzugeben, doch ich reiße mich am Riemen. Schließlich nicke ich in die Runde der betretenen Gesichter und verlasse ohne ein weiteres Wort das Büro. Ich muss mir diese peinlichen Momente der letzten Freundlichkeiten nicht auch noch antun. Dieser Tag ist mein Untergang.

»Tschüss, Mrs. Dean. Es hat mich sehr gefreut.« Ich packe meine Tasche fester und stapfe mit bebenden Lippen aus der Redaktion, die mir während der vergangenen Jahre zu einem echten Zufluchtsort geworden ist. Es ist mehr als nur ein Job für mich gewesen. Ich habe es hier geliebt. Jede einzelne Stunde, die ich hier verbracht habe, habe ich genossen, jeden Text, den ich schreiben, jedes Interview, das ich führen durfte. Sogar meine Chefin habe ich irgendwann zu schätzen gelernt, auch wenn sie zum Drachen mutieren kann. Und vielleicht hatte ich auch insgeheim schon mit dem Gedanken gespielt, wie es wohl gewesen wäre, übernommen zu werden, mich zur Journalistin hochzuarbeiten und mit bekannten Persönlichkeiten Interviews zu führen. Und nun ist mein Traum von einer Sekunde auf die andere zerplatzt. Und nicht nur das, Merves Traum vom Medizinstudium hat sich ebenfalls in Luft aufgelöst. Denn ohne die Behandlung wird sie dort nicht studieren können. Vielleicht wird sie ohne die Behandlung auch sonst nicht mehr viel tun … Ich bemerke erst, dass ich zu rennen begonnen habe, als mich jemand am Handgelenk packt und zurückhält.

»Eyla, jetzt warte doch!« Amber zwingt mich dazu, sie anzusehen. Ihre kinnlangen dunkelbraunen Haare wippen auf und ab und sie mustert mich besorgt mit ihren braunen Augen.

»Ich weiß, dass dir dieser Job viel bedeutet, wirklich!«, sagt sie. »Aber du bist gut in dem, was du tust! Du wirst schnell wieder einen finden.« Sie hat leicht reden. Sie ist dort fest angestellt und nicht nur eine Werkstudentin.

»Darum geht es nicht … Ich … ich kann Merves Rechnungen nicht zahlen.« Meine Stimme ist kaum mehr als ein Flüstern. Ich schlucke und sehe zu Boden.

»Welche Rechnungen?« Amber wirkt verwundert. Dann scheint ihr ein Licht aufzugehen und ihre besorgte Miene weicht echter Bestürzung. »Sie hat wieder …?« Meine beste Freundin schlägt ihre Hände vor den Mund.

»Ich weiß es seit einer Woche. Und dieses Mal wird eine Chemotherapie nicht ausreichen. Sie muss eine alternative Methode versuchen, aber die wird von der Krankenversicherung natürlich nicht übernommen und …« Ich schließe kurz die Augen, um mich zu fangen.

»Deswegen brauchst du diesen Job dringender als jeder andere«, führt Amber meinen Satz zu Ende und schlingt ihre Arme um mich. »Wenn du mit Mrs. Chain redest, sie sieht das bestimmt ein, und dann …«

»Du hast doch gehört, was sie gesagt hat. Sie führt auch nur die Anordnungen durch. Und sie wird wohl kaum einen von den festen Mitarbeitern gegen mich eintauschen. Sie haben gerade nicht die Kapazitäten, mich zu behalten, egal wie dringend es ist.« Ich tue ihren Vorschlag mit einer Handbewegung ab.

»Ich könnte dir etwas leihen!«

»Fünfundzwanzigtausend?«

»Na gut«, lenkt Amber ein. »Aber das hättest du doch auch mit dem Job nicht geschafft.«

»Nein. Aber eher als ohne.« Die Hilflosigkeit schnürt mir die Kehle zu, und es fällt mir zunehmend schwerer, Luft zu holen. Amber streicht mir sanft über den Rücken und gibt mir dadurch Halt.

»Wir kriegen das hin! Ich werde alles tun, um dir unter die Arme zu greifen.« Ich würde ihr so gern glauben.

»Na gut«, flüstere ich.

»Und heute Abend treffen wir uns bei dir und tüfteln einen Schlachtplan aus.« Ambers Tonfall duldet keine Widerrede und ich lächele schwach.

»Okay.«

2. Kapitel

»ICH GLAUBE, ICH WAR NOCH NIE IN MEINEM LEBEN SO VERLOREN WIE ZU DIESEM ZEITPUNKT.«
– EYLA, 25

Wir verabschieden uns, und ich sehe Amber dabei zu, wie sie zurück ins Büro stöckelt. Anschließend mache ich mich schweren Herzens auf den Heimweg. Ich knöpfe meine Jacke auf, doch auch das lindert den Druck auf meiner Kehle nicht. Ich bin verwirrt. Einfach verwirrt, wie alles so schnell bergab gehen konnte. Dabei habe ich gerade eben noch die Hoffnung gehabt, dass meine Mutter und ich das Geld mit ein wenig Unterstützung vielleicht zusammenbekommen könnten.

Im Aufzug lehne ich mich an die kühle Glaswand und kann das erste Mal richtig durchatmen. Und mit den tiefen Luftzügen, die ich nehme, setzt der Schock immer mehr ein, den ich durch Ambers aufmunternde Worte aufgeschoben habe. Ich beginne am ganzen Körper zu zittern. Als ich im Foyer ankomme und aussteige, sind immer noch Menschenmassen überall, sodass man den Ausgang kaum sehen kann. Da meine Knie so weich sind, dass ich Angst habe, sie könnten jederzeit unter mir wegknicken, bewege ich mich im Schneckentempo darauf zu. Entschuldigungen murmelnd zwänge ich mich an den Leuten vorbei, meine Sicht verschwommen von den aufkommenden Tränen. Wieso habe ich mir nur keinen anderen Job gesucht? Es war doch abzusehen, dass das passieren kann. Und während meines Journalismus-Studiums hätte ich mich zur Genüge umsehen können. Wieso habe ich nur …

»Wollen Sie sich nicht hinten anstellen?« Eine energische weibliche Stimme reißt mich aus meinen Gedanken und ich sehe verwundert auf. Vor mir steht eine große Brünette mit schmaler Brille und Klemmbrett. Sie trägt ein Headset und ihre Haare sind zu einem so engen Pferdeschwanz gebunden, dass es fast wirkt, als würde sie damit ihr Gesicht liften wollen. Überrascht öffne ich den Mund, um etwas zu sagen, doch sie bringt mich mit einer Geste zum Schweigen und zischt etwas in ihr Mikrofon. Ich schließe den Mund wieder. Sie mustert mich von oben bis unten. Nicht so, wie man jemanden mustert, wenn man einen generellen Eindruck erhalten möchte. Hier habe ich eher das Gefühl, als würde sie entscheiden, ob ich gute oder schlechte Ware bin. Ihre Lippen kräuseln sich, dann seufzt sie resigniert. »Wie ist denn Ihr Name?« Ich schlucke.

»Eyla Morgan«, presse ich hervor und deute dann zum Ausgang. »Ich … ich arbeite hier …«

Sie brüllt erneut etwas in ihr Mikrofon und ich zucke unwillkürlich zusammen. Mit großen Augen sehe ich zu, wie sie auf ihrem iPad herumscrollt, das sie hinter dem Klemmbrett hervorholt. »Hm. Sie stehen nicht auf der Liste«, meint sie schließlich genervt. »Ohne VIP-Zugang müssen Sie sich wohl einreihen.« Ich will gerade ausholen, um noch einmal zu erklären, dass ich mich nirgendwo anstellen, sondern das Gebäude verlassen möchte, da hat sie sich bereits umgedreht und ist so plötzlich verschwunden, wie sie aufgetaucht ist. Perplex stehe ich immer noch an Ort und Stelle. Was passiert hier gerade?

»Na komm, du kannst vor.« Ich werde sanft an der Schulter gepackt und stehe nun tatsächlich in einer Reihe, die ich zuvor durch den Tumult nicht als solche erkannt habe. Bevor ich handeln kann, bin ich eingequetscht in der Menge.

»Ich wollte eigentlich nach draußen …« Ich drehe mich um und blicke in eisblaue Augen und ein hübsches, herzförmiges Gesicht, das von blonden Locken umrahmt wird. Die Schönheit lächelt mich an.

»Wir sind doch alle etwas durch den Wind heute«, erklärt sie mir und verschränkt die Arme vor ihrer Brust. »Das dauert aber auch wirklich ewig, ich dachte, dass dieses Mal vielleicht nicht so viele teilnehmen.« Sie schiebt die Unterlippe schmollend nach oben.

»Woran nehmen denn alle teil?«, wage ich zu fragen.

»Das ist das Casting für *Love or Lie.*« Die Blondine sieht mich verwundert an. »Ach, du wolltest gar nicht mitmachen?«

Ich schüttele den Kopf und sortiere meine Gedanken. Ein Casting. Sehr wahrscheinlich ist das Ganze auf die Klatschzeitschrift *Fireflies* zurückzuführen, die ebenfalls zu *Leightons* gehört. Wenn ich mich recht erinnere, war davon vor einer Woche sogar die Rede gewesen, und man hatte uns geraten, den Hintereingang beziehungsweise den Notausgang zu nutzen. Aber natürlich habe ich das vollkommen vergessen.

»Nein, ich arbeite hier«, antworte ich mechanisch. *Du hast hier gearbeitet,* flüstert die fiese Stimme in meinem Kopf, und ich schwanke zwischen dem Gefühl, gleich lachen zu müssen oder in Tränen auszubrechen. Die Schönheit sieht sich um und zuckt dann die Achseln.

»Das tut mir leid, ich dachte, ich sichere dir hier einen guten Platz. Aber ich befürchte, dass du da kaum noch durchkommst.« Ich muss ihr leider recht geben. Hinter mir hat sich die Masse an Frauen derart verdichtet, dass man nicht einmal mehr den grauen Fliesenboden sieht. Mein Herz beginnt schneller zu klopfen. Wieso habe ich nicht mehr daran gedacht, den Hinterausgang zu benutzen? Ich hätte doch daraufkommen müssen, immerhin habe ich die Meute heute Morgen gesehen. Irgendjemand beginnt zu kreischen und es hört sich an, als wäre ein Streit in vollem Gange. Ich runzele verärgert die Stirn. Heute bin ich nicht in der Verfassung, mir einen Weg hinauszuschubsen.

»Aber dann mach doch einfach mit«, schlägt die Blondine vor und unterbricht meine düsteren Gedanken.

Ich würde mich eher lebendig begraben, als da mitzumachen. Eine Reality-TV-Show? Nie im Leben! Doch da spricht die Fremde weiter. »Und zweihundertfünfzigtausend Dollar oder die große Liebe haben noch niemandem geschadet.«

Ich wende ihr abrupt meine Aufmerksamkeit zu. »Zweihundertfünfzigtausend?« Meine Stimme überschlägt sich regelrecht.

»Ja, wenn du am Ende das Geld statt der Liebe wählst.« Sie grinst schelmisch. Mein Atem stockt, und in meinem Gehirn prangt das Wort *Geld* wie auf einer Kinoleinwand. Ist das bescheuert? Ich hadere damit, mich nach draußen zu kämpfen oder zu bleiben. Es ist ein Casting. Bei dem es um sehr viel Geld geht. Geld, das ich momentan brauche. Also gut. Wieso nicht? Was habe ich schon zu verlieren?

»Ja, das schadet wirklich keinem.« Ich straffe entschlossen die Schultern. Was für eine unerwartete Wendung an diesem Tag. Erst werde ich gekündigt, und keine Stunde später bin ich schon so tief gesunken, dass ich bei einem Casting teilnehme. Wenn auch eher aus Versehen. Trotz meiner Abneigung bin ich aber auch etwas aufgeregt. Vielleicht wäre das ja wirklich eine Idee? Ein Anker, der zum richtigen Zeitpunkt ausgeworfen wurde, damit ich mich daran festhalten kann. Nervosität macht sich in mir breit, die langsam in meinem Kopf ankommt. Was macht man denn bei einem Casting? Muss ich mich vorstellen? Gibt es irgendwelche Regeln?

Der Blick der Blondine gleitet mein Gesicht hinab, bleibt an meinen Brüsten hängen, und ich will mich schon beschweren, als ich realisiere, dass es der Kaffeefleck ist, den sie anstarrt. Sie überlegt kurz, dann schält sie sich aus ihrer Lederjacke und reicht sie mir. »Na los, zieh die an. Die ist besser als die Winterjacke und verdeckt den Fleck. Ich war mir sowieso nicht sicher, ob ich sie tragen soll oder nicht.« Ich zögere. Die Schlange hat sich weiterbewegt und wir stehen nun kurz vor dem bewachten Eingang zu einem separaten Raum.

»Danke.« Irgendetwas an der Art, wie sie es gesagt hat, bringt mich dazu, die Jacke tatsächlich anzuziehen. Die Fremde hebt die roten Lippen zu einem warmen Lächeln und schiebt uns weiter nach vorn, als die letzte Person vor mir den Raum betritt und verschwindet.

»Ich bin übrigens Svea«, stellt sie sich vor. »Und du Eyla, oder? Ich habe es vorhin mitbekommen.«

»Richtig.« Ich sehe den Security Guard an, der nun vor mir steht und mich mit einer ausdruckslosen Miene zum Warten auffordert.

»Da drin ist noch zu viel los. Einen Augenblick Geduld bitte«, erklärt er. Svea beugt sich zu mir vor.

»Sie werden jetzt Bilder von dir machen, damit sie eine vorläufige Sedcard zusammenstellen können. Aber ich nehme mal an, dass du das weißt.« Ich schüttele den Kopf. Woher soll ich das auch wissen, für gewöhnlich gehe ich nicht auf Castings. Der Security Guard reicht mir einen Zettel mit einer Nummer und einem Passwort, den ich in meine Hosentasche schiebe. Als er mich hindurchwinkt, gibt mir Svea einen Klaps auf den Hintern, der mich wohl ermutigen soll.

Der Raum, der sonst nur für Konferenzen genutzt wird, ist zu einem Fotostudio umfunktioniert worden. Drei Leinwände sind in den Ecken aufgebaut und werden mit je zwei Softboxen ausgeleuchtet. Davor posieren junge Frauen, und das geräuschvolle Klicken von Kameras sowie die gehetzten Anweisungen der Fotografen erfüllen den Raum. Überall Gesichter, die an mir vorbeisurren wie ein Schwarm geschäftiger Bienen. Eine Dunkelhaarige zeigt mehrere Posen, die ihre schlanke Figur in Szene setzen, und wirft der Kamera am Ende sogar eine Kusshand zu. Ach du Schreck.

Meine Kehle ist staubtrocken. Angesichts der vielen unglaublich hübschen Frauen erscheint mir mein Vorhaben plötzlich doch nicht mehr so genial. Was habe ich mir dabei gedacht? Wahrscheinlich sehe ich aus wie ein Dodo, der in *Barbies Dreamhouse* gelandet ist. Wenn das hier der Cast einer Reality-TV-Show wird, dann hätte die Brünette von eben bestimmt die Rolle der Dramaqueen inne, Svea ist vielleicht die Nette, Hilfsbereite, und dann bin da ich. Mit einer geliehenen Lederjacke, einem Kaffeefleck darunter, geröteten Augen und eindeutig nicht passend geschminkt für diesen Anlass. Außerdem muss ich so bedröppelt dreinblicken, dass es auffällig ist. Jedenfalls ziehe ich immer wieder seltsame Blicke auf mich. Mir wird siedend heiß. Vielleicht bin ich die hohle Nuss. Die, die am Ende weiterkommt, weil sie den nötigen Spaßfaktor in die Sendung bringt, indem sie verstrahlt durch die Weltgeschichte rennt. O mein Gott. Das ist schon wieder typisch ich. Zuerst gar nicht nachdenken und dann merken, dass es eine Schnapsidee war. Ich weiß nicht, was mir peinlicher ist. Dass ich mich dazu herabgelassen habe, hier mitzumachen, oder der Aufzug, in dem ich hier mitmache. Ich merke, wie mir der kalte Schweiß ausbricht, und ich bin kurz davor, tatsächlich einen Rückzieher zu machen. Eyla aka Dagobert Duck hat nur das Geld gesehen und bereut diese Kurzsichtigkeit zutiefst.

Die Brünette tritt zur Seite und der Fotograf gibt mir mit einem Handzeichen zu verstehen, dass ich nun an der Reihe bin. Mein erster

Impuls ist es, auf dem Absatz kehrtzumachen. Aber jemand nimmt mir die Entscheidung ab und schubst mich nörgelnd in Richtung des Sets. Als ich mich also unsicher vor die Leinwand stelle, reicht der Fotograf mir wortlos eine Bürste. Zunächst verstehe ich nicht ganz, dann sehe ich seinen genervten Blick und fahre mir damit eilig durch die Haare, bis er zufrieden scheint. Eine Assistentin springt auf mich zu und zupft hektisch ein paar Flusen von der Jacke. Der Fotograf dankt ihr und stellt sich hinter die Kamera, den Finger auf dem Auslöser.

»Etwas mehr nach rechts«, weist er mich an. Angst frisst sich durch meinen Körper, mischt sich mit der Aufregung zu einem lähmenden Gift. Das war eine blöde Idee. Eine ganz, ganz blöde Idee. Ich bin nicht schüchtern, aber das hier übersteigt gerade alles, was ich je erlebt habe.

»Und jetzt schenk mir dein strahlendstes Lächeln!«, verlangt er. *Ein paar Minuten durchhalten, dann bin ich hier raus,* motiviere ich mich und verziehe meinen Mund zu etwas, von dem ich glaube, dass es ein Lächeln ist. Ihm entfährt ein Laut, der auch ein »Iiiih« hätte sein können. »Geht das nicht etwas natürlicher?« Ich will ihm an den Kopf werfen, dass es mir egal ist, wie das Foto aussieht. Denn für mich ist heute kein Tag zum Lächeln. Doch dann sehe ich Svea an der gegenüberliegenden Seite, die mir aufmunternd zuwinkert und die Daumen nach oben streckt. Sie hat mir ihre Jacke nicht geliehen, damit ich das Bild mit meiner gezwungenen Miene versaue. Also versuche ich es erneut.

»Denk an etwas Schönes«, schlägt der Fotograf vor. »An das Abenteuer, das dir bevorsteht, die verschneite Natur, die attraktiven Männer.«

Ich schlucke. Seine Worte tragen nicht gerade dazu bei, dass ich mich besser fühle. Im Gegenteil. Am liebsten würde ich losheulen. Aber ich will hier kein Theater machen, sondern schnellstmöglich raus. Also reiße ich mich zusammen und denke an Merve und mich, wie wir als Kinder Plätzchen gebacken haben, wie die Küche voller Mehl war und vom Teig nur noch ein paar wenige Kekse überlebt haben, weil wir der Meinung waren, die meisten seien nicht schön genug und müssten deswegen gegessen werden. Das Klicken der Kamera ertönt, und es gelingt mir, meinen Gesichtsausdruck noch ein wenig aufrechtzuerhalten, mich an dem Moment festzukrallen, der mich vom Fallen abhält. Ein weißer Blitz nach dem anderen blendet mich.

»Sehr gut, das war's schon.« Der Fotograf bedeutet mir, für die nächste Kandidatin Platz zu machen. Ich stolpere vom Set auf Svea zu, die bereits auf mich wartet.

»Danke noch mal.« Ich ziehe die Lederjacke aus und reiche sie ihr. Sie nimmt sie und legt sie locker um ihre schmalen Schultern, was sie in ihrem schwarzen Kleid aussehen lässt wie ein Laufstegmodel. Wir verlassen schweigend den Raum und reihen uns in die abgesperrte Schlange ein, die zu einem Ausgang führt. Am Ende stehen zwei Securitys neben einer großen Flügeltür und händigen den Teilnehmerinnen Zettel aus. Als ich hinausschaue, sehe ich, dass der Nieselregen wieder eingesetzt hat.

»Jetzt musst du nur noch den Flyer mitnehmen und online das Formular ausfüllen.« Svea greift nach den Zetteln, die ihr die Männer in schwarzer Uniform übergeben, und hält mir zwei der Flyer hin. Überrascht nehme ich sie entgegen.

»Zwei, weil man immer einen verlieren könnte«, erklärt sie, sieht auf ihre silberne Armbanduhr und umarmt mich dann kurzerhand. »Ich muss jetzt los. Ich hoffe, wir sehen uns!«, flötet sie. Ich will noch etwas erwidern, zum Beispiel, dass ich das eher nicht glaube, aber lasse es dann bleiben. Erst mal muss ich mich orientieren, denn auch wenn das Adrenalin mich die letzten Minuten im Griff hatte, lässt es mich nun schwächer zurück, und ich weiß, dass ich schleunigst hier rausmuss, wenn ich nicht vor aller Augen umkippen möchte.

3. Kapitel

»ICH BIN JA EIN GROSSER FAN VON SCHLACHTPLÄNEN UND ICH FINDE, WIR KRIEGEN DAS GUT HIN.«
– AMBER, 26

Abends sitzen Amber, Cassie und ich im Wohnzimmer. Eine Schüssel Nachos steht auf dem kleinen Holztisch vor uns, die ich jedoch kaum anrühre. Die erste Heulattacke habe ich schon hinter mir, aber sicherlich wird mich bald eine weitere übermannen.

»Also, die Behandlung kostet in etwa hunderttausend Dollar?« Amber tippt auf den Block, den sie mit einigen Zetteln vor sich ausgebreitet hat und auf dem die eben genannte Zahl in einem leuchtenden Pink prangt.

»Und du musst mindestens fünfundzwanzigtausend Dollar vorstrecken, damit die Behandlung überhaupt begonnen wird?«, hakt Cassandra nach, die mir gegenübersitzt und an ihrem Weinglas nippt.

»Genau.« Nervös kaue ich auf meiner Unterlippe herum.

»Ein Kredit ist nicht möglich?«

Ich seufze tief, die hinter den Lidern brennenden Tränen unterdrückend. »Nein, meine Mom hat es bereits versucht, aber sie verdient zu wenig, als dass man ihr den nötigen Kredit geben würde. Merve hat zwar ein paar Rücklagen, aber sie muss ja auch irgendwie ihre Miete bezahlen, da kommen höchstens fünftausend zusammen.« Merves Traum ist es seit jeher, Medizin zu studieren, deswegen hat sie das ganze letzte Jahr Vollzeit in einem Café gearbeitet, um sich ihre kleine Wohnung leisten zu können und etwas für das Studium zu sparen. Es ist irgendwie ungerecht, dass das nun alles für ihre Krankheit draufgehen soll.

»Ich bin Studentin, und Richard wollen sie den Kredit ebenfalls nicht geben, weil er bereits das Haus abbezahlt. Meine Mom hat versucht, ihn zu überreden, das Haus zu verkaufen, aber er meint, das sei zu *viel* verlangt.« Letzteres sage ich verächtlich.

»Okay … Aber deine Mom hat gesagt, dass sie und Richard etwas davon übernehmen können, nicht wahr? Und sie sagte zehntausend?«, will Amber wissen und ich nicke. Ich habe deswegen einen langen Disput mit meiner Mutter geführt, und ich weiß, dass ich unfair bin, aber ich bin zu erschöpft, mich ständig mit ihr wegen Richard zu streiten. Für mich ist Merve alles. Für meine Mom ihre neue Familie. Wäre mein Dad noch am Leben, würde das Ganze anders aussehen, aber das ist er eben nicht. Meine Familie, wie sie einmal war, gibt es nicht mehr. Sie ist zerbrochen, in der Nacht des Unfalls.

»Ich selbst kann dreitausend beisteuern, ohne dass es mit den Wohnungskosten zu knapp wird«, schlägt Amber vor und schreibt beides auf den Block.

»Tausendfünfhundert kann ich abtreten.« Cassie greift nach den Nachos, während Amber mit blauem Kugelschreiber die Zahlen aufschreibt.

»Bleiben noch fünftausendfünfhundert.«

»Ich habe viertausendfünfhundert auf dem Konto. Aber dann kann ich die Miete nicht mehr bezahlen, wenn ich alles abbuche.« Ich vergrabe mein Gesicht in den Händen, um meine Verzweiflung zu überspielen. Cassie schenkt sich noch mehr Wein ein.

»Aber wenn wir die Anzahlung zusammenbekommen, wie bekommen wir den Rest der Behandlung finanziert?«, spricht sie die Frage aus, die wir bisher in stillem, gegenseitigem Einverständnis ignoriert haben.

»Ich glaube, wir steigen auf was Härteres um, oder?« Amber steht auf und läuft zu unserem Vorratsschrank, um eine Flasche Tequila hervorzuziehen. Obwohl sie offiziell nicht mit Cassie und mir zusammenwohnt, ist sie so oft hier, dass sie sich wie zu Hause fühlt und jeden Winkel unserer Wohnung kennt.

»Ich habe nichts einzuwenden.« Mit einem großen Schluck leere ich das Weinglas vor mir. Wir entscheiden uns dafür, eine kleine Pause von der deprimierenden Planung zu machen, und Cassie schaltet den Fernseher ein. Während Amber und ich Nachos mampfen und die Orangenscheiben für den Tequila schneiden, verfolgt sie gebannt die Werbeanzeigen.

»Habt ihr euch auch schon immer gefragt, wie es wäre, dort mitzumachen?«, schwärmt sie mit verträumter Stimme und ich sehe interessiert auf, halte mit dem Messer inne. »Wo?«

»Bei *Love or Lie.*« Cassie deutet auf den Fernseher. »Momentan finden die Castings statt.«

Amber nickt und steckt sich eine Orangenscheibe in den Mund, von der sie die Schale fachmännisch entfernt hat. Mein Gehirn braucht eine Sekunde, bis es realisiert, dass ich den Namen der Sendung kenne, und meine Wangen nehmen beinahe augenblicklich ein tiefes Rot an. Entweder ich sage jetzt etwas oder die Geschehnisse des Tages wandern mit mir ins Grab. Aber eigentlich muss ich es ihnen erzählen. Und wenn es nur dafür ist, dass sie an diesem fürchterlichen Tag etwas zu lachen haben.

»Im *Leightons* war heute eins.« Ich kämpfe mit meiner Selbstachtung und laufe schließlich zu meiner Tasche im Flur, in die ich nach dem Casting den Zettel mit dem Passwort und die Flyer gesteckt habe. Ich halte meinen verdutzten Freundinnen das Stück Papier unter die Nase. »Hier.« Amber reißt mir den Wisch aus den Händen und liest einen Augenblick, dann weiten sich ihre Augen.

»Du hast teilgenommen? Wieso hast du nichts erzählt?«

Ich fahre mir durch die Haare und fühle mich angesichts ihrer Entrüstung beinahe eingeschüchtert.

»Ja, das das war eine Spontanaktion, die mir im Nachhinein sehr unangenehm ist.«

Cassie sieht mich ungläubig an. »Du warst wirklich beim Casting?« Gegen Ende des Satzes schraubt sich ihre Stimme mehrere Oktaven in die Höhe und endet schließlich in einem schrillen Quietschen. »Wie cool ist das denn bitte!«

Ich mustere sie verdutzt und widme mich wieder der Frucht auf dem Küchenbrett. Ehrlich gesagt hatte ich damit gerechnet, ausgelacht zu werden. Ihre Reaktionen verunsichern mich.

»Nee, das ist nichts für mich. Und die Chancen weiterzukommen sind ja eher gering, oder? Da ist es besser, sich auf die Tatsachen zu fokussieren.«

Cassie runzelt argwöhnisch die Stirn und lässt sich wieder auf den Boden vor dem Fernseher sinken, wo sie ihre Beine zum Schneidersitz kreuzt. »Du könntest es ja zumindest versuchen!«

»Ihr habt nicht gesehen, wie viele Bewerberinnen dort waren! Das kann man vergessen. Und ich hasse solche Shows.« Ich verziehe den Mund.

»*Love or Lie* mag ich eigentlich, aber teilnehmen würde ich niemals«, beteuert Amber und gießt den Tequila in die Gläser. Cassie, die das Gefühl zu haben scheint, ihre Lieblingsserie verteidigen zu müssen, verschränkt empört die Arme vor der Brust.

»Ich finde die Vorstellung einfach schön, dass sich über diese zwei Monate hinweg echte Beziehungen entwickeln! Und der Antrag am Ende ist einfach jedes Mal zum Dahinschmelzen! Ein Pärchen ist sogar immer noch verheiratet!« Sie weist mit dem Zeigefinger auf den Fernseher. »Außerdem gibt es drei Typen, das heißt, auch die Frauen haben mehr Auswahl.«

»Aber das ganze Drama bleibt das gleiche, das ist doch alles schon abgekartet.« Ich verdrehe die Augen und nicke Amber zu, die die Tequila Shots fragend in die Höhe hält, und wir setzen uns neben meine Mitbewohnerin, die den Shot allerdings ablehnt.

»Ich verstehe nicht, wieso sich so viele Frauen dazu herablassen. Das ist doch erniedrigend. Das Einzige, worauf sie scharf sind, ist die Aufmerksamkeit auf Social Media.«

Oder auf das Geld, ergänze ich im Stillen. Amber reckt ihr Glas meinem entgegen und wir stoßen mit einem leisen Klirren an.

»Aber jetzt mal ernsthaft, wieso nimmst du nicht wirklich teil?« Cassie runzelt die Stirn. »Der Dreh geht schon in vier Wochen los. Es würde also sogar zeitlich passen.« Ambers Augen weiten sich und wir verschlucken uns gleichzeitig an unserem Tequila.

Ich versuche kläglich, etwas zu sagen, doch es geht in meinem Röcheln unter. Der Alkohol brennt mir wie Feuer in der Luftröhre. Und ich huste einige Male verkrampft, während mir Tränen in die Augen schießen.

»Geht's euch gut?« Cassie wendet sich halbherzig vom Fernseher ab, in dem nun ein Ausblick und der Aufruf zum Casting ebenjener Reality-TV-Show gezeigt wird. Sie preisen eine Reise ins verschneite Winterwunderland Alaska an wie den Jackpot selbst, und ich frage mich, wie jemand glauben kann, dass Kälte romantisch sei.

»Planänderung.« Amber hat sich wieder beruhigt. »Du bewirbst dich!«

»Ich werde mich niemals für diese Show bewerben!«

»Das ist die einzige Möglichkeit, so schnell an so viel Geld zu kommen!« Die Wangen meiner besten Freundin glühen regelrecht. »Ja, die Chance, genommen zu werden, ist gering, aber es ist immerhin eine Chance! Und du brauchst für diese zweieinhalb Monate erst mal keine Wohnung, ich ziehe in der Zeit einfach zu Cassie. Wenn ich jetzt kündige, passt das mit der Frist.« Amber reckt eine Hand in die Höhe. »Ich mag meine Mitbewohnerin doch sowieso nicht sonderlich, und damit kannst du getrost all dein Geld vom Konto abheben. Den Rest werden wir schon zusammenkratzen können.« Ihre Argumente erscheinen mir einleuchtend, dennoch weigert sich mein Verstand, das anzuerkennen.

»Ich habe mich beim Casting total blamiert, wirklich! Und es ist doch nicht einmal gesagt, dass ich bis zum Ende komme …«

»Es war bestimmt nicht so schlimm, wie du denkst! Und es gibt drei Typen. Bei einem wirst du es ganz bestimmt schaffen«, mischt sich Cassie wieder ein, die Feuer und Flamme ist. »Du musst dich also nur an denjenigen klammern, der es dir am leichtesten macht.«

»Aber ich kann nicht … wenn …« Ich ringe die Hände. Ich habe heute Morgen mitgemacht, weil es um Geld ging, ja. Aber ich habe nach der anfänglichen Euphorie nicht ernsthaft in Erwägung gezogen, mich zu bewerben. All die Jahre habe ich solche Sendungen verachtet und das auch zur Genüge kundgetan. Und jetzt stehe ich hier. Schon die Vorstellung von mir als Teil dieser Sendung löst in meinem Kopf mehrere Errors aus. Natürlich habe ich mit dem Gedanken gespielt, aber doch nicht daran gedacht, ihn tatsächlich in die Realität umzusetzen.

»Ich kann doch nicht …«

»Sieh dich an!« Amber springt auf. »Du bist klug, witzig, und für deine Rehaugen würden manche töten! Die werden sich sowieso auf der Stelle in dich verlieben!«

»Ich wäre die hohle Nuss in der Show!«

»Na und? Dann bist du die hohle Nuss, die zweihundertfünfzigtausend auf dem Konto hat!« Cassie rüttelt mich leicht an der Schulter.

»Wenn du in die Endrunde kommst, Eyla, dann kannst du jede Behandlung der Welt bezahlen. Eine Viertelmillion.« Ambers Stimme ist nun zu einem Flüstern gesenkt. »Das Einzige, was du tun musst, ist, sie zu verführen und am Ende das Geld zu wählen.« So wie sie das sagt, klingt es sehr einfach. Ich denke einen Augenblick nach.

»Lasst uns doch einfach mal recherchieren und das Formular ausfüllen.« Cassie schleppt aufgeregt ihren Laptop herbei, den sie vor uns aufklappt. Ich scanne den QR-Code vom Flyer ab und wir kopieren den Link, um ihn in Cassies Browser einzufügen. Ein Feld ploppt auf, in das ich meine Nummer und das Passwort vom Casting eingebe. Dabei bin ich so aufgeregt, dass ich mich mehrmals vertippe. Nach der dritten Fehlermeldung hält es Amber jedoch nicht mehr aus und stößt mich unsanft zur Seite, um an meiner Stelle die Zahlen einzutippen. Eine Bestätigung erscheint auf dem Bildschirm, dann öffnet sich ein Fragebogen. Ich inspiziere ihn kurz und beginne, meine Personalien sowie mein Geschlecht und meine sexuelle Orientierung einzutragen. Es gibt eine Reihe von Fragen zu meiner Herkunft, und ich gebe an, dass meine Großmutter mütterlicherseits von der Türkei nach Amerika ausgewandert ist, aber ein Teil der Familie noch in der Türkei lebt. Dass wir mit diesem Familienzweig nichts zu tun haben, verschweige ich. Außerdem wird erneut ein Bild von mir gefordert. Bevor wir aber lange suchen müssen, erinnert sich Cassie an eines, das ich ihr vor einer Weile geschickt habe, und wir laden es hoch. Auf einer weiteren Seite befinden sich ein paar Felder zu meinem Beruf und meinen Hobbys, und es gibt doch ernsthaft eines, in dem man *Geheimnisse* eintragen soll.

»Das ist doch nicht wahr, oder?« Ich zeige anklagend darauf. Amber lacht und Cassie schnaubt.

»Shhht!«, sagt sie und deutet auf den Bildschirm. »Weiter!«

Ich verdrehe die Augen. Dann tippe ich *War noch nie richtig verliebt* ein. Erstens stimmt das und zweitens bin ich mir sicher, dass es hier über hundert Damen gibt, die dieses Feld für *Ich bin noch Jungfrau* missbrauchen. Aber so ist das eben, jeder wird diesen Fragebogen so gut es geht zu seinen Gunsten nutzen, wieso soll ich es also nicht auch tun? Vielleicht hätte ich auch *Ich hasse Schnee* hineinschreiben können, vielleicht hätte mich auch das weitergebracht, aber das ist nun nicht wirklich ein Geheimnis, das ich lange verbergen kann. Ich sehe noch einmal nach, ob ich alle Fragen beantwortet habe, auch die über meine schulische Ausbildung und meine Kindheit. Vorsichtig sehe ich zu meinen Freundinnen auf. »Mehr Alkohol?«

Drei weitere Tequila Shots braucht es, bis ich annähernd dazu bereit bin, die dümmste, aber vielleicht wichtigste Entscheidung meines Lebens zu treffen. Zehn Wochen. Nur zehn Wochen, dann wäre dieser Horror vorbei. Das sage ich mir immer wieder, als ich mit dem Cursor über dem *Senden*-Button kreise und mich nicht dazu durchringen kann, ihn endlich zu klicken.

»Tu es!« Cassie hält mir ihr Weinglas hin. Sie ist ebenfalls beschwipst, und weil sie ihre Hand nicht ruhig halten kann, während sie mir die dunkelrote Flüssigkeit vor die Nase hält, finden ein paar Tropfen ihren Weg auf meine weiße, flauschige Schlafanzughose. Kurz weiten sich meine Augen in viel zu spät einsetzendem Schreck, während ich zusehe, wie das Rot in dem mit kleinen Cupcakes verzierten Stoff versickert. Mir ist bewusst, dass ich es nie wieder herauskriegen werde. Ich entscheide aber, dass ich zu betrunken bin, um mich über Weinflecken zu ärgern, und trinke entschlossen einen großen Schluck aus dem Glas meiner Mitbewohnerin. Sie hat sich mittlerweile etwas schwankend auf den Weg zu unserer behelfsmäßigen Schnapsbar gemacht und stellt erneut drei Shotgläser auf den Tisch. Eins für mich, eins für sich selbst und eins für Amber, die gerade von der Toilette zurückkommt. Ich seufze. Je mehr ich intus habe, desto eher werde ich endlich dieses verdammte Formular abschicken. Eine Notwendigkeit, der ich nicht entrinnen kann, weil mir keine andere Wahl bleibt.

»Senden!« Cassie schlägt einen Befehlston an und entscheidet sich dieses Mal für Bacardi. Ich hasse Bacardi, aber selbst das ist mir egal.

»Ich kann das nicht!« Verzweifelt raufe ich meine Haare und starre weiter auf den Bildschirm, auf dem nun das zuvor hochgeladene Abbild meiner selbst im DIN-A6-Format prangt und vorgaukelt, besonders glücklich zu sein. Als das Bild entstanden ist, bin ich es vielleicht gewesen. Glücklich. Es ist ein Porträt, auf dem ich mich über das Geländer der Veranda meiner Eltern gelehnt habe, meine braunen Haare verstrubbelt vom Wind und meine Augen glühend vor Lebensfreude. Es liegt erst drei Jahre zurück, doch es kommt mir vor wie eine Ewigkeit.

»Hier. Trink! Kein Trübsal blasen.« Cassandra stellt mir das bis zum Rand gefüllte Shotglas hin und ich nehme es dankbar an. *Der wievielte ist das heute?* In einem einzigen Zug leere ich es, und mit der Flüssigkeit, die meine Speiseröhre hinunterrinnt, lösen sich auch allmählich die düsteren Gedanken in meinem Kopf.

»Danke.« Ich stelle das Glas ab.

»Du tust das für sie. Also klick endlich.« Amber legt mir unterstützend eine Hand auf die Schulter. Ich atme tief durch, schließe kurz die Augen, um mich zu konzentrieren, und lege dann erneut den Finger auf das Touchpad des Laptops. Mit zusammengepressten Lippen starre ich auf den Button.

»Für Merve«, bekräftigt Cassie.

»Für Merve«, murmele ich und schicke meine Bewerbung endgültig ab.

4. Kapitel

»VIELLEICHT HABE ICH ZU VIEL GETRUNKEN, ABER ES WAR LUSTIG.«
– CASSANDRA, 26

Tatsächlich geht es mir nach dem Absenden irgendwie besser. Denn ich kann nun nichts mehr daran ändern.

»Vielleicht werde ich ja überhaupt nicht genommen«, sage ich und bremse damit die Euphorie meiner beiden Freundinnen. Amber dreht Cassie mit dem Glätteisen leichte Locken in die blonden Haare und beäugt ihr Werk kritisch.

»Nüchtern bekomme ich das irgendwie besser hin.« Sie zuckt die Schultern und wendet sich einer weiteren Haarsträhne zu, wobei sie ein strenges »Natürlich kommst du rein!« in meine Richtung schießt. »Willst du auch noch Locken?« Ich verneine, weil sie das Glätteisen wie ein Laserschwert in die Höhe hält, was ihr Angebot eher wie eine Drohung klingen lässt. Nach dem Abschicken haben mich die beiden überredet, noch feiern zu gehen, und weil ich dringend Ablenkung gebrauchen kann, habe ich zugesagt. Wir sind mittlerweile fast fertig mit dem Schminken und meine bekleckerte Pyjamahose habe ich durch eine hautenge schwarze Jeans ersetzt. Mein rückenfreies Oberteil ist ebenfalls schwarz und den hohen Kragen säumt ein Kranz aus Spitze.

»*Business at the front, party at the back*«, kommentiert Cassie mein Outfit und dreht sich in ihrem Minirock einmal vor dem Spiegel. Ihr rotes Top überlässt wenig der Fantasie, aber das ist genau das, was Cassie am liebsten mag. Amber hat sich einen von meinen schwarzen

Jumpsuits ausgeliehen und sieht darin so gut aus, dass ich fast ein wenig neidisch bin. Während er bei mir sonst eher wie ein Sack am Körper hängt, umschmeichelt er Ambers Kurven vorteilhaft.

»Du kannst den Jumpsuit übrigens auch gern behalten, falls du möchtest.« Ich schenke ihr ein Grinsen. »Er steht dir sowieso viel besser als mir.« Ambers Augen weiten sich überrascht, dann fällt sie mir um den Hals und ihre Haare kitzeln meine Nase.

»Wirklich?« Sie tänzelt aufgeregt auf der Stelle. »Danke, E! Das ist sehr lieb von dir!«

»Freut mich, wenn er dir so gefällt.«

»Seid ihr fertig?« Cassie sieht uns erwartungsvoll an und nimmt einen letzten großen Schluck aus ihrem Weinglas.

»Selbstverständlich.« Ich greife nach meiner Handtasche und wir verlassen den Altbau, in dem sich unsere Wohnung befindet, steigen das enge Treppenhaus hinunter und eilen auf die Straße. Kaum umgibt mich die kühle Luft, habe ich das Gefühl, den Alkohol noch mehr zu spüren als ohnehin schon, ein Schwindelgefühl bahnt sich an. Noch wird es von meinem Verstand im Zaum gehalten, aber die ersten Nebelschwaden kann ich bereits am düsteren Rande meines Bewusstseins erkennen. In unserem Wohnviertel sind die Straßen auch nachts noch recht gut befahren, und wir halten Ausschau, ehe wir das Taxi erblicken, das ein paar Hausnummern weiter mit gesetztem Blinker auf uns wartet.

»Hallo.« Ich lasse mich auf den ledernen Rücksitz fallen und lehne mich weit zurück. Obwohl ich es gern leugnen würde, bin ich wirklich betrunken und freue mich unglaublich auf den Abend. Vielleicht gibt es zwischen diesen beiden Tatsachen auch einen kausalen Zusammenhang. Aber so oder so. Ich war schon Ewigkeiten nicht mehr feiern, und heute fühlt es sich irgendwie so an, als wäre es dieser *eine* bedeutsame Abend, bevor sich mein Leben verändert. Ich weiß nicht, ob es sich zum Guten verändert oder zum Schlechten, ob es sich denn wirklich überhaupt verändert, aber zumindest der erste Schritt ist getan.

Laute Musik und wummernde Bässe schallen mir entgegen, als ich den Club betrete. An der hohen gewölbten Decke hängen Hunderte von kleinen quadratischen Lampen, die in verschiedenen Farben leuchten und einem das Gefühl geben, winzig klein zu sein. Der Club ist gut besucht, und nach einer kurzen Diskussion begeben wir uns zunächst auf die Tanzfläche. Es ist nicht so einfach, einen freien Platz unter den sich im Rhythmus bewegenden Körpern zu finden. Doch Amber scheut nicht davor zurück, ein wenig dreist zu sein, und stürzt sich einfach ins Getümmel, Cassie und mich hinter sich herziehend.

»Wir bleiben hier!«, schreit sie und deutet auf den Boden. Ich grinse die Frau und ihre FreundInnen entschuldigend an, die soeben weichen mussten, habe aber nicht wirklich ein schlechtes Gewissen. Man darf sich nicht unterbuttern lassen, wenn man feiern geht, das hat mir Amber früh beigebracht. Wir drehen uns zur Musik, und mit jeder Bewegung verlassen mich meine Hemmungen mehr und mehr. Es tut gut, sich einfach fallen zu lassen. Die Musik zu fühlen und einfach nichts anderes an sich heranzulassen. Die Lichter der Scheinwerfer blenden mich im Wechsel aus Grün und Pink, und der Bass ist mittlerweile in mein Blut übergegangen. Wir tanzen die nächsten drei Songs durch, bis Cassie mich anstupst. Eigentlich ist es eher ein Boxen, wenn man es genau nimmt. Vermutlich habe ich sie nicht gehört. Ich halte inne und streiche mir meine Haare aus dem Gesicht. Sie brüllt etwas, was sich anhört wie »Gehen wir an die Bar?«. Ich hebe meinen Daumen nach oben. Auch Amber befürwortet diesen Vorschlag. Während wir uns erneut einen Weg durch das Getümmel bahnen, halte ich meine Tasche fest bei mir, aus Angst, sie irgendwo zu verlieren.

»Was wollt ihr?« Amber, die sich weiter nach vorn gedrängelt hat, dreht sich zu uns um.

»Einen Gin Tonic bitte«, rufe ich ihr zu, Cassie hebt zwei Finger in die Höhe und ich ergänze: »Zwei!« Amber bestellt, und kurze Zeit später halte ich den kühlen Drink in den Händen. Als ich jedoch daran nippe, merke ich, wie der Alkohol nun eindeutig zuschlägt. Das Tanzen hat mich abgelenkt, aber das Warten an der Bar hat meinem Körper die nötige Ruhepause verschafft, um zu bemerken, dass ich es erst mal bleiben lassen sollte. Ich reiche Amber meinen Drink. »Ich muss mal kurz raus.« Meinem Gefühl nach lalle ich ganz furchtbar. Amber macht Anstalten, mir zu folgen, doch ich halte sie zurück. »Ich muss ein bisschen allein sein. Nur ganz kurz.« Ich lächele sie an, bevor ich mich eilig nach draußen begebe.

Als mir die kühle Nachtluft entgegenschlägt, muss ich zugeben, dass mir ein wenig schwummerig ist. Der Außenbereich des Clubs wird von Laternen erhellt, und Zigarettenrauch zeichnet sich in feinen Wölkchen im schalen Licht ab. Überall sind Bänke verteilt und von mehr oder weniger betrunkenen Partygästen belagert. Ich suche mir ein unbeobachtetes Plätzchen in einer Ecke, die sich weiter weg vom Eingang befindet, wobei ich das Gefühl habe, mich wie in Zeitlupe zu bewegen. Unbeholfen lasse ich mich auf die Bank plumpsen und lehne mich gegen die kühle Mauer. Die Beine weit von mir gestreckt, schließe ich die Augen und nehme einen tiefen Atemzug. Die Luft stoße ich allerdings schnell wieder aus, als sich alles zu drehen beginnt. Oha!

Ich reiße die Augen auf und hoffe darauf, dass sich meine Sicht wieder normalisiert. Aber die Umgebung dreht sich immer noch. Farben verschwimmen immer schneller. Ein Strudel aus Lichtern und Schemen. Vielleicht hätte ich den letzten Shot nicht mehr trinken sollen. Vielleicht hätte ich gar nichts trinken sollen … Ein dunkler Fleck erscheint vor meinen Augen und breitet sich immer weiter aus.

»Geht es dir gut?«, fragt er. Ich blinzele. Der Fleck redet mit mir.

»Hm?«, hauche ich und kneife die Augen zusammen. Langsam klärt sich meine Sicht wieder, und als ich erkenne, dass sich Zentimeter vor mir ein Gesicht befindet, schreie ich erschrocken auf. Der junge Mann weicht ruckartig zurück.

»Kann ich dir irgendwie helfen?« Er mustert mich aufmerksam. Ich sehe zu ihm hoch und versuche, einen sinnvollen Satz über meine Lippen zu bringen.

»Tut mir leid, das ist sehr nett von dir, aber ich darf leider nicht flirten.« Okay, das war nicht sinnvoll. *Egal.* Ich ringe mir ein entschuldigendes Lächeln ab. Mein Gegenüber wirkt belustigt.

»Ich hatte nicht vor …« Er zieht die dichten Augenbrauen zusammen. »Weshalb solltest du nicht flirten dürfen?«

»Aaaalso.« Ich hole theatralisch mit meinem Arm aus, merke aber, dass mir bei der ausladenden Geste wieder schwindelig wird, und lasse die Hand sofort sinken. »Ich mache bei einer Show mit … also vielleicht … bald. Und ich möchte nicht vorher ausscheiden, nur weil ich fremdgeflirtet habe.«

»Soso, und welche Show ist das, wenn ich fragen darf?«

»Sie heißt *Love or Lie.*« Ein Kloß bildet sich in meiner Kehle, als ich den Namen der Show ausspreche. Fast so, als würde es dadurch erst real werden. Ein Druck baut sich in mir auf, Worte legen sich auf meine Zunge. »Eigentlich würde ich eher von einem Hochhaus springen, als dort mitzumachen«, platze ich heraus, gebe dem Drang nach, mich erklären zu müssen. »Nichts als Zickerei und sexistische Bemerkungen. Man kann doch nicht ernsthaft glauben, dass Leute sich bei so einem Drama verlieben.« Ich bremse mich, als ich merke, dass ich mich in Rage rede. »Ich jedenfalls nicht.« Mein Nacken beginnt leicht zu schmerzen und ich klopfe auf den freien Platz neben mir. »Willst du dich nicht setzen? Es ist sehr anstrengend, die ganze Zeit nach oben sehen zu müssen.« Meine Beschwerde bringt ihn zum Lachen und er lässt sich tatsächlich neben mir nieder. Leider überragt er mich trotzdem noch um gut einen Kopf. Etwas umständlich versucht er meine Sitzposition nachzuahmen, lehnt sich an die Wand und streckt seine Beine ebenfalls aus.

»Ich bin auch kein reiner Befürworter der Show, aber ich finde sie sehr amüsant. Angeblich ist auch nichts geskriptet.«

»Angeblich. Das glaubst du doch selbst nicht.« Ich rolle mit den Augen. »Man macht sich total zum Idioten. So viele künstliche Streitereien, dieses ständige Hahn-im-Korb-Gehabe … das tut mir schon beim Zusehen weh.« Mein Blick wandert wieder zu ihm, und ich nehme ihn das erste Mal etwas genauer in Augenschein. Er trägt ein Hemd, vermutlich war er zuvor geschäftlich unterwegs. Er hat dunkle Haare, ausgeprägte Kieferknochen und Bartstoppeln, die etwas zu lang sind, um noch als Dreitagebart durchzugehen. Seine Augen wirken so dunkel, als hätten sie ein Stückchen Nacht eingefangen. Er verschränkt die Arme vor der Brust.

»Entschuldige, wenn diese Frage unbegründet ist …« Er lacht leise. »Aber wenn du nichts von dieser Show hältst, wieso nimmst du dann daran teil?«

»Die Frage ist nicht unbegründet.« Ich zögere und berühre mit dem Zeigefinger meine Nasenspitze, ein Tick, der sich oft anbahnt, wenn ich nachdenken muss oder aufgeregt bin. Sie rührt von der Redensart meines Vaters, der immer meinte: *Ist die Nase kalt, ist der Hund gesund.* Und irgendwie habe ich das auf mich selbst übertragen. Solange meine Nase kalt ist, kann mir nichts Schlimmes passieren. Sie fühlt sich sogar sehr kalt an, beinahe eisig, und erst jetzt merke ich, dass ich zittere. Wie lange ich wohl schon hier sitze? Haben wir schon Winter? Fängt es gleich an zu schneien? Ich bemerke seinen erwartungsvollen Blick und erinnere mich daran, dass er mich etwas gefragt hat. Auf gar keinen Fall möchte ich ihm von meiner Kündigung und vor allem Merves Geschichte erzählen. Das ist einfach zu privat und geht ihn nichts an. »Meine Freundinnen haben mich dazu überredet, und ich habe keine andere Wahl.«

Sein Gesichtsausdruck verrät, dass er gern nachgefragt hätte, er verkneift es sich aber und schweigt. Mir ist allmählich wirklich kalt, und es ist höchste Zeit, wieder nach drinnen zu gehen. Mit steifen Gliedern stehe ich auf, wobei ich so sehr schwanke, dass mich der Fremde am Ellenbogen festhalten muss. »Vorsicht!« Er richtet sich ebenfalls auf, seine Hand immer noch an meinem Arm. Nur ganz leicht, so als wolle er mir damit sagen, dass er mich notfalls auffängt. Ich bedanke mich zerknirscht. Ein Prickeln durchfährt mich, von dem ich nicht weiß, ob es von der Kälte oder seiner Berührung kommt. Ich will die Hände in die vorderen Hosentaschen meiner Jeans stecken und bemerke erst, dass diese viel zu klein sind, als ich mich bereits zu lange damit aufhalte. Etwas verlegen hake ich schließlich meinen Daumen in eine Gürtelschlaufe. Nach all den Jahren in Skinny Jeans vergesse ich das wirklich immer noch hin und wieder.

»Dann gehen wir wohl besser wieder rein.« Er hält mir seinen Arm hin, den ich zwar ungern, aber dankbar ergreife. Gemeinsam gehen wir zurück in den Club, ein unangenehmes Schweigen zwischen uns, das auch die lärmende Musik nicht besser macht.

»Ich muss nach meinen Freundinnen sehen.« Schnell weg, bevor er etwas vorschlagen kann, was ich vielleicht aus Trunkenheit annehmen würde. Er sieht zu mir herunter, ein leichtes Lächeln auf den Lippen.

»Ich sollte auch los.« Der Fremde wirkt unentschlossen, wie er sich von mir verabschieden soll, und ich ergreife die Gelegenheit, um mich noch einmal zu bedanken. Dann drehe ich mich auf dem Absatz um, sehe im Weggehen über die Schulter zu ihm zurück.

»Es war nett, dich kennenzulernen.« Für einen Augenblick verhaken sich unsere Blicke, ehe ich mich losreißen kann und wieder im Getümmel aus Lichtern und Musik verschwinde.

Am nächsten Morgen wache ich verkatert auf und kann nicht fassen, was ich getan habe. Ich habe mich für eine Reality-TV-Show angemeldet! Für eine Show, die ich verabscheue und nicht einmal als Zuschauerin ertrage! Aber ich weiß ja nicht einmal sicher, ob es wirklich klappt. Und, das wiederhole ich immer wieder, ich tue das für Merve. Stöhnend richte ich mich im Bett auf und bereue es sofort, als ein unbändiger Schmerz durch meinen Kopf jagt. Vorsichtig greife ich nach meinem Handy und merke nach einigem Herumgedrücke, dass der Akku leer ist. Mit der linken Hand taste ich nach meinem Ladekabel und stecke das Handy an, warte ungeduldig, bis es sich wieder anschalten lässt. Als das Display endlich aufleuchtet, werden mir mit einem schmerzhaften Piepen einige verpasste Anrufe und Nachrichten in Abwesenheit angezeigt. Ich wimmere und stelle viel zu spät den Ton stumm.

»Ruheee!«, kommt es murrend von Cassie, die gegenüber von mir die Nacht auf dem Boden verbracht hat.

Ich realisiere, dass die verpassten Anrufe von meiner Schwester sind, und merke sofort, wie mein Herz schneller klopft, Angst durch meinen Körper kriecht. Ich wähle ihre Nummer und warte angestrengt auf das Freizeichen.

»Was meinst du damit, ich soll kein Fernsehen mehr schauen?«, kommt es mir aufgebracht entgegen. »Du kannst doch nicht so was schreiben und dann nicht rangehen.« Zunächst bin ich einfach nur erleichtert. Es geht ihr gut. Dann runzele ich die Stirn und öffne unseren Chatverlauf. Tatsächlich. Ich habe ihr gestern um fünf Uhr geschrieben, dass sie kein Fernsehen mehr schauen soll.

»Entschuldigung.« Ich gähne herzhaft. Merves glockenhelles Lachen ertönt am anderen Ende der Leitung.

»Bist du verkatert?« Ich kann mir ein Lächeln nicht verkneifen. Wenn Merve lacht, wird die Welt jedes Mal ein bisschen besser.

»Ja, ich musste mir gestern Mut antrinken und ein paar Hemmungen verlieren.« Meine Stimme klingt rau und brüchig, aber fröhlich.

»Und was genau bedeutet das? Du klingst übel!«

»Danke, das hab ich mir fast gedacht«, brumme ich und lege den Kopf zurück auf mein Kissen, das Handy platziere ich daneben. »Jedenfalls.« Als ich zu einer Erklärung ansetze, wollen die Worte meinen Mund nicht verlassen. Mein Herz pocht schneller. Ich will Merve kein schlechtes Gewissen machen. Und keine Hoffnungen, die vielleicht nicht erfüllt werden.

»Ach, das war übertrieben von mir. Und es ist auch nicht sicher«, druckse ich herum.

»Was ist nicht sicher?« Merves Tonfall wird ungeduldig und ich ziehe die Decke etwas weiter über meinen Kopf, als würde mich das vor ihren drängenden Fragen schützen.

»Es ist nicht wirklich wichtig, das war einfach nur so.«

»E!«

Die Decke wandert weiter über meinen Kopf und mit meinem Finger streife ich leicht meine Nase, während ich so tue, als hätte ich sie nicht gehört.

»Hast du dir grade an die Nase getippt?«

»Nein.« Ertappt lasse ich die Hand sinken.

»Jetzt spuck es schon aus!« Ich kann sie mir lebhaft vorstellen, wie sie die Augenbrauen verärgert zusammenzieht, und da mich diese Vorstellung bis durch die Bettdecke verfolgt, gebe ich mir einen Ruck.

»Also schön, kennst du die Show *Love or Lie?*«

Merve scheint nachzudenken, und ich höre beinahe, wie sich die Zahnräder in ihrem Gehirn in Bewegung setzen.

»Sag mir nicht, dass du dich dafür angemeldet hast!«

»Schuldig im Sinne der Anklage.« Ich reibe mir die Schläfe und verkneife mir ein Stöhnen. »Ich habe meinen Job verloren und kann die Miete erst mal nicht bezahlen. Ich kann auf diese Weise den Urlaub zur Abwechslung also gut gebrauchen, selbst wenn es in tiefstem Winter ist.« Die Überzeugung in meiner Stimme trägt dazu bei, dass ich mir selbst glaube. »Und ich wollte schon immer mal bei so was mitmachen.«

»Gelogen. Du kannst solche Shows nicht leiden«, knurrt meine Schwester, dann wird sie stiller. »Du hast wirklich deinen Job verloren?«

»Ja ich wurde gekündigt. Sie mussten ein paar Stellen streichen.« Ich knautsche das Kissen zusammen und streiche den Bezug wieder glatt, bis keine Falten mehr zu sehen sind.

»Aber das ist nicht so schlimm. Ich werde etwas Neues finden.«

»Das glaube ich auch. Wieso also gleich noch mal die Show?«, hakt Merve nach.

»Weil ich … Lust auf was Neues habe? Eine Spontanaktion?«

»Willst du gerade mich oder dich selbst überzeugen?«

Mit einem lauten Murren gebe ich auf.

»Na gut. Wir brauchen das Geld. Jetzt mehr denn je.« Ich rücke mit dem Kopf etwas näher zum Display.

»Also machst du es wegen mir?« Die Empörung dahinter ist deutlich zu spüren.

»Ich weiß, dass du das nicht möchtest, aber es ist mir egal. Ich will, dass du endlich diese bescheuerte alternative Behandlung machst.«

Merves gute Stimmung scheint verraucht. »Deswegen hast du dich dort beworben? Für meine Behandlung?!« Ich nicke, auch wenn sie das nicht sehen kann und nur das Kissen raschelt.

»Ja, und wenn ich weiterkomme, werde ich es nicht ablehnen. Ich werde heute noch mal mit Mom reden, und wir werden die Anzahlung irgendwie zusammenkratzen. Sie soll das mit dem Krankenhaus und den verantwortlichen Ärzten regeln.« Merve hebt an, um etwas zu sagen, verkneift es sich jedoch.

»Ich weiß noch nicht, ob ich angenommen werde. Aber wenn, dann ist es eine gute Chance. Die *einzige* Chance wohlgemerkt, um das Geld zusammenzubekommen. Und das ist okay, Merve. Ich will das tun, verstehst du? Auch wenn ich genau weiß, dass du mich dafür hasst.«

»Das hast du gut auf den Punkt gebracht«, sagt sie leise.

»Ich will einfach nicht, dass wir eine Möglichkeit verpassen, die dir helfen könnte.«

»Genau das ist das Schlimmste daran.« Der Ausbruch schärft ihre Stimme. »Es ist schon für mich allein nicht leicht, damit umzugehen. Aber ihr behandelt mich alle wie Papier. Ihr macht einfach alles, ohne mich einzubinden, weil ihr mich schonen wollt. Dabei hat sich logischerweise mein Zustand nicht von einem auf den anderen Tag verändert, nur weil … weil man jetzt weiß, dass er es tun wird.« Letzteres flüstert sie, und das schlechte Gewissen packt mich mit voller Wucht.

»Es tut mir leid«, sage ich und presse die Lippen zusammen. »Aber ich will dich nicht verlieren.«

»Das weiß ich doch, Eyla. Aber du musst deswegen nichts tun, was du nicht willst.« Ein paar Sekunden verstreichen, in denen sie nachdenkt. Dann seufzt sie. »Ich würde dich gerade gern schütteln. Aber irgendwie bin ich auch gerührt, dass du für mich tatsächlich jegliche Prinzipen über Bord schmeißt.« Ein Kichern dringt zu mir. »Ich hab dich lieb.«

»Ich dich auch«, murmele ich.

»Dein Job ist es, gesund zu werden, meiner, das Geld zu kriegen. Das ist eine gerechte Arbeitsteilung, finde ich.« Merves Lachen verrutscht ein wenig, klingt verzweifelt.

»Du und ich«, flüstere ich liebevoll.

»Gegen den Rest der Welt.« Merves leise Stimme ist durch das Rauschen der Leitung kaum zu hören. Dann fasst sie sich. »Und jetzt schlaf deinen Rausch aus!«

5. Kapitel

»DIE AUFREGUNG IST SO GROSS, DASS ICH SELBST SCHON KAUM NOCH SCHLAFEN KANN!«
– MERVE, 21

Angeblich sollen die Ergebnisse exakt eine Woche nachdem die Casting-Session geendet hat, online sein. Um spätestens acht Uhr abends. So hatte ich es zumindest im Kopf und hundertmal nachgelesen. Ob dem wirklich so ist, bezweifele ich gerade aber trotzdem ein wenig, denn es ist noch keine Mail oder ein Anruf eingegangen und ich habe bereits mehrere Schweißausbrüche durchlitten.

»Die Mail wird schon kommen.« Amber streichelt mir beruhigend über die Schulter und reicht mir ein Glas Wein. Hätte man uns die letzten Tage verfolgt, könnte man denken, wir seien die reinsten Alkoholikerinnen geworden. Aber wir befinden uns hier auch in einem eindeutigen Ausnahmezustand. Hier geht es um unsere Existenz, um meine und um Merves. Und das muss einfach klappen.

»Es ist fast acht. Das kann doch nicht sein, dass immer noch nichts bekannt gegeben wurde.« Ich linse auf mein Handy, das neben mir auf dem Sofa liegt, und sehe, wie die acht auf die neun springt. 07:59 p. m. Noch eine Minute.

»Kommt die Pizza wenigstens bald?« Cassie hat uns zum Essen eingeladen, und da wir alle so aufgeregt sind, haben wir bestellt, anstatt essen zu gehen. Nun sitzen wir seit gefühlten Ewigkeiten vor dem Laptop, jede von uns aktualisiert immer wieder sämtliche Internetseiten und die Instagram-Seite des Senders, um auch ja nicht zu verpassen, wenn das Ergebnis online ist. Als es klingelt, springt Cassie wie von der Tarantel gestochen auf und sprintet zur Haustür, um die drei Kartons in Empfang zu nehmen. Kurze Zeit später erscheint sie wieder und platziert jedem von uns eine heiße Pizzaschachtel auf dem Schoß. Da Amber zu beschäftigt mit Handy und Bildschirm ist, öffne ich den Deckel ihrer Schachtel, sodass sie gleich zu essen beginnen kann. Der Duft nach heißem Teig, geschmolzenem Käse und Tomatensauce erfüllt die Luft und ich atme tief ein. Pizza verbinde ich immer mit einem Heimatgefühl. Ich stupse sie leicht an und deute auf unser Essen. Auch wenn ich selbst keinen Bissen davon hinunterbekommen würde, wäre es mir am liebsten, wenn wir alle einfach nur dasitzen würden und friedlich unsere Pizza genießen könnten – diesen Moment auf später verschieben. Solange wir nicht wissen, was in der E-Mail steht, kann die Hoffnung nicht erstickt werden. Ich greife vorsichtig nach einem Stückchen des warmen Teiges. »Wir hören jetzt auf, uns den Kopf zu zerbrechen. Wir werden das alles rechtzeitig erfahren. Das Ergebnis läuft ja nicht …«

»Sie ist da!«, kreischt Amber plötzlich, und Cassie lässt vor Schreck beinahe ein Stück ihrer Prosciutto fallen.

»WAS?« Sie eilt zum Sofa. Ich sehe gebannt zu, wie Amber die eingetrudelte Mail öffnet und den darin enthaltenen Link aufruft. Mein Mund wird ganz trocken, und ich fahre mir mit der Zungenspitze über die Lippen, um sie zu befeuchten. Selbst wenn es nur eine kleine Meldung ist, sie entscheidet alles.

»Hast du die Zugangsdaten?«, fragt Amber, und ich tippe sie mit zitternden Fingern ein. Als ich auf *Enter* drücke und die Seite neu lädt, bin ich kurz vor dem Durchdrehen.

»Da müsste jetzt eine Nachricht sein!« Amber deutet auf den Bildschirm. Nichts. Da ist nichts. Oder doch?

»Da! Da ist sie!« Cassies Stimme verursacht ein unangenehmes Klingeln in meinen Ohren. Ich klicke wie in Zeitlupe auf die eingegangene Meldung.

»Da steht dein Name!« Amber schlägt sich die Hände vor den Mund.

»DU BIST DABEI!« Meine Mitbewohnerin hüpft auf und ab.

»Ich bin eine Runde weiter«, berichtige ich sie, kann meine Freude noch nicht so recht zulassen, zu überfordert bin ich mit den auf mich einströmenden Gefühlen.

»Du bist schon einen riesigen Schritt vorangekommen!« Ambers Augen leuchten, als sie die Arme um mich schlingt. »Du darfst ein Video einreichen!«

»Das ist quasi, als wärst du schon dabei!«

»Bis wann muss ich das Video gedreht haben?«

»Das steht da. Bis zum siebzehnten. Du hast also ungefähr eine Woche Zeit.«

»Nur eine Woche?« Meine Stimme überschlägt sich. »Wo sollen wir denn filmen? Und was?« Ich lege mich demonstrativ auf den Wohnzimmerteppich, alle viere von mir gestreckt. Ich bin eine Runde weiter. Die Chance, wirklich dabei zu sein, ist hiermit beinahe greifbar. Ich könnte es vielleicht wirklich schaffen. Ganz vielleicht. Ein kleines Lächeln stiehlt sich auf mein Gesicht, das immer breiter wird.

»Ein Klacks!« Cassie legt sich neben mich auf den Boden. »Und morgen fangen wir an.«

Der Koffer ist so schwer, dass ich mich frage, ob ich nicht versehentlich Steine eingepackt habe. Ich ziehe ihn hinter mir her und fahre mir damit gelegentlich selbst auf die Füße, weil ich so unaufmerksam bin und wir mal wieder zu spät sind. Das Boarding beginnt in wenigen Minuten, und ich bin noch nicht einmal durch die Sicherheitskontrolle. Merve und Amber tragen mein restliches Gepäck, das aus einem Rucksack und zwei Taschen besteht. Seit letzter Woche habe ich erfolgreich zwei Paar Winterstiefel, eine gefütterte und wasserabweisende Winterjacke und dicke Handschuhe erstanden. Außerdem Abendkleider in sämtlichen Farben und Variationen, die sollten zumindest für die ersten Wochen reichen.

Falls ich denn so weit komme, flüstert meine innere Stimme, doch ich verdränge sie. Mein Studium habe ich um ein Urlaubssemester verlängert, auch hier gibt es also keine Probleme, und ich kann einfach wieder einsteigen, sobald die Show vorbei ist. Dann kann ich meinen Abschluss machen und mich als Journalistin bewerben. Vielleicht im Modebereich, vielleicht auch für Sportevents. Irgendetwas, was mir viel Abwechslung bietet und bei dem man viel herumkommt. Journalistin zu sein ist ein Traum von mir, seit ich einmal ein Praktikum bei einem Radiosender absolviert habe und bei einem Interview mit Vin Diesel assistieren durfte. Das Gespräch war so spannend und vielseitig, dass es für mich ein Ziel geworden ist, eines Tages selbst an der Stelle der Interviewerin zu sitzen und meine Beobachtungen in Worte und Artikel zu fassen. Reißerische Zeilen zu schreiben, die jedoch auch authentisch bleiben sollen.

»Melde dich, sobald du landest«, sagt Merve, als sie mich nicht mehr weiter begleiten können.

»Mach ich.« Ich helfe den beiden, meine Taschen auf den Koffer zu wuchten und festzuzurren. Den Gepäckzuschlag bezahlt zum Glück *CCT*, der Sender der Show, ebenso wie das Shoppinggeld für meine neuen Klamotten. Jede Kandidatin hat ein Budget von fünftausend Dollar bekommen, das sie zu ihrer freien Verfügung ausgeben durfte.

Ich überprüfe, ob der Koffer stabil steht, umarme Amber fest und verabschiede mich von ihr.

»Wenn du neben den Sahneschnittchen auch noch ein paar heiße Mädels kennenlernst, kannst du ihnen meine Nummer geben.« Sie wackelt mit den Augenbrauen und ich lache.

»Mach ich, keine Sorge. Grüß Cassie von mir. Und sag ihr, dass sie nicht so lange im Bad brauchen soll, vielleicht gibt sie sich bei dir noch mehr Mühe.« Cassie und Amber werden in der Zeit, in der ich bei der Show bin, zusammenwohnen, sodass Cassie die Miete nicht allein bezahlen muss. Und danach … vielleicht suchen wir uns ja zu dritt etwas Schönes.

»Keine Sorge, ich werde konsequent sein.« Amber lächelt, bevor sie diskret ein paar Schritte weiter weggeht, um Merve und mir die Zeit zu geben, die wir brauchen.

»Pass auf dich auf.« Ich schließe meine kleine Schwester in die Arme. Sie fühlt sich so zierlich an, so klein und zerbrechlich. Obwohl sie ebenso groß ist wie ich, wenn nicht sogar ein Stückchen größer. Ich atme ihren warmen, vertrauten Duft nach Karamell ein, will nicht, dass der Moment endet. Denn das bedeutet, dass ich mich endgültig verabschieden muss. Dass ich meine kleine Schwester gehen lassen muss. In den nächsten Wochen kann ich nicht bei ihr sein, kann sie nicht trösten, wenn die Nebenwirkungen der Behandlung einsetzen. Kann nicht an ihrem Bett warten, bis sie eingeschlafen ist, oder sie mit *Ghibli*-Filmen ablenken. Stattdessen werde ich meilenweit entfernt an sie denken und hoffen, dass alles gut ist. Der Gedanke treibt mir die Tränen in die Augen.

»*Du* musst auch auf dich aufpassen«, flüstert sie, drückt mich noch ein wenig fester an sich. »Versprichst du mir etwas?«

Wir lösen uns voneinander. Merves Gesicht ist ein Abbild von meinem eigenen. Blasser als sonst und die gebräunte Haut wirkt fahl, dennoch strahlt sie. Als hätte jemand alle Fröhlichkeit und alle Güte der Welt in einer einzigen Person vereint. Und dieses wunderbare Wesen muss ich beschützen, darf nicht zulassen, dass ihm irgendein Leid widerfährt.

»Alles«, sage ich, versuche zu verhindern, dass das Brennen hinter meinen Lidern die Oberhand gewinnt.

»Ich habe mir ein paar der Staffeln von *Love or Lie* angesehen.« Sie knibbelt beinahe nervös an ihren Fingernägeln herum. »Wenn du zu leicht zu haben bist, verlieren die Typen das Interesse. Aber du darfst auch nicht zu lange warten. Gib immer ein kleines bisschen von dir, aber nie alles. Du darfst dich selbst nicht verlieren. Deswegen«, ihr Blick findet meinen, »hör auf dein Herz.« Ihre Ernsthaftigkeit lässt mich lächeln.

»Mach ich.« Ich greife nach ihrer Hand.

»Du sollst es versprechen.«

»Ich verspreche, dass ich auf mein Herz hören werde«, gelobe ich feierlich. Merve nickt zufrieden, umarmt mich noch einmal.

»Ich hab dich lieb, E.«

»Ich dich mehr«, sage ich. »Und jetzt beeile ich mich besser.« Ich schnappe mir schweren Herzens meinen Koffer. Dann winke ich meiner Schwester und Amber ein letztes Mal zu und renne los.

❄ ❄ ❄

Müde und erschöpft von dem langen Flug, lasse ich mich auf die weichen Laken des Hotelbetts fallen. Sie duften nach frischer Wäsche und einer leichten Zitrusnote, geben mir das Gefühl, nie wieder aufstehen zu wollen. Der Flug hat zehn Stunden gedauert, und ich bin unglaublich froh, dass ich endlich angekommen bin und mich ausruhen kann. Auch wenn es nur herumsitzen war, haben mich vor allem die Gedanken gestresst, die ich nicht abstellen konnte. Statt zu schlafen, habe ich hinaus auf die Lichter der Städte tief unter mir gesehen, die Straßen, die von so weit oben wie ein Adernetz wirken. Ein Netz aus Licht und Leben, aus dem ich herausgerissen wurde.

Das Wasser plätschert bereits in der einlaufenden Badewanne vor sich hin und ich gebe mir einen Ruck. Das Einzige, was noch besser ist als ein schönes warmes Bett, ist ein heißes Bad mit viel Schaum. Ich schlüpfe aus meinen Klamotten und tappe barfuß ins Badezimmer. Die Fliesen sind durch die Fußbodenheizung angewärmt und ein angenehmer Schauer fährt meine Wirbelsäule hinab, Vorfreude durchströmt mich. Aus der heißen Wanne steigt Dampf auf und Blubberblasen sammeln sich auf der fliederfarbenen Wasseroberfläche. Ich seufze selig, tappe mit einem Fuß vorsichtig ins heiße Wasser, um mich daran zu gewöhnen. Wenig später folgt der zweite, und dann sitze ich in meinem Lavendel-Bad. Die Wärme umgibt jeden Teil meines Körpers, hält mich geborgen und lässt mich vergessen, was mir bevorsteht. Vergessen, dass ich auf mich allein gestellt bin.

Nur zwei Kontaktpersonen durfte man auswählen. Gelegentliche Gespräche mit ihnen sollen der psychischen Stabilität helfen. Wir haben von der Show ein Prepaidhandy gestellt bekommen, mit Guthaben für SMS und Telefonate. Kein Internet. Nur das dürfen wir ab Beginn der Dreharbeiten benutzen, unser eigenes wird uns dann abgenommen. Es wird regelmäßig kontrolliert, ob wir den Austausch mit nur zwei Kontakten auch einhalten; wenn nicht, wird uns auch dieses Handy weggenommen. Durch das Guthaben, das wir ohne Erlaubnis nicht wieder aufladen können, wird dafür gesorgt, dass unsere Zeit am Handy begrenzt ist.

Auch Psychologen sind im Team der Show und bieten Hilfe an, sollten wir sie benötigen, aber es ist klar, dass man mit den Freundinnen oder der Familie reden möchte. Ich habe Amber und Merve als Kontaktpersonen angegeben und darf sie offiziell updaten, da sie ebenfalls eine Verschwiegenheitserklärung unterschreiben mussten. Durch das Mikrofon, das die anderen Kandidatinnen und ich den ganzen Tag über tragen werden, bin ich sowieso ein wenig skeptisch und werde meine Anrufmöglichkeiten nur spätnachts nutzen, um nicht Gefahr zu laufen, dabei belauscht zu werden. Sobald ich aufstehe, wird alles aufgezeichnet und ich habe keine Privatsphäre mehr, außer Toilettengang und Duschen. All das stand im Vertrag, den ich unterzeichnet habe.

In der ersten Woche werden wir noch einmal in alles eingeführt, Regeln werden erklärt und unsere Freizeit bestimmt. Ich habe mir das im Kleingedruckten durchgelesen. Im Prinzip darf ich die ganze Zeit über nichts tun, außer an die drei Männer zu denken. Kein Buch, kein Handy, kein Laptop, nicht einmal ein Ausflug in die nahe gelegene Stadt ist erlaubt. Wer Kontakt zu unangemeldeten Personen hat und etwas spoilert, muss bis zu drei Millionen Dollar Strafe zahlen. Als Beschäftigung sind also einzig und allein Spaziergänge und sportliche Aktivitäten genehmigt. Kein Wunder, dass sich Leute bei diesem System einbilden, verliebt zu sein. Wenn man den ganzen Tag nichts anderes tun kann außer nachzudenken, kann das schon mal vorkommen, dass man sich aus Langweile Gefühle einbildet.

Die drei Bachelors bilden mit den von ihnen gewählten Frauen ein Team. Diese einzelnen Teams werden in Gemeinschaftsschlafzimmern in kleinen Holzhütten untergebracht sein, was garantiert für zusätzliches Drama sorgt. Ich bin mir zwar sicher, dass man sich darum kümmern wird, dass es dort gemütlich ist, aber ich stelle es mir trotzdem wie ein Matratzenlager im Landschulheim vor. Ich lehne den Kopf an den Rand der Wanne und schließe die Augen, entschwinde der Realität. Mein Brustkorb hebt und senkt sich, Luft füllt meine Lunge, bevor ich sie durch den Mund wieder entweichen lasse. Ich kann das, ich werde das alles ertragen, egal was kommt. Wenn ich nur weiß, dass es Merve gut geht. Sie ist mittlerweile bestimmt schon im Krankenhaus. Ihre Behandlung wird am Montag beginnen. Also in drei Tagen. Und meine Mutter wird sie hinfahren und bei ihr sein, wenn es schlimmer werden sollte. Das restliche fehlende Geld für die Behandlung haben wir vom Budget für die Show gezahlt, da ich nicht alles ausgegeben habe. Die Anzahlung ist damit über die Bühne. Jetzt geht es um den Rest.

❄ ❄ ❄

»Ich weiß nicht, ob ich das überlebe.« Ich zupfe zum hundertsten Mal an meinen Haaren herum. Die Locken fallen einfach nicht so, wie ich es haben will. »Soll ich sie nicht doch offen tragen?« Ich werfe einen Blick auf das Display meines Handys. Amber sieht mir über Facetime dabei zu, wie ich mich vor dem Spiegel hin und her drehe, und erträgt meinen Anfall geduldig. Die Aufregung hat sich in den letzten Stunden vervierfacht und sitzt tief in meinem Magen, blockiert sämtliche anderen Gefühle und lässt mich hysterisch hin und her tigern. Ich habe mir die Haare hochgesteckt, ein paar Strähnen herausgezupft und zu Locken gedreht, sodass sie mein Gesicht umschmeicheln. Eigentlich bin ich damit zufrieden gewesen. Bis gerade eben. Jetzt kommen Sie mir auf einmal zerzaust vor.

»Lass sie so, das sieht toll aus mit dem hohen Dutt. Außerdem werden die meisten die Haare offen tragen«, sagt meine beste Freundin und lächelt. Das Bild stockt kurz, dann sehe ich sie wieder. »Du siehst wundervoll aus. Es kann gar nichts schiefgehen.« Ich hoffe, sie hat recht, und begutachte das Werk der letzten zwei Stunden in der Facetime-Selbstansicht. Meine braunen Augen strahlen und der beige-goldene Lidschatten betont die hellen Sprenkel darin.

Kurz habe ich mit dem Gedanken gespielt, mir falsche Wimpern aufzukleben, aber es dann bleiben lassen. Natürlichkeit ist mir wichtiger als die längsten Wimpern der Staffel. Ich schnappe mir meinen Highlighter und verteile ihn mit einem weichen Pinsel auf Wangen und Schlüsselbein, sodass die Haut dort schimmert.

»Übertreib es nicht, sonst glänzt du wie eine Christbaumkugel.« Amber hat sich eine Tüte Chips geholt und knuspert fröhlich darin herum. Es ist beinahe grotesk. Während sie in Jogginghose und einem weiten dunkelblauen *Donald-Duck*-Pullover auf dem Sofa sitzt, stecke ich in einem bodenlangen roten Kleid und fühle mich, als wäre ich zu einer Oscarverleihung eingeladen. Amber scheint denselben Gedanken zu haben.

»Du gehst zu einer Show, die ich in ein paar Monaten genau hier sitzend ansehen werde. Wie seltsam ist das bitte?« Ich nicke nur. Es ist mehr als seltsam. Ein kurzer Blick auf die Uhr sagt mir, dass ich noch eine halbe Stunde habe, bevor die Limousine vor dem Hotel stehen und mich zum Resort fahren wird. Ich schnappe mir meinen Lippenstift und eine Bürste, stopfe sie in meine Handtasche, halte dann jedoch inne. »Darf ich überhaupt eine Handtasche mitnehmen?«

Amber überlegt und schüttelt dann ihren Lockenkopf. »Ich glaube nicht. Lass sie lieber da.« Ich schnaube frustriert und pfeffere die Handtasche aufs Bett. Das Gepäck wird uns nachgebracht, sobald wir die erste Nacht überstehen und uns einquartieren dürfen. Aber ich muss doch irgendwelche Dinge mitnehmen können.

»Hast du deine Einlage schon vorbereitet?« Meine beste Freundin sitzt nun ganz dicht vor der Kamera und stopft sich einen Kartoffelchips in den Mund. Mein Magen grummelt wie zur Antwort. Hoffentlich gibt es dort etwas zu essen. Ich habe den ganzen Tag über nichts hinuntergekommen und merke das nun mehr als deutlich.

»Ja, habe ich. Hör auf, vor mir Chips in dich hineinzustopfen!« Ich öffne den Hotelschrank und ziehe die Schnapsflasche hervor, die ich mitgebracht habe.

Amber kichert. »Das wird genial!« Ich rümpfe die Nase, überprüfe ein letztes Mal meinen Lippenstift, den ich in einem Nudeton gewählt habe. Kleid und Lippenstift in Rot finde ich etwas zu viel, und ich will nicht aussehen wie ein Kanarienvogel, wenn ich dort aufkreuze. Ich setze mich aufs Bett und quetsche mich in die goldenen High Heels, die ich mir für das Kleid ausgesucht habe. Die schmalen Riemen umschmeicheln mein Fußgelenk und stützen es zusätzlich. »Hoffentlich machen sie das überhaupt mit«, sage ich, stehe auf und verlagere mein Gewicht hin und her, belaste die Füße. Links schießt mir augenblicklich ein höllischer Schmerz durch die Wade und ich stöhne. »Amber, diese Schuhe bringen mich um!«

»Du kannst nicht in Sneakers dort auftauchen.« Amber verschwindet kurz und ich höre, wie sie sich erneut Chips in den Mund schiebt.

»Aber wenn ich beim Laufen schreie, ist es auch nicht gut!«

»Wer kam auf die bescheuerte Idee, diese eine Stunde Eislaufen auf drei auszudehnen? Richtig, du. Weil du das Video währenddessen drehen wolltest«, erinnert sie mich und zieht eine Augenbraue nach oben, die besagt: *selbst schuld*. Leider kann ich darauf nichts erwidern, denn sie hat natürlich recht. »Setz dich einfach hin, so oft es geht.« Amber mampft ungerührt weiter. »Und verkneif dir das Schreien. Wer schön sein will, muss leiden.«

»Wer schön sein will, muss gar nichts«, maule ich und betrachte meine geplagten Beine, an denen auch einige blaue Flecken zu sehen sind, weil das Eis und ich keine Freunde geworden sind. Glücklicherweise verdeckt der lange Stoff des Kleides das Übel. Ich sehe zu meinen Sneakers, die einladend an der Garderobe stehen, und als Amber kurz vom Bildschirm verschwindet, um Chips-Nachschub zu holen, haste ich zu den weißen Schuhen und tausche sie gegen die Monster an meinen Füßen aus.

Nachdem ich mich von Amber verabschiedet und mein Hotelzimmer verlassen habe, gebe ich mein Handy bei einem der Staff-Mitglieder ab und wappne mich dafür, von nun an im Rampenlicht zu stehen. Jetzt ist es also so weit. Die Show beginnt.

6. Kapitel

»Hilfe. Ich glaube, das trifft es ganz gut.«
– Eyla, 25

Die Hitze im Auto ist unerträglich und ich öffne das Fenster einen schmalen Spaltbreit, um die kalte Abendluft hineinzulassen. Eventuell hyperventiliere ich ein bisschen. Ein winziges kleines bisschen. Okay, nein, ich drehe durch! Ich bin so aufgeregt, dass sich alles in mir matschig anfühlt. *Ganz ruhig,* denke ich und umklammere den Griff über der Autotür, dessen Name mir nie einfallen will und den ich als Kind immer für eine Bremse gehalten habe. Gleich werde ich den drei Männern begegnen und muss überzeugen! Ich *werde* überzeugen. »Süß, aber verdammt sexy«, hat Merve mein Kleid beschrieben, und ich hoffe, sie hat recht. Außerdem habe ich Angst, dass meine geplante Aktion in die Hose geht. Aber egal, ich werde das mit Würde ertragen. Hoffentlich sind die Bachelors nicht verklemmt.

»Im besten Fall wollen sie mich sofort heiraten«, murmele ich. Ich lasse den Griff los und lege meine Hände in meinen Schoß, sehe durchs Fenster in die Nacht. Es wird immer ländlicher, je weiter wir fahren. Draußen schneit es dicke Flocken und mir wird ironischerweise noch heißer. Bestimmt glühen meine Wangen wie bei einem pausbackigen Weihnachtselfen, und natürlich habe ich keinen Puder mitnehmen können. Ich spiele mit den Kabeln des Mikrofons herum, das an meiner Taille befestigt ist und von dort aus über meinen Rücken bis hin zur Schulter verläuft. *Bei dem Schnee werde ich sowieso gleich erfrieren. Festgefroren, bevor das Elend begonnen hat.* Noch kann ich das alles abbrechen. Noch kann ich einfach aussteigen und zurück nach Hause fliegen. All das hinter mir lassen, was so gänzlich gegen meine Prinzipien verstößt.

»Wir sind gleich da«, unterbricht der Fahrer der Limousine meine Gedanken und ich schlucke. Wir biegen um eine Kurve, nähern uns langsam rollend dem Ziel, einem langen Gebäude, das von Scheinwerfern angestrahlt wird.

»Vielen Dank.« Ich schenke ihm über den Rückspiegel ein Lächeln und er erwidert es freundlich. Ich weiß nicht, ob ich die Augen zusammenkneifen oder lieber weit aufreißen soll. Auf der einen Seite sehne ich dieses Treffen herbei, um es endlich hinter mich bringen zu können, auf der anderen möchte ich es am liebsten vor mir herschieben, bis ich mich bereit dazu fühle. Aber fühlt man sich jemals bereit hierzu? Bereit, sich drei wildfremden Männern vorzustellen und um ihre Aufmerksamkeit zu buhlen?

Als ich sie erblicke, kann ich mir ein gehauchtes »O Gott« nicht verkneifen. Es fühlt sich alles so surreal an. Zwei Männer in Anzügen stehen vor einem steinernen Torbogen, der von einer Glasscheibe überdacht wird, auf der sich bereits der Schnee sammelt. Neben ihnen mehrere Heizpilze, die ein warmes Licht verströmen. Ihre Blicke sind erwartungsvoll auf die Limousine gerichtet, die immer näher heranfährt. Ich atme ein und wieder aus, mehrmals, aber ich habe dennoch das Gefühl zu ersticken. Ich bin überfordert. In der einen Hand halte ich vier Schnapsgläser, in der anderen den Obstler, den meine Großeltern väterlicherseits früher auf ihrem Gut noch selbst gebrannt haben, bevor es verkauft wurde. Und genau genommen müsste ich auch noch darauf achten, dass mein Kleid meine Sneakers verdeckt. Zu viele Dinge auf einmal, die ich beachten muss und an die ich vorher nicht gedacht habe. Als die Limousine hält, bin ich so verwirrt, dass ich mit Handeln und Zögern durcheinanderkomme und mir schließlich den Kopf an der Scheibe anschlage, bevor ich endlich den Griff finde. Ich stoße die Tür mit Schwung auf und höre ein schmerzerfülltes Stöhnen, als sie unerwartet auf Widerstand trifft. Erschrocken klettere ich aus der halb offenen Tür und stehe einem jungen Mann im Anzug gegenüber, der sich die Nase hält.

»O mein Gott, es tut mir leid!«, entfährt es mir und die Röte schießt mir in die Wangen. »Geht es dir gut? Das wollte ich nicht!« Wie paralysiert stehe ich vor ihm, die Finger um die Schnapsflasche gekrallt, als wäre sie ein Portschlüssel, der mich weit, weit wegbringt. Der Mann trägt einen grauen Anzug, der seine gebräunte Haut betont, und ein Grübchen umspielt seine Mundwinkel.

»Keine Sorge, es ist nicht schlimm.« Er hält sich immer noch die Nase und grinst gequält. »Vielleicht sollte ich das nachher kurz ansehen lassen.«

Ich kann mich nicht rühren, so erschrocken bin ich, stottere nur ein weiteres »Tut mir leid«. Schneeflocken rieseln auf mich herab, die schmelzen, kaum dass sie meine Haut berühren. Ich habe womöglich einem Bachelor die Nase gebrochen! Nachdem nur zwei am Tor standen, wäre die logische Schlussfolgerung gewesen, dass der dritte vielleicht auch noch irgendwo zu finden ist. Zum Beispiel, um den Damen die Tür aufzuhalten.

»Alles okay?«, ruft einer der anderen, und der Mann vor mir lässt die Hände sinken und blinzelt.

»Ich bin Siva«, stellt er sich mir vor. »Schön, dich kennenzulernen.«

Ich löse mich aus meiner Starre. »Ich bin Eyla, und es tut mir leid, dass ich dir die Tür ins Gesicht geknallt habe.« Mein Herz klopft mir bis zum Hals.

»Alles okay.« Er zeigt eine Reihe gerader weißer Zähne und deutet in Richtung der anderen beiden. Ich schließe mich ihm an, als er die wenigen Meter zurück zum Torbogen läuft, ziehe die Schultern so weit wie möglich nach hinten, um selbstbewusster zu wirken. Selbstbewusst, ein bisschen mysteriös, das ist die Rolle, die wir für mich ausgearbeitet haben und die ich nach diesem holprigen Start spielen werde. Schultern zurück, Bauch rein, Maske auf. Nur noch ein paar Schritte.

»Hallo.« Ich sehe zum ersten Mal auf, ein strahlendes Lächeln auf den Lippen. »Ich bin …« Das *Eyla* bleibt mir jedoch im Hals stecken, als ich in zwei dunkle Augen starre, die wie schwarzer Turmalin funkeln. Meine Gesichtszüge entgleisen. Es ist, als würde man mich dazu zwingen, diesen Moment in Zeitlupe zu erleben, alles um mich herum steht still. Das darf doch nicht wahr sein. Das ist *der* Typ! Der Typ aus dem Club ist einer der Bachelors. Mir klappt die Kinnlade herunter. *Und ich habe ihm verklickert, dass ich die Show hasse.* Schlimmster Tag meines Lebens? Abgehakt. Da kann ich auch gleich mein Kleid noch hochziehen und schreien: *Seht mal, ich habe Sneakers an!* Wie viel Pech kann ein einziger Mensch haben? Ich bin versucht, auf dem Absatz kehrtzumachen und wegzurennen. Vielleicht erwische ich die Limousine noch. So weit ist sie bestimmt nicht gekommen. Als ich einen Schritt zurücktrete, sehe ich aus dem Augenwinkel die Kamerafrau, die jede Sekunde des Geschehnisses Frame für Frame einfängt. *Denk an dein Gesicht,* schießt es mir durch den Kopf, und die Angst davor, mich noch lächerlicher zu machen, gewinnt die Oberhand. Ich denke an Merve und nehme meine einstudierte Rolle wieder ein. Ein zaghaftes Lächeln erscheint auf meinem Gesicht, auch wenn in meinem Inneren ein Vulkan brodelt. »Ich heiße Eyla.« Ein Augenaufschlag folgt meinen Worten.

»Hi, ich bin Daniel, du kannst mich aber Dan nennen«, stellt der Typ aus dem Club sich vor. Dan heißt er also. Er mustert mich freundlich, und ich versuche fieberhaft herauszufinden, ob mein Gesicht in ihm irgendwelche Erinnerungen wachrüttelt, ob er weiß, wer ich bin. Doch nichts in seiner Mimik verrät, dass er mich kennt.

»Collin.« Der dritte tritt vor und ich wende mich ihm zu. Er trägt eine Fliege, und an seinem Hals blitzt ein Tattoo hervor, das im Kontrast zu seiner hellen Haut steht. Eine Rose, wie ich erkenne. Seine blonden Haare sind zurückgegelt und seine Augen haben die Farbe von Vergissmeinnicht. Ich bemerke den Blick, der eine Sekunde zu lang an meinem Ausschnitt verweilt, räuspere mich. Das Ganze ist mir höchst unangenehm.

»Es freut mich sehr, euch kennenzulernen. Ich würde euch umarmen, aber noch habe ich die Hände voll.« Ich halte die Gläser und die Flasche nach oben. Sie stimmen in mein Lachen ein und ich habe das Gefühl, dass das der erste Schritt in die richtige Richtung ist.

»Wie ihr seht, habe ich euch etwas mitgebracht, weil ich dachte, wir können alle einen Schluck gebrauchen.« Einen großen Schluck.

Am besten die ganze Flasche. Ich reiche jedem der drei ein Shotglas. Sie wirken verwundert, aber äußern keine Bedenken. Ich freue mich über meinen kleinen Erfolg und öffne gekonnt die Flasche.

»Das ist selbst gebrannter Schnaps meiner Grandma – keine Sorge, der ist legal.« Vorsichtig gieße ich die klare Flüssigkeit in die Gläser und achte darauf, nichts zu verschütten. »Vielleicht hilft es auch gegen Nasenschmerzen.« Ich linse reumütig zu Siva, der daraufhin auflacht. Es fühlt sich etwas gezwungen an, aber nicht komisch. Das ist doch ein gutes Zeichen, oder?

»So.« Alle, inklusive mir selbst, halten nun ein volles Shotglas in der Hand. Dass mein eigenes beinahe überläuft, ist beabsichtigt. Ich halte das Glas mit zitternden Fingern nach oben, einzelne Tropfen des Alkohols fließen über den Rand des Glases und hinunter auf meine Finger. »Auf ein schneebedecktes Abenteuer!«, rufe ich euphorisch. Die Männer heben ebenfalls die Gläser und sie treffen sich in der Mitte zu einem hellen Klirren. Abwechselnd sehe ich ihnen dabei in die Augen, vermeide es aber, den Blickkontakt mit Daniel zu sehr auszuweiten.

»Auf ein schneebedecktes Abenteuer«, wiederholt Siva mit seiner dunklen Stimme und wir trinken den Schnaps in einem Zug. Ich schüttle mich kurz, als der Alkohol meine Kehle hinabrinnt. »Ui, ich hatte vergessen, wie stark er ist.« Gelächter folgt.

»Sind das deine eigenen Gläser?«, fragt Collin und sucht nach einem Platz für die leeren Trinkbehältnisse.

»Ich habe sie aus dem Hotel gemopst«, gebe ich zu. »Keine Ahnung, ob sie die wiederhaben wollen.« Natürlich habe ich das mit dem Hotel abgeklärt, aber das brauchen sie ja nicht zu wissen. Siva stellt sein Shotglas prompt auf einen kleinen Vorsprung im Gestein der Mauer.

»Es war schön, dich zu treffen«, betont er und zieht mich in eine Umarmung.

Ich erwidere sie dankbar. »Gleichfalls. Noch mal Entschuldigung wegen der Nase.«

»Halb so wild.« Ich gehe zu Collin, verabschiede mich von ihm. Er drückt mich fester als Siva, und ich bin beinahe froh, als ich mich wieder von ihm lösen kann.

»Wir sehen uns«, sagt Daniel, als er mich ebenfalls in eine leichte Umarmung zieht. *Ich hoffe nicht,* denke ich, lächele aber fröhlich. Wenn er mich erkannt hat, dann weiß er es gut zu verbergen, und ich kann nur hoffen, dass ich selbst nicht zu bedröppelt ausgesehen habe. Ich höre, wie die nächste Limousine anfährt, und laufe durch das Tor hindurch den gepflasterten Weg entlang, der zu der Villa führt. Die Aufregung legt sich mit jedem Schritt ein wenig mehr, und ich spüre die Kälte nun umso deutlicher, die meine Haut vereist. Mein Atem bläst kleine Wölkchen in die Luft, und die Last, die nach diesem Treffen eigentlich abfallen sollte, wiegt nun noch schwerer auf meinen Schultern. Es lief nicht so, wie ich es geplant hatte, wie ich es Tausende Male in meinem Kopf durchgegangen bin. Stattdessen habe ich es womöglich mit meiner Türaktion und dem peinlichen Moment mit Dan komplett vergeigt. Selbst wenn ich am Ende das Ruder noch ein wenig herumreißen konnte.

Ich erreiche die Villa, eine große Blockhütte, die komplett aus Holz erbaut ist und trotz ihrer modernen Züge einen urigen Eindruck macht. Vom Eingang aus kann ich einen Wintergarten entdecken, der mit Windlichtern dekoriert ist. In diesem Gebäude werde ich den ersten Abend verbringen, die Cocktailparty, wie mir Cassie beigebracht hat. Dort geht auch das Gerangel los. Denn man muss es schaffen, mit allen ins Gespräch zu kommen, um in Erinnerung zu bleiben und eine Bindung aufzubauen, auf die die Bachelors setzen können. Und wenn man Glück hat und besonders heraussticht, bekommt man schon vor der Auswahlzeremonie eine Einladung in die nächsten Runde. Diese Einladung wird in Form eines Briefes vergeben und wird *Loveletter* genannt, weil dort auch immer ein paar persönliche Worte des Bachelors stehen, der ihn vergibt.

Ich steige die Stufen zur Eingangstür hinauf, die mir von einem Mann im Smoking netterweise aufgehalten wird. »Soll ich Ihnen etwas abnehmen?«, fragt er und deutet auf die Flasche, die ich immer noch fest umklammert halte. Ich zögere, nicke aber und übergebe ihm mein Mitbringsel. Wahrscheinlich darf man die Gegenstände nicht behalten.

»Das ist sehr nett«, murmele ich, mehr bekomme ich nicht heraus. Ich gelange auf einen Flur, der zu einer großen Flügeltür führt. Die Nässe draußen hat meine Schuhsohlen befeuchtet und meine Sneaker quietschen leise, als ich durch den gefliesten Gang laufe. Das dunkle Holz der Flügeltür ist mit Glas versetzt, sodass ich bereits Schemen der sich dahinter befindenden Personen erkennen kann. Aufgeregte Stimmen dringen an mein Ohr. Ich drücke die Klinke und trete in einen hell erleuchteten Raum. Lampen mit Glassteinen hängen an der Decke und wirken wie antike Kronleuchter. Das warme gelbliche Licht der Glühbirne bricht sich in den kleinen Spiegeln und sorgt für kleine Lichtsprenkel an den Wänden. Kameras verfolgen mein Eintreten und neugierige Blicke treffen mich. Eine Asiatin mit umwerfend langen Haaren steht neben einer Rothaarigen mit Porzellanhaut und mustert mich von oben bis unten. Ist das Skepsis in ihren Blicken? Oder bilde ich mir das nur ein?

»Hallo.« Ich winke in die Runde, fühle mich aber angesichts der anderen Frauen so eingeschüchtert, dass ich es fürs Erste dabei belasse. Überall sind Sofas aufgestellt, dicke Wolldecken über den Lehnen, von denen ich sofort eine beigefarbene näher ins Auge fasse. Sie sieht besonders flauschig aus. Ich werde von allen Seiten begrüßt, Namen tönen mir entgegen, von denen ich allerdings nur ein paar wirklich verstehe. Ein leichter Druck legt sich auf meine Brust. Kleider rascheln über den Boden, Stimmen prasseln auf mich ein, die mir auf einmal zu laut sind, mir bewusst machen, dass es ernst ist. Zu viel auf einmal. Ich muss mich dringend irgendwo hinsetzen, um zu verdauen, was gerade alles passiert ist. Um meinem Gesicht zu erlauben, sich zu entspannen, und diese Maske, das allmählich schmerzende Lächeln ablegen zu können. Ich will mich gerade auf den Weg zum Toilettenraum begeben, als ein Schrei hinter mir ertönt. »Eyla!« Ich werde beinahe umgerissen, und als mich blonde Locken im Gesicht kitzeln, weiß ich, wer mich da gerade zerquetscht.

»Svea!« Ich erkenne die blonde Schönheit vom Casting.

»Du bist hier!«, ruft sie überglücklich. »Ich wusste, dass du es schaffst!«

»Ich freue mich auch, dich zu sehen«, sage ich und meine es auch so. Irrationale Erleichterung macht sich in mir breit. Ich kenne Svea kaum, aber ihre positive Art hat mir schon beim Casting ein gutes Gefühl gegeben, und dieses gute Gefühl durchströmt mich auch jetzt wieder, drängt die Angst und die Zweifel in den Hintergrund.

»Du bist blass«, kommentiert sie und mustert mich. »Lass uns an die Bar gehen.« Ich halte inne. Es gibt noch andere Frauen, denen ich mich noch nicht vorgestellt habe, doch Svea zieht mich sanft mit sich. »Keine Sorge, wir freunden uns auch noch mit anderen an, aber ich will unbedingt wissen, wie du die Männer findest.«

Ich folge ihr in einen separaten Raum, der mich durch die bunten Lichter an meinen Lieblingsclub in New York erinnert. Eine hohe Bar ist in eine Wand mit Betonoptik integriert, darüber zahllose Regalbretter mit den verschiedensten Alkoholsorten. Svea öffnet konzentriert ihre vollen Lippen und ihre Zungenspitze stößt an die oberen Schneidezähne, während sie je ein Glas Wein für uns vom Tablett auf dem Bartresen nimmt. Sie reicht es mir, und untermalt mit den Klängen eines Klaviers aus den Lautsprechern über uns treffen sich unsere Gläser mit einem leisen Klirren. »Erzähl! Wie geht es dir?«

»Mir geht es gut«, sage ich, ergänze innerlich ein *Nicht*. »Und dir?«

Sie winkt ab. »Ach, bestens!« Sie nippt an ihrem Glas, wobei ihr roter Lippenstift einen Abdruck auf dem Rand hinterlässt. »Du hast die drei ja gesehen. Und ich freue mich so sehr, dass Siva wieder dabei ist, er war bei der *Bachelorette* in der letzten Staffel mein Favorit!«

Ich nicke, als wüsste ich, wovon sie redet, und krame in meinem Gedächtnis nach den Informationen, die mir Cassie mit auf den Weg gegeben hat. Zwei der Bachelors werden aus den vorherigen Staffeln der *Love or Lie Bachelorette* gewählt, meistens die Publikumslieblinge. Ein weiterer wird aus den Bewerbern ausgesucht.

»Ist Collin auch aus der letzten Staffel?« Ich meine eigentlich Daniel, aber finde es klüger, seinen Namen zu meiden und es über das Ausschlussverfahren herauszufinden. Ich habe mit Cassie zwar die Kandidaten der letzten Staffeln durchgesehen, aber ich kann mich nicht mehr wirklich an jemanden erinnern, außer an einen Australier namens Caleb. Aber der scheint es offensichtlich nicht geschafft zu haben.

»Genau, er war aber schon in der vorletzten dabei. Eigentlich total seltsam, dass sie ihn ausgesucht haben.« Svea kräuselt die spitze Nase. »Aber ich wette, die Hälfte der Mädchen steht auf ihn.« Das kann ich mir auch gut vorstellen.

»Du schwärmst demnach für Collin?« Die Blondine grinst. Ich hebe die Mundwinkel und nippe statt einer Antwort an meinem Wein. Svea beugt sich näher zu mir und senkt ihre Stimme, als wolle sie verhindern, dass die Kameras, die an sämtlichen Wänden und Decken installiert sind, zu viel von unserem Gespräch aufzeichnen. »Was hat dich dazu bewogen, doch teilzunehmen?« Ich zucke die Achseln.

»Meine Freundinnen haben mich dazu überredet, und ich glaube, es war keine schlechte Idee.«

Svea nickt eifrig. »Toll, dass du es gemacht hast.«

Ein Raunen ertönt aus dem Hauptraum und eine weitere Kandidatin wird begrüßt. »Ich frage mich, wie viele noch kommen.« Svea fährt sich durch die Haare, um sie wieder in perfekte Unordnung zu bringen. »Ich war die Allererste.«

»Die Erste? Das ist bestimmt nicht einfach«, gehe ich darauf ein, und ihre Augen nehmen wieder einen träumerischen Glanz an. »Ich hoffe, ich kann Siva nachher abpassen, bei ihm hatte ich irgendwie das beste Gefühl. Und danach vielleicht Dan.« Mit ihren gepflegten Nägeln fährt sie beiläufig über den Rand des Weinglases.

»Wie machst du es?«, frage ich. »Unterbrichst du sie bei den Gesprächen mit den anderen einfach?«

Svea nickt. »Ja, nach einer Minute kann man schon dazwischenfunken.«

Ich hole überrascht Luft. »Nur eine Minute? Da kann man sich gerade mal hinsetzen.«

Sie sieht mich beinahe mitleidig an. »Ach herrje, du kennst die Show ja wirklich nicht gut.« Ich schüttele den Kopf und grinse ertappt. Solche Details habe ich in meiner Recherchephase übersehen, auch wenn ich mir wirklich Mühe gegeben habe, so viele Folgen wie möglich anzusehen. Ich bemerke eine blonde Frau, deren schwarze Kleidung und das Emblem auf dem Rücken des Shirts sie als Staff-Mitglied auszeichnet. Das Emblem der Show besteht aus einem Ring, der zwei L miteinander verbindet. Amber hat mich ausgelacht, als ich angemerkt habe, dass das aussieht wie die Abkürzung zu *Laughing Out Loud*. Ich bin immer noch der Meinung, dass ich damit nicht ganz unrecht habe.

»Kommt doch bitte schnell mit zum Interview.« Die Blonde deutet nach rechts in einen Nebenflur, und wir folgen ihr, die Weingläser immer noch in der Hand. Eine Kandidatin steht dort bereits vor der Kamera, die auf einem Stativ installiert ist. Vermutlich zeichnen sie auf, wie die Gedanken zu den Männern sind. Ich fasse mir ein Herz und begebe mich mit Svea zu dem kleinen aufgebauten Kameraset.

»Geh ruhig zuerst.« Svea nickt mir zu, und sobald mich der Kameramann zu sich winkt, stelle ich mich vor die Linse. Der gewählte Hintergrund ist eine einfache Holzwand, ausgeleuchtet durch eine Softbox, und ein Hocker steht bereit, auf dem ich mich umständlich niederlasse. Das Licht blendet ein bisschen, doch meine Augen gewöhnen sich rasch daran.

»Bitte etwas mehr nach links.«

Ich komme der Aufforderung nach und sehe den rothaarigen Mann fragend an, der sich mit einem Blick zu der Blondine vergewissert, dass alles in Ordnung ist, ehe er den Daumen nach oben reckt. Die kleinen Sommersprossen, die seine schmale Nase zieren, lassen ihn jugendlicher wirken, als er ist. Die Blondine postiert sich vor mir. Ich kann den Namen Grace Hall auf ihrem Schild lesen und erinnere mich daran, dass sie uns bei der Einführungsrunde vorgestellt wurde. Sie ist Teil der Redaktion und hauptverantwortlich für die Interviews und die Drehanweisungen.

»Welcher der Bachelors hat dich am meisten beeindruckt?«, stellt sie mir ihre erste Frage. Mein Herz klopft laut, und ich lasse mir Zeit, um zu überlegen, wie ich am besten antworte. Diese Situation ist neu für mich, ich weiß nicht, wie viel oder wie wenig ich preisgeben soll, und muss es erst ein wenig austesten.

»Collin … ehm.« Ich rudere zurück, als ich mich daran erinnere, dass ich die Frage wiederholen muss, und setze erneut an, während ich in die Kamera sehe. »Am meisten beeindruckt hat mich Collin. Sie sind alle drei sehr attraktiv, aber irgendwie war er mir am sympathischsten.« Was für eine Lüge. Meine Nervosität sendet Adrenalin durch meine Adern, dennoch versuche ich mir in meinem Gesicht nichts davon anmerken zu lassen. Es ist ungewohnt, alles so neu, aber ich will mein Bestes geben.

»Und was ist mit Dan?« Ihre Stimme ist glasklar, geübt darin, Fragen so zu stellen, dass sie die Antwort nach ihren Wünschen formen kann. Ich tippe mir mit dem Zeigefinger auf meine kalte Nase. Über Dan will ich am liebsten gar nicht reden. Nicht so wirken, als hätte ich Interesse an ihm. Oder ist gerade das zu auffällig?

»Dan wirkt sehr mysteriös. Aber nett«, sage ich daher schlicht. Von Dan muss ich mich fernhalten. Dringend. Wenn er mich erkennt, könnte er alles auffliegen lassen. Er könnte dafür sorgen, dass ich keinen Brief bekomme. Ich warte, doch zum Glück scheint Grace sich mit meiner Antwort zufriedenzugeben.

»Was hast du für ein Gefühl bei den anderen Frauen? Wie schätzt du die Konkurrenz ein?«

»Ich halte die Konkurrenz für sehr groß.« Ich lache auf und ziehe dann die Luft durch die Zähne. »Ich meine, hast du diese Frauen gesehen?« Ich kräusele die Lippen. »Dann weißt du ja, was ich meine.« Grace lacht ebenfalls. Hoffentlich macht mich das sympathischer.

»Wie lautet dein Statement zu deinem kleinen Zwischenfall mit Siva?«, fragt sie dann, und ich halte den Atem an. Ich wusste, dass diese Frage kommen würde. Ich bin darauf vorbereitet. Ich denke nach, vielleicht zu viel, um meine Unsicherheit zu überspielen. In einer beschämten Geste schlage ich mir die Hände vor die Augen.

»Ich habe Siva bei der Begrüßung aus Versehen die Tür des Wagens an den Kopf geknallt.« Ich lasse zu, dass mein bestürzter Gesichtsausdruck zwischen meinen Fingern hindurch zum Vorschein kommt, und nehme dann die Hände nach unten. »Ich weiß nicht, wie das passieren konnte. Es tut mir einfach unfassbar leid, ich hoffe, es gibt keine Beule. Manchmal kann ich wirklich ungeschickt sein.« Der Kameramann wippt ein wenig hin und her, mit der Spitze seines schwarzen Stiefels tippt er immer wieder auf den Boden, als wolle er mir damit sagen, dass ich noch mehr preisgeben soll. »Ich werde auf jeden Fall versuchen, das wiedergutzumachen.« Die Stiefelspitze verharrt.

»Danke, das war es auch schon«, sagt Grace. Erleichtert rutsche ich von dem kleinen Hocker herunter. Ich warte noch, bis Svea ihr Interview hinter sich hat, das sie meistert, als hätte sie nie etwas anderes getan. Sie schafft es, dabei so ehrlich zu wirken. Etwas überdreht, fröhlich, laut … ganz so, wie ich sie auch kennengelernt habe.

»Lass uns zu den anderen gehen«, schlage ich vor, als sie sich wieder zu mir gesellt und im Hauptraum erneut jemand begrüßt wird. Wir gehen mit unseren Gläsern zurück ins Foyer. Ich hebe mein Kleid nach vorn, sodass meine Sneakers bis auf die weiße Schuhspitze nicht zu sehen sind. Kleine Häppchen liegen auf Tabletts verteilt auf den mit weißen Tüchern bespannten Tischen, doch ich wage nicht, mir eines zu nehmen, falls die Kameras mich beim Essen filmen. Menschen sehen nie gut aus, wenn sie essen, das ist ein ungeschriebenes Gesetz.

Wir steuern auf zwei Brünette zu, die ihr Gespräch unterbrechen und aufsehen. Die größere der beiden rutscht ein Stück zur Seite, sodass wir uns zwischen sie setzen können. Große Puppenaugen zieren ihr blasses Gesicht und sie trägt ein silbernes Kleid mit einem Ausschnitt, der alles andere als jugendfrei ist. Ich kann mich nicht an ihren Namen erinnern, aber die zierliche mit dem Pony erkenne ich als April. Sie ist mir sofort sympathisch, als wir die Unterhaltung beginnen und ich ihren Südstaatenakzent wahrnehme. Sie redet genau wie meine Grandma, als sie noch gelebt hat. Wir reden über die Kandidaten, wo wir herkommen und was wir tun.

Der Raum füllt sich immer mehr mit jungen Frauen, Gelächter und angeregte Gespräche legen sich wie ein Hintergrundrauschen über meine Ohren. Und nach und nach verschwimme ich mit der skurrilen Atmosphäre aus Frauen in Ballkleidern, die die naive Vorfreude genießen wie kleine Kinder am Weihnachtsabend. Dabei sehen sie die dunkle Gewitterwolke nicht, die über ihnen schwebt.

7. Kapitel

»Die Kerle sind ja wohl mehr als attraktiv! Und Siva ist tatsächlich dabei. Ich kann es immer noch nicht glauben!«
– Svea, 26

Die Zeit vergeht viel zu schnell. Ich lerne einige neue Leute kennen und stelle fest, dass die größten Konkurrentinnen Lynn und Taysha sind. Lynn ist deswegen gefährlich, weil sie eine unglaubliche Ausstrahlung hat. Selbstbewusst, elegant, aber auch undurchschaubar und etwas kühl. Eine Asiatin mit wunderschönen schwarzen Haaren, dunklen, verführerischen Augen und einer traumhaften Figur. Außerdem hat sie volle, geschwungene Lippen, die Svea zu Recht als »sinnlich« bezeichnet.

Taysha ist etwas größer als ich und kurviger. Sie hat einen perfekten Po in ihrem engen Kleid, auf den so manches Fitnessmodel neidisch wäre, und eine melodische tiefe Stimme, die mich sofort in den Bann gezogen hat. Ihre braune, reine Haut unterstreicht die perlweißen Zähne und ihre Wangenknochen wirken beinahe scharfkantig, so definiert sind sie.

Außerdem ist eine Kandidatin im Meerjungfrauenkostüm aufgetaucht, mit nur zwei Muscheln vor der Brust. Sie hat sich mit den Worten »Hi, ich bin Hannah und mein Sternzeichen ist Wassermann« vorgestellt und läuft seitdem vor sich hin summend mit einem Caipirinha vor der Bar herum, wobei ihr Fischschwanz über den Boden schleift. Während Svea und ich das ziemlich cool finden und die schillernden lilafarbenen Schuppen bewundern, die sie selbst auf das Kostüm genäht hat, gibt es aber auch viele missbilligende Blicke.

Es wird getuschelt, dass Hannah bestimmt damit das Ziel verfolgt, aufzufallen und sich den Einzug in die nächste Runde zu sichern. Aber auch wenn das Kostüm etwas verrückt ist und angesichts all der schönen, eleganten Kleider fehl am Platz wirkt – im Gedächtnis zu bleiben hat sie definitiv geschafft.

»Da ist er!«, wispert April ehrfürchtig. Um mich herum richten sich alle auf, blicken erwartungsvoll zur Flügeltür und ich tue es ihnen gleich. Es ist das zweite Mal, dass ich den Moderator der Show, Tyler Bogan, live zu Gesicht bekomme. Der graue Anzug passt perfekt zu seinen dichten Haaren und er wirkt kleiner, als ich ihn in Erinnerung habe. Mit großen Schritten betritt er den Raum. Im Fernsehen moderiert er die Show und leitet die Zeremonien. Auch wenn er genau genommen keine wirkliche Erscheinung ist und eher unauffällig wirkt, ändert sich das, sobald er zu sprechen beginnt.

»Es ist schön, euch alle hier zu sehen.« Tyler macht eine ausladende Geste, wobei der Anzug über seiner Schulter spannt. Seine Stimme hat einen derart melodischen Klang, dass er spätestens jetzt die Aufmerksamkeit jeder Person im Raum für sich beansprucht.

Seine blauen Augen wirken freundlich, aber stechend, und ich bin froh, als sein musternder Blick an mir vorüberzieht. Einige der Frauen antworten ihm, begrüßen ihn, als würden sie ihn seit Ewigkeiten kennen. Und wahrscheinlich tun sie das auch, wenn sie seit Jahren seine Show verfolgen. Ich lausche seiner Stimme, versuche mir die Gesichter der Anwesenden einzuprägen, gleichzeitig zu lächeln und aufmerksam zuzuhören.

»Lassen wir die Cocktailparty beginnen!« Tyler wendet sich zur Tür und ich höre, wie die Frauen um mich herum nach Luft schnappen. Der Auftritt der Männer könnte nicht übertriebener sein. Vor meinem inneren Auge sehe ich sie alle in Baywatch-Zeitlupe eintreten, einen leicht arroganten Blick aufgesetzt, der Gang strotzend vor Selbstbewusstsein. Um mich herum tost der Applaus. *Fehlen nur noch Konfettikanonen und ein Feuerwerk.* Das Klatschen verebbt, als die Männer vor uns stehen bleiben.

Collin ergreift das Wort. »Wir freuen uns alle sehr, euch hier begrüßen zu dürfen.« Er lässt seinen Blick über die Frauengruppe schweifen, und ich habe das Gefühl, etwas wie Genugtuung darin zu lesen. »Und wir können es kaum erwarten, diese Reise mit euch anzutreten.« Wörter wie Reise standen ebenfalls im Vertrag. Diese sollen wir zum Beispiel statt *Show* benutzen.

»Was wir suchen, ist ein Abenteuer.« Daniel schnappt sich drei Sektgläser von einem Tablett und teilt sie an seine Kameraden aus. »Aber wir sind auch bereit für die große Liebe und hoffen, sie hier zu finden.« Er sagt das mit solchem Ernst, dass man ihm fast glauben möchte. Dass man in seinen dunklen Augen versinken und alles einfach hinnehmen möchte. Aber nur fast. Siva und Collin nicken zustimmend.

»Auf einen wundervollen Abend!«, ruft Siva und reckt sein Glas in die Höhe. Während um mich herum Jubel ausbricht, sehe ich zu Boden. Das Heucheln hat also begonnen.

Nach dem kurzen Gespräch mit allen, in dem eigentlich niemand wirklich zu Wort kommt, lösen sich bereits die ersten Kandidatinnen aus den Reihen und bitten ihre Auserwählten um ein Einzelgespräch.

»Ich werde zuerst Dan aufsuchen, er ist wirklich total charmant«, schwärmt April und trinkt einen Schluck ihres Mojitos. *Ich weiß,* hätte ich am liebsten gesagt. *Und ein Lügner! Ein charmanter, blöder Lügner.* Bei dem Gedanken an ihn brodelt Wut in mir auf. Ich habe ihm im Club erzählt, dass ich bei der Show mitmache. Wieso hat er nicht gleich gesagt, dass er auch daran teilnimmt? Oder unterliegen die Bachelors einer Verschwiegenheitserklärung? Vermutlich das. Scham überkommt mich, die sich wie eine Hitzewelle in mir ausbreitet, kleine rote Flecken auf meinem Dekolleté erscheinen lässt. Ich habe mich vor ihm komplett zum Affen gemacht, und jedes Mal, wenn ich ihn sehe, fühle ich mich noch schlechter. Er muss sich ins Fäustchen gelacht haben. Und jetzt stehe ich da wie eine Idiotin. Dass ich mit Dan rede, ist also ausgeschlossen. Siva kann ich mir auch abschminken, nachdem ich ihn heute schon genug geplagt habe. Bleibt also nur noch Charmeur Nummer drei.

Abrupt stehe ich auf. »Ich gehe zu Collin«, teile ich Svea mit, die beide Daumen nach oben reckt. Vorsichtig durchquere ich den Raum, mein Kleid streift dabei über den Boden. Er muss mit Lynn irgendwo in den Wintergarten gegangen sein. Kälte schlägt mir entgegen, und ein Luftzug, der von einem gekippten Fenster ausgeht, lässt mir die Härchen an den Armen zu Berge stehen, als ich hinaustrete. Die Terrasse verläuft um eine Ecke der Villa herum, der Boden besteht aus schmalen Holzplanken und im Dachgebälk sind Lichterketten angebracht, von denen ein warmer Schein ausgeht und der Szenerie etwas Gemütliches einhaucht. In Abständen sind Korbbänke aufgestellt, gerade so groß, dass zwei Leute bequem darin Platz finden. Sie sind mit Kissen in verschiedenen Größen gepolstert und Decken sind über die Lehnen gehängt.

Ich entdecke einige Frauen, die sich vor einem überdachten Bereich unterhalten, der in die eisige Nacht hinausreicht. Keine drei Meter entfernt sitzt Dan mit Taysha vor einem kleinen offenen Kamin, in dem ein Feuer züngelt. Ihre schwarzen Haare fallen in Wellen über ihre entblößte Schulter. Ich drehe mich schnell weg, bevor er mich entdecken kann. Hinter mir drängt sich eine Frau mit gelbem Kleid hindurch und ich höre noch, wie sie die beiden anspricht. Eilig gehe ich weiter, biege um die Ecke und sehe Collin endlich. Mit Lynn. Das Erste, was mir auffällt, ist das Jackett, das über ihren Schultern liegt und das eindeutig von Collin stammt. *War ja klar,* denke ich und rolle mit den Augen. Ich räuspere mich, um im Vorfeld auf mich aufmerksam zu machen, und hole tief Luft. *Ich kann das, ich kann das!*, ermahne ich mich. Als ich neben der Bank stehe, erscheint ein entschuldigendes Lächeln auf meinem Gesicht. »Darf ich stören?« Die beiden sehen auf, Lynn wirkt nicht besonders erfreut.

»Natürlich.« Sie wirft sich ihre Haarpracht über die Schulter. »Bis nachher.« Sie verabschiedet sich rasch von Collin und stöckelt davon. Das Jackett behält sie an, was einiges über ihren Charakter aussagt, wie ich finde. Der Bachelor betrachtet mich freundlich und ich setze mich bestärkt dadurch neben ihn.

»Wie geht es dir?«, fange ich an, bevor eine Pause entstehen kann. Die Decke, die auf der Bank liegt, ziehe ich mir fest um die Schultern. Sie ist angenehm warm, und ich bemerke, dass es sich um eine Heizdecke handelt. Es hat gerade mal ein paar Grad über null, wenn man den Thermometern im Außenbereich Glauben schenkt. Kein Wunder, dass die Leute immer nur so kurz miteinander reden, länger hält es ja auch keiner aus. An einem lauen Sommerabend in Bali vielleicht, aber doch nicht in Alaska. Collins blaue Augen glitzern im Schein der Lichterkette über uns.

»Es ist aufregend, auf der anderen Seite zu stehen«, gibt er zu. »Aber die Zeremonien sind genauso unangenehm.« Ich nicke verständnisvoll. Crewmitglieder und Kameraleute laufen um uns herum, die darauf achten, dass alles in Ordnung ist. Es fühlt sich komisch an, so zu tun, als sei man allein, wenn so viele Menschen hier sind. Wie soll man sich so auf ein Gespräch konzentrieren? Jede Regung des Gesichts, jedes Zucken des Mundwinkels wird aufgezeichnet. Collin fährt sich durch die blonden Haare, wobei die hochgekrempelten Ärmel seines weißen Hemdes den Blick auf seine Tattoos freigeben. Sein ganzer Arm ist voll davon, schwarze Tinte auf heller Haut.

»Wofür stehen sie?«, wage ich zu fragen und mustere neugierig die verschiedenen Motive. Dicke und dünne Linien, Schattierungen und klare Umrisse. Irgendwie ist alles zusammengewürfelt, fügt sich aber in ein stimmiges Gesamtbild.

»Das hier ist ein keltisches Symbol und steht für Stärke.« Er scheint begeistert, dass ich mich für seine Tattoos interessiere, und deutet auf ein Zeichen, das Ähnlichkeit mit einem dreiblättrigen Kleeblatt hat. Nur mit Schnörkel am Stiel. Außerdem erkenne ich eine Spielkarte, die in Ranken eingebunden ist.

»Wieso gerade ein Karo Ass?« Ich betrachte das Motiv näher. Einen Herzbuben kann ich auch noch erkennen.

»Das steht für Freiheitsdrang.« Stolz fährt Collin über das Tattoo. Ich bin mir nicht ganz sicher, ob das wirklich stimmt, tue aber trotzdem so, als sei ich beeindruckt.

»Hast du auch welche?«, hakt er nach und stützt sich mit dem Ellenbogen auf der Lehne der Bank ab, kommt mir dadurch ein Stückchen näher.

»Ich will mir erst eines stechen lassen, wenn mir etwas wirklich Gutes einfällt.« Ich wickle mir eine Haarsträhne um den Finger und schenke ihm ein Lächeln. »Aber ich habe es auf jeden Fall vor, vielleicht …« Ich will gerade erzählen, was ich in Erwägung ziehe, als wir unterbrochen werden.

»Kann ich kurz stören?«, fragt eine Kandidatin, und ich kann plötzlich nachvollziehen, wie sich Lynn vorhin gefühlt haben muss. Im Vergleich zu mir hatte sie allerdings deutlich mehr Zeit und am Ende des Gesprächs ein Jackett. Svea hatte recht, es ist eine Minute. Nicht mehr.

»Ehm … natürlich.« Enttäuscht stehe ich auf.

»Klar.« Collin scheint mir nicht nachzutrauern. Als ich winke, hat er sich bereits der Neuen zugewendet. Frustration überkommt mich in wellenartigen Schüben, spült mich hilflos umher, bis ich den Halt verliere. Ich stapfe davon, kann es nicht so recht begreifen. Ich würde gern etwas kaputt schlagen. Oder weinen. Vielleicht habe ich den Frauen in der Show unrecht getan. Denn bisher verhalte ich mich genauso wie sie. Emotionsgeladen. Hätte ich gerade eben mehr Zeit gehabt, hätte ich ihm noch mehr über mich erzählen können, dass ich die Sonne liebe, dass ich eine Schwester habe … irgendetwas. *Du musst ihm Privates erzählen, je früher, desto besser,* hat Cassie mir eingebläut. Und jetzt weiß ich die Bedeutung seiner Tattoos und er hat immer noch keine Ahnung, wer ich bin. Ich bleibe stehen. Meine Lunge füllt sich mit der eisigen Luft, beginnt mit jedem Atemzug mehr zu brennen. Es ist, als würde sich mein Körper weigern, den aufgenommenen Sauerstoff weiterzugeben, als würde ich nach und nach ersticken. Drinnen sehe ich die Mädchen aufgeregt tuscheln. Grüppchen haben sich gebildet, und etwas in mir sträubt sich dagegen, zurückzugehen. Der Abend neigt sich dem Ende zu, und bald werden auch die ersten *Loveletter* vergeben werden, dann ist es sowieso schon zu spät, dann beginnt die Zeremonie und dann … Ich merke, wie sich meine Sicht verklärt, wie mir leicht schwindelig wird, und ich stütze mich an der Wand ab. Ich hätte mehr essen sollen. Dieser Abend ist nichts für schwache Nerven und schon gar nichts für einen leeren Magen.

»Geht es dir gut?«, fragt eine tiefe Stimme, und ich zucke zusammen. O nein! Auch das noch. Daniel steht vor mir. Mein Herz setzt aus und mir wird noch etwas schlechter. Ich sehe mich hektisch um, ob ich irgendwohin verschwinden kann. *Vielleicht erkennt er dich gar nicht,* rufe ich mich selbst zur Vernunft, versuche meine Aufregung zu verbergen.

»Ja, alles bestens.« Ich trete einen Schritt zurück, damit mein Gesicht noch mehr in der Dunkelheit liegt und meine Konturen verborgen sind. »Ich habe nur den ganzen Tag nichts gegessen, und das macht sich gerade bemerkbar.« Ich erzwinge ein Lachen, das in meiner Kehle kratzt.

»Es gibt ein paar Snacks, soll ich dir welche bringen?« Seine Besorgnis ist beinahe greifbar.

»Nein, nein, schon in Ordnung«, winke ich ab. »Es geht schon.« Mein Magen meldet sich grummelnd zu Wort und straft meine Aussage Lügen. Der miese Verräter. Dan zieht belustigt eine Augenbraue nach oben.

»Warte kurz hier, ja?« Ich nicke, als er nach drinnen verschwindet, spiele mit dem Gedanken, einfach wegzurennen. Aber dafür ist mir leider zu übel. Außerdem kann ich schlecht vor einem Bachelorkandidaten wegrennen. Da wäre ich schon lebensmüde. Wieso dachte ich noch mal, dass es einfach werden würde? Dass man nur ein bisschen schauspielern und über Zickereien hinwegsehen müsse? Das raue Holz der Wand drückt sich in meinen Rücken, als ich noch weiter daran hinabsinke. Was würde Merve sagen, wenn sie mich jetzt sehen könnte? Würde sie sich fragen, was ihre große Schwester hier für ein Theater veranstaltet? Genau so komme ich mir nämlich vor. Wie im Theater. Jeder versucht zu gefallen und die beste Show abzuliefern, und wer versagt, heult heimlich in der Ecke.

»Hier.« Daniel erscheint vor mir, balanciert ein Tablett mit Häppchen in der Hand. »Komm, wir setzen uns. Auf dem Boden ist es zu kalt.«

Ich zögere, folge ihm dann jedoch in Richtung des Kamins. Wenn er mich bis jetzt nicht erkannt hat, dann ist das Risiko vielleicht gar nicht so hoch, wie ich dachte. Wir setzen uns auf die kleine Bank vor dem Kamin, in dem ein paar Scheite Holz friedlich vor sich hin brennen, und Daniel reicht mir eine Wolldecke.

»Bei dem Klima hätte ich erwartet, dass mehr Frauen mit Jacke kommen.« Er stellt das Tablett mit den Snacks zwischen uns. Die

Hitze der Flammen glüht in meinem Gesicht und hinterlässt angenehme heiße Spuren auf meinen Wangen. Einen Augenblick lang sehe ich den tanzenden Funken zu, wie sie in der Luft schweben und dann erlöschen.

»Ich habe es mir überlegt, aber habe mich dann dagegen entschieden.« Ein Grinsen ziert meine Lippen. »Jetzt bereue ich es ein kleines bisschen, wo ich doch extra eine schöne Winterjacke ergattert habe.« Angesichts des Essens steigt meine Laune wieder und ich greife nach einer Teigtasche, die mit Frischkäse und Lachs gefüllt ist. Gierig beiße ich hinein, bemühe mich jedoch, die Geräusche so leise wie möglich zu halten und nur Minibisse zu nehmen, als ich mich an die Kameras und das Mikrofon an meinem Ausschnitt erinnere. Weder die Kau- und Schluckgeräusche sind appetitlich noch das Gesicht, das man beim Essen macht. Mein Magen gibt ein zufriedenes leises Knurren von sich, als ich die Füllung auf meiner Zunge schmecke.

»Fühlst du dich schon besser?«, fragt Daniel nach einer Weile. Das Kaminfeuer knistert angenehm, untermalt das dunkle Timbre seiner Stimme. Ich nicke.

»Viel besser, danke.« Genüsslich zerkaue ich den Teig.

»Schöne Sneakers übrigens«, sagt er mit einem Blick auf den Boden, und schlagartig wird mir bewusst, dass ich darauf gar nicht mehr geachtet habe. Peinlich berührt ziehe ich mein Kleid wieder darüber.

»Ich hatte so fürchterlich Muskelkater, dass ich in hohen Schuhen gestorben wäre«, rechtfertige ich mich zerknirscht und nehme mir schnell ein weiteres Häppchen.

»Muskelkater? Von was denn?« Er hebt seine Augenbraue.

»Ich war Eislaufen«, murre ich und er nickt verständnisvoll.

»Das ist nachvollziehbar. Aber du hast die Schuhe gut versteckt.« Ich kaue, ehe ich verschwörerisch antworte.

»Du darfst mich nicht verraten.«

»Keine Sorge.« Er legt die Kuppe seines Zeigefingers auf die seines Daumens und zieht sie über den Mund. »Meine Lippen sind versiegelt.« Ich warte, doch Daniel hat sich bereits auf der Bank zurückgelehnt und die Hände sinken lassen.

»Du musst ihn wegwerfen, sonst gilt es nicht«, erinnere ich ihn.

»Was wegwerfen?« Er wirkt verwundert.

»Den Schlüssel, mit dem du das Geheimnis weggeschlossen hast.« Seine dunklen Augen funkeln belustigt.

»Na gut.« Wieder berühren sich sein Zeigefinger und Daumen, dann holt er aus und wirft den imaginären Schlüssel in hohem Bogen weg. »So in Ordnung?«

Ich stütze den Kopf in die Hände und tue so, als würde ich überlegen. »Das könnte wohl reichen.« Er lacht kehlig. Das Tablett mit den Häppchen hat sich in Rekordzeit geleert und er hält mir das letzte davon hin. Dankbar nehme ich es an und beiße hinein.

»Darf ich dazwischenfunken?«, fragt jemand hinter mir und ich bemerke April.

»Ja, sofort«, sage ich hastig, kaue zu Ende und schlucke so schnell, dass ich noch spüre, wie der Bissen meine Speiseröhre hinunterwandert. Dann schäle ich mich aus der Decke und sehe zu Dan. »Danke für … das hier.«

Er grinst. »Nichts zu danken.«

April setzt sich auf meinen Platz am Feuer, während ich zurück in die Villa gehe. Die Häppchen haben geholfen. Das Schwindelgefühl ist verschwunden. Und das Beste: Er hat mich nicht erkannt. Zumindest hat er nichts davon durchblicken lassen, und das bedeutet, dass ich mich erst einmal in Sicherheit wiegen kann. Und mich ganz auf Collin fokussieren werde, um mein Glück nicht weiter auszureizen.

8. Kapitel

»ZU WARTEN, BIS MAN DRAN IST, IST DAS ALLERSCHLIMMSTE. ES DAUERT EWIGKEITEN UND MAN ZITTERT UND BANGT DIE GANZE ZEIT.«
– HANNAH, 26

Collin, Dan und Siva stehen vor uns, jeder legt einen Stapel Briefe fein säuberlich auf einen kleinen Tisch neben sich. Tyler Bogan leitet die Zeremonie feierlich ein und stachelt dadurch die Spannung noch weiter an. Es ist also so weit. Neununddreißig Frauen hoffen darauf, einen *Loveletter* zu ergattern und in eins der drei Teams gewählt zu werden. Sechs von diesen neununddreißig werden es allerdings nicht schaffen, aufgenommen zu werden, und müssen die Show noch an diesem Abend verlassen. Ich stehe neben Svea auf der zweiten Stufe eines Podiums, das extra für die Zeremonien gebaut wurde, und komme mir vor wie bei einer Medaillenübergabe bei den Olympischen Spielen. Vor mir steht eine Blondine und rechts von ihr Lynn, die bereits den Umschlag in der Hand hält, den Collin ihr für den ersten Eindruck übergeben hat. Dan hat seinen Taysha überreicht und Siva hat zu meiner Freude an Svea gedacht. Diese langt nun nach meiner Hand und drückt sie.

»Du schaffst das.«

Ich nicke stumm. Die Bachelors haben sich zuvor abgesprochen, damit es keine Dopplungen gibt. Nur wenn sie wirklich an derselben Frau interessiert sind, dürfen die Briefe an dieselbe Kandidatin vergeben werden. In dem Fall entscheidet sie, in welches Team sie möchte. Ich schlucke, als Siva seine Stimme erhebt. Er nimmt einen Umschlag von dem runden Tischchen, dessen helles Holz um das

Tischbein herum etwas dunkler wird, bevor es wieder in drei hellen Füßen endet. Ich kann förmlich hören, wie um mich herum die Luft angehalten wird, wie die Herzen zu hüpfen beginnen, gespickt von der Hoffnung, den eigenen Namen zu hören.

»Emily«, sagt er laut. Hinter mir drängt sich ebenjene durch die Reihen hinunter und läuft elegant zu Siva, der ihr den pergamentfarbenen Brief reicht. Emilys dunkelrote Lippen sind zu einem Strahlen verzogen, als sie ihn entgegennimmt. Doch bevor es weitergeht, werden erst die Kameras neu positioniert, die Beleuchtung noch einmal arrangiert und Emily zu einem kurzen Interview gebeten. Mit klopfendem Herz stehe ich auf dem erhöhten Podium und meine Füße sind eingeschlafen. Es fühlt sich alles so surreal an.

Eine Kamera filmt uns in der Totale, eine andere aus einem erhöhten Winkel, und dann gibt es noch mehrere einzelne, die bewegt werden, sobald wir uns rühren. Nicht zu vergessen die, die die Bachelors im Auge behalten. Eine davon filmt gerade Siva, wie er gedankenverloren auf die Briefe starrt, die noch übrig sind. Bestimmt ist dieser Shot für Zwischenszenen gedacht und wird später mit dramatischer Musik unterlegt. Emily kommt zurück und die nächsten Namen werden aufgerufen, Kandidatinnen treten nach vorn, um ihrem Umschlag entgegenzunehmen, und die Stapel der Briefe werden immer kleiner.

Es ist nervenaufreibend, vor allem dieses ewige Warten nach jeder Übergabe, bis es weitergeht. Und sosehr ich auch versuche, mein Lächeln aufrechtzuerhalten, ich schaffe es irgendwann nicht mehr. Während weitere Interviews geführt werden und ich immer noch nur dastehe und mein Gesicht schmerzt, bin ich kurz vor dem Durchdrehen. Was, wenn mein Name nicht fällt? Was, wenn ich nach Hause gehen muss und meine einzige Hoffnung zerplatzt? Die Übelkeit, die mit dem Gedanken einhergeht, steigt mir in die Kehle und ich schlucke trocken, versuche mich nicht meinen Emotionen hinzugeben, nicht dem Brennen hinter meinen Lidern. Collin ist an der Reihe und nimmt einen Umschlag. *Bitte*, denke ich. *Bitte! Sag meinen Namen!*

»Hannah.« Die Meerjungfrau läuft zu ihm, den Schwanz mit der linken Hand hochhaltend, während ihre weißblonden Locken auf und ab hüpfen. Und meine Hoffnung stirbt ein weiteres Mal, zerspringt wie ein Keramikteller auf hartem Fliesenboden. Noch ein Name, der nicht meiner ist … meine Knie werden immer weicher. *Ich halte das nicht aus. Ich halte das nicht aus!* Weitere Minuten vergehen, die mir vorkommen wie Stunden, Dan und Siva vergeben ihre Briefe. Eine Kamera wird auf mich gerichtet und ich blinzele, verziehe die Mundwinkel zu etwas, das unmöglich freundlich aussehen kann.

»Eyla«, sagt Collin da und lächelt mich an. Ich stutze, warte, ob ich mich in meiner Aufregung nicht verhört habe, doch als niemand anderes sich aus der Reihe bewegt und Collin mich immer noch ansieht, begreife ich, dass er mich tatsächlich aufgerufen hat. Mein Herz hüpft bei jedem Schritt, den ich nach vorn stolpere, in meiner Brust auf und ab, verteilt das Adrenalin in meinem Körper, in jeder Vene, in jeder Ader. Ich schiebe mich zwischen Lynn und der Meerjungfrau hindurch und gehe möglichst grazil auf den Bachelor zu. Er nimmt einen Brief vom Stapel und reicht ihn mir.

»Darf ich dir den hier überreichen?«, fragt er in einer seltsamen Flüsterstimme, die mir die Haare zu Berge stehen lässt. Ich nehme den Brief entgegen. Dabei streift er mit seinen Fingern meine Haut. Mit dem Daumen streicht er kurz über meinen und die Berührung sendet Schauer über meine Wirbelsäule bis hinunter zu den Zehen. Doch es ist ein anderes Gefühl, das mich plötzlich nach links sehen lässt. Der Blick aus seinen dunklen Augen zieht mich an, flechtet ein unsichtbares Band zwischen uns, das mich für einen Augenblick so gefangen nimmt, dass ich nicht höre, dass Collin mir eine Frage stellt. Ertappt reiße ich meinen Blick von Dan los.

»Was?«

»Nimmst du ihn an?«

»Ja, natürlich. Vielen Dank«, stammele ich, umarme ihn wie auch die anderen vor mir und laufe wie ferngesteuert zurück zu meinem Platz. Den Umschlag fest umklammert, als hinge mein Leben davon ab. *Für Eyla* steht darauf. Mein Name. Meine Beine sind immer noch wackelig, das Adrenalin noch in meinen Knochen. Und erst als ich wieder neben Svea stehe und sie meine Hand euphorisch drückt, merke ich, wie ich zittere. Ich bin weiter … meine Mundwinkel heben sich nun ganz von allein. Ich bin in der nächsten Runde. Merve hat noch eine Chance.

Ich liege unter der viel zu dicken Daunendecke und grübele vor mich hin. Das Mondlicht scheint durch ein schmales Fenster in das Gemeinschaftsschlafzimmer im Dachboden der kleinen Blockhütte und wirft dunkle Schatten an die gegenüberliegende Wand. Das ist nun also das Matratzenlager von Collins Team. Und ich kann nicht einschlafen.

Mein Körper steht seit der Zeremonie immer noch unter Strom. Es ist zu viel passiert, um es auf die Schnelle zu verarbeiten. Wichtig ist nur, dass ich verdammt noch mal aufpassen muss, was ich tue, und vor allem, welche Rolle ich vor Collin spiele. Süß und sexy, ein bisschen mysteriös. So war mein Plan.

Aber vor allem wollte ich beobachten und mich nicht sofort ins Getümmel der Frauen stürzen. Svea hat meinen Plan, mich mit niemandem anzufreunden, ein wenig über den Haufen geworfen. *Freunde ist das falsche Wort,* erinnere ich mich. Denn ich darf auf gar keinen Fall unterschätzen, dass das hier ein Wettkampf ist. Früher oder später wird jede ihre Krallen ausfahren, ganz egal, ob es am heutigen Abend noch friedlich war. *Jede ist hier aus demselben Grund.* Na ja, nicht jede … es geht entweder um Liebe oder Geld. Also zumindest aus zwei Gründen. Dennoch bin ich mir sicher, dass momentan achtzig Prozent der Frauen tatsächlich nur wegen des Geldes hier sind. Sie kennen die Männer nicht, wieso sollte jemand also jetzt schon die Liebe wählen?

Auf einige der Kandidatinnen muss ich besonders achten. Lynn schießt mir durch den Kopf. Sie ist momentan Collins Favoritin, das ist mehr als deutlich geworden. Auch Svea empfinde ich irgendwo als Konkurrenz, aber sie ist in Sivas Team und damit fürs Erste von der Liste der direkten Konkurrentinnen gestrichen. Ich drehe mich auf den Bauch und knautsche das Kissen unter meinem Kopf zusammen, um bequemer liegen zu können. Direkt vor mir sehe ich Aprils dunklen Schopf, der halb unter der Decke begraben liegt. Es ist wirklich viel zu eng hier. Elf Betten in einem einzigen Zimmer und dazwischen gerade so genügend Platz, dass man sich vorbeiquetschen kann.

Wenigstens habe ich das Bett hinten rechts in der Ecke bekommen, sodass ich als direkte Nachbarinnen nur April und Jennifer, die Rothaarige, habe. Ich habe Collins persönlichen *Loveletter* an mich schon geöffnet. Es war eine Einladung zum Gruppen-Date für morgen enthalten und außerdem eine kleine Notiz, in der stand: *Ich bin gespannt auf deine Tattoo-Ideen.* Zuerst fand ich es nett, aber dann habe ich mich geärgert. Denn auch wenn ich Tattoos interessant finde, ist das nicht das, was mich ausmacht. Und dieses Thema als einziges zu wissen, was Collin und mich verbindet, lässt mir das Herz schwer werden. Unsere Bindung hängt an einem seidenen Faden, und irgendwie muss ich das kitten, so viel Schnur darum herumwickeln, dass das Band nicht mehr reißen kann. Vielleicht gelingt es mir ja bei dem Date, das morgen stattfindet.

Ich drehe mich zurück zur Wand und versuche eine bequeme Position zu finden. Eine Person im Zimmer atmet laut auf, als hätte das Rascheln meiner Decke sie aus dem Schlaf gerissen. Ich warte kurz, dann ist es wieder still. Dans Gesicht erscheint vor meinem inneren Auge. Ich muss immer wieder daran denken, wie er mir die Snacks gebracht hat. Er hat sich Sorgen um mich gemacht. Es war ihm wichtig, dass es mir gut geht. Genauso wie im Club. Aber vielleicht ist er auch einfach ein hilfsbereiter Mensch, der nicht mit ansehen kann, wenn es jemandem schlecht geht. Solche Menschen gibt es. Merve ist zum Beispiel so jemand. Seine dunklen Augen haben heute noch mysteriöser gewirkt, als ich sie in Erinnerung hatte. So unendlich tief und düster, als würde man nie wieder an die Oberfläche kommen, wenn man erst einmal darin eingetaucht ist. Als könnte diese Schwärze einen einfach verschlingen und nicht mehr freigeben.

Irgendjemand beginnt zu schnarchen und ich sehe mich genervt nach der Übeltäterin um. Das ist nicht das erste Mal, dass jemand hier auf diese unangenehme Art musiziert. Und eigentlich brauche ich jedes Quäntchen Schlaf, das ich bekommen kann, wenn ich fit für das Gruppen-Date sein möchte.

»Halt die Klappe!«, faucht jemand aus der Dunkelheit vor mir wütend, und ein Kissen fliegt durch die Luft, trifft die Schnarcherin am Kopf. Tatsächlich verstummt sie.

»Danke«, zische ich leise und jemand schnaubt.

Ich fühle mich wie gerädert, als ich mit den Frauen aller Teams aus dem Bus aussteige und keine drei Meter weiter in tiefstem Schnee stehe. Der Parkplatz, auf dem der Bus hält, ist nicht geräumt worden, und nur an einigen wenigen Stellen haben Fahrzeugreifen den Schnee bereits platt gefahren. Um uns herum erstrecken sich Berge, deren Spitzen noch im frühmorgendlichen Dunst verborgen liegen. Es hat etwas Mystisches an sich. Als wäre dies der Anfang einer Reise ins Ungewisse. Ich gähne herzhaft und strecke meine Arme nach oben, um meinen schmerzenden Rücken zu dehnen. Nicht nur, dass die Schnarcherin noch öfter angesetzt hat. Nachdem auch ich mein Kissen als Wurfgeschoss geopfert habe, musste ich versuchen, ohne Kissen zu schlafen. Meine Aktion war nicht ganz durchdacht, das muss ich zugeben.

»Ich bin so gespannt«, quietscht Svea neben mir. Der rosafarbene Plüschbommel auf ihrer Mütze hüpft dabei auf und ab. Er hat die gleiche Farbe wie ihr Lippenstift, und es ist nicht zu übersehen, wie viel Mühe sie sich mit ihrem Make-up gegeben hat. Neben ihr komme ich mir beinahe ungeschminkt vor. Um meine Augenringe zu kaschieren, habe ich Concealer und Mascara aufgetragen, zu mehr hat mir heute Morgen die Zeit gefehlt. Und die Lust. Zumal die Badezimmer Ewigkeiten besetzt waren. Ich blinzele in die Sonne, deren warme Strahlen kaum zu uns durchdringen. Die Temperaturen sind auf 23 Grad Fahrenheit gesunken und es ist alles andere als angenehm. Ich habe mich dick in meine Winterjacke, eine Schneehose und einen monströsen grünen Schal eingepackt, um nicht zu erfrieren, und hoffe inständig, dass ich dieses Date überhaupt überleben werde. Ich friemele an dem Kabel des Mikrofons herum, das mich an einer Stelle am Hals unangenehm zwickt, und stecke es einige Zentimeter weiter oben am Schal fest. Svea hält die Nase in die Luft und atmet tief ein.

»Nach was riecht Schnee für dich?«

Ich kräusele verwundert meine Lippen, ehe ich einen tiefen Atemzug durch die Nase nehme. »Nach nichts. Nach Kälte und Nässe.« Nach Vergessen. Die schalen Überbleibsel einer einst starken Farbe. Das Begraben von schönen Dingen unter einer weißen, eisigen Decke. Wenn ich darüber nachdenke, passt der Schnee hervorragend zu mir. Svea sieht mich beinahe enttäuscht an, ehe sie die Achseln zuckt.

»Ich finde, er riecht irgendwie nach Wohlfühlen.«

Wie auch immer Wohlfühlen ein Geruch sein kann …

Die Kameracrew ist schon dabei, die ersten Interviews zu filmen und einzufangen, wie die Frauen in ihren Schneeanzügen und Schneehosen herumeiern. Ich bin gespannt, was sich die Produktion heute für uns ausgedacht hat, im Gegensatz zu allen anderen ersticke ich allerdings nicht an euphorischem Kreischen. Die persönliche Nachricht im *Loveletter*, die mir Collin hinterlassen hat, nagt noch an mir. Sie zeigt mir einmal mehr auf, dass ich mich anstrengen muss. Und am besten überlege ich mir, sobald es geht, eine neue Strategie. Ein Tourguide, der mit einem kleinen Fähnchen am Rande des verschneiten Parkplatzes steht, ruft uns etwas zu. Er hat einen langen dichten Rauschebart und könnte mit seiner schnarrenden Stimme ohne Probleme Grantelbart aus *Weihnachtsmann und Co. KG* sein.

Einige Frauen eilen auf ihn zu, und nachdem Svea es ihnen gleichtut, schließe ich mich an. Grantelbart begrüßt uns, verlässt den Parkplatz und stapft immer weiter in den Schnee voraus, der mir nun bis zu den Knien reicht.

»Ganz schön tief.« Svea sieht ein bisschen aus wie ein Storch, der durchs Wasser watet. Ich muss lachen, stelle mich selbst aber nicht besser an. Wir erreichen einen präparierten Abschnitt, der wohl extra für die Show von einer Pistenraupe bearbeitet wurde, und ich schüttele mir den Schnee von Stiefel und Hose, ehe er sie komplett durchnässen kann. Rechts von uns befinden sich mehrere Holzüberdachungen, dahinter erstreckt sich eine ebene weiße Fläche, die schließlich von Wald abgelöst wird.

»Sie kommen gleich«, sagt der Tourguide mit einem Grinsen und wir bleiben stehen. Ein leises Motorengeräusch ist zu vernehmen, und dann tauchen am Waldrand drei Schneemobile auf. Sie lassen die Motoren röhren, bevor sie sich wie schwarze Schatten in Bewegung setzen und auf uns zuschießen. Das mittlere, auf dem ich Dan vermute, bewegt sich am schnellsten.

»Wir werden Schneemobil fahren, O mein Gott!«, schreit jemand hinter mir. Die Männer tragen allesamt schwarze, figurbetonte Schneeanzüge und nähern sich in rasantem Tempo, Schnee wirbelt hinter ihnen auf. Erst knapp vor uns kommen sie zum Stehen. So knapp, dass die Kufen der Gefährte eine große Ladung Schnee auf uns abfeuern. Die Ladung trifft mich mitten ins Gesicht und rinnt durch die Lücken des Schals über meine Schlüsselbeine und Schulterblätter. Svea und April kichern, ich tue nur so. Ein weiterer Minuspunkt für den Schnee.

Kurze Zeit später werde ich aber von der Euphorie der anderen angesteckt, denn wir dürfen selbst an einer zweistündigen Schneemobil-Safari teilnehmen. Zwei Assistenten fahren nach und nach die Schneemobile aus den Carports, während uns der Tourguide eine Einführung gibt. Ich höre gespannt zu, als er uns erklärt, wie wir uns beim Fahren zu verhalten haben und auf was wir achten müssen.

»Bitte fahren Sie nur in einer Reihe, kein Slalom, kein Überholen, kein Nebeneinanderfahren.« Er gestikuliert in der Luft herum, um seinen Worten Nachdruck zu verleihen. Grantelbart zeigt zu den Schneemobilen und lässt seinen Blick nachdrücklich über die Gruppe schweifen.

»Am wichtigsten ist es, dass Sie auf Handzeichen achten. Während der Safari können Sie nur die Motorengeräusche hören, deswegen müssen wir uns anders verständigen. Wenn jemand vorn ein Handzeichen gibt, ist es wichtig, dass mindestens eine Person der folgenden Schneemobile dieses Zeichen wiederholt, damit auch die letzten es mitbekommen. Ich erkläre es gleich.« Er tritt ein paar Schritte zurück, versinkt noch ein wenig weiter im Schnee. »Wir benutzen hierfür immer die linke Hand.« Der Guide zeigt ein paar der wichtigsten

Handzeichen und wir wiederholen sie alle fleißig. Einfaches Heben der linken Hand mit geballter Faust bedeutet *Vorbereiten auf Anhalten*, seitliches Winken *Achtung, langsamer*, zum Beispiel, wenn eine große Bodenwelle oder eine scharfe Kurve vor uns liegt. Meine Lieblingsbewegung ist die, bei der man wie ein Lokomotivführer an einem imaginären Seil zieht. Das heißt, dass es losgeht. Es macht Spaß zu sehen, wie eifrig alle die Bewegungen nachahmen und wie ernst diese genommen werden. Die Vorfreude hat auch mich übermannt und ich bin mittlerweile Feuer und Flamme für die Safari.

Jedes Team, Sivas, Collins und Dans, bekommt fünf zusätzliche Gefährte, sodass immer zwei auf einem sitzen können und sich während der Safari mit dem Fahren abwechseln. Um dem Ganzen die Möglichkeit zu geben, romantisch zu werden, darf die eine Kandidatin, die übrig bleibt, immer zu dem Bachelor aus ihrem Team aufsteigen. Dann wird durchgewechselt. Vier weitere Schneemobile werden von den Assistenten gefahren, sodass die Kameraleute hinten sitzen können und eine gute Möglichkeit zum Filmen haben. Außerdem ist jedes unserer Fahrzeuge mit einer GoPro ausgestattet, die hinter dem Lenkrad angebracht ist.

»Da sieht man mein Doppelkinn total«, beschwert sich Lynn und schnalzt genervt mit der Zunge. Grantelbart setzt sich auf eines der Schneemobile und erklärt die Funktionsweise.

»Wer möchte denn zuerst bei mir mitfahren?«, fragt Collin, als alles klar ist. Meine Hand schießt einen Sekundenbruchteil zu spät in die Höhe. Mist.

»Na gut, dann Lynn.« Er grinst eben Genannte an und sie hüpft vor Freude in die Luft. Die anderen, inklusive mir, verziehen enttäuscht das Gesicht.

»Ihr kommt alle dran, keine Sorge.« Irgendwie sieht Collin heute anders aus, beinahe verwegen mit der schwarzen Mütze und dem körperbetonten Schneeanzug. Wie ein Ninja.

Wir werden einem Schneemobil zugeteilt; diejenigen, die fahren wollen, dürfen gleich aufsitzen.

»Darf ich?«, fragt Hannah und zeigt hinter mich. Auf der Sitzfläche liegt ein wenig Schnee und ich fahre mit dem Ärmel meiner Winterjacke darüber, um ihn wegzuwischen.

»Na klar.«

Sie lächelt, nimmt Platz und umgreift die hinteren Haltestangen, um während der Fahrt nicht herunterzufallen. Das Lokomotivzeichen wird kurze Zeit später weitergegeben und ich warte gespannt, bis die Karawane loszieht. Collins Team ist als zweites an der Reihe und ich bilde das Schlusslicht. Ich greife nach dem Sicherheitskabel und hake es in eine Schlaufe an meiner Jacke ein. Sollte etwas während des Ausflugs passieren und ich den Halt verlieren, wird dadurch der Schlüssel abgezogen und das Schneemobil fährt nicht einfach weiter.

Ich strecke meine Finger ein paarmal, balle sie in den dicken Handschuhen zur Faust und spreize sie dann wieder. Die Sonne, die ich zuvor kaum gespürt habe, scheint nun warm auf mein Gesicht und lässt mich die kalten Temperaturen vergessen. Als die beiden Kandidatinnen vor mir losfahren, betätige auch ich den Gashebel mit meinem rechten Daumen und das Schneemobil setzt sich knarzend in Bewegung. Ich fahre langsam, bis der Sicherheitsabstand von zwanzig Metern gewährt ist. Dann gebe ich mehr Gas, beschleunige, um nicht zurückzubleiben. Wir rasen über die schneebedeckte Wiese.

Anfangs fährt es sich noch etwas steif, fühlt sich ungewohnt an. Wahrscheinlich ist es gar nicht so schnell, wie es mir vorkommt, aber schnell genug, um Adrenalin durch meinen Körper zu jagen. Ich passe meine Bewegungen denen des Schneemobils an, um kleine Hügel und Löcher im Schnee besser ausgleichen zu können. Das Gefährt vor mir vertieft die Spuren der Vorausfahrenden und ich lenke gegen, damit die Kufen nicht ausbrechen. Schnee wirbelt unter mir auf und prallt an der Windschutzscheibe ab, zerstäubt in tausend kleine Kristalle.

Ich sehe an die Spitze der Gruppe, die Ersten verschwinden bereits im Wald. Als die Bäume uns umgeben, verlangsame ich das Tempo. Und dann sind wir auf einmal mittendrin. Die schneebedeckten Wipfel hemmen das Sonnenlicht, und aus der warmen Färbung des Tages wird auf einmal ein kühles Blau. Die Stille wird drückender, nur noch vom Geräusch der Motoren durchbrochen. Der ausgefahrene Weg ist zwar breit genug, aber wirkt durch die umgebenen Stämme und Büsche schmal. Ich weiß, dass die anderen nicht weit weg sind, doch es fühlt sich an, als wäre ich allein hier. Als wäre es nur das leise Röhren meines Schneemobils und das Klopfen meines Herzens. Hannah ist zu beschäftigt damit, sich umzusehen und die glitzernde Natur zu bewundern, um etwas zu sagen. Und auch ich schweige lieber, genieße die frische Luft in meinem Gesicht, den Geruch nach Tannennadeln und feuchter Erde. Ich biege um einen kleinen Hügel und schließe zu den anderen auf. Die Fahrerin vor mir hebt die Hand zum Anhalten und ich lasse den Gashebel los, drücke mit der linken Hand die Bremse, bis wir zum Stehen kommen, während Hannah das Zeichen weitergibt.

»Wechsel«, höre ich Collins Stimme. Ein gerades Stück Strecke liegt vor uns und ich sehe, wie Lynn vom Schneemobil steigt und zurück zu ihrem zugeteilten stapft.

»Eyla, willst du?«, fragt Hannah mich und zeigt zu Collin. »Ich kann auch noch warten.«

Ich nicke überrascht. »Ja, gern.« Ich weiß Hannahs Geste zu schätzen und grinse sie dankbar an. Dann mache ich mich eilig auf den Weg zu Collin, während Hannah unser Gefährt übernimmt. Platt gefahrener Schnee knirscht unter den Sohlen meiner Winterstiefel. Das Weiß ist an einigen Stellen bereits mit Braun durchmischt, dort, wo die Kufen die Schneedecke mit der Erde des Waldweges zusammengepresst haben. Als ich vor dem Bachelor stehen bleibe, lächelt er fröhlich.

»Dann kann's gleich weitergehen.« Ich steige hinter ihm auf sein Mobil, greife mit den Händen um seine Taille und halte mich an ihm fest. Es ist mir unangenehm, ihm so nah zu sein, aber ich wette, Lynn hat vorhin auch nicht die Halterungen benutzt. Außerdem muss ich jegliche Möglichkeit, ihm näher zu kommen, ausnutzen. Ich zucke zusammen, als ein Schneemobil neben uns zum Stehen kommt. Einer der Kameramänner, es ist der rothaarige mit den Sommersprossen, richtet die Kamera auf uns. Doch dann lächele ich umso strahlender und richte mich im Sitz auf. Collin dreht sich zu mir um. »Alles klar?«

»Alles klar«, antworte ich über den Lärm der startenden Motoren hinweg. Ich ignoriere das mulmige Gefühl in meiner Magengegend, das die Kamera in mir auslöst, und umschlinge Collins Oberkörper fester, als er losfährt. Der Pfad windet sich nun enger um die Bäume.

Schneebedeckte Büsche und Tannen machen es schwerer, die Kurven gut auszufahren, und auch die Strecke selbst wird immer holpriger. Collin wirkt steif in seinen Bewegungen, und es schüttelt mich ordentlich durch, als kleinere Bodenlöcher vor uns auftauchen. Ich höre in mich hinein, suche nach einer Regung, die ich angesichts dieser Situation haben müsste. Ein Kribbeln, das mir zeigt, dass ich etwas fühle. Dass ich es mag, hier bei Collin zu sein. Doch in mir drin ist nur Leere. Ein Hauch von Nichts. Vor seinem Auftritt vorhin ist er wohl auch noch nie Schneemobil gefahren. Bald lehne ich mich etwas weiter von ihm weg, um mir meinen Kiefer nicht zu brechen, wenn er aus dem Sitz gedrückt wird, und auch sein Gasarm wirkt ganz zittrig bei den engen Kurven. Ohne ein richtiges Gespräch, aber dafür mit viel Körperkontakt endet meine Fahrt mit dem Bachelor und ich bedanke mich überschwänglich bei ihm, stapfe dann aber umso erleichterter auf das Schneemobil von Jennifer zu, die als Nächstes an der Reihe ist und Leah zurücklässt.

»Du kannst gern fahren«, sagt diese und deutet auf den Fahrersitz. »Ich bin da nicht so scharf drauf.«

Ich steige vor ihr auf und warte, bis sie sich festhält. Ein warmes Prickeln streicht über meine Arme und hinterlässt Gänsehaut, als wir wieder losfahren. Ein Anflug von Freiheit legt sich über mich, über meine Sinne wie ein zartes seidenes Tuch, das im Fahrtwind flattert. Für einen Moment ist da wieder nur der Wald und ich.

Ich fahre um eine Kurve, verlangsame das Schneemobil, als ich plötzlich wenige Meter vor mir eine Bewegung am Rand des Pfades wahrnehme. Mit der linken Hand gebe ich das Zeichen zum Warten für die Fahrerin hinter mir und spähe in das dichte Unterholz. Auch Leah lugt gespannt über meine Schulter. Mein Motor geht aus, und ich bleibe auf der Stelle stehen. Hinter mir höre ich das nahende Mobil, doch es verstummt schnell. Ich drehe mich um und erblicke Dan, hinter dem Taysha sitzt und das Zeichen zum Bremsen weitergibt.

»Alles okay?«, fragt er und macht Anstalten, von seinem Schneemobil abzusitzen. Ich schüttele den Kopf, um ihn zum Warten zu bringen, hebe den Zeigefinger an meine Lippen und deute einige

Meter vor mich, wo sich ein großes pelziges Tier aus den Bäumen löst und den Pfad überquert. Es hat ein riesiges Geweih und sieht aus wie ein Hirsch. Wenn ich mich richtig erinnere, könnte es ein Rentier sein, ich bin mir allerdings nicht ganz sicher, ob es die in Alaska überhaupt gibt. Das Tier dreht sich zu mir um, mustert mich mit seinen großen dunklen Augen, bevor es leise schnaubt und im gegenüberliegenden Dickicht verschwindet. Zurück bleiben nur die Hufabdrücke im Schnee. Ich habe noch nie ein Rentier in freier Wildbahn gesehen. Noch nie! Nicht einmal im Tierpark! Ein Lächeln legt sich auf meine Lippen und ich räume der freudigen Stimmung in mir mehr Volumen ein, lasse zu, dass ich einen Augenblick vergesse, dass ich den Winter und seine Kälte nicht leiden kann. Langsam lege ich meine Hand wieder an den Gashebel. Ich drehe mich um, um das Lokomotivzeichen zu geben, und spüre, dass Dan mich ansieht. Als sich unsere Blicke treffen, lächelt er und ich wende mich schnell wieder ab. Doch auch mein Lächeln wird breiter.

9. Kapitel

»ICH FINDE, ES WAR EINFACH NICHT DER RICHTIGE ZEITPUNKT.«
– EYLA, 25

Abends bin ich so erschöpft, dass ich trotz der Schnarcherin rasch ins Reich der Träume sinke. Der Tag war aufregend und voller schöner Momente, die ich vor allem allein genossen habe. Hannah hat mich irgendwann beim Fahren abgelöst, und gemeinsam hatten wir wirklich viel Spaß. Als ich hinten saß, habe ich mich immer wieder verstohlen nach Dan umgesehen, und irgendwie bin ich mir sicher, dass das keine zwanzig Meter waren, die uns voneinander getrennt haben.

Die nächsten Tage verbringen wir mit Spaziergängen und gegenseitigem Kennenlernen. Ich lasse mich von den anderen zum Schneemannbauen überreden, aber ansonsten passiert nicht wirklich viel. Ich schaffe es, Merve und Amber Nachrichten zu schreiben, antworte ihnen aber kaum, um nicht den Eindruck zu erwecken, mich zu wenig um das Hier und Jetzt zu kümmern. Die Zeit zieht sich wie Kaugummi, und die ein oder anderen Streitigkeiten habe ich auch schon mitbekommen, versuche aber, mich rauszuhalten. Die Einzige, mit der ich tatsächlich gern rede, ist Hannah. Sie ist sehr auf dem Boden geblieben, auch wenn sie gelegentlich mit Räucherstäbchen in der Hütte herumwedelt oder uns unsere Horoskope vorliest. Aber sie hält sich aus Ärger heraus, und heute Morgen haben wir sogar gemeinsam ein Pamela-Reif-Work-out gemacht. Merve wäre stolz auf mich, wenn sie wüsste, dass ich hier sehr viel mehr Sport treibe als sonst. Aber ich habe auch keine anderen Beschäftigungsmöglichkeiten.

Als ich aus dem Badezimmer komme, die nassen Haare in einem Handtuch um den Kopf gewickelt, höre ich aufgeregtes Rufen und laufe eilig nach unten in das kleine Wohnzimmer der Hütte. Die meisten stehen bereits dort und scharen sich um Lynn, die einen Briefumschlag nach oben hält.

»*Datecard!*«, ruft Hannah laut, um so auch die Letzten nach unten zu lotsen. Ihre grünen Augen blitzen vergnügt. Kaum sind alle da, öffnet Lynn den Umschlag.

»Es wird heiß«, liest sie vor und einige kichern verhalten. Ich sehe Hannah an und sie hebt die Brauen, wie um zu sagen, dass sie keine Ahnung hat, was das bedeuten könnte. Eine große schillernde Spange ziert ihre Haare. Lynn dreht die Karte um und ich halte den Atem an. Das sind nun also die Team-Dates.

»Jennifer …« Lynn sieht die Kandidatinnen an, deren Namen sie gerade vorliest.

»Hannah.« Die Angesprochene jubelt und reckt die Arme in die Luft, als sie genannt wird. Weitere Namen folgen, und mein Herz schlägt immer schneller. Ich muss auf dieser Karte stehen. Ich sterbe sonst vor Langeweile. Und ich muss wissen, ob ich Collin herumkriegen kann.

»Eyla.« Mir fällt ein Stein vom Herzen, als Lynns Stimme an mein Ohr dringt, und ein Lächeln stiehlt sich auf mein Gesicht. Mehr Zeit mit Collin bedeutet mehr Zeit für mich in dieser Show und ein weiterer Schritt in Richtung Merves Rettung.

Das *heiß* bedeutet in unserem Fall Thermalbad. Wahrscheinlich hätte mir etwas Actionreiches besser gefallen als das Herumdümpeln in der Therme vor laufender Kamera. Auch wenn ich meistens zufrieden mit meinem Körper bin, finde ich es befremdlich zu wissen, dass die Linse sämtliche meiner Bewegungen einfangen wird. Von ungünstigen Augenblicken, in denen der Bikini verrutscht, bis hin zu Dehnungsstreifen an den Oberschenkeln, die vielleicht zu sehen sind.

Ich ziehe meinen Bauch ein und folge Hannah und den anderen in das Thermalbad. Wärme schlägt mir entgegen, durchdringt Zelle für

Zelle meine Haut. Ich spüre den glatten Fliesenboden unter meinen Fußsohlen und weiche einigen Pfützen aus, um nicht auszurutschen.

Die Stimmung und die beiläufigen Gespräche kommen mir gezwungen vor, als hätte jemand einen Elektrizitätsregler bis zum Anschlag aufgedreht. Die Anspannung zwischen uns ist nun beinahe greifbar, reibt an unseren Nerven wie Schmirgelpapier. Mein Herz schlägt schneller, als ich Collin erblicke. Er hebt die Hand und ich winke mit so viel Euphorie, wie ich aufbringen kann, zurück. *Ich muss strahlen wie ein Honigkuchenpferd. Und wenn es wehtut!* Dieses Date ist eine gute Möglichkeit, um aus der Hütte zu kommen und etwas Freiraum zu genießen. Aber es geht hier um viel mehr als das, und diese Tatsache liegt mir wie ein Backstein im Magen. Alles, was ab jetzt geschieht, ist berechnet. Jedes Lächeln, jedes Herumalbern, jede Berührung.

Das Bad erstreckt sich über mehrere große Becken, überall entdecke ich dorisch angehauchte Säulen und Palmen mit zu perfekten grünen Blättern. Collin steht bei den Liegen, die am Rand eines runden Beckens aufgestellt sind, etwas entfernt von ihm ein Kameramann in schwarzer Kleidung. Ein weiterer Mann mit Kamera folgt uns, um die Begrüßung von hinten zu filmen. Im Briefing wurde uns gesagt, dass wir, außer bei Interviews, nicht in die Linse sehen dürfen, und ich widerstehe dem Drang, mich umzudrehen. Collin sieht mit seiner roten Badeshorts aus wie ein Adonis, als er uns begrüßt, die Muskeln aufgepumpt, als sei er eben erst im Fitnessstudio gewesen. *War er bestimmt auch,* denke ich und umarme ihn mit einem überschwänglichen »Hey«, wobei ich mich so eng wie möglich an ihn drücke.

»Hey.« Er schenkt mir ein schiefes Grinsen, ehe er Jennifer in die Arme schließt. Die Tattoos auf seiner Haut ziehen sich komplett über seine Arme bis hin zum Hals. Kleine Ranken zieren sogar seine Schultern, und dazu das Gesicht einer Frau, die sehr abstrahiert dargestellt ist und weiter nach hinten zum Rücken verläuft. Blumen wachsen aus ihrem Kopf, sprießen bis unter Collins Achselhöhle. Die Einzige von uns, die ebenfalls tätowiert ist, ist Lynn. Sie trägt ein Sternbild auf ihren Rippen und ein verschnörkeltes *Gemini* darunter.

»Oh, du bist Zwilling.« Hannah betrachtet Lynns Tattoo näher, die stolz nickt. Kurze Zeit später reden wir über Sternzeichen, Aszendenten und Mondzeichen. Hannah ist ganz in ihrem Element und geht in dem Gespräch richtig auf. Zu hundert Prozent glaube ich zwar nicht an solche Dinge, aber ich beschäftige mich gern damit. Ich versuche Collins Miene zu lesen, ob er das gutheißt oder schlichtweg schräg findet, es scheint ihn aber nicht zu stören.

»Ich bin Steinbock«, sagt er und tritt damit eine Diskussion los, welche Zeichen am besten zueinander passen. Ich enthalte mich. Mit Steinböcken bin ich noch nie gut ausgekommen. In der Schule gab es mal einen Jungen, der Merve wegen ihrer Fusselhärchen kurz nach der Chemotherapie geärgert hat. Er war auch Steinbock und ich habe ihn verhauen.

Collin macht ein paar Schritte in Richtung Becken, als das Gespräch langsam einschläft, und gleitet dann mit einer fließenden Bewegung ins Wasser. Lynn tut es ihm gleich und schwimmt ein paar Züge auf ihn zu, schlingt die Arme um seine Brust. Ich schüttele meine Verärgerung ab und folge den anderen.

Wir ziehen Bahnen, bespritzen uns mit dem warmen Wasser und machen es uns schließlich unter den sprudelnden Quellen gemütlich, die am Rand des Beckens aus mehreren kleinen Düsen dringen. Ich schließe meine Augen, genieße den prasselnden Druck des Wassers an meinen Schultern, der mich massiert und die angespannten Muskeln lockert. Dann tauche ich meinen Kopf so weit unter Wasser, dass meine Ohren sich mit der Flüssigkeit füllen. Ich höre nur noch Rauschen, leise Wellen, die um mich herum aufwallen, gegen meine Schläfe schlagen.

Eine leichte Berührung an meinem Arm lässt mich die Lider wieder öffnen und ich sehe in Collins azurblaue Augen. Er grinst schelmisch, dann werde ich auf einmal unter Wasser gerissen und halte erschrocken die Luft an. Collin hält mich unter der Oberfläche, umfasst meine Taille, sodass mein Rücken gegen seine muskulöse Brust gedrückt wird. Mit den Händen wandert er dabei über meine Haut und ich drehe mich zu ihm um, als ich mich von dem Schreck erholt habe. Ich bereue es augenblicklich. Direkt vor mir sehe ich Collins Gesicht. Viel zu groß, viel zu nah. Seine Lippen, die sich langsam öffnen, Luft ausstoßen und sie in kleinen Blasen nach oben schicken. In meinem Kopf blinkt das Wort *Nein* wie ein Werbeschild in New York City auf. Es fehlt nur noch ein vorbeirasendes Feuerwehrauto mit Blaulicht. Ich denke nach, doch es kommt nichts Sinnvolles dabei heraus, dafür ist mein Körper schneller. Bevor es zu einer seltsamen Situation kommen kann, lege ich meine Hände auf Collins Schultern und drücke ihn von mir weg, weiter nach unten, während ich mich selbst an ihm abstütze und an die Oberfläche dringe.

Nach Luft schnappend durchbreche ich das Wasser und streiche mir die Haare zurück, die mir in dunklen Strähnen im Gesicht hängen. Collin taucht neben mir auf, sein Gesicht trieft und er schüttelt sich wie ein nasser Hund, trifft dabei die anderen und Lynn und Jennifer quietschen. Kurz darauf ist eine Wasserschlacht im Gang, bei der wir uns gegenseitig untertauchen und das Sprudelbecken genießen. Ich ignoriere die Kameras so gut es geht, versuche mich locker zu geben, stets den Bauch einzuziehen und mich trotz der unangenehmen Situation zwischen dem Bachelor und mir ins Gespräch einzubringen. Collin zieht immer wieder eine von uns mit sich, um sich mit ihr allein zu unterhalten. Mit Lynn bleibt er besonders lange weg, und als Jennifer nachsieht, ahne ich bereits, was passiert ist.

»Sie küssen sich«, bestätigt sie, als sie durch das Wasser zu uns watet. Ich runzele die Stirn und sehe zu Hannah, die mit einem Mal sehr unglücklich dreinschaut.

»Das ging schnell«, murmele ich und senke die Stimme gegen Ende des Satzes. Bestimmt haben die Kameras es aber dennoch eingefangen, und in ein paar Monaten wird mein Gesicht groß auf dem Bildschirm prangen, wie ich pikiert die Augenbrauen nach oben ziehe. Unser Gelächter ist verstummt und wir sehen eher missmutig zu den Zurückkehrenden. Lynn strahlt über das ganze Gesicht, und ich würde sie am liebsten gegen eine der Säulen schubsen. Vor allem, als ich sehe, dass Hannah eilig zur Seite sieht, als müsste sie ihre Tränen verstecken.

»Eyla, möchtest du mich in den Außenbereich begleiten?«, fragt Collin und hält mir seine Hand hin. Seine Stimme ist dabei wieder so seltsam flüsternd und es klingt eher, als würde er mich dazu einladen, von ihm in Christian-Grey-Manier verführt zu werden. Mein Augenlid zuckt verräterisch.

»Liebend gern«, flöte ich und ergreife seine Finger, lasse mich von ihm hinter sich herziehen. Wir schwimmen bis zum anderen Ende des Sprudelbeckens und gelangen über einen kleinen Zwischenkanal in ein größeres, kälteres. Einige Meter weiter hängt ein transparenter Schutzvorhang, unter den wir hinwegtauchen. Als ich wieder hochkomme und mir das Wasser aus den Augen reibe, sehe ich, dass es um mich herum dampft. Das warme Wasser steht im Gegensatz zu der eisigen Luft im Außenbereich, und ich frage mich, ob es nicht eine furchtbar schlechte Idee war, meine Haare nass werden zu lassen.

»Gefrieren unsere Haare nicht?« Ich komme mir dumm vor, diese Frage zu stellen, habe aber angesichts der Kälte das Gefühl, dass sie berechtigt ist.

»Hier ist es zum Glück ein paar Grad über dem Gefrierpunkt.« Collin dreht sich zu mir um. Eilig kraule ich ihm hinterher, als er sich auf den Rand zubewegt. Ich stutze, der Rand besteht nur aus Glas. Eine dicke, mehrfach verglaste Wand, die die Wassermassen im Becken zurückhält. Wasser schwappt darüber, als ich mit schnellen Zügen darauf zuschwimme.

»Wow«, entfährt es mir, als ich zu Collin aufschließe und mich neben ihn stelle. Unter mir sind Bäume, schneebedeckte Tannenwipfel, zwischen denen vereinzelt Felsen hervorblitzen. Es ist wunderschön. Und kalt.

»Wie geht es dir heute?« Der Bachelor streicht sich eine blonde Strähne aus der Stirn und mustert mich aus blauen Augen. Ich lächele.

»Mir geht es gut. Es ist schön, aus der Hütte herauszukommen und ein bisschen Abwechslung zu haben. Und dir?«

»Bei mir ist es genauso. Die Hütten sind total gemütlich, aber es tut gut, mehr zu sehen.«

»Ja, das stimmt.« Mein Blick schweift in die Ferne, wo sich die mit Schnee gepuderten Wipfel zu einem Meer aus Weiß verbinden, unendlich weit wirken. Bis zum Horizont.

»Wir wurden beim letzten Mal unterbrochen.« Collin sieht mich schräg von der Seite an, in seinen Augen blitzt etwas auf, was ich nicht so recht deuten kann. »Aber wo würdest du dir das Tattoo eigentlich stechen lassen wollen?« Das Wo kommt rau aus seinem Mund, irgendwie schmierig, und ein ungutes Gefühl breitet sich in meiner Brust aus. Es schlägt Wellen, die langsam meinen Körper erobern. Ein Lachen bahnt sich in meinem Brustkorb an, und ich versuche, es mit aller Kraft zu unterdrücken. Ein Röcheln dringt zwischen meinen Lippen hervor. Was erwartet er von mir? Dass ich sage, dass ich es mir im Intimbereich stechen lassen würde? Oder über meinen Brüsten? Wären wir in einem Simsspiel, würden jetzt dicke Minuszeichen über meinem Kopf aufploppen und unsere Bekanntschaftsprozente ins Negative schießen. Was denkt er sich dabei? *Auf die Stirn*, hätte ich am liebsten gesagt, kann es mir aber verkneifen, das käme bestimmt nicht gut an. Ich muss diese Situation irgendwie hinter mich bringen, charmant sein und darauf eingehen, so plump ich es auch finde.

»Entweder hier«, ich hebe den Arm und deute auf eine Stelle auf der Innenseite oberhalb des Ellenbogens, »oder hinter meinem Ohr, wenn es etwas Kleines ist.« Mit einem Anflug von Genugtuung sehe ich, dass er enttäuscht seine Mundwinkel senkt. Ich frage ihn zu einem neuen Tattoo und meine Gedanken schweifen ab, während er mir erzählt, was er sich als Nächstes ausgesucht hat. Wieso kann ich mit dem Kerl gefühlt über nichts anderes reden als Tinte? Was Merve wohl gerade macht? Ob sie schon im Krankenhaus ist? Vielleicht sollte ich sie wirklich bald mal anrufen oder ihr zumindest schreiben. Vielleicht …

Ich spüre Collins Nähe, noch bevor er mich berührt. Er nimmt meine Hand in seine und verschränkt unsere Finger. Am liebsten würde ich zurückzucken, doch die Kamera am Rande des Beckens fokussiert uns. Ganz nah. Ich weiß es. Also strahle ich, blinzele ein paarmal. Ich könnte ihn küssen … vielleicht wäre es sogar gut, wenn es dazu kommen würde. Aber er hat eben erst Lynn herumgekriegt. *Mach dich lieber ein bisschen rar. Nichts überstürzen,* hat Cassie mir geraten, die Expertin ist. Immerhin sieht sie sich diese Show seit Jahren an. Und mir kommen Merves Worte wieder in den Sinn, die sie mir bei unserem Abschied zugeflüstert hat. *Gib immer ein kleines bisschen von dir, aber nie alles. Du darfst dich selbst nicht verlieren.* Das hat sie gesagt. Jetzt wäre es eindeutig noch zu früh für irgendetwas in diese Richtung. Ich habe ihn doch eben erst getroffen, wir haben einmal geredet und sind für fünf Minuten Schneemobil gefahren … da können ja wohl keine Gefühle aufkommen. Nicht einmal gespielte.

Als Collin sich näher zu mir beugt, offensichtlich in dem Glauben, dass mein Zögern eine Einladung sein soll, sehe ich eine leichte Spur pinken Lippenstifts an seinen Mundwinkeln.

»Wir sollten wieder zu den anderen«, sage ich und weiche ein Stück zurück. Gerade so viel, um genügend Abstand zwischen uns zu bringen, dass er versteht, dass das hier nicht passieren wird. Ich straffe die Schultern, versuche, mein aufgesetztes Lächeln kokett wirken zu lassen.

»Okay.« Collins Miene wirkt freundlich, nichts deutet darauf hin, dass ich ihm gerade einen Korb verpasst habe. Perfekt für die Kameras. Doch in seinem Blick kann ich es sehen. Die kleine Nuance, die das Blau seiner Augen zu einer wütenden See verdunkelt. Und ich begreife, dass ich soeben einen gewaltigen Fehler begangen habe.

10. Kapitel

»SIE SO ZU SEHEN, TUT WEH. ABER MAN KANN NICHT WIRKLICH ETWAS DAGEGEN TUN, AUSSER ZU HOFFEN UND DARAUF ZU VERTRAUEN, DASS ES WIRD.«
– AMBER, 26

»Amber.« Meine Kehle ist wie zugeschnürt, erfüllt von der eisigen Luft, die wie feine Rasierklingen durch meine Luftröhre schneidet, ein Brennen hinterlässt, wo sie mich berührt. Um mich herum ist es gespenstisch still. Nur der Schnee knirscht unter den Sohlen meiner Winterstiefel, als ich kopflos durch den kleinen Wald hinter den Blockhütten stolpere. Ich habe mich hinausgeschlichen, als ich sicher war, dass alle anderen schlafen und niemand mich beobachtet oder gar begleitet. Ich habe es versucht, habe versucht, die Tränen zurückzuhalten, die Interviews souverän zu führen.

Eine Lüge auf den Lippen, den Glanz der Tränen in den Augen, den ich als Freude ausgegeben habe. Doch nun kann ich nicht mehr.

»Ich habe einen riesigen Fehler gemacht.« Ein Schluchzen dringt aus meinem Mund, weht fort, hinaus in die sternenklare Nacht, und wird schließlich vom sanften Rauschen des Windes verschluckt.

»Was ist passiert?« Meine beste Freundin klingt müde, als hätte ich sie aus dem Schlaf gerissen.

»Ich habe Collin …« Ich bringe den Satz nicht zu Ende, ein erneutes Schluchzen überkommt mich.

»Was ist los?«, höre ich Cassies verschlafene Stimme am anderen Ende der Leitung. Amber muss sie aufgeweckt haben.

»Ich habe mich geweigert, Collin zu küssen, als es sich ergeben hätte, und ich konnte es in seinem Gesicht lesen, dass er …« Worte finden ihren Weg über meine Zunge, die klingen, als habe ein tosender Sturm von ihnen Besitz ergriffen, sie verzerrt und zerstückelt. Bis sie mit rauer, zersprungener Oberfläche vor mir liegen und die Wahrheit nicht länger verbergen können.

»Ich werde nicht weiterkommen. Er wird dafür sorgen, dass ich gehen muss.« Stille. Nur das Knacken der Leitung und das leise Rauschen des Windes. Ich halte das Handy dichter an mein Ohr, während sich weitere Tränen anbahnen, mich die Emotionen übermannen und mir die gesamte Tragweite meines Handelns bewusst wird. Ich habe es vergeigt. Dieses Mal wirklich. Collin wollte mich küssen, und ich habe ihm eine Abfuhr erteilt. Weil ich zu stolz war. Zu stolz, um mich zu beugen. Hitze kriecht in jede Faser meines Körpers, versengt sie, bis ich selbst zu brennen beginne. Ich beschleunige meine Schritte, torkele mehr, als dass ich renne, bin durch den Tränenschleier und die Dunkelheit kaum dazu in der Lage, zu sehen, wohin ich meine Füße setze. Wenn ich nicht weiterkomme, kann ich das Geld nicht erreichen. Und dann kann ich Merves Behandlung nicht bezahlen. Und dann wird Merve … Ich bin schockiert von mir, selbst als ich diesen Gedanken fasse. So schockiert, dass ich abrupt stehen bleibe. Das Profil meiner Stiefel bohrt sich in den Schnee.

»Es ist alles vorbei«, stoße ich hervor, meine Lippen beben, mit den Händen umklammere ich zitternd das Telefon. Die überwältigende Hitze, die meinen Körper eben noch fest im Griff hatte, ebbt ab und hinterlässt nichts als Staub und Asche.

»Ist es nicht.« Ambers Stimme ist gefasst, vorsichtig, als würde sie sich langsam vorantasten. »Es ist noch nicht zu spät. Du kannst das Ruder noch herumreißen.« Ich habe keine Kraft mehr, um zu weinen, hole rasselnd Luft. Ein tiefer Atemzug folgt dem anderen. Langsam. Stetig.

»Was, wenn nicht?«, hauche ich, lasse zu, dass meine größte Angst den Weg aus meinem Inneren findet. »Was, wenn ich es nicht schaffe und sie stirbt?«

»Sie wird nicht sterben! Und du wirst es schaffen!« Cassies Tonfall ist nun barsch. »Das wird nicht passieren! Ich kann mir vorstellen, dass das bei dem Date eine ungünstige Situation war, aber er hat für mich immer wie jemand gewirkt, der gern für eine Challenge zu haben ist.« Ihre Stimme überschlägt sich.

»Das sind die ersten Folgen! Die wenigsten küssen sich dort sofort. In der *Bachelorette*-Staffel hat Dannika ihn erst beim sechsten Date rangelassen.« Ich schlucke. Die beiden schaffen es, mich abzulenken. Den Gedanken, der meine Albträume nährt, in die hinterste Ecke meines Kopfes zu vertreiben. Ein kleines Samenkorn legt sich in meinem Herzen ab, gefüllt mit dem Mut, den meine Freundinnen befeuern.

»Du wirst ihn bei der Zeremonie überzeugen! Das wird schon!«

Ich nicke, auch wenn sie das nicht sehen können, versuche mir selbst einzureden, dass sie recht haben. Die Jeans klebt an meinem Körper und fühlt sich an, als würde sie mich in die Knie zwingen.

»Ich weiß, dass du das schaffst.« Die Wärme in Ambers Worten dringt durch die Leitung zu mir hindurch. »Du hast bisher immer alles geschafft!«

»Danke«, flüstere ich, weil ich all die Gefühle in mir nicht besser auszudrücken vermag. Ich drücke die rote Taste, sende ein Herz als SMS und verstaue das Handy in meiner Jackentasche. Das kleine Samenkorn in meinem Inneren hat Wurzeln geschlagen, krallt sich fest an den glatten Wänden der Verzweiflung und behauptet sich tapfer. Ich atme tief durch und setze langsam einen Fuß vor den anderen, zurück zum Resort.

❄ ❄ ❄

Der Sekt hinterlässt einen süßen Geschmack auf meiner Zunge. Ich starre in die roséfarbene Flüssigkeit, beobachte die kleinen Bläschen, die vom Grund des kelchförmigen Glases nach oben steigen und leise zischen. Svea sitzt neben mir, ebenfalls mit einem Glas in der Hand. Ihre Woche lief, genauso wie meine, eher bescheiden. Wir haben uns in den letzten Tagen immer mal wieder zum gemeinsamen Spaziergang getroffen, und auch wenn ich es anfangs nicht wollte, habe ich ihr schließlich von meiner unangenehmen Situation mit Collin erzählt. So, dass es auch kameratauglich war. Meine Meinung verpackt in Luftpolsterfolie.

Svea hatte sich zwar nicht geweigert, den Bachelor zu küssen, dafür hat sie sich aber bei den anderen Frauen etwas unbeliebt gemacht, als sie ihre Tochter erwähnt hat, von der auch ich bisher nichts wusste. Sie ist sechs und gerade in die erste Klasse gekommen.

»Ich habe einfach Angst, dass er denkt, dass ich damit automatisch nur wegen des Geldes hier sei. Und deswegen kann ich es ihm noch nicht sagen.«

»Mach dir nicht solche Sorgen. Das ist nichts, was man einfach so preisgibt. Dafür braucht es den richtigen Moment.« Ich lege ihr die Hand beruhigend auf den Arm, erwische dabei eine ihrer blonden Haarsträhnen und streiche sie schnell zur Seite, bevor es ziept. Svea erinnert mich in gewisser Weise oft an Merve. Sie ist ehrlich, und man sieht sofort, was sie denkt. Sie hat mir ein Bild ihrer Tochter gezeigt, und die kleine Maya ist genauso hübsch wie Svea selbst, eine Miniversion der Mutter, nur mit grünen Augen.

»Ich hoffe, ich bekomme überhaupt einen *Loveletter*«, murmelt sie. »Es ist nicht so, als hätte ich die Chance gehabt, viel Zeit mit Siva zu verbringen.« Ja, davon kann ich ebenfalls ein Lied singen. Zeit ist hier irgendwie das größte Problem. Welch Ironie, wenn man den ganzen restlichen Tag nur Daumen drehen kann. Jennifer hat heute für uns gekocht und es gab Spaghetti, ich habe allerdings erneut kaum einen Bissen hinunterbekommen. Und nun fühle ich mich wie bei der ersten Zeremonie, unsicher und zittrig. Vielleicht sogar noch ein bisschen schlimmer.

»Wir müssen heute so viel wie möglich mit ihnen reden.« Svea kippt ihren Alkohol in einem Zug nach unten, als wolle sie ihren Worten Nachdruck verleihen. Ich nicke. Das müssen wir tatsächlich.

Die Cocktailparty wird von Tyler Bogan eröffnet, der heute einen dunkelblauen Anzug trägt, und die drei Bachelors betreten den Raum. Die Stimmung war zuvor bereits angespannt, aber zumindest noch ausgelassen, jetzt ist sie regelrecht aggressiv. Die Atmosphäre hat sich mit negativen Emotionen aufgeladen, die sich wie ein Lauffeuer verbreiten und die Angst anstacheln. Wie die Piranhas schnappen sich die ersten ihren Bachelor, und wir kommen nicht einmal dazu, genau zu beobachten, wohin alle unterwegs sind, so schnell geht es.

Svea beschließt, sich gleich anzustellen. Ihr Team hat für den Abend eine Reihenfolge festgelegt, um so Ungerechtigkeit vorzubeugen, allerdings bezweifle ich, dass das so wie geplant funktionieren wird. Ich mache mich auf den Weg zur Terrasse, um Collin abzufangen, sobald er frei ist, und komme dabei an Hannah vorbei, die in einem lilafarbenen Tüllkleid und mit einem seltsamen starren Blick in die Ferne sieht. Kurz überlege ich, ob ich sie ansprechen soll, aber lasse es bleiben, als ich sehe, dass sie leise vor sich hin summt. Wenn sie das tut, geht es ihr gut, das habe ich schon herausgefunden. Das Kleid, das ich für diesen Abend ausgewählt habe, ist schwarz und knapp und betont meinen Ausschnitt. Hoffentlich genau das, was ich heute brauche. Mein Sektglas habe ich fest in der Hand, auch wenn nur noch ein kleiner Rest darin ist. Und bei jedem Schritt klimpert der Anhänger des kleinen goldenen Armbändchens dagegen, das mir Merve einmal zum Geburtstag geschenkt hat. Ein Nordstern, ausgestanzt in einer runden goldenen Scheibe. Ich trage es nur zu besonderen Anlässen, und heute ist so ein Anlass. Heute brauche ich Merves Unterstützung. Die richtigen Worte und viel Ruhe, die mein Temperament zügelt.

Ich sehe, wie Svea sich Siva schnappt, bevor jemand dazwischenkommen kann, und straffe die Schultern. Ich kann das. Collin sitzt auf derselben Bank wie das letzte Mal. Jennifer hat sich an ihn geschmiegt und ihre roten Locken verteilen sich auf seinem Hemd. Das Gespräch scheint jedoch eher weniger angeregt zu sein. *Ich glaube, mit dem Kerl kann einfach niemand gescheit reden*, denke ich und massiere mir in Gedanken die Schläfen. Mit wenigen Schritten bin ich bei ihnen.

»Hast du einen Moment für mich?« Meine Finger kralle ich weiter um das Glas, als könnte es mich hiervor beschützen.

»Natürlich«, sagt er und Jennifer nickt, wenn auch wenig erfreut. Sie umarmt ihn zum Abschied und geht zurück zu den anderen ins Innere. Bei dieser Zeremonie sind Heizstrahler aufgestellt, die die Kälte abhalten und es zulassen, dass es auch draußen gut aushaltbar ist. Zumindest für kurze Zeit.

»Um mit dem Haus in die Tür zu fallen …« Ich lasse mich neben ihm auf die Bank sinken. Er blinzelt. Und in meinem Kopf rattert es, ehe ich realisiere, was ich gerade gesagt habe. »Ehm.« Nun bin ich komplett raus.

»Noch mal!«, ruft ein Kameramann von weiter weg, und ich presse die Lippen zusammen, sehe unsicher zu ihm und stehe schließlich noch einmal auf, nur um einige Schritte weiter wegzugehen. *Wow, das lief ja wieder richtig gut … Tür ins Haus. Tür ins Haus!* Ich gehe erneut auf Collin zu.

»Um gleich ins Haus zu fallen …« *Ach, egal!* Ich setze mich dicht neben ihn, überschlage die Beine, ohne sie zu bedecken.

»Ich wollte dir neulich nicht das Gefühl geben, dass ich dir nicht vertraue.« Er wirkt überrascht, und ich gebe mir einen weiteren Ruck, bevor ich kneifen kann.

»Ich bin nur nicht gut darin, mich auf andere zu verlassen. Und ich hatte das Gefühl, es sei der falsche Zeitpunkt, um einen weiteren Schritt zu wagen.« Mein Puls schlägt mir bis zum Hals, Blut rauscht in meinen Ohren. Ich komme mir bescheuert vor, unendlich bescheuert, das zu sagen. Aber es ist die Wahrheit. Eine Wahrheit, die ich so auslege, wie ich sie gerade brauche. Denn wie könnte ich Collin überhaupt vertrauen? Es passt überhaupt nichts zwischen uns. Nicht einmal annähernd. Und wenn ich ehrlich bin, wusste ich das seit dem ersten Augenblick. Er war nur meine einzige Option, an die ich mich geklammert habe. Ein Ausweg.

»Ich verstehe das.« Collin kratzt sich am Kopf, wirkt beinahe überfordert. »Ich bin nur etwas erstaunt, dass du so reserviert bist. Das ist in Ordnung, aber ich bin mir nicht ganz sicher, ob es das Richtige für mich ist.« Letzteres fügt er sehr bedacht hinzu, als würde er versuchen, mich damit nicht zu verletzen. Ein kleiner Stich durchfährt mich, auch wenn ich seine Überlegung nicht im Geringsten anzweifele. In meinem Kopf spielen sich verschiedene Szenarien ab. Von meinem Betteln über einen plötzlichen Kuss, der vollkommen fehl am Platz ist, bis hin zu einer schallenden Ohrfeige. Und schließlich bleibt einfach nur Wut zurück. Wut auf diesen Kerl vor mir, auf die Show, auf die Situation, aber vor allem auf mich selbst, weil ich es provoziert habe.

»Okay«, sage ich schlicht. Ich habe das Gefühl, dass es nichts mehr zu sagen gibt. Es liegt nun nicht mehr in meinen Händen.

»Seit Dannika brauche ich einfach jemanden an meiner Seite, der bereit ist, sich von sich aus zu öffnen«, setzt er hinzu, und ich bemerke, wie sein Blick zur Kamera huscht, finsterer wird. Mit kompletter Absicht. *Was für ein Heuchler,* denke ich und verliere den letzten Rest Sympathie, den ich für ihn noch aufbringen kann.

»Ich bin nicht wie Dannika«, sage ich daher und spiele sein kleines Spielchen mit. Lege Verzweiflung, aber auch Nachdruck in meine Stimme. Ich hasse ihn. Ich hasse ihn mehr, als gut für mich ist. Weil ich weiß, dass er es genießt, die Macht darüber zu haben, Herzen zu brechen. Nur dass mein Herz nicht ihm gehört und seine lächerlichen Bemühungen deswegen umsonst sind. Ich nehme seine Hand und drücke sie leicht, auch wenn ich ihn lieber erwürgen würde.

Als ich mich von ihm verabschiede, weil eine andere Kandidatin zu uns kommt, bin ich beinahe erleichtert. Ich kann nichts mehr tun, nichts mehr ändern und für nichts mehr garantieren. Entweder er sieht darüber hinweg und gibt mir noch eine Chance oder ich bin raus. Ich gehe zurück zu Svea, und sie berichtet, wie ihr Gespräch mit Siva lief. Wenigstens hat sie ein besseres Gefühl als ich.

»Und deins?«

»Er kann sich seit Dannika niemandem mehr richtig anvertrauen, der sich nicht von allein öffnet.« Mein Tonfall rutscht leicht ins Gehässige ab und ich korrigiere mich schnell mit einem Seufzen, um meinen Spott abzumildern.

»Ja, die Trennung von ihr war damals sicher hart für ihn«, murmelt Svea verständnisvoll, und ich blinzele ein paarmal ungläubig, bevor ich einen großen Schluck aus meinem Sektglas nehme. Was muss Dannika für eine Frau gewesen sein, dass sie es so lange mit diesem schmierigen Charmebolzen ausgehalten hat?

❄ ❄ ❄

Der Abend schreitet voran, meine Verärgerung über Collin nimmt immer weiter zu und ich erteile mir ein Alkoholverbot, damit ich ihm nicht eventuell noch böse Dinge oder sogar meinen Schuh an den Kopf werfe. Beim Interview sage ich wahrheitsgemäß, dass ich natürlich hoffe, dass er sich für mich entscheidet, ich aber nichts weiter tun könne, als abzuwarten. Und dass es mir sehr leidtut, was er mit Dannika durchgemacht hat. Dann überlege ich, wie es weitergeht. Wende Gedanken hin und her, Ideen, die mich vielleicht retten könnten, doch alle lösen sich in Luft auf. Ich könnte hier ein Drama veranstalten, würde aber so nur dafür sorgen, dass ich hochkant hinausfliege, und so erbärmlich will ich mich nicht geben. Dennoch kann ich mich nicht damit abfinden, nach Hause zu gehen, denn ich weiß, dass ich das hier brauche. Wenn Collin ein bisschen Herzschmerz haben will, lässt er mich vielleicht noch drin, und darauf muss ich nun setzen. Hoffen, dass er mich hübsch genug findet, dass er über unsere verschiedenen Charaktere hinwegsehen kann.

Ein paar Häppchen werden gebracht. Dieses Mal allerdings größere. Nicht nur kleine Snacks, sondern Pizzastücke. In normaler Größe. Vielleicht bin ich arrogant. Oder so naiv, dass ich tatsächlich in Erwägung ziehe, dass diese Pizza für mich gebracht wurde. Doch der Gedanke lässt sich nicht verbannen, so abwegig er auch ist. Ein klitzekleines Lächeln stiehlt sich auf mein Gesicht, als ich mir ein Stückchen nehme und hineinbeiße. Der Käse zerläuft in meinem Mund und ich seufzte glücklich auf. Mit Essen im Bauch werde ich diesen Abend überleben. Irgendwie.

Eine gute Stunde später ist es wieder so weit. Obwohl ich dieser Situation schon einmal ausgesetzt war, fühlt es sich beinahe noch schlimmer an als beim ersten Mal. Die Liebesbriefe liegen fein säuberlich auf dem Tisch. Bei jedem der Bachelors sind es dieses Mal nur neun. Das bedeutet, sechs Frauen müssen das Haus verlassen. Und ich werde keine von ihnen sein. Oder? Es lief nicht gerade glänzend bei mir. Aber vielleicht lief es bei den anderen noch schlechter? Vielleicht ist eine der anderen Frauen Collin nicht einmal aufgefallen? Und das bin ich ja zumindest. Zu viele Gedanken fliegen wie ein Vogelschwarm durch meinen Kopf und das Schwindelgefühl setzt wieder ein, der verkrampfte Magen.

»Positiv denken.« Hannah scheint meine Aufregung zu spüren. Leichter gesagt als getan, denn sie braucht sich wohl keine Sorgen zu machen. Collin ist dieses Mal der Erste, der nach dem obersten der Briefe greift.

»Lynn«, liest er vor und grinst die hübsche Asiatin an, die sich sofort nach vorn zu ihm begibt. Auch jetzt umgibt sie wieder diese unglaubliche Ausstrahlung, diese Eleganz, die sie so gut einzusetzen weiß. Wenn er mich aufruft, dann werde ich als eine der Letzten an der Reihe sein, das weiß ich. Denn das wäre dramaturgisch sinnvoll. Ich warte also, harre geduldig aus, während ein Mädchen nach dem anderen aufgerufen und ein um die andere Pause eingelegt wird, um die Kameras neu auszurichten, die Bachelors zu pudern und Interviews mit den Kandidatinnen aufzunehmen, die bereits einen *Loveletter* erhalten haben. Doch auch seinen vorletzten Brief vergibt Collin nicht an mich. Er geht an Jennifer, die große Rothaarige. Und mein Herz macht einen Satz. Die Aufregung, die ich zu unterdrücken versuche, meine Miene, die auf keinen Fall entgleisen darf … all das versuche ich aufrechtzuerhalten. Mit den Fingerspitzen umfasse ich Merves Armband und drücke es ganz fest. So fest, dass mir meine Fingerkuppen wehtun. Collin nimmt den letzten Umschlag in die Hand. Er kostet jede Sekunde aus, genießt es, zu wissen, dass er die Entscheidung fällt. Er und niemand anderes. Ich fange seinen Blick auf, erwidere ihn, ohne mit der Wimper zu zucken. *Sag meinen Namen. Bitte sag meinen Namen.*

»Leah.«

11. Kapitel

»ICH FÜHLE MICH EHRLICH GESAGT ETWAS UNFAIR BEHANDELT. SIE SOLLTE NICHT MEHR HIER SEIN.«
– BRITT, 26

Zunächst bin ich zu betäubt, um darauf zu reagieren. *Leah … Leah …* hallt es in meinem Kopf nach, wieder und wieder, verdoppelt, verdreifacht sich, bis mir ein ganzer Chor aus schrillen Stimmen klarmacht, dass das nicht ich bin. Leah nimmt ihren Brief entgegen und kehrt zurück, während ich immer noch dastehe wie ein Kind, das im Kaufhaus vergessen wurde. Vielleicht habe ich das Atmen vergessen, so schockiert bin ich. *Das war's,* denke ich, warte auf die Tränen, die nicht kommen. *Das war's.* So gering meine Chance auch war, ich habe daran geglaubt. Habe mich an die Hoffnung geklammert, dass ich es schaffen würde. Und jetzt ist es vorbei … Meinen Mund öffne und schließe ich, obwohl ich sowieso kein Wort herausgebracht hätte. Eine Frau mit hochgesteckten Haaren, die bei Sivas Team steht, hat zu schluchzen begonnen. Sie hat auch keinen Brief bekommen. Sveas schockiertes Gesicht reißt mich aus meiner Starre. Dann wird mein Blick jedoch abgelenkt. Dunkle Augen fesseln mich vom anderen Ende des Raumes und lassen mich an Ort und Stelle zu Eis gefrieren.

»Eyla.« Dans warme Stimme durchbricht das angespannte Schweigen. Den Rest bekomme ich nicht mehr richtig mit. Ein Raunen geht durch die Menge, und ich wanke wie in Trance zu Dan. Auf meinem Gesicht muss ein wahres Feuerwerk an Emotionen zu lesen sein. So jedenfalls kommt es mir vor. Unglaube, Dankbarkeit, Schock … alles zugleich.

»Wieso?«, flüstere ich nur, als ich direkt vor ihm stehe. Denn es hat mir tatsächlich die Sprache verschlagen.

»Später.« Er reicht mir den Brief, und ich nehme ihn mit zitternden Fingern entgegen. Mein Name prangt darauf. Es ist tatsächlich mein Name. Ich sehe hoch zu ihm, will noch etwas sagen, aber bringe nichts hervor und gehe mit wackeligen Schritten zu meinem Platz. In Dans Team.

Die Cocktailparty dauert noch zwei Stunden, bevor sie aufgelöst wird. Die Frauen in meinem neuen Team haben mich höflich, wenn auch verwirrt begrüßt, und ich kann es ihnen nicht verübeln. Mir selbst geht es nicht anders. Ich werde von Kameras verfolgt und habe bis auf ein kurzes Statement versucht, ihnen aus dem Weg zu gehen. Denn ehrlich gesagt weiß ich nicht, was ich sagen soll.

In einer ruhigen Minute, fern von dem Trubel der anderen, sitze ich auf der Toilette und drehe den Brief in meinen Händen. Mein schwarzes Kleid ist schon ein wenig zerknittert, als würde es sich meinen Stimmungsschwankungen anpassen, die dieser Tag mit sich gebracht hat. Vorsichtig streiche ich über meinen Namen, der in blauer Tinte fein säuberlich auf das Papier geschrieben ist. Dann öffne ich den Umschlag und ziehe einen zusammengefalteten Zettel hervor. Ich weiß nicht, was ich erwartet habe. Vielleicht eine Erklärung für Dans Entscheidung, eine Erklärung für irgendetwas … aber es stehen nur vier Worte auf dem cremefarbenen Papier.

Triff mich bei Morgengrauen.

Darunter eine Uhrzeit und die Ortsangabe *Jägerstand, Wald.*

Um fünf Uhr dreißig schäle ich mich aus dem Bett. Ich habe komischerweise gut geschlafen und sehr tief, wenn auch zu wenig. Meine Augen sind noch geschwollen, und als ich ins Bad tappe, mache ich mir zumindest die Mühe, ein leichtes Make-up aufzulegen, bevor Dan bei meinem Anblick in Ohnmacht fällt. Noch ist es stockdunkel draußen, und ich habe keine Ahnung, wann das mystische Morgengrauen tatsächlich beginnt.

Die beigefarbene Winterjacke fest um mich geschlungen, verlasse ich die Hütte und gehe Richtung Wald. Die frische Luft lässt meine Trägheit verschwinden und bald bin ich hellwach. Ein paar Vögel zwitschern schon, und als ich die Bäume erreicht habe, haben sich meine Augen ein Stück weit an die Dunkelheit gewöhnt, sodass ich Schemen erkennen kann. *Triff mich bei Morgengrauen* … sehr dramatisch. Was er wohl zu sagen hat? Ob er mich erkannt hat? Ob er mich deswegen zu sich geholt hat? Vereinzelte Schneeflocken rieseln auf mich herab, schmelzen auf meinen Wangen. Der Treffpunkt ist gut gewählt. So tief im Wald sind wir geschützt vor den Blicken aufwachender Teilnehmer oder Kameras. Die Aufregung rauscht durch meine Adern, doch obwohl ich mich fürchte, überwiegt die Neugierde. Ich will wissen, was es mit der Nachricht auf sich hat, was Dan dazu bewogen hat, seine Entscheidung zu fällen. Ich kann seine Silhouette neben dem Hochstand ausmachen, bevor ich seine Stiefel auf dem Schnee knirschen höre, als er mir entgegenkommt. Er trägt einen schwarzen Wintermantel und einen grauen Schal, den er sich um den Hals gebunden hat. Der Kragen ist aufgestellt, sodass seine Ohren warm gehalten werden.

»Ich hatte schon Angst, dass du nicht kommst«, begrüßt er mich und bleibt einige Meter vor mir stehen. Zugegeben, ich hatte es mir kurz überlegt.

»Ich war etwas überrumpelt, aber du wirst mich sicher gleich aufklären, wieso du mich herbestellt hast.« Ich gehe ein paar Schritte auf ihn zu. »Und wieso du mich in dein Team gewählt hast.« Er öffnet seinen Mund, stößt den Atem aus, der kleine Wölkchen bildet. Mit seinen dunklen Augen mustert er mich, eine Mischung aus Erwartung und Neugierde liegt darin, spiegelt dieselben Emotionen wider, die auch in mir aufwallen.

»Lass uns ein Stück gehen«, schlägt er vor. Seine Hände hat er tief in den Manteltaschen vergraben. Ich setze mich in Bewegung, und gemeinsam stapfen wir durch den frisch gefallenen Schnee tiefer in den Wald. Dan räuspert sich.

»Ich weiß nicht so recht, wo ich anfangen soll.« Man kann das Grinsen in seinen Worten förmlich hören. »Es ist zu viel in meinem Kopf, das auf einmal herausmuss.« Ich wende meinen Blick von meinen Stiefelspitzen ab und ihm zu.

»Fang mit dem an, was am dringendsten gesagt werden muss.« Das ist eine von Merves Floskeln, die sie mir nahelegt, wenn ich aufgedreht und verwirrt bin und mein Mund zu einem Wasserfall mutiert. Seine geschwungenen Lippen verziehen sich zu einem Lächeln.

»Also gut.« Er überlegt kurz, scheint seine Gedanken zu ordnen. Dann bleibt er vor mir stehen und sieht zu mir herunter. »Eyla Morgan, ich will, dass du mich heiratest.«

Mir bleibt vor Schreck fast das Herz stehen, und einen Augenblick lang starre ich ihn einfach nur mit offenem Mund an, ehe ich mich wieder fange.

»Was?!«, frage ich fassungslos, schwanke zwischen Krächzen und Kichern und bekomme kaum mehr als ein schrilles Quietschen hervor. Dan zuckt die Achseln.

»Du hast gesagt, ich soll das sagen, was am dringendsten …«

»Ja, aber …«, falle ich ihm ins Wort, ohne zu wissen, wie ich den Satz beenden soll. »Also, du … wieso?!«

Er wippt leicht auf seinen Zehenspitzen hin und her, als würde er sich darüber freuen, dass das Gespräch endlich in die richtige Richtung geht.

»Es ist eine etwas längere, aber sehr simple Geschichte.« Er fährt sich mit dem Handrücken über die geschwungenen Lippen und wischt eine Schneeflocke weg. »Ich bin auf einem großen Weingut aufgewachsen. In Alabama. Es ist vermutlich für manch anderen nichts Besonderes, aber für mich bedeutet es eine Menge. Es ist der einzige Ort, der jemals mein Zuhause war. Und für mich hängen eine Menge Erinnerungen an meine Kindheit daran.« Er macht eine ausladende Geste, die die Umgebung umfasst. »Meine Grandma wird dieses Gut entweder mir oder meinem Cousin vermachen. Je nachdem, wer zuerst heiratet.« Er zeigt seine weißen Zähne. »Jedenfalls ging vor einigen Monaten die Beziehung mit meiner Verlobten in die Brüche, und jetzt ist plötzlich mein Cousin am Zug. Da er ein

Idiot ist, muss ich verhindern, dass er das Erbe bekommt. Und deswegen … bin ich hier.« Sein dunkler Blick trifft auf meinen, und ein beinahe spitzbübisches Grinsen legt sich auf seinen Mund. »Nun zu meinem Plan: Ich weiß, dass du nicht aus freien Stücken hier bist, und schon gar nicht, um dich zu verlieben. Das hast du bei unserer Bekanntschaft im Club sehr deutlich gemacht.« Ich stehe immer noch da wie paralysiert, den Mund zu einem O geformt, die Augen so groß wie Suppenteller. Er erinnert sich also doch daran. An alles.

»Ich musste es mir verkneifen, bei deinem schockierten Blick am ersten Abend hier nicht laut zu lachen.« Ein leises Glucksen dringt an mein Ohr. »Das war zu göttlich.« Ich will gerade zu einem wütenden Kommentar ansetzen, als er hinzufügt: »Ich habe mich in New York mit einem Kunden getroffen und den Abend mit ihm im Club verbracht. Und es tat mir wirklich leid, dass ich es dir nicht sofort sagen konnte, aber ich stand schon unter einer Schweigepflicht, als wir uns begegnet sind. Außerdem konnte ich ja nicht sicher wissen, ob du es bis in die Show schaffen würdest.« Seine Stimme ist rau, und er kommt mir vor wie ein Superschurke, der mir gerade seinen Masterplan eröffnet.

»Und wie kommst du von deinen Schlussfolgerungen nun darauf, dass ich dich heiraten will?«, platze ich dazwischen, stemme die Hände in die Hüften, als ich einen Bruchteil meiner Fassung zurückerlange.

»Da du nicht wegen der großen Liebe da bist, hast du es ganz offensichtlich auf das Geld abgesehen, und ich habe das Gefühl, dass du es sehr dringend brauchst.« Er zieht seine dichten Augenbrauen zusammen und eine steile Falte erscheint auf seiner Stirn. Die Schneeflocken nehmen zu, fallen nun immer dichter und pudern meine Jacke allmählich weiß.

»Also, wieso brauchst du dieses Geld so dringend?« Die warme Färbung seiner Stimme dringt bis unter meine Haut. Ich schlucke. Hadere mit mir. Zwischen Verwunderung, Verärgerung und wieder dieser unvernünftigen Neugierde. Hier sind keine Kameras, keine Mikrofone. Wir sind ganz allein im Wald. Ich zögere, dann gebe ich mir einen Ruck.

»Meine Schwester Merve benötigt eine teure Krebsbehandlung, und die Show ist die einzige Möglichkeit, schnell an genügend Geld zu kommen.«

»Oh.« Er wirkt ehrlich betrübt. »Das tut mir leid.«

Die Situation fühlt sich seltsam an. Zu vertraut, zu echt ... obwohl wir uns kaum kennen, nicht mehr als ein paar Sätze miteinander gesprochen haben. Ich streiche mir eine Haarsträhne hinter die Ohren, presse die Lippen fest zusammen.

»Deswegen muss ich hier durchkommen. Bis zum Ende.«

Dan seufzt leise. »Du brauchst Geld und ich eine Ehefrau. Das passt doch perfekt.«

Verunsichert scharre ich mit der Spitze meines Stiefels im Schnee. Ich sehe seinen Punkt nicht ganz. »Wenn ich deinen Antrag annehmen würde, dann bekomme ich das Geld nicht.«

»Nein, aber wenn du meinen Antrag annimmst, verspreche ich dir, dass ich die Behandlung deiner Schwester bezahle. Jeden Penny und alles, was danach noch anfallen sollte.« Ungläubig fixiere ich ihn, bin zu aufgewühlt, um etwas zu sagen. Röte schießt mir in die Wangen, von der ich nicht weiß, welches meiner Gefühle sie nun hervorgerufen hat. Mit der Fingerkuppe berühre ich automatisch meine Nasenspitze. Sie ist eiskalt.

»Blinzele mal, das ist gruselig.« Dan beäugt mich misstrauisch.

»Ach, das ist gruselig und dein Plan nicht?«, gebe ich harscher als beabsichtigt zurück. Aber ich weiß gerade einfach nicht, was ich sagen soll.

»Mein Plan ist vielleicht nicht der naheliegendste, aber ...«

»Wieso hast du nicht einfach jemanden bestochen?«, wundere ich mich. »Stattdessen machst du bei einer Show mit, in der Hoffnung, dass sich jemand wirklich in dich verliebt?«

»Also, erst mal muss ich früher heiraten als mein Cousin, die Show war also der schnellste Weg, um sicherzugehen, dass die Person, die sich hier anmeldet, zumindest heiratswillig ist und die Hochzeit innerhalb von drei Monaten stattfindet.«

»Die meisten sind wegen des Geldes hier!«

Dan nickt. »Das stimmt. Aber sie haben sich zumindest mit dem Gedanken auseinandergesetzt. Immerhin müssen sie ja gut simulieren können, wenn sie es bis zum Ende aufrechterhalten wollen.« Ich stimme ihm murrend zu.

»Und außerdem habe ich gehofft, dass ich auf jemanden treffe wie dich.« Verlegen fährt er sich durch die dunklen Haare.

»Jemanden, der so dringend das Geld braucht, dass er zu allem bereit ist?«, fauche ich. Ich weiß nicht, woher diese Wut plötzlich kommt. Vielleicht, weil ich das Gefühl habe, dass er mich in die Enge treibt. Er weiß, dass er mir damit meine Rettung anbietet. Die Lösung für meine Probleme.

»Nein, so hätte ich das nicht formuliert.« Dan geht weiter und ich folge ihm. »Ich brauche jemanden, der bereit ist, mich zu heiraten und eine Ehe vorzutäuschen, und der es schafft, das so echt wie möglich zu spielen. Natürlich ist es trotzdem eine Art Bestechung, aber ich finde sie fair.«

»Und woher weiß ich, dass ich dir vertrauen kann und du dich daran hältst?« Mein Herz klopft im Takt unserer Schritte.

»Ich habe einiges aufs Spiel gesetzt, um dich in mein Team zu holen. Showtechnisch wäre es ungünstig, drei meiner Kandidatinnen gehen zu lassen, nur um sie gegen dich einzutauschen, wenn ich nicht auch etwas daraus machen würde.« Er räuspert sich.

»Das sehe ich ein«, murmele ich. »Aber rein theoretisch könntest du mich auch in der übernächsten Woche hinausschmeißen.«

»Wäre es nicht höchst unklug, dich gehen zu lassen, nachdem ich dir das alles erzählt habe?« Wieder dieses Superschurkenlächeln. Er steht nun so dicht vor mir, dass ich seinen warmen Atem auf meiner Haut spüren kann, seine Nähe, die in mir ein Prickeln auslöst.

»Ich bezahle jegliche Kosten der Behandlung für deine Schwester, wenn du mir versprichst, am Ende der Show meinen Antrag anzunehmen und eine gewisse Zeit die glückliche Ehefrau zu spielen.« Sein Tonfall ist fest, sein Gesichtsausdruck auf einmal undurchdringlich. Er meint es ernst. »Also du kannst natürlich auch die unglückliche Ehefrau spielen, aber ich würde schon dafür sorgen, dass es erträglich ist.« Er lacht leise. »Das Gut bedeutet mir einfach sehr viel und …«

»Aber ich kenne dich gar nicht!«

»Deswegen lernen wir uns ja kennen.« Er grinst. »Aber ich kann dir auch gern einen kurzen unverfänglichen Überblick geben.«

Ich zögere, weiß nicht so genau, ob er das gerade ironisch oder ernst meint, nicke dann jedoch. Wieso eigentlich nicht?

»Wenn du es schon anbietest.«

»Ich habe gehofft, dass du das sagst.« Ein klangvolles Lachen ertönt. »Also, ich bin in Birmingham, Alabama an einem verregneten Julimorgen geboren und in Avery aufgewachsen, dort zur Highschool gegangen und später aufs College. Meine Lieblingsfächer waren Geschichte und Geografie.«

»Hast du das auswendig gelernt?«

»Möglich.« Er schiebt die Hände noch etwas tiefer in die Taschen seines Mantels. »Nach dem Abschluss hab ich Business Administration an der UAB studiert und nebenher auf dem Gut gearbeitet. Nach dem Master bin ich komplett ins Familienunternehmen eingestiegen. Das klingt jetzt, als wäre das schon sehr lange her, keine Sorge, es sind erst drei Jahre.«

»Okay.« Ich kaue auf meiner Unterlippe herum. Eigentlich habe ich immer noch zu viele Fragen, aber keine davon will mir in den Sinn kommen.

»Ich habe es auch trotz langwieriger Suche als Elfjähriger nicht geschafft, Kontakte zur Mafia zu knüpfen.« Dan grinst wieder. »Du hast also nichts zu befürchten. Außer, dass du mich eine Zeit lang an deiner Seite dulden müsstest. Zumindest in der Öffentlichkeit.« Ich nicke erneut und wir verharren einen Moment lang stumm nebeneinander. Ich, weil ich nicht weiß, wie ich mit allem umgehen soll. Und er, weil er vermutlich nicht weiß, wie er mein Schweigen deuten soll. Langsam, beinahe vorsichtig nimmt er seine rechte Hand aus der Manteltasche und hält sie mir hin. »Also, haben wir einen Deal?«

Mein Gehirn rattert, sucht nach Fallstricken. Dan kann mich nicht rauswerfen, denn wenn er mich früher gehen lässt, kann ich ihn öffentlich bloßstellen und er bekommt sein Erbe nicht. Als Beweis müsste ich nur den Zettel zeigen. Vielleicht würde das reichen. Und wenn ich ihn sitzen lasse, bezahlt er die Behandlung nicht. Der Hauptteil der Kosten ist zwar erst nach der Show fällig, aber es wird immer wieder Zwischenzahlungen geben. Schon allein für das Zimmer, das Merve im Krankenhaus bezogen hat. Auch diese Rechnungen werden wir kaum tilgen können. Und da es mir egal ist, wie ich an das Geld komme, hat er den größeren Nachteil aus dieser Vereinbarung.

»Welchen Namen würde ich denn annehmen, wenn ich dich heirate?«

»Scott. Mr. und Mrs. Scott.«

Eyla Scott.

»Na gut, damit könnte ich leben.« Unsere Blicke verhaken sich, das Schwarz seiner Augen glänzt wie die Wasseroberfläche eines dunklen Sees, zieht mich tiefer hinein und lässt einen Teil von mir nicht mehr gehen.

»Deal«, sage ich und ergreife seine Hand.

Einige Stunden später weiß ich nicht genau, ob es der beste oder der dümmste Entschluss meines Lebens war. Es gibt so viele Fragen, die mir auf der Zunge liegen, die mir aber zuvor einfach nicht eingefallen sind. Ich werde jede freie Minute ohne Kamera dafür nutzen müssen, Dan auszuquetschen. Wir haben zwar eine Vereinbarung, aber so viel wir auch besprochen haben, so unsicher bin ich mir. War das alles real? Sind wirklich all meine Sorgen weg? Es gibt Schlimmeres, als Dan zu heiraten, und wenn das das Einzige ist, was ich tun muss, um Merve zu helfen, dann werde ich keine Sekunde zögern. Das steht außer Frage. Nun heißt es nicht mehr, bis zum Ende zu kommen und das Geld zu wählen, sondern bis zum Ende zu kommen und den Antrag anzunehmen. Dann beginnt die eigentliche Show. Aber das ist mir egal. Ich weiß nun, dass ich Merve retten kann. Vielleicht wird sie sogar Medizin studieren können. Vielleicht wird sie …

Ich sehe in den Spiegel des Fitnessraums, hebe die Gewichte hoch über meinen Kopf und atme tief durch. Das erste Mal seit einer Ewigkeit fällt die Anspannung von mir ab und ich habe das Gefühl, wieder frei atmen zu können. Wir waren insgesamt eine halbe Stunde im Wald, haben so viel besprochen wie es ging. Danach mussten wir zurück, um kein Aufsehen zu erregen, und nun stehe ich im Fitnessraum. Schweiß rinnt mir zwischen den Schulterblättern hinab und durchnässt mein Shirt. *Ich werde heiraten*, denke ich, stelle die Gewichte beiseite und lege mich mit dem Rücken auf die mintgrüne Matte, um mit dem letzten Satz Sit-ups zu beginnen. Dan will die Hochzeit direkt nach der Show veranstalten, um zu garantieren, dass er das Erbe bekommt. Dann würden wir uns alibimäßig treffen, ausgehen, die Familien besuchen und uns nach einem oder eineinhalb Jahren scheiden lassen, weil wir uns auseinandergelebt haben.

»Du wohnst in New York und hast dort bis dahin bestimmt einen tollen Job«, hat er gesagt, als ich ihm von meinem Wunsch erzählt habe, mich nach meinem Studium als Journalistin zu bewerben. Vielleicht ja wirklich bei einem anderen Modemagazin. »Das bedeutet, du würdest nicht sofort zu mir ziehen. Und eine Wochenendbeziehung ist schwer zu halten. Es wäre also alles logisch.«

Ich war sehr überrascht, wie viele Gedanken er sich dazu gemacht hat. Sobald er wusste, dass ich dabei sein würde, hatte er bereits in den Interviews erwähnt, dass er mich interessant findet, um so den Grundstein für seinen geplanten Wechsel vorzubereiten. Ab jetzt heißt es also spielen. Nicht zu viel, um es nicht zu offensichtlich zu machen. Aber es muss eindeutig eine Zuneigung zwischen uns entstehen.

In der Hütte wird es lauter, die ersten Kandidatinnen wachen auf und machen sich in der Küche Müsli und Kaffee. Ich habe bisher noch mit keiner von ihnen wirklich geredet, weil ich sie nicht einschätzen kann. Sie haben eine Woche Vorsprung beim Kennenlernen, und auch wenn das noch lange kein Hindernis ist, fühle ich mich ein bisschen wie ein Eindringling. Eine von ihnen musste schließlich zusätzlich gehen, nur damit ich wechseln konnte. Und auch wenn sie alle nett sind und versuchen, sich nichts anmerken zu lassen, weiß ich, dass ich ihnen ein Dorn im Auge bin. Das war gestern nach der Cocktailparty mehr als offensichtlich.

Als ich keine halbe Stunde später angezogen aus dem dampfenden Badezimmer trete, um mich ebenfalls in die kleine Küche zu setzen, höre ich das Rufen bereits.

»Es gibt eine neue *Datecard!*«, ruft mir eine Brünette entgegen, und wir lehnen uns gegen die Bande des Obergeschosses, um mitzuhören. Taysha, die Schönheit mit der tiefen Stimme, die Dans allerersten *Loveletter* bekommen hat, hat den Umschlag bereits geöffnet. »Dieses Mal ist es kein Gruppen-Date«, wispert mir die Brünette zu. Ich erinnere mich daran, dass ab jetzt auch die Zeit der Einzel-Dates beginnt. Die Teams wachsen immer mehr zusammen, und nach nächster Woche fallen sogar die Gruppen-Dates mit allen Teams weg.

»Kayla«, liest sie laut vor, und die hübsche Brünette neben mir schnappt nach Luft. Alle Blicke wandern nach oben zu ihr.

»Lass uns einen Schneemann bauen.« Lautes Gejubel ertönt und leise Pfiffe. Kayla läuft rot an und fällt mir spontan um den Hals, was ich etwas überrumpelt annehme und ebenfalls herumhüpfe, um ihr das Gefühl zu geben, dass ich mich für sie freue. Ein bisschen leid tut es mir … zumindest, falls sie sich wirklich auf Dan freut, doch ich verdränge den Gedanken schnell. Dan kann mir das Einzel-Date nicht geben, denn damit macht er mich zur Zielscheibe, dafür aber bald, das hat er versprochen. Außerdem treffen wir uns heute Nacht noch einmal, um die weitere Vorgehensweise zu besprechen. Ich bin also beinahe genauso aufgeregt wie Kayla, als sie sich für ihr Date schminkt.

12. Kapitel

»EYLA FASZINIERT MICH EINFACH, SIE IST SO … BUNT. HINTER DER FASSADE, DIE MANCHMAL MÜRRISCH WIRKT, STECKT EINE GANZE FARBPALETTE, WENN MAN GENAUER HINSIEHT«
– DAN, 27

Na, wie war es?«, frage ich, als ich seine Silhouette hinter einem Baum erkenne. Natürlich ist er wieder vor mir da. Es schneit ausnahmsweise nicht und der Mond strahlt hell zwischen den dichten Ästen der Tanne auf den Waldweg.

»Das Date war angenehm.«

»Das klingt nicht begeistert. Kayla war ganz aus dem Häuschen«, berichte ich ihm, während wir uns in Bewegung setzen und den Weg entlanggehen.

»Sie war auch sehr ungestüm.« Dan steckt seine Hände in seine Manteltasche und gähnt.

»War es so anstrengend?«, frage ich grinsend.

»Ermüdend. Irgendwann tut einem vor lauter Lächeln die Gesichtsmuskulatur weh.« Er sagt es in einem so ernsten Ton, dass ich ihn beinahe bemitleide. »Nimm es mir also nicht übel, wenn ich heute kein bisschen lachen werde.«

Ich kichere leise. »Es wäre bei der Dunkelheit sowieso verschwendet.«

»Ja das stimmt.« Dan bläst eine weiße Atemwolke aus und verfolgt mit dem Blick, wie sie weiter nach oben steigt und sich in der Nacht verliert. »Da du nun ja in einer vorteilhaften Position bist, wollte ich übrigens noch fragen, welches Date du gern hättest.« Er kickt gegen einen kleinen Schneehaufen vor uns und das Weiß fliegt nach allen Seiten.

»Alles, was spannend ist«, sage ich sofort. »Bitte kein Thermalbad.«

»Da warst du bei Collin, oder?«

»Ja, es war grausam.« Ich blicke zu Boden. »Dieser Kerl. Kennst du das Meme dieser kotzenden weißen Katze?« Dan prustet los.

»Du wolltest nicht lachen!«

»Stimmt.« Er wird so schnell wieder ernst, dass ich mich nun meinerseits nicht mehr halten kann.

»Genau aus diesem Grund habe ich dich übrigens ausgewählt.« Dan räuspert sich und schafft es, seine Gesichtszüge zu einer gleichgültigen Maske werden zu lassen. »Weil du gut schauspielern kannst.«

»Wieso glaubst du das?«

»Na, hör mal, du hast Collin anscheinend gehasst. Und trotzdem hast du es geschafft, ihn zu täuschen. Nur dass du ihn nicht küssen wolltest, das wurde dir zum Verhängnis.« Dan gibt seinen inneren Kampf auf und wirkt nun so erheitert, dass ich ebenfalls grinsen muss.

»Aber wenn du es gemerkt hast, ist es doch eher ein Zeichen, dass ich nicht gut im Schauspielern bin?«

»Ich habe nur gemerkt, dass du dich verstellst, weil wir uns beim Häppchenessen unterhalten haben. Da warst du anders. Nicht so bemüht. Außerdem habe ich deinen Blick gesehen, als du Collin begegnet bist. Du fandest ihn vom ersten Augenblick an ...«

»Schmierig«, ergänze ich und seufze. »Das stimmt. Bei ihm frage ich mich, wie irgendwer auf die Idee kommt, dass er ernsthaft an einer Ehe interessiert ist.«

»Ich mich auch«, murmelt Dan. »Er schiebt jedes Mal Dannika vor. Sehr auffällig.«

»O ja.« Ich verdrehe genervt die Augen, als ich darüber nachdenke. »Und seine Flüsterstimme! Ich will ihn jedes Mal fragen, ob er sich verschluckt hat, wenn er das tut.«

»Wir kriegen von der Show aus gesagt, dass wir bei jeder Briefübergabe etwas anderes sagen sollen, um Abwechslung reinzubringen. Vielleicht hat er das allgemein auf die Frauen und seinen Tonfall übertragen«, überlegt Dan.

»Dass er eine andere Persönlichkeit annimmt, je nachdem, mit wem er redet? Und ich habe aus Versehen die Christian-Grey-Version abbekommen?« Dans Lachen erfüllt die Nacht und ich falle leise mit ein. »Benutzt du auch mehrere Stimmen?«

Dan lässt mich vorausgehen, als der Weg für ein kurzes Stückchen schmaler wird. »Ein paar. Wenn du willst, darfst du dir eine aussuchen, die ich bei dir verwende.«

»Sehr gönnerhaft.« Ich drehe mich zu ihm um. »Schieß los.«

Er räuspert sich. »Nummer eins. Ich nenne sie: der Schüler.« Seine Stimme rutscht in eine Tenorlage, wirkt unsicherer. »Darf ich dir diesen Umschlag überreichen?«

»Ach, so mimst du also den Schüchternen?«

»Ganz genau. Diese Stimme ist besonders bei den Frauen gut, die selbst auch unsicher sind. Dann überfällt man sie nicht so.« Dan kräuselt die Nase. »Die nächste ist der Lehrer.« Er räuspert sich, ehe er eine aufrechtere Haltung annimmt.

»Würdest du diesen Brief annehmen?«

»Und deinen Eltern überreichen?«, ergänze ich automatisch. »Den finde ich gut. Bestimmt, aber höflich … ein bisschen zu glatt vielleicht.«

Dan nickt zufrieden und scheint nachzudenken. »Dann gibt es noch meine normale Stimme, hier wähle ich immer die Formulierung: ›Nimmst du den Brief an?‹« Das ist wohl die gängigste Möglichkeit für die Frage. Der Weg wird wieder breiter und wir laufen nebeneinanderher. Dieses Mal enger als zuvor, sodass sich unsere Arme beinahe berühren.

»Und hast du auch so eine sexy Flüsterstimme?«

»Natürlich.« Dan beugt sich blitzschnell zu mir herunter, wobei seine Lippen mein Ohr berühren. »Ich würde dir gern diesen Brief überreichen.« Seine Stimme rutscht dabei gefühlte drei Oktaven nach unten, ist durchsetzt von einer rauen Note. Meine Haut beginnt zu kribbeln und ich stoße einen überraschten Laut aus. Mir war nicht bewusst, dass das Wort *Brief* Sexappeal haben kann.

»Das war nicht schlecht«, sage ich anerkennend. »Und wie heißt dieser Flüsterstimmen-Dan?«

»Vielleicht Mister Grey?«

»Ich wäre eher für *James Bond*.«

»Na gut. Dann wählst du also den James-Bond-Dan?« Ich werde rot, was er aber zum Glück nicht zu bemerken scheint.

»Ich beanspruche diese Stimme für mich«, entgegne ich lachend und frage mich im selben Moment, was ich mir hier eingebrockt habe. Dieses Herumalbern fühlt sich so viel vertrauter an, als es sollte.

»Wie ist das eigentlich, wenn ihr auswählt, wem ihr eure Briefe gebt? Sitzt ihr da wie bei einer Auktion zusammen?« Das habe ich mich tatsächlich schon die ganze Zeit gefragt.

»Eher eine Verhandlung. Wir sehen uns auf einem Bildschirm Bilder aller Kandidatinnen an, lernen so auch gleichzeitig noch mal die Namen, und dann meldet man sich, wenn man sie in seinem Team haben will.«

»Gab es denn dieses Mal schon Überschneidungen?«

»Also, hätte ich nicht sofort gesagt, dass ich dich gern hätte, hätte Collin dich wahrscheinlich behalten.« Dan kratzt sich am Kinn. »Aber Siva war anfangs auch an Taysha interessiert.«

Ich nicke. Taysha hätte ruhig zu Siva gehen können, das hätte mir nicht allzu viel ausgemacht.

»Wir sollten übrigens ein Zeichen vereinbaren, wenn wir ohne Beobachtung miteinander reden wollen. Eins für *sehr wichtig* und eines für *wichtig*«, wechselt Dan das Thema. Wir laufen auf eine Weggabelung zu und entscheiden uns einvernehmlich für links. »Natürlich müssen wir darauf achten, dass wir uns nicht in unseren Gesprächen verraten.« Ja, das wird noch eine Herausforderung werden. Nichts zu sagen oder zu tun, was unseren Plan verrät. Obwohl die Kälte mich zittern lässt, spüre ich sie nicht wirklich. Ich genieße das Gespräch, so frei von Mikrofonen und Kameras zu sein. Einfach sagen zu können, was ich will, ohne Angst zu haben, dass es Konsequenzen haben könnte.

»Ich könnte roten Lippenstift tragen«, überlege ich. »Dann wüsstest du, dass ich dringend mit dir reden muss.«

»Nachts allein im Wald.« Er zieht den rechten Mundwinkel süffisant nach oben.

»Das klingt nicht vertrauenswürdig, Mr. Bond.«

»Nicht wirklich«, brummt Dan. »Aber den Lippenstift finde ich eine gute Idee. Alarmstufe Rot, sozusagen.« Er scheint sichtlich

Gefallen an der Sache zu finden. »Wir könnten auch ein Codewort ausmachen, so etwas wie *Roter Adler im Anflug.*«

Doch den roten Adler rede ich ihm schnell aus.

»Das klingt eher, als wäre meine Periode im Anmarsch.«

»Das stimmt vielleicht. Aber rot ist gut.«

»Also rot. Und du könntest …« Ich denke nach, der Schnee wird immer tiefer und meine Stiefel stecken bereits bis um Knöchel darin.

»Ich könnte rote Socken anziehen«, schlägt Dan vor. »Oder einen Fingernagel rot lackieren.«

»Ersteres ist weniger auffällig. Und du könntest deinen grauen Schal tragen.«

»Gute Idee.« Er nickt. »Schal und Lippenstift klingt vernünftig. Also dann trage ich den grauen Schal oder du etwas Graues, wenn wir reden wollen, und beide etwas Rotes, wenn es ganz dringend ist?«

»Einverstanden.«

Wir kommen an eine weitere Weggabelung.

»Wir sollten zurückgehen.« Ich ziehe mir meine Mütze tiefer ins Gesicht, sehe in Dans Augen, in denen sich der Mond widerspiegelt.

»Ja, morgen wird ein langer Tag«, murmelt er und dreht sich langsam auf dem Absatz um. Ich folge ihm.

»Wie …« Ich knete meine Finger in den dicken Handschuhen. »Wie verhalten wir uns?« Die Frage brennt mir schon länger auf der Zunge, doch bisher habe ich mich nicht getraut, sie auszusprechen. Vielleicht aus Angst, dass die Situation seltsam wird.

»Wir müssen darauf achten, dass es glaubwürdig bleibt, deswegen …« Dan stockt. »Hast du dich schon mit ein paar der Frauen angefreundet? Das wäre bestimmt hilfreich, um deine Gefühle auch bei den anderen einzubringen und sie vielleicht auch ein bisschen auszuhorchen.«

»Nein«, gebe ich zu. »Ich glaube, sie sind nicht allzu begeistert, dass du mich eingewechselt hast.«

»Also, so wie ich sie bisher kennengelernt habe, würde ich dir vielleicht raten, dich mit April oder Kayla anzufreunden. Sie sind beide sehr nett und wirken aufgeschlossen.« Mit April habe ich mich zu Beginn der Show eigentlich gut verstanden. Und Kayla wirkt auch sympathisch.

»Na gut, dann hänge ich mich an die beiden.« Wir sind beinahe wieder am Waldrand angekommen.

»Sind unsere Fußspuren eigentlich nicht auffällig?«, frage ich plötzlich, als ich sehe, dass auf dem Pfad hinter uns sehr gut sichtbar die Stiefelspuren im Schnee auszumachen sind.

»Wir dürfen uns nur treffen, wenn es schneit, dann sind die Spuren am nächsten Tag weg.« Ich sehe skeptisch zum wolkenlosen Himmel und Dan schmunzelt. »In gut zwei Stunden soll es schneien, keine Sorge.« Ich atme erleichtert auf und wende mich dann zum Gehen.

»Bis dann, Dan.« Ich winke ihm zu, bevor ich mich langsam umdrehe, die Jacke fester um mich schlinge und davonstapfe.

»Bis dann, Eyla.«

»Ich hoffe, dass er mich bald für ein Date auswählt«, spreche ich am nächsten Tag vor dem Frühstück in die Kamera. »Ich glaube, wir brauchen die Zeit, um uns besser kennenzulernen. Durch die Woche, die ich in Collins Team war, haben die anderen leider einen Vorsprung.«

Zum Glück wird meine Hoffnung aber schnell erhört, denn die eintrudelnde *Datecard* mit dem Slogan *Lasst uns das Eis brechen* beinhaltet auch meinen Namen. Aufregung erfasst mich, als ich in eine enge Jeans und einen Strickpullover schlüpfe. Der Spruch klingt eher nach einer kalten Aktivität. Vielleicht gehen wir Schlittschuhlaufen? Oder bauen ein Iglu? Es ist mein zweites Team-Date in der Show, und trotzdem freue ich mich mehr darauf als beim ersten. Vielleicht weil ich weiß, dass es egal ist, wie ich mich anstelle. Denn Dan wird mich so oder so weiterlassen. Seit ich diesen Druck der Versagensängste nicht mehr auf meiner Brust spüre, geht es mir wesentlich besser. Ich habe mein Handy einige Zeit lang ausgeschaltet gelassen, weil ich es nicht überstrapazieren wollte. Dafür will ich den heutigen Abend umso mehr nutzen und Merve anrufen. Ich vermisse ihre sanfte Stimme und muss unbedingt in Erfahrung bringen, wie es ihr geht. Außerdem habe ich selbst dringend Redebedarf.

»Was, glaubst du, werden wir machen?« April ist gerade dabei, sich die Wimpern vor dem Spiegel im Schlafzimmer zu tuschen. Das Badezimmer ist längst überfüllt.

»Ich könnte mir vorstellen, dass wir Schlittschuhfahren gehen«, überlege ich und greife ebenfalls nach meinem Kulturbeutel, um Make-up aufzutragen.

»Ja, vielleicht auch Eiskunstlauf oder so etwas.« April schaltet ihr Glätteisen ein. Auf irgendetwas in die Richtung hoffe ich, ehrlich gesagt, dann könnte ich vielleicht mit den wenigen vor der Show erworbenen Kenntnissen glänzen. Und der Muskelkater bei der ersten Zeremonie wäre dann auch nicht umsonst gewesen.

»Darf ich es mitbenutzen?«, frage ich mit einem Blick auf das Glätteisen, und April nickt, zwirbelt die dunklen Haarsträhnen mit den Fingern. »Natürlich.«

»Danke.« Ich fahre mir mit meinem Rougepinsel leicht über meine Wangen. Die Müdigkeit ist mittlerweile aus meinem Gesicht verschwunden und ich sehe erfrischt aus. Ich trage Puder auf und zögere, als ich den roten Lippenstift sehe. Kurz wiege ich ihn in der Hand, entscheide mich aber dagegen und trage stattdessen einen helleren Nudeton auf. April bietet sogar an, mir die Haare zu glätten, doch ich lehne dankend ab. Sie ist wirklich nett, das muss ich zugeben. Nicht nur wegen ihres Akzents, der mich so an meine Grandma erinnert, sondern auch weil sie mir vorkommt wie jemand, der eventuell wirklich hier ist, um die große Liebe zu finden. Ich werde es definitiv in Erwägung ziehen, mich mit ihr anzufreunden. Man kann gut mit ihr reden, und wenn ich schon Svea nicht so oft um mich haben kann, dann kann ich wenigstens dafür sorgen, dass ich mir April zu meiner Verbündeten mache.

Wir steigen in einen kleinen Bus, der uns nach circa zweieinhalb Stunden Fahrt, in denen April noch einmal einschläft, mitten in die Stadt fährt. Wir haben ein zusätzliches Outfit und unsere Kulturbeutel eingepackt, falls wir auf dem Date ausgewählt werden sollten, noch zum Abendessen zu bleiben. Denn dafür brauchen wir eine andere Garderobe. Häuser ziehen am Autofenster vorbei und ich erkenne auf einigen Schildern die Aufschrift *Anchorage*. Hier liegt weniger Schnee als im Resort, aber immer noch tausendmal mehr als um diese Zeit in New York.

»Oh, wir fahren zur Eissporthalle!«, ruft Taysha, die auf der anderen Seite des Wagens sitzt und aufgeregt nach draußen zeigt. Ich lehne mich über April hinweg zu ihr hinüber und sehe das große Gebäude.

»Das ist die George M. Sullivan Arena«, murmelt sie andächtig und ich krame in meinem Gehirn, ob ich darüber schon einmal etwas gehört habe, kann mich aber nicht erinnern. Der Bus hält tatsächlich auf dem Parkplatz. Dan wartet dort bereits auf uns. Ein leichtes Kribbeln überkommt mich, als ich sehe, dass er seinen grauen Schal trägt. Die dunklen Haare hängen ihm in die Stirn und er grinst verschmitzt, als er uns kommen sieht. Taysha löst sich als Erste von uns, eilt auf ihn zu und umarmt ihn überschwänglich, was mich fast ein wenig ärgert.

»Hallo.« Ich lasse April und Anastasia den Vortritt und schlinge Dan als Letzte die Arme um den Hals. Es ist nur eine kurze, flüchtige Berührung, fühlt sich aber sehr viel intimer an, als ich für möglich gehalten habe. Vielleicht weil wir ein Geheimnis haben, von dem die anderen nichts wissen.

»Ihr habt es euch bestimmt schon gedacht«, eröffnet Dan und zeigt auf die Halle, »aber heute werden wir ein bisschen Eishockey spielen.« Mein Herz beginnt aufgeregt zu hüpfen. Eishockey! Dan hat nicht zu viel versprochen. Wie cool ist das denn! Wir folgen ihm nach drinnen in die Halle.

»Bevor unser großes Match ansteht, werden wir natürlich ein bisschen üben.« Dan lächelt, und ein hochgewachsener Mann tritt aus dem hinteren Teil des Vorraumes auf uns zu. »Deswegen habe ich mir die Hilfe von Brandon Dubinsky geholt. Er ist in Alaska geboren und ein sehr bekannter Eishockeyspieler. Er trainiert bei den *Columbus Blue Jackets*.« Ich grinse und klatsche begeistert in die Hände, auch wenn mir nichts davon etwas sagt. Aber allein dass wir gleich von einem bekannten Eishockeyspieler trainiert werden, ist für mich schon Grund genug, mich zu freuen.

Bevor wir aufs Eis dürfen, machen wir uns mit ein paar Übungen warm, dehnen unsere Oberschenkel und Arme. Dann bekommen wir alle Schoner und Schlittschuhe ausgehändigt und betreten damit die große Halle. Ehrfürchtig wandert mein Blick über die Zuschauerränge und die Bande, die diese vom Spielfeld trennt. Inmitten der weißen Fläche sind Kreise und Linien aufgemalt, darüber eine feine Eisschicht, sodass die Farben der Markierungen beinahe ausgeblichen wirken. Es kommt mir vor, als würden wir eine alte gotische Kirche betreten, so riesig und einschüchternd wirkt dieses Stadion, so beeindruckt bin ich von diesem Bauwerk. Wie viele Spieler hier bereits auf dem Eis gespielt haben müssen, wie viele Siege und Niederlagen hier errungen worden sind …

»Du siehst aus, als hätte ich die richtige Entscheidung getroffen«, raunt eine warme Stimme an meinem Ohr, und ich drehe mich zu Dan um, der keine zwei Zentimeter hinter mir steht.

»O ja, das hast du«, flüstere ich zurück.

Eishockeyspielen ist anstrengender, als ich dachte. Das Schlittschuhlaufen an sich ist nicht das Problem, denn auch wenn ich keine langjährige Erfahrung habe, reicht das bisschen, das ich im Vorfeld geübt habe, einigermaßen aus. Die Einzige, die wesentlich besser ist als ich, ist Taysha. Aber mit den anderen kann ich gut mithalten. Die Schwierigkeit besteht tatsächlich eher in der schnellen Schlägerführung, die Schläge auf den Puck, eine flache Hartgummischeibe. Wir üben auch ein paar Bodychecks, in denen die Spieler sich gegenseitig den Regeln entsprechend abdrängen und aus dem Weg schaffen, um an den Puck zu kommen.

»In jeder Mannschaft stehen sechs Spielerinnen oder Spieler auf dem Feld«, erklärt Brandon und fährt rückwärts vor uns her. »Wenn jemand einen Fehler begeht oder foult, bekommt er Strafzeit, die er auf der Bank absitzen muss.« Mein Blick schweift zu besagter Bank. Vielleicht wird mein Muskelkater morgen weniger schlimm, wenn ich foule und mich dort hinsetzen darf. »Die gegnerische Mannschaft hat dadurch einen Vorteil. Und wenn in dieser Zeit ein Tor fällt, darf der Spieler früher wieder zurück.« Okay, ich muss also dafür sorgen, dass kein Tor fällt. Ich höre aufmerksam zu, um mir alles merken zu können, knabbere nervös an meiner Unterlippe.

»Ein Eishockeyspiel dauert dreimal zwanzig Minuten. Bei Unterbrechungen wird die Zeit gestoppt.« Brandon fährt einige Runden auf dem Eis, ein leises Knirschen ist zu hören, als er bremst und einige Eisspäne mit den Kufen aufschiebt.

»Es gibt die Angriffs-, die Neutrale und die Abwehrzone.« Der Eishockeyspieler zeigt auf die zwei blauen Linien im Eis, die das Feld dritteln. Er fährt fort, die Spieleraufstellung und Blöcke und Linien zu erklären: »Mit zwei Torhütern ergibt das zweiundzwanzig Spielerinnen oder Spieler pro Team.« Es sind so viele Informationen, dass ich fast ein wenig überfordert bin, mir alles zu merken, allerdings wirken die anderen auch nicht so, als hätten sie es bereits verinnerlicht. Trotzdem ist es schön, nicht einfach nur Eishockey zu spielen, sondern auch das Konzept dahinter zu verstehen und ein bisschen mehr darüber zu erfahren. Und das von einem Profisportler.

»Ausgewechselt wird nicht nur während Unterbrechungen, sondern auch fliegend, das bedeutet mitten im Spiel.« Nachdem Brandon geendet hat, uns die Grundregeln und das Spielprinzip zu erläutern, werden Mannschaften gewählt.

Da wir nicht so viele sind, spielen Brandon und Dan mit. Statt sechs Personen sind also immer drei in einem Team. Dan, Taysha und Anastasia in dem einen und Brandon, April und ich in dem anderen. April erklärt sich bereit, ins Tor zu gehen, und ich nehme die linke Position daneben ein. Wir stellen uns an der Linie auf, um den Bully, den Anschlag, zu spielen. Diesen führen Brandon und Dan aus. Obwohl Brandon wesentlich muskulöser und breitschultriger aussieht und auch seine Bewegungen übers Eis wesentlich eleganter aussehen als die des Bachelors, bleibt mein Blick an Dan hängen. Das für ihn typische Grinsen hat sich auf sein Gesicht gestohlen und er wirkt nicht im Mindesten eingeschüchtert. Eher aufgeregt. Er konzentriert sich auf Brandon, scheint zu prüfen, ob er gegen den Spieler eine Chance hat und wie er es anstellen muss, um zu gewinnen. Dann merkt er, dass ich ihn anstarre, und hebt den Kopf. Seine dunklen Augen finden meine, er kneift sie herausfordernd zusammen und ich kann die unausgesprochene

Aufforderung darin lesen. Ich erwidere die Geste ungerührt, beiße mir auf die Unterlippe und umfasse meinen Schläger noch fester. Wenn er das Duell haben will, dann soll er es bekommen. Mein Trikot weist die Nummer 1 auf. Und dieser Nummer werde ich gerecht werden.

»Das wird dein Untergang«, forme ich mit den Lippen, und Dan lacht leise, als er die Worte entziffert.

»Oder deiner«, ruft er laut zurück. Der Startpfiff ertönt und Brandon legt in rasantem Tempo vor, Dan ist ihm jedoch dicht auf den Fersen. Der Puck erreicht mich und ich gleite über das Eis, schiebe ihn vor mir her, von links nach rechts, immer schneller.

Meine Schritte werden sicherer, je öfter die Kufen über das Eis schneiden und ich an Fahrt aufnehme. Den Schläger fest im Griff, kurve ich auf das gegnerische Tor zu. Aus dem Augenwinkel sehe ich Dan und Taysha auf mich zukommen, Taysha gemütlich, Dan sehr schnell. Ich sehe mich nach Brandon um, der sich weiter vorn positioniert hat, und schiebe ihm den Puck in einer letzten Bewegung zu, bevor Dan mich erreichen und mir die Scheibe streitig machen kann. Brandon hält sich natürlich etwas zurück, als er schießt und den Puck prompt in ein Tor verwandelt, weil Anastasia nicht schnell genug reagiert.

Ich reiße die Arme in die Höhe und fahre auf Brandon zu, um ihn abzuklatschen. Das Spiel nimmt Tempo auf, und es ist deutlich zu merken, dass es Brandon zunehmend schwererfällt, nicht alles zu geben. Denn Dan ist zwar nicht so geübt wie er, doch das macht sein Kampfgeist wieder wett. Taysha ist kaum in der Lage, Dans Pässe anzunehmen, so schnell schießt er über das Feld, und Brandon hat einiges zu tun, um ihn vom Tor fernzuhalten, während ich ihm hinterherrase, um ihm den Puck abzuluchsen. Kurz hadere ich mit mir, ob ich ihm ein Bein stellen soll, verwerfe den Gedanken aber. Wir spielen ja fair. Und wenn ich auf der Bank sitzen muss, ist Brandon ganz allein. Und ich will tatsächlich gewinnen. Als Dan mir jedoch wieder in die Quere kommt und der armen April immer näher, stürme ich ihm entgegen und ramme ihn kurzerhand zur Seite. Meine Schulter stößt gegen seine. Dan driftet mit einem ungläubigen Brüllen ab und schlingert zur Seite.

»Sehr gut, Eyla!«, ruft Brandon im Hintergrund.

»Du!« Dan wirkt ehrlich erstaunt, dass ich es gewagt habe, ihm in den Weg zu treten, und sein Blick lodert. Meiner jedoch nicht weniger. Adrenalin hat jede Zelle meines Körpers gepackt, und alle Hemmungen, die ich vielleicht noch hatte, fallen von mir ab. Es ist mir plötzlich ganz egal, ob ich hinfalle, tausend blaue Flecken habe oder sonst etwas. Jetzt wird gespielt.

Völlig fertig sitzen wir danach auf der Ersatzspielerbank und keuchen um die Wette. Mein Team hat gewonnen, hauptsächlich dank Brandon, der es nach den ersten paar Toren nicht mehr ausgehalten und für einen Ausgleich gesorgt hat, den ich ausbauen konnte. Die Zeit des Dates ist um, und ich bin überrascht, wie traurig ich darüber bin. Es hat so viel Spaß gemacht, dass ich am liebsten noch ewig weiterspielen würde.

Brandon bringt uns allen etwas zu trinken, und während wir am Strohhalm schlürfen, stellt sich Dan vor uns.

»Das Date neigt sich langsam dem Ende zu, aber da ich heute noch etwas Zeit habe«, er sieht bedeutungsvoll in die Runde, »würde ich gern eine von euch noch ein wenig hierbehalten.« Es wird also wirklich verlängert! Ein kleiner Schimmer Hoffnung macht sich in mir breit. Vielleicht, ganz vielleicht darf ich bleiben.

Dans Blick verhakt sich mit meinem, und einen Moment lang kommt es mir so vor, als wären wir allein. Nur Dan und ich. »Mit einer von euch habe ich bisher am wenigsten Zeit verbracht. Eyla, würdest du mich heute zum Essen begleiten?« Er grinst mich an und ich nicke euphorisch.

»Sehr, sehr gern.« Ein kleines Lächeln zupft an meinem Mundwinkel. Die anderen verabschieden sich, inklusive Brandon. Neidische Blicke treffen mich, und ich kann es ihnen nicht verdenken. Jede hat gehofft, noch mehr Zeit mit Dan verbringen zu können. Als ich gerade ansetzen will, etwas zu sagen, bemerke ich wieder einmal die Kameras, die es einem mittlerweile allzu einfach machen, sie zu vergessen, wenn sie nicht direkt neben einem stehen. Das Mikrofon steckt heute an der Innenseite meines Schals, so selbstverständlich, dass ich es kaum mehr wahrnehme.

»Ich bin so aufgeregt«, bringe ich hervor und schlucke meine eigentlichen Worte hinunter.

»Dann lass uns gehen.« Dan zögert keine Sekunde, nimmt meine Hand und verschränkt meine Finger mit seinen. Es fühlt sich nicht komisch an, stattdessen so, als wäre es schon immer so gewesen. Die Wärme seiner Haut prickelt angenehm auf meiner, breitet sich langsam weiter aus. Die Kameras folgen uns, als wir gemächlich in Richtung Ausgang schlendern.

»Ich hoffe, du magst Fisch«, sagt Dan und hält mir die Tür auf. Gerade als ich hindurchschlüpfen will, ertönt eine Stimme hinter uns.

»Noch mal bitte, das Licht muss heller sein!« Ich drehe mich überrascht um. Der Kameramann winkt uns mit hektischen Bewegungen zurück und ich sehe perplex zu Dan, der die Augen verdreht. Gemeinsam laufen wir zurück an den Standpunkt, von dem wir soeben losgelaufen sind. Das Deckenlicht wird mit einer kleinen tragbaren Softbox verstärkt, die eine Assistentin eilig herbeiträgt.

»Los«, kommandiert der Kameramann und wir setzen uns erneut in Bewegung. Wieder liegt meine Hand in Dans.

»Besser so! Jetzt von vorn!« Ich versuche ganz normal zu wirken, als wir das Ganze erneut drehen. Dieses Mal steht die Kamera vor uns. Es ist mühselig. Und ich bin froh, dass wir gerade kein politisches Gespräch führen, bei dem ich komplizierte Satzkonstruktionen wiederholen müsste. Wobei politische Gespräche nach Vertrag ohnehin verboten sind. Als wir zum dritten Mal die Straße überquert haben und hoffentlich so aussehen wie ein verliebtes Pärchen, kommen die Limousinen angefahren, die uns in ein nahe gelegenes Hotel bringen. Ich bin nervös, weil ich nicht weiß, was jetzt passiert.

»Wir essen etwas und ziehen uns um, dann treffen wir uns im Restaurant wieder.« Dans Stimme ist so leise an meinem Ohr, dass ich seine Worte kaum höre. Ich sehe angestrengt aus dem Fenster der Limousine. Natürlich, ich hätte mir denken können, dass sie uns nicht so verschwitzt auf dieses Date schicken. Und schon gar nicht, dass wir dort wirklich essen werden.

Im Foyer des Hotels trenne ich mich von Dan, und gemeinsam mit einer Stylistin fahre ich nach oben in den dritten Stock, wo sie mir ein Zimmer zeigt, in das ich mich zurückziehen kann. Ich bestelle mir von der Hotelspeisekarte eine Portion Spaghetti und eine Cola, die meine Stylistin für mich nach oben bringt, während ich mich frisch mache.

Anderthalb Stunden habe ich nun Zeit für mich, in denen ich duschen und mich herrichten kann. Sogar mit meinen eigenen Klamotten und meinem Kulturbeutel. Ich nehme mir viel Zeit unter dem heißen Wasserstrahl, wasche mir den Schweiß von Haut und Haaren und genieße es, einfach nur für mich zu sein. Nicht die Kabel, an die ich mich mittlerweile gewöhnt habe, sie auf der Haut zu spüren, sondern einfach nur ich zu sein.

Vor mich hin summend trockne ich mich ab, föhne mir die Haare und ziehe mich um. Ich habe extra etwas Schlichtes ausgewählt. Eine enge schwarze Jeans und eine weiße Bluse, denn meine Kleider will ich für die Zeremonien aufsparen. Mein Essen wird gebracht und ich setze mich an den kleinen Tisch, der dekorativ mitten im Raum steht und dessen Beine mit kleinen Holzschnitzereien und Schnörkeln verziert sind. Allgemein wirkt die Einrichtung im Hotelzimmer eher an die Renaissancezeit angehaucht als modern. Der Dampf der heißen Nudeln hinterlässt Schlieren auf dem breiten Tellerrand. Mein Magen knurrt in freudiger Erwartung, als ich mit der Gabel die ersten Spaghetti aufrolle und in meinen Mund schiebe. Die vegetarische Bolognesesoße verläuft auf meiner Zunge und der Parmesan schmeckt so himmlisch dazu, dass ich aufseufze. Essen! Endlich …

Das Eishockeyspiel hat mich richtig hungrig gemacht, und wenn ich jetzt nicht zuschlage, würde ich nachher beim Date bestimmt über die Delikatessen herfallen wie ein ausgehungerter Wolf. Ich verputze meine Portion und werde danach final von der Stylistin für das Date vorbereitet. Meine Augen betont sie mit braunem Lidschatten und meine Lippen glänzen bald in einem dunklen Roséton. Ich sehe aus wie ein anderer Mensch, als ich mich im Spiegel betrachte, und bin mir nicht sicher, ob es mir gefällt oder nicht. Wenn ich ungeschminkt bin, ist meine Haut gestresst und gerötet durch die ständige Anspannung und die Kälte. Einige kleine Pickel am Kinn und an meiner rechten Schläfe sind selbst durch das dicke Make-up noch zu sehen. Aber auch wenn ich froh bin, dass sie abgedeckt sind, sehe ich gerade einfach zugekleistert aus. Schön zugekleistert, aber trotzdem zugekleistert. *Zum Glück kann Dan mich nicht rausschmeißen*, denke ich, als ich mein Zimmer verlasse und wenig später in die Hotellobby laufe.

13. Kapitel

»MANCHMAL BRAUCHT MAN ZUERST EINEN BESTEN FREUND STATT EINEN PARTNER. UND ICH HABE DAS GEFÜHL, ICH HABE IHN VIELLEICHT GEFUNDEN.«
– EYLA, 25

Ich werde gefilmt, wie ich das Restaurant betrete, in dem Dan bereits auf mich wartet. Er trägt dunkle Jeans und ein graues Hemd, bei dem die obersten beiden Knöpfe offen stehen, gerade so weit, dass man den Ansatz seiner Brust erahnen kann, ohne dass es zu dick aufträgt. Seine dunklen Haare sind akkurat nach hinten gegelt und lassen ihn ein bisschen wie einen Mafiaboss wirken. Die Stylisten haben auch bei ihm ganze Arbeit geleistet, das muss man schon sagen.

»Hey.« Ich grinse ihm entgegen und er winkt mir zu. Wir umarmen uns, er macht mir ein Kompliment für mein Outfit und zieht mir ganz den Gentleman mimend den Stuhl zurück, damit ich mich setzen kann. Außer uns ist niemand hier zu Gast und unser Tisch steht direkt an der Glasfront, sodass ich die hellen Lichter der Stadt bewundern kann. Mittlerweile ist es dunkel geworden, die Sonne, die zu dieser Jahreszeit den Horizont kaum mehr als sieben Stunden übersteigt, ist schon lange untergegangen. Ein Kellner bringt uns die Speisekarten und wir sehen sie uns genauer an. Neben einigen gewöhnlicheren Gerichten gibt es eine große Fischauswahl aus alaskischen Gewässern, und ich wähle schließlich ein gedünstetes Heilbuttfilet mit Kartoffeln aus. Dan bestellt dasselbe und eine Flasche Wein, den er zuvor sorgfältig ausgewählt hat. Vermutlich kennt er sämtliche Weinsorten auf der Karte.

»Ich hoffe du hast einen guten ausgesucht.«

»Natürlich, ein Pinot Grigio. Er ist recht trocken, aber zu dem Fisch passt er hervorragend.« *Sehr schade, dass wir den Fisch nicht wirklich essen werden.* Als der Kellner gegangen ist, ärgere ich mich darüber, nicht etwas genommen zu haben, von dem ich weiß, dass es mir nicht schmeckt, wo ich es doch sowieso nicht anrühren kann. Dan sieht genauso traurig darüber aus. Ich schlage die Beine übereinander und richte das Mikrofon gerade, das mir etwas schief im Ausschnitt der Bluse sitzt.

»Wie fühlt es sich an, nun der Siegerin gegenüberzusitzen?«, breche ich unser Schweigen und lehne mich gespielt lässig auf meinem Sitzpolster zurück. Dan hebt eine Augenbraue nach oben.

»Nicht gut. Ich will natürlich eine Revanche.«

»Ich bitte darum«, provoziere ich ihn und kneife herausfordernd die Augen zusammen.

»Du magst es also zu gewinnen?« Er lehnt sich ebenfalls zurück, mustert mich aufmerksam. Ich bemerke einen kleinen Leberfleck an seiner Oberlippe, direkt über den angehobenen Mundwinkeln.

»Wer verliert schon gern?« Meine Anmerkung bringt ihn zum Lachen.

»Mimik noch mal bitte!«, meldet sich der Kameramann und unterbricht uns damit. Wir geben ihnen kurz Zeit, unsere Gesichtsausdrücke einzufangen. Ich wickle noch einmal nervös eine meiner glatten Strähnen um meinen Zeigefinger und zupfe an meinem Oberteil herum, bevor der Kameramann den Daumen hebt. Dan sieht mich mit einem Ausdruck an, der beinahe verwegen ist, und ich mache mich auf etwas gefasst, was mir vielleicht nicht gefallen wird.

»Und, nimmst du hier auch teil, um zu gewinnen?«

Innerlich klopfe ich ihm auf die Schulter. Denn damit hat er galant in ein Gespräch übergeleitet, das zwar sehr oberflächlich scheint, aber mir die Chance gibt, ihm vor der Kamera eine tiefere Bedeutung verleihen zu können. Ich hole tief Luft, konzentriere mich darauf, meine Rolle zu spielen.

»Ich gewinne gern, also ja. Aber nicht nur deswegen.« Ich falte meine Hände und fahre mit dem Zeigefinger über den Nordsternanhänger an Merves Armband, das leicht und filigran mein Handgelenk ziert.

»Es fällt mir ein wenig schwer, das zu sagen.« Ich komme mir mehr als bescheuert vor, als ich eine künstliche Pause einlege, Dans Blick meide und auf meine Fingernägel sehe, versuche aber, diese Spannung so lange wie möglich aufrechtzuerhalten und so zu tun, als würde ich mit mir ringen, gleich mein Innerstes zu offenbaren, als Dan plötzlich losprustet.

»Was?«, frage ich irritiert, doch er hält sich nur die Hand vor den Mund.

»Hey, ich wollte dir gerade ein Geheimnis verraten!« Meine Beschwerde bringt ihn nur noch mehr aus der Fassung, und so muss ich schließlich auch lachen.

»Ich weiß, aber dein Gesicht sah dabei aus, als würdest du gleich etwas sagen wie ›Ich bin ein Vampir‹, und dann fing das Kopfkino an.« Das Glucksen schüttelt ihn regelrecht. »Ich habe mir schon vorgestellt, wie du den Tisch hochstemmst und durch die Gegend wirfst.«

»Ich bin doch nicht Edward.« Ich sehe ihn gespielt pikiert an.

»Schade, vielleicht würde ich ja gern gebissen werden.« Dans Stimme wird zum Ende des Satzes hin wieder wackeliger, und schließlich kichert er erneut in sich hinein. Das Geräusch klingt so grummelig und kehlig, dass es irgendwie niedlich ist.

»Die Szene brauchen wir noch mal«, ruft der Kameramann, und wir versuchen uns zusammenzureißen, was schwerer ist als gedacht. Ich lege meinen Kopf in den Nacken und sehe hoch zu der mit kleinen Kronleuchtern besetzten Stuckdecke. Es ist nichts lustig, es ist alles ganz normal! Ich muss mich gefälligst zusammennehmen!

»Okay«, sage ich, als ich mich etwas beruhigt habe, und sehe zu Dan, dessen gerötetes Gesicht auch wieder einen normalen Anschein erweckt.

»Dann alles auf Anfang. Starte noch mal mit ›Es fällt mir schwer, das zu sagen‹.« Der Kameramann nickt mir zu. Ich räuspere mich und versuche, so ernst wie möglich auszusehen, als es wieder losgeht. Ich blinzele.

»Es fällt mir schwer, das zu sagen.« Ich schaffe das, nicht lachen! Nicht lachen! Ich muss den Spannungsaufbau dieses Mal kürzer halten, sonst sterbe ich. Hilfe. Kein Kopfkino! Kein *Twilight*, kein

Edward! Blick nach unten halten, warten … Jetzt! Ich sehe auf und begegne Dans Blick.

»Ich bin dein Vater«, kommt es über meine Lippen, dicht gefolgt von einem lauten Lachen Dans und einem »Es tut mir leid!« meinerseits.

»Da hast du was Schönes angerichtet«, beklage ich mich und zeige auf Dan, als der Kameramann mich genervt ansieht. »Ich schaffe das, versprochen.« Ich werfe einen entschuldigenden Blick zur Crew und reiße mich dieses Mal wirklich zusammen, auch wenn es mir einiges abverlangt.

»Ich war noch nie richtig verliebt«, sage ich nach der Spannungspause und sehe Dan unverwandt an. Verwunderung blitzt in seinen dunklen Augen auf, dieses Mal echte. Er beugt sich ein wenig zu mir vor. Als der Kellner im Hintergrund erscheint, hebt der Kameramann die Hand, um ihm zu zeigen, dass er noch warten soll.

»Wieso?«, fragt Dan. Und scheint in derselben Sekunde wie ich zu denken, dass das eine dumme Frage ist.

»Ich dachte immer, ich sei es, bis der Tag kam, an dem Schluss war und mir bewusst geworden ist, dass ich ohne ihn glücklicher bin.« Ich fahre mir mit der Hand durch die Haare. Obwohl ich es genau so geplant hatte, fühlt es sich nun wirklich schwer an, das zu sagen. Meine Kehle ist trocken und ich räuspere mich erneut. Ich überlege, nehme mir Zeit für die Antwort, denn ich weiß, dass ich das nicht noch einmal spielen könnte, horche in mich hinein, erinnere mich zurück an meine verflossenen Beziehungen und versuche, die daraus resultierenden Gefühle zu greifen. »Ich nehme hier teil, weil ich darauf hoffe, meinen besten Freund zu finden. Bei all meinen Beziehungen war es nur dieses Oberflächliche, diese Attraktivität, diese erste Begegnung, die gepasst hat. Aber wenn es darauf ankam, hat es nicht funktioniert. Nie, und ich glaube, dass es diese Basis ist, die immer gefehlt hat.«

»Das richtige Kennenlernen?«, hakt Dan nach und ich nicke.

»Ja, aber nicht zeittechnisch, sondern charakterlich. Diese Höhen und Tiefen, die man gemeinsam erlebt.«

»Und übersteht.« Er stützt seinen Kopf auf die Hände. »Mir geht es ähnlich. Ich war zwar verliebt, aber länger als zwei Jahre haben meine

Beziehungen nicht gehalten.« Es ist ungewohnt, vor der Kamera so viel preiszugeben, aber dennoch weiß ich, dass wir gerade ehrlich zueinander sind, so gekünstelt es auch begonnen hat. Während wir weiterreden, wird das Essen und der Wein gebracht. Es duftet so gut, dass ich die Show wirklich verfluche und mit mir kämpfe, nicht doch einen Bissen zu nehmen. Dan erzählt etwas über seine letzte Beziehung. Seine Verlobte hat mit ihm Schluss gemacht, weil er mit seinem Job als Manager des Familienunternehmens zu wenig Zeit für sie hatte.

»Das Weingut bedeutet dir viel?« Ich nehme noch mal Bezug auf unser erstes Gespräch, als er gefragt hat, ob ich ihn heiraten möchte, um ihm die Möglichkeit zu geben, mehr von sich preiszugeben.

»Ja, ich habe dort meine gesamte Kindheit verbracht.« Er fährt mit den Fingern über den Fuß seines Glases. »Ich kann mich an so viele Sommer erinnern, in denen ich mit meiner Grandma durch die Weinberge gestreift bin und mir vor lauter Traubenessen schlecht war.« Seine Augen leuchten, während er spricht. »Und man konnte prima Verstecken spielen. Einmal musste ich suchen, während sich alle meine Freunde quer über den Weinberg verteilt haben. Bis auf Josh hatte ich sie recht schnell gefunden, aber meine Mutter hat dann zum Abendessen gerufen und Josh geriet plötzlich in Vergessenheit. Erst als seine Mom nach Hause kam, um ihn abzuholen, fiel uns auf, dass er gar nicht mehr bei uns war.« Er lacht leise. »Wir haben also den gesamten Weinberg nach ihm abgesucht und ihn irgendwann schlafend in einer Kuhle gefunden.«

»Du musst ein wunderbarer Freund gewesen sein.« Mein Spott ist unverkennbar. Aber er weiß, dass ich es nicht böse meine.

»Ich habe mir seitdem angewöhnt, alle Freunde durchzuzählen, wenn man den Überblick verlieren könnte. Das mache ich tatsächlich auch mit den Kandidatinnen.« Er wirkt schuldbewusst und sein Blick schießt zur Kamera, hinter der der Rothaarige steht. Ich weiß mittlerweile, dass er Lewis heißt. Und ich frage mich, ob er wohl gleich abbricht oder ihm das durchgehen lässt. Doch er schweigt. Ich höre aufmerksam zu, wie Dan weiter von seinem Zuhause erzählt, von seiner Schulzeit, davon, dass er aus Solidarität in Englisch ein F geschrieben hat, damit er und Josh beide sitzen bleiben. Und ich erzähle meinerseits von meiner Schulzeit und von meinem Ex-Freund, der so eifersüchtig war, dass er mir regelrecht aufgelauert hat. Wir bestellen noch eine Flasche Wein, er schmeckt vorzüglich und der Abend schreitet voran. Irgendwann fällt mir ein, dass ich die wichtigste Frage noch gar nicht gestellt habe. Die, auf die sie alle warten.

»Wieso hast du mich in dein Team geholt?«

Dan nimmt einen Schluck aus seinem Weinglas, ohne unseren Blickkontakt zu brechen. Die Reflexion der Flüssigkeit wirft kleine glänzende Wellen in die Muster seiner Augen, lässt sie zu einer tosenden dunklen See werden. »Ich fand dich von Anfang an interessant. Aber leider war Collin schneller.« Das Grinsen auf seinem Gesicht sorgt dafür, dass sich meine Mundwinkel ebenfalls heben. »Es war also Glück für mich, dass er dazu bereit war, dich gehen zu lassen.« Ich lächele und hebe mein Weinglas in seine Richtung.

»Auf beste Freunde.« Sein Blick bohrt sich in meine Augen, als sich unsere Gläser mit einem harmonischen Klirren berühren. Und es fühlt sich an, als hätten wir mit dieser Geste unseren Deal untermauert.

»Was hast du erlebt?« Merves klare Stimme dringt an mein Ohr und beruhigt beinahe automatisch meinen Pulsschlag. Das Telefon ans Ohr gepresst und die Beine angewinkelt, sitze ich auf einem kleinen Baumstumpf im Wald. Der Schnee ist in den letzten Tagen noch höher geworden und meine Stiefel sind bis obenhin weiß bestäubt. Die anderen Frauen wurden zu einem Date eingeladen oder verbringen die Zeit im Fitnessraum. Da ich die kleine Auszeit aber gut gebrauchen kann, habe ich mir mein Handy geschnappt und mache einen kleinen Spaziergang.

»Viel zu viel.« Ich wackele mit den Zehen, um die Kälte fernzuhalten. Heute ist es noch eisiger, der Himmel ist in graue Wasserfarbenwolken getaucht, und es kann nicht mehr lange dauern, bis es wieder schneit. Sosehr ich die Kälte auch verabscheue, dieses ruhige

Weiß um mich herum habe ich mittlerweile fast lieb gewonnen. Denn im Wald verbringe ich immer meine schönsten Stunden.

»Ich habe Zeit.«

Ich stelle sie mir bildhaft vor, wie sie ihre Nase krauszieht und die sanften braunen Augen zu Schlitzen verengt, während ihr glockenhelles Lachen erklingt.

»Das ist gut.« Ich kichere leise und beginne ihr dann ausschweifend zu erzählen, was passiert ist. Mein Mikrofon habe ich in der Hütte gelassen. Es ist uns erlaubt, Privatgespräche mit unseren angegebenen Kontaktpersonen zu führen. Und darüber bin ich sehr erleichtert. Ich schildere ihr ein paar der Kandidatinnen, unter anderem Hannah und ihre esoterische Ader, die uns vorhin besucht und uns das Stricken beigebracht hat, damit die Langeweile nicht überhandnimmt. Und ich bin fest entschlossen, es nachher ebenfalls zu lernen. Vielleicht kann ich Dan ja einen Schal oder so etwas in der Art stricken. Außerdem erzähle ich von meinem Horror-Date mit Collin, dem Fastkuss, bei dem ich großes Lob von ihr bekomme, und … dem Deal mit Dan.

»Warte, *was?*«, ruft sie aus.

»Ich weiß, dass das etwas viel ist, aber er ist wirklich toll, viel besser als Collin und …«

»Du wirst heiraten?«

»Ja. Und dann werden wir uns wieder scheiden lassen.« Ich höre nur das Rauschen, sobald Merves Atem über das Mikrofon des Handys streift.

»Ich weiß gar nicht, was ich sagen soll«, murmelt sie schließlich, eine Mischung aus Fassungslosigkeit und Aufregung beherrscht ihre Stimme, lässt sie leicht erzittern.

»Ich bin auch noch ziemlich perplex«, gebe ich zu. Und das ist die Wahrheit. Wenn ich an Dan denke, kommt es mir immer noch so unwirklich vor, dass wir diese Abmachung haben. Manchmal kriecht auch die Angst in mir hoch, die Zweifel, ob das eine gute Idee war … und doch sagt mir mein Herz, dass es genau das war. Eine gute Idee. Die einzige, die mir bleibt.

»Eyla, das ist einfach unglaublich!« Merve kann sich wohl nicht entscheiden, welche ihrer Emotionen sie nun zuerst zum Ausdruck bringen soll. »Du wirst heiraten! Ich werde auf deine Hochzeit gehen! Ich darf doch Brautjungfer sein, oder?«

»Natürlich darfst du Brautjungfer sein.«

»Also, und … wie fühlst du dich? Willst du das? Ist er nett? Entschuldige, ich bin gerade zu geblendet von der Hochzeit.« Sie ist immer noch verwirrt, und ich kann es ihr nicht verdenken. Merve liebt romantische Dinge, ganz besonders Hochzeiten und Liebeserklärungen. Dass sie also aus dem Häuschen ist, bevor sie darüber nachdenkt, dass das natürlich keine Liebesheirat ist, wundert mich nicht.

»Er ist nett«, sage ich und muss nun auch ein klein wenig lachen. »Und er hat dieses Superschurkenlächeln, wenn er etwas geplant hat.« Ich überlege. »Ich kann gut mit ihm reden. Ohne nachzudenken, einfach das sagen, was ich will.«

»Das klingt toll. Wirklich toll.« Merves Worte überschlagen sich. »Ich bin so gespannt, ihn kennenzulernen! Oder allgemein, ihn zu sehen! Sieht er gut aus?«

Ich grinse in mich hinein. »Ja … sehr.«

Merve stößt einen lauten Seufzer aus. »Zu schade, dass ihr noch keine Social-Media-Accounts eröffnen dürft.« Die Show wird natürlich vorgedreht, und sobald die erste Folge ausgestrahlt wird, wird ein Social-Media-Account für die Kandidatinnen und Kandidaten erstellt, der von der Produktion geleitet wird. Nach jeder Zeremonie wird zum Beispiel ein Bild von uns gepostet, auf dem wir verkünden, einen Brief erhalten zu haben. Wenn wir raus sind, wird der Account uns offiziell übergeben. Und genau danach lechzen die meisten hier. Nach der Steigerung der Reichweite und Followerzahlen durch die Teilnahme. Einige können danach gut als Influencerinnen leben, wenn sie denn genügend Screentime bekommen haben. Die Bachelorkandidaten natürlich ebenfalls. Da ich darauf allerdings nicht aus bin, ist mir der Account relativ egal. Zumindest bringt er mir für jetzt nichts, selbst wenn ich später damit Geld verdienen könnte. Während die Folgen alle vorgedreht sind, wird die letzte – das große Wiedersehen nach dem Antrag und dem großen Herzschmerz – live sein.

»Ich bin so gespannt.«

»Das wird der reinste Horror.«

»Wird es gar nicht!« Ihre Stimme wird lauter. »Ich weiß gerade nicht genau wohin mit welchem Gefühl. Einerseits freue ich mich und andererseits fühle ich mich schlecht, weil du dort ja nicht mitmachen wolltest, und ...«

»Ich will hier mitmachen!«, falle ich ihr ins Wort, grober als beabsichtigt. »Ich musste sowieso! Und so kommen wir an das Geld, das wir brauchen.«

Merve schnaubt leise. »Ja, das stimmt schon. Aber wenn es sogar mich schon vom Schlafen abhält, zu wissen, dass du deine Gefühle so im Zaum halten musst und nichts davon real ist ... wie schlimm muss es dann erst für dich sein?«

»Es ist nicht angenehm, das will ich gar nicht behaupten.« Ich zupfe an einem losen Faden herum, der an der Tasche meiner Jacke absteht. »Aber es gibt Leute hier, mit denen alles etwas weniger fake ist.« Ich lächele. »Dan zum Beispiel. Und Svea.«

»Das ist wenigstens ein kleiner Trost.« Ganz zufrieden klingt sie allerdings nicht.

»Die Behandlung wird helfen, Merve.« Ich umklammere das Telefon fester. »Sie wird helfen, und dann hat sich das alles gelohnt.«

»Besser ist es«, grummelt sie und gibt sich geschlagen. Mein Herz macht einen kleinen Sprung, Wärme durchströmt meine Brust und hinterlässt ein angenehmes, beruhigendes Gefühl.

»Wie geht es dir denn? Wie ist dein Zimmer so?« Ich will alles wissen, alles auf einmal. Am liebsten wäre ich bei ihr und würde sie in die Arme schließen.

»Bisher gut. Ich merke die Nebenwirkungen schon ein kleines bisschen, und das wird sicher nicht einfach, aber mein Zimmer ist schön.« Ich höre ein Rascheln, das danach klingt, als würde sie sich im Bett aufsetzen. »Meine Zimmergenossin hat mich mit einer Serie angesteckt.« Merve kichert leise. »Ich werde also sobald es geht anfangen, Volleyball zu spielen.«

»Volleyball? Was ist das denn für eine Serie?«

»Ein Anime, es heißt *Haikyu.*« Ich kann ihr Grinsen bis hierher spüren. »Wir müssen es uns mal zusammen ansehen, wirklich! Diese

Taktik und die Charaktere würden dir auch gefallen!« Ich liebe es, wenn Merve mit vollem Herzen dabei ist. Egal bei was.

»Du bist ein bisschen wie Nishinoya oder Daichi«, erzählt sie weiter. »Laut, selbstbewusst und versuchst immer alle zu retten, das kann man irgendwie gut auf ihn übertragen, wenn er spielt. Aber du kannst auch sehr unsicher sein, wenn es um dich selbst geht.«

Eine Pushnachricht blinkt auf meinem Handy auf, dass mein Batteriestand weniger als zehn Prozent beträgt.

Langsam stehe ich auf, klopfe mir den Schnee von der Kleidung und mache mich auf den Rückweg, schlendere durch den Wald, während Merve von der neu entdeckten Serie schwärmt.

»Erzähl mir unbedingt, wie es weitergeht und ob sie das Spiel gewinnen«, sage ich, als ich beinahe zurück am Resort angekommen bin. Ich sehe durch die lichter werdenden Bäume bereits das dunkle Holz der Blockhütten und verlangsame meine Schritte noch etwas.

»Das mach ich. Aber falls ich dich spoilern sollte, musst du es trotzdem noch mal mit mir ansehen.«

»Auf jeden Fall.« Ich grinse.

»Und du musst mir auch alles erzählen. Vor allem von Dan.«

»Natürlich. Dir wird kein Detail entgehen«, versichere ich ihr. Als wir uns verabschieden und ich die Blockhütte betrete, fühle ich mich besser. Ich streife meine nassen Stiefel an dem Vorlegeteppich ab und stelle sie zu den anderen Stiefeln an die Garderobe. Ich schlüpfe in meine Hausschuhe und schlurfe ins Wohnzimmer, wo ich April und Britt beim Stricken antreffe. *Merve geht es gut, und das ist das Allerwichtigste!*

14. Kapitel

»IRGENDJEMAND HAT DIE FENSTERSCHEIBE IM FITNESSSTUDIO BESCHMIERT. ICH HOFFE, SIE MACHEN DAS BALD WIEDER WEG, MAN SIEHT NICHT MEHR RICHTIG RAUS«
– TAYSHA, 26

Die zweite Woche der Show verstreicht wie im Nu, und nachdem uns am Ende wieder ein paar Frauen verlassen haben, wird es in der Hütte allmählich bequemer. Der zusätzliche Platz der fehlenden Betten bietet etwas mehr Stauraum und wir müssen die Koffer nicht mehr irgendwo neben unser Bett stopfen. Leider verhindert selbst das die ausbrechenden Streitereien nicht.

Ich halte mich zurück, auch wenn ich liebend gern der einen oder anderen Kandidatin etwas über den Kopf gezogen hätte. In diesem Team gibt es ebenfalls eine Schnarcherin, die als Kayla entlarvt wurde. Taysha hat darauf bestanden, dass sie unten auf dem Sofa statt im Bettenlager schlafen soll, weil sonst niemand zur Ruhe kommt. Das Gezeter war groß, und irgendwann hat Kayla angefangen zu heulen, Taysha ebenfalls, und Britt hat mitgeweint, ohne dass jemand genau sagen konnte warum. Mittlerweile haben sie sich aber wieder etwas vertragen, und wir nächtigen nun mit Ohrenstöpseln.

Seit ein paar Tagen ist zu meiner täglichen Sportstunde auch noch eine Stricksession mit April, Hannah und Svea dazugekommen, die in den späteren Abendstunden vor dem kleinen Kamin im Wohnzimmer stattfindet. Es hat etwas Behagliches an sich, wenn die Stricknadeln klappern, während das Feuer im Kamin knistert, und auch wenn mein Ergebnis verheerend aussieht und ich einige Maschen weniger als zuvor habe, bin ich stolz auf das Stückchen gestrickten Schal aus grauer

Wolle. Die Beschäftigung ist eine gute Gelegenheit, meine Gedanken ausblenden zu können, nicht darüber brüten zu müssen, wie ich mich vor den Kameras verhalte, wie ich mich gegenüber den anderen äußere, was ich denke oder was ich fühle. Während den kleinen Aktivitäten und vor allem dem Sport ist mein Kopf angenehm leer. Ich denke oft an Merve, aber es sind keine düsteren, zweifelnden Gedanken, sondern hoffnungsvolle.

Jedes Team hat einen eigenen kleinen Fitnessraum in der Hütte, in dem vor einer hübschen Glasfassade ein Laufband und ein Indoor-Cycle stehen. Mintgrüne Matten hängen an einem Haken, und an der Wand sind Vorrichtungen mit Gewichten in verschiedenen Kategorien angebracht. Manchmal treffe ich mich mit Svea in ihrem oder unserem Sportraum, um uns gemeinsam zu quälen, ab und an kommt April ebenfalls dazu.

Heute jedoch trainiere ich allein, weil Svea sich einen Wellnessmorgen gönnen wollte, bevor es heute Abend zur Entscheidung geht. Ich verbinde die Bluetooth-Box mit dem Tablet und klicke auf meine Sportplaylist. Die ersten Töne von *What makes you beautiful* ertönen und ich beginne mit einem Warm-up, bevor ich mir die Gewichte schnappe. Ja, in unbeobachteten Momenten höre ich immer noch One Direction, wenn ich gute Laune brauche. Und dann singe ich auch lauthals mit.

Ich bin gerade dabei, Squats zu machen, als direkt vor mir etwas laut donnernd gegen die Scheibe kracht. Ich erschrecke so sehr, dass mir das Gewicht aus der Hand und auf meinen Fuß fällt. Der Schmerz setzt nur einen Sekundenbruchteil danach ein und ich sehe mich empört nach dem Störenfried um. Ein Schneeball klebt platt gedrückt an der Scheibe direkt auf der Höhe meines Kopfes und rutscht in Zeitlupe herunter. Als ich nach draußen sehe, blicke ich in ein Paar dunkler Augen. Dan steht einige Meter vor der Scheibe und scheint gerade einen Spaziergang zu machen. Ich kneife die Lider zusammen und schüttele gespielt verärgert den Kopf. Er hebt die Schultern und kommt noch näher, stapft durch den hohen Schnee direkt auf mich zu. Heute trägt er wieder den schwarzen Mantel und seinen grauen Schal, Schneeflocken zieren die dunklen Haare und einige Strähnen hängen ihm in die Stirn.

»Ich wollte dich erschrecken«, ruft er durch die Scheibe hindurch und ich stutze kurz, ob er nicht vielleicht das »nicht« vergessen hat, als ich an seinem Grinsen merke, dass er keineswegs versucht, sich zu entschuldigen.

»Blödmann«, zische ich, gerade so laut, dass er es mit etwas Mühe verstehen kann, und zeige anklagend auf meinen Fuß, der von dem Gewicht erschlagen wurde.

»Das ist ein Kilogramm, stell dich nicht so an.«

»Wenn ich heute Abend wieder in Sneakers kommen muss, weißt du, wer schuld ist!« Ich kann sein Lachen durch die Scheibe hören, tief und warm. Er tritt noch näher und haucht gegen das Glas, das uns trennt, sodass sich ein leichter Film darüberlegt und sein Gesicht verschwimmen lässt. Dann fährt er mit dem Zeigefinger über die Scheibe, zieht kleine, gerade Linien.

»Was soll das sein?«, frage ich, als ich die schiefen Striche mit dem Kreuz in der Mitte betrachte.

»Das Haus vom Nikolaus«, kommt es dumpf zurück.

»So geht doch kein Nikolaushaus.« Ich lache leise und hauche dann meinerseits gegen das Fenster, sodass neben seinem beschlagenen Fleck ein zweiter entsteht. Meine Haut berührt die kühle Scheibe, und ich fahre flink darüber. Ziehe eine Linie nach oben, dann nach links, forme das Dach und die Diagonalen. Dan zieht die dichten Augenbrauen zusammen, gebannt verfolgt er meine Fingerbewegungen.

»Du darfst nicht absetzen.« Als ich einen Schritt zur Seite mache und ihn triumphierend ansehe, grummelt er leise vor sich hin.

»Mach das noch mal«, fordert er. Wir stehen nun so dicht voreinander, dass ich seine Präsenz um mich herum wahrnehme, als stünde er im selben Raum und nicht draußen im Schnee. Ich kann die Wärme spüren, die er ausstrahlt und die ihn umgibt wie kleine Sonnenstrahlen, selbst in der kältesten Nacht.

»Mal mir nach.« Ich hebe erneut die Hand. Er ahmt meine Bewegung nach und legt seine Zeigefingerspitze auf meine. Ein Prickeln fährt blitzartig durch mich hindurch, als hätte er mir damit einen

Stromschlag verpasst. Langsam fahre ich die Linien vor, radiere die beschlagene Schicht aus, wo meine Haut das Fenster berührt. Dan folgt meiner Hand mit seiner, zeichnet spiegelverkehrt sein eigenes Haus auf. Wenige Zentimeter trennen uns, Zentimeter einer dicken Scheibe, die mit Nikolaushäusern beschmiert ist. Als er aufsieht und sein dunkler Blick meinem begegnet, bin ich beinahe froh darum. Mein Körper vernachlässigt in dieser Situation nämlich beängstigend viele andere Dinge. Atmen zum Beispiel.

❄ ❄ ❄

Es ist die vierte Zeremonie. Wir sind nun noch vierundzwanzig Frauen, und auch heute werden uns wieder drei verlassen müssen. Aus jedem Team eine. So wird es die nächsten Wochen weitergehen, bis nur noch je zwei Kandidatinnen übrig sind, die um den jeweiligen Bachelor kämpfen. Ich sitze mit Svea und April auf einem roten Sofa, das sich schrecklich mit Aprils Kleid beißt. Es glänzt in einer dunklen Burgunderfarbe und ist bodenlang. Ich selbst trage ein champagnerfarbenes Cocktailkleid mit weitem Rückenausschnitt, und ich habe es sogar gewagt, auf einen BH zu verzichten, nachdem mir April gut zugeredet hat.

»Heute gibt es Muffins!« Svea greift erfreut nach einem der kleinen Häppchen, kaum dass die Tabletts auf die Tische gestellt werden. Die kleinen Kuchen stecken in bunten Förmchen und wirken beinahe provozierend fröhlich. Svea pult die Hülle von einem Gemüsemuffin mit Karottenstückchen und beißt herzhaft hinein. »Ich brauche eine gute Grundlage.«

»Wieso? Willst du dich betrinken?« Ihr Cocktail ist bis auf einen kleinen Rest leer. Wenn ich mich recht erinnere, ist es nicht ihr erster an diesem Abend.

»Am liebsten ja«, gibt sie zurück. Ich mustere meine Freundin aufmerksam. Sie sieht heute tatsächlich blasser aus als sonst und Sorgenfalten zeigen sich auf ihrer sonst so glatten Stirn. Die Anspannung, die von ihr ausgeht, knistert in der Luft und sprüht kleine Funken, die mich heute zum Glück ungerührt lassen. »Was ist los?«

»Er hat Emily geküsst.« Svea nimmt den letzten Schluck aus ihrem Glas und danach einen weiteren Bissen des Gebäcks.

»Würdest du mir vielleicht noch einen bringen? Mich lassen sie nicht mehr.« Ich nehme ihr vorsichtig das leere Glas aus der Hand. Mehr als zwei Cocktails innerhalb einer Stunde sind von der Crew aus nicht gestattet. Svea darf sich also frühestens in dreißig Minuten wieder an der Bar blicken lassen.

»Ich kann dir nicht noch mal einen Drink holen«, sage ich zerknirscht. »Später schlägt es bestimmt total zu und du bereust es. Vielleicht steigst du lieber auf Wasser um?«

»Wahrscheinlich ja.« Die Blondine seufzt. »Weißt du, es ist nicht so, dass ich so viel darauf gebe, dass er sie geküsst hat. Das war ja irgendwie vorhersehbar, dass das passieren würde. Aber ich habe einfach Angst, dass ich zurückbleibe.« Ich nicke verständnisvoll. Genau dasselbe habe ich bei Collin gedacht, nur dass es mir dabei nicht um ihn ging. Svea dagegen scheint ernsthaft Gefallen an Siva zu finden.

»Die Interviews rufen schon wieder«, unterbricht uns April, als Grace uns zu sich winkt. Ich gehe als Erste, um Svea die Möglichkeit zu geben, sich etwas zu beruhigen. Aufgewühlt vor die Kameras zu treten ist nie gut, denn man lässt sich durch die zielgerichteten Fragen der Reporter oft zu leicht dazu verleiten, etwas preiszugeben, was man nicht will. Und sie wissen, wie man nachbohrt.

»Wir fühlst du dich? Bist du aufgeregt vor der Zeremonie?«, fragt Grace, die ich bereits aus vorherigen Interviews kenne. Ich bemerke, dass der Anhänger meiner Kette verrutscht ist, und warte mit der Antwort, bis ich es geschafft habe, ihn wieder nach vorn zwischen meine Schlüsselbeine zu friemeln. *Eyla, 25 Jahre, nicht multitaskingfähig*, wird in ein paar Wochen bestimmt unter meinem Namen eingeblendet werden und ich stelle es mir bildlich vor. Ein Grinsen umspielt meine Lippen.

»Ich fühle mich eigentlich gut, wenn ich an die Zeremonie denke, auch wenn ich diese Woche nicht so viel Zeit mit Dan verbracht habe.« Kurz denke ich nach. »Aber Dan und ich hatten ein tolles Date, und ich habe das Gefühl, dass die Chemie zwischen uns einfach stimmt. Deswegen wäre ich schon sehr überrumpelt, wenn ich heute gehen müsste.«

»Und wie sieht es mit den anderen Frauen aus?«, fragt Grace mit ihrer hohen Stimme, die manchmal affektiert klingt. Besonders dann, wenn sie erwartet, einen kleinen Skandal zu entdecken. Sie kiekst dann regelrecht.

»Ich kenne sie noch zu wenig, um viel darüber sagen zu können, wie ihre Beziehung zu Dan ist.« Ich hebe die Augenbrauen. »Aber ich hoffe natürlich, dass ich trotz der Woche, die mir fehlt, mithalten kann.«

Grace sieht fast enttäuscht aus. Wahrscheinlich hat sie sich etwas mehr erhofft, auf das sie später bauen kann. Aber diesen Gefallen werde ich ihr nicht tun. April ist nach mir dran, und ich gehe wieder zurück zu Svea, die inzwischen ein wenig gefasster dreinblickt.

»Du hattest schon recht. Wasser tut gut.« Sie hebt das Glas mit der klaren, prickelnden Flüssigkeit nach oben und nippt daran.

»Das wird schon, Svea. Siva findet dich toll. Alle tun das. Und er wird dich niemals gehen lassen.« Ich streiche ihr sanft über den Arm.

Nach den Interviews geht es los. Ich habe nur kurz das Gespräch mit Dan gesucht, aber außer ein bisschen Geplänkel haben wir nicht wirklich viel geredet, bevor eine andere ihn für sich beansprucht hat. Nun stehen wir wieder aufgereiht auf dem Podium und warten darauf, unseren *Loveletter* zu bekommen. Alle Kameras sind auf uns gerichtet, filmen die Emotionen, jede Regung des Gesichts. Dan ist heute der Erste. Er nimmt den obersten Brief vom Stapel und blickt einige Sekunden darauf, ehe er sich an die Kandidatinnen wendet und sein Blick sich in meinem verfängt. Durch seinen dunkelblauen Anzug strahlen seine Augen nur noch mehr, und ich habe das Gefühl, in zwei geschliffene Edelsteine zu sehen.

»Eyla.« Seine tiefe Stimme schickt kleine Vibrationen durch meinen Körper, die unter meiner Haut zu tanzen beginnen. Überrascht gehe ich nach vorn, ohne den Blickkontakt abzubrechen. Mein Herz macht einen Satz, als er mich umarmt und mich der Duft seines

Aftershaves umgibt. Er riecht vertraut. Nach Sommergrün, gemischt mit einer holzigen Note.

»Für dich.« Sein Atem streicht über meinen bloßen Hals, mein Schlüsselbein, und ich bekomme eine Gänsehaut, als er seiner Stimme diese rauchige Nuance verleiht.

»Ich würde dir gern diesen Brief überreichen.« Da ist sie. Die James-Bond-Stimme. Mir schießt beinahe sofort die Röte in die Wangen. Er hat sein Wort gehalten.

»Natürlich«, flüstere ich, bemüht um eine ebenso rauchige Stimme, und nehme den Brief entgegen.

Er verzieht seinen Mund zu einem zufriedenen Grinsen. »Danke.« Es ist das erste Mal, dass ich nicht warten muss. Dass ich den Brief sofort bekommen habe. Eine kleine Pause entsteht, während ich zurück zum Podium gehe. Die Kameras werden neu positioniert, um für die nächste Kandidatin bereitzustehen, die von Siva aufgerufen wird.

»Svea«, sagt er und ich atme erleichtert aus. Zum Glück. Dann muss sie nicht den gesamten Abend darauf warten, erlöst zu werden. Ich hebe den Daumen, als sie wieder an ihrem Platz steht, den Umschlag so glücklich umklammert, als hätte sie soeben den Jackpot gewonnen.

»Na also«, forme ich mit den Lippen, und sie lacht so herzlich, dass ich mich frage, ob sie wirklich im Begriff ist, sich zu verlieben. Oder ob sie es nicht bereits ist. Sie trägt das Herz auf den Lippen, und man kann gar nicht anders, als sich mit ihr zu freuen. Weil sie zu liebenswert ist, als dass man ihr jemals würde schaden wollen oder Neid verspüren könnte. Ich sehe hinab auf den Brief in meiner eigenen Hand, auf die geschwungenen Buchstaben, die meinen Namen bilden, und das kleine Glücksgefühl breitet sich nun endgültig in mir aus.

Weitere Namen werden genannt. Später wird alles zusammengeschnitten werden und innerhalb von ein paar spannungsgeladenen Minuten vergehen, untermalt mit dramatischer Musik. In der Realität aber braucht es Ewigkeiten und wird höchstens von den tiefen, sorgenvollen Atemzügen der Kandidatinnen begleitet. Ich bin erleichtert, dass ich nach der zweiten Runde zum Interview gebeten werde. Vielleicht liegt es daran, dass ich nicht so lange warten musste wie sonst, sondern so nur die angespannten Gesichter der anderen mitbekomme und mir wünsche, es sei bald vorbei. Seltsam, plötzlich in der anderen Position zu sein.

Als endlich der letzte Brief vergeben ist, werden das erste Mal ehrliche Tränen verdrückt. Allmählich kommen vielleicht wirklich Gefühle auf und Träume zerplatzen. Wenn nicht wegen der Männer, dann wegen des Geldes, das schon so viel näher gerückt war.

Die Bachelors begleiten die Damen, die es nicht weitergeschafft haben, noch nach draußen, danach wird angestoßen und Svea ist gegen Ende doch noch ein wenig betrunken, wenn auch fröhlich betrunken.

Um vier Uhr morgens wird die Party dann aber endlich aufgelöst und wir dürfen ins Bett gehen. Morgen steht kein Date an und ich glaube, das ist gut so, damit sich alle ein wenig erholen können. Es lässt sich nicht leugnen, dass die Anspannung enorm ist, und das wirkt sich auch auf den Körper aus. Die Erschöpfung nagt mir an den Knochen.

Als ich wieder im Bettenlager bin, öffne ich unter dem weißen Licht des Handydisplays meinen Umschlag. Ein bekritzelter Zettel kommt zum Vorschein, auf dem kleine Nikolaushäuser gezeichnet sind, versehen mit einem Kommentar:

Es hat ewig gebraucht, bis ich das hinbekommen habe, das glaubst du gar nicht. Außerdem steht unten: *Ich habe dein Elefantenpflaster übrigens gesehen, vielleicht tut es mir doch ein wenig leid, dich erschreckt zu haben. Und wir sollten noch mal reden. So Grauer-Schal-Reden.*

Ich grinse in mich hinein, als ich auf das Kinderpflaster mit Elefantenmotiv sehe, das meine rechte Zehe ziert, an der Stelle, an der das Gewicht darauf gefallen ist. Sie ist angeschwollen und ich habe sie mir etwas aufgescheuert, weswegen ich es für besser gehalten habe, sie mit einem Pflaster zu versorgen. Bestimmt meinte er mit dem Reden aber nicht mehr heute. Es ist viel zu spät beziehungsweise zu früh. Ich mache das Licht aus und bette den Kopf auf das weiche Kissen, lausche den leisen Atemgeräuschen der anderen. Wenn Kayla heute ruhig ist, brauche ich die Ohrenstöpsel vielleicht gar nicht. Mein Herz schlägt schneller, als es sollte, und einen Augenblick lang liege ich einfach nur da, den Blick auf die Wand gerichtet, während Bilder von warmen dunklen Augen durch meine Gedanken schweifen.

15. Kapitel

»OKAY, ICH GEBE ES ZU, ICH TRÄUME VON COLLIN. MAL IST ER IN UNIFORM, MAL REITET ER AUF EINEM EINHORN. SPASS BEISEITE, ER IST WIRKLICH AUF EINEM EINHORN GERITTEN.«
– HANNAH, 26

Als ich das nächste Mal das Haus verlasse, steht das letzte Gruppen-Date an, bei dem wieder alle Teams beisammen sind, und ich freue mich darauf, den Tag mit Svea verbringen zu können. Und vielleicht auch ein bisschen mit Dan. Der Bus bringt uns direkt an den Anfang einer Skipiste. Sessel- und Schlepplifte führen so weit nach oben, dass sie von Wolken verdeckt werden. Die drei Bachelors kommen uns bereits entgegen. Auch sie sind dick eingepackt in Skihosen und Winterjacken.

»Heute werden wir Skifahren lernen«, verkündet Collin fröhlich. »Wir haben euch ein paar erfahrene Skisportlerinnen und Skisportler zur Seite gestellt, die euch den Vormittag über begleiten werden. Falls manche schon Skifahren können, gibt es auch einen Fortgeschrittenenkurs.« Er nickt zu Dan. »Bei diesem werden Daniel und ich mitfahren.« Collin zieht einen Mundwinkel nach hoben und wirkt dabei so arrogant, dass ich automatisch nach unten sehe, um geeignetes Schneeballmaterial ausmachen zu können.

»Zuerst bekommt ihr aber die passende Ausrüstung«, ergänzt Siva. Ein Mann in blauer Jacke bittet uns darum, ihm teamweise zu folgen, um die passenden Größen herauszusuchen. Ich bekomme weiße Skischuhe und ein Paar schwarz-gelbe Ski mit zugehörigem Helm und Stöcken.

»Sind Sie schon einmal gefahren?«, fragt der Mann in der blauen Jacke, und ich nicke eifrig. Es ist zwar schon eine Weile her, aber ganz verlernt habe ich es bestimmt nicht.

»Ja, als Jugendliche jeden Winter.« Ich nehme mir meine Ausrüstung und stapfe damit nach draußen, um meine Schuhe zu tauschen. Die meisten sind noch nie Ski gefahren, lediglich April, Taysha und ich aus Dans Team und Collin mit drei weiteren Kandidatinnen. Der Rest wird in den Anfängerkurs gesteckt. Gesammelt beginnen wir mit Aufwärmübungen.

»Ich bin die schlechteste Skifahrerin der Welt.« Svea schlingert und fällt beinahe um, und ich halte sie reflexartig am Arm fest, bevor sie auf ihrem Hintern landen kann.

»Das wird bestimmt nicht so schlimm, wie du denkst. Außerdem kann Siva dir helfen.« Beim Erwähnen des Namens grinst sie.

»Ja, das stimmt. Aber ich werde mich vermutlich von ihm fernhalten müssen. Ich habe es schon mal fertiggebracht, meinen Skilehrer zu überfahren.« Ich pruste los und sehe Svea ungläubig an, die mit ihrem rosafarbenen Helm so unschuldig aussieht wie ein kleines Kaninchen.

Sie zuckt die Achseln. »Ich konnte nicht bremsen. Das war das Problem. Ich habe das Skifahren also sehr schnell wieder an den Nagel gehängt.«

»Er stand im Weg, selbst schuld.« Ich hebe grinsend meine Arme und drehe sie in großen Kreisen, ahme die Bewegungen der Skilehrerin nach, die in der Mitte unserer Runde steht und die Übungen vormacht. Nach ein paar Hampelmännern ist das Warm-up abgeschlossen und wir begeben uns zu unseren Gruppen. Die Anfänger werden erst einmal ohne Lift üben, und ich winke Svea zu, die verzweifelt versucht, in ihre Bindung hineinzukommen. Siva sieht es und eilt ihr zu Hilfe. Ein strahlendes Lächeln breitet sich auf Sveas Gesicht aus.

»Ich stand schon ewig nicht mehr auf den Dingern.« April legt ihre Ski neben meine und steckt die Stöcke daneben in den Boden. Ihren Pony hat sie mit einer Spange zurückgesteckt, damit er ihr nicht an der Stirn klebt, wenn sie unter dem Helm schwitzt. Ich ziehe den linken Ski etwas näher zu mir und steige in die vordere Bindung, senke dann die Ferse, sodass der Schuh mit einem Klicken einrastet.

Irgendwie habe ich das Geräusch vermisst. Ich wiederhole es mit dem zweiten und schnappe mir meine Stöcke. Sanft stoße ich mich ab und gleite über den frisch präparierten Schnee, ziehe feine Linien hinter mir. April und Taysha folgen knapp danach und reihen sich in die Liftschlange ein. Dan wartet schon, und auch Collin, der sich neben Lynn positioniert hat.

»Wer möchte mit mir fahren?«, fragt Dan in die Runde, und Taysha meldet sich sofort. Ich lasse sie mit einem leisen Grummeln nach vorn und sehe zu, wie der Liftwart Dan und ihr den Bügel reicht und sie mit einem Ruck vorwärtsgezogen werden.

»Darf ich links fahren?«, fragt April und ich nicke, nehme Schwung, um auf die rechte Seite zu gelangen. Sie schafft es gerade noch, sich neben mich zu stellen, bevor der Bügel angefahren kommt.

»Ich hasse Schlepplifte.« Sie umklammert ihre Stöcke mit der linken Hand. Der Liftwart klemmt uns den Bügel unter den Hintern und ich rücke ihn ein wenig zurecht, sodass er mich nicht behindert. Der Lift zieht an und wir werden mit einem Satz nach vorn gerissen.

»Ich mag sie auch nicht besonders, aber zum Eingewöhnen sind sie vielleicht nicht schlecht.« April zeigt mit dem Handschuh auf Dan und Taysha.

»Glaubst du, dass sie sich schon geküsst haben?« Ein leichter Unterton hat sich in ihre Stimmung geschlichen, und ich höre ihre Besorgnis heraus. Die Lider zusammenkneifend, mustere ich die beiden Vorausfahrenden, die sich angeregt miteinander unterhalten. Zu angeregt.

»Beim Gruppen-Date nicht. Hatte sie schon ein Einzel-Date?« Meine Stimme ist belegt, beinahe hektisch.

»Ja, gleich in der ersten Woche … ach, stimmt ja!« Sie schüttelt den Kopf und die Skibrille rutscht nach hinten. Umständlich greift sie danach und setzt sie wieder auf. »Du bist ja erst später dazugekommen.«

»Wie lieb von dir, dass du das vergessen hast«, sage ich ehrlich und grinse.

»Also, jedenfalls könnte es sein, dass sie sich beim Einzel-Date geküsst haben.« Während April schildert, was Taysha nach dem Date erzählt hat, und wir erörtern, ob wohl etwas gelaufen sein könnte, sehe ich weiter auf das Pärchen vor mir. Sie kommen an der oberen Kante der Liftspur an, wo die Steigung in eine gerade Spur übergeht, und Dan hilft ihr wie ein Gentleman beim Aussteigen. Ihre Hand legt sie beiläufig auf seinen Arm, und ich spüre ein leichtes Ziehen in meiner Brust.

»Wenn sie sich noch nicht geküsst haben, wird das bestimmt bald passieren, wenn sie ihn weiterhin so anmacht.« Ich verleihe dem Gesagten unbewusst einen negativen Beigeschmack. Es fühlt sich an, als hätte ich in eine Erdbeere gebissen, die sich im Nachhinein als verschimmelt herausstellt. Und das klebt mir unangenehm am Gaumen. *Er kann tun, was er will*, denke ich, als wir den Bügel abwerfen und uns zu den beiden gesellen. *Wir haben einen Deal, und daran wird sich nichts ändern. Taysha hin oder her.*

❄ ❄ ❄

Wir warten auf Collin und die anderen Frauen. Der Begleitskilehrer zeigt uns, welche Piste wir zuerst fahren werden, damit niemand verloren geht.

»Ich fahre als Letztes und sammele dann auf.« Collin zeigt seine Zähne und Lynn lacht gekünstelt. Ich habe für seine Worte nur ein leises Schnauben übrig. Ich würde ihm zutrauen, dass er der Erste ist, den es auf die Nase legt, aber ich verschreie es lieber nicht bei meinem Karma. Am Ende läuft es wie bei Svea und ich werde von ihm überfahren. Dan übernimmt mit dem sommersprossigen Kameramann die Spitze, Taysha und April sind ihm dicht auf den Fersen. Ich atme tief durch, lasse die kühle Luft durch meine Lunge strömen und nehme sie in mich auf, ganz tief. Kaum jemand ist auf der Piste, nur wir. Nur ich.

»Kommst du?« Collin nickt mir zu und ich erwidere seinen Blick ungerührt.

»Natürlich.« Ich stoße meine Stöcke in den Schnee und schiebe mich an, bis ich Fahrt aufgenommen habe. Die Kante kommt näher und ich gehe leicht in die Knie, um für den Abhang bereit zu sein, der folgt. Die anderen haben etwas Vorsprung und verschwinden bereits um eine Kurve. Ich lasse meine Ski auseinandergleiten, verlagere mein Gewicht auf die Kanten und merke sofort, wie sie greifen, die vorgesehene Richtung wie auf Schienen einschlagen. Der Schnee wird unter mir aufgewirbelt, Kurve um Kurve, als würden Messer durch weichen Teig gleiten.

Eine Woge der Freude erfasst mich und ein Jauchzen löst sich aus meiner Kehle. Wie sehr ich das vermisst habe. Den Fahrtwind im Gesicht zu spüren, den Adrenalinkick, wenn die Ski so schnell werden, dass man sich nicht ganz sicher sein kann, ob man sie noch unter Kontrolle hat. Mein Dad, Merve und ich sind früher oft Ski gefahren. Sobald der erste Schnee lag und Dad sich freinehmen konnte, ging es für uns in die Skihalle in New York. Es ist nicht vergleichbar mit dem hier, mit diesen Weiten, dem echten, weichen Schnee. Aber immerhin konnten wir so Skifahren. Ich schieße um die Kurve und über eine kleine Bodenwelle, hebe ab, bevor ich wieder auf beiden Füßen lande und die Kanten in den Schnee drücke, um weiter Schwung zu holen. Dabei lehne ich mich tief in die Biegung, sodass mein Handschuh samt Stock über den Boden streift. Unten am Lift bremse ich so abrupt, dass ein wenig Schnee aufstäubt und Dan direkt ins Gesicht rieselt.

»Du kannst gut fahren.« Er streicht sich das Nass aus dem Gesicht, wobei einige der Eiskristalle an seinen dunklen Wimpern hängen bleiben.

»Danke, du auch.« Ich stelle mich näher zu ihm, als Collin angefahren kommt. Er drosselt sein Tempo zu früh und kommt kaum noch die kleine Steigung zum Lift hinauf. Dieses Mal ist es der Sessellift, vor dem wir stehen. Außerdem ist ein weiterer Kameramann hinzugekommen. Bei der nächsten Fahrt darf ich mit Dan einsteigen, während April und Taysha in dem Sessel hinter uns Platz nehmen.

»Ich wusste gar nicht, dass du so gut bist.« Der Lift setzt sich in Bewegung und ich stelle meine Ski auf die Halterung. Der Platz ist für vier Personen ausreichend, aber durch die Kamera sitzen Dan und ich ganz rechts, während der Begleiter uns von der anderen Seite fokussiert.

»Wir haben ja auch nie über Skifahren gesprochen«, gebe ich zurück und sehe nach unten in das dichte Schneetreiben, das an

Wattebällchen erinnert. Alles sieht aus, als wäre es mit Schlagsahne überzogen.

»Wenn wir hier herunterfallen würden, wäre es noch okay.« Ich deute nach unten und Dan folgt meinem Blick.

»Gute sieben Meter und Tiefschnee. Das würden wir überleben.« Er nickt und lehnt sich etwas weiter über den Bügel hinaus. Wir erreichen den nächsten Masten und ein leichtes Ruckeln geht durch den Lift.

»Seit wann fährst du?«, führt er den Small Talk weiter.

»Seit ich sieben bin in etwa. Mein Dad hat meine Schwester Merve und mich immer mitgenommen«, erzähle ich. Ein Stechen durchfährt mich und ich schlucke, überlege, ob ich es wirklich tun soll. Ob ich mich ihm und der Kamera öffnen soll, oder ob ich lieber abwarte, bis sich in einer anderen Woche die Gelegenheit ergibt. Aber das hier war gerade eine Steilvorlage. Ich hadere mit mir, entscheide mich aber schließlich für mein Herz. »Ich bin aber schon länger nicht mehr gefahren.« Ich wende meinen Blick von Dan ab und sehe in eine unbestimmte Ferne, weiß nicht, welchen Emotionen ich es erlauben soll, sich auf meinem Gesicht zu zeigen.

»Wieso nicht?« Dan runzelt verwundert die Stirn, lehnt sich ein wenig weiter zu mir und schirmt mich so für einen Augenblick von der Kamera ab. Vielleicht, um mir Zeit zu geben. Ich lächele ihn dankbar an und ziehe meine Handschuhe aus. Mit dem Zeigefinger tippe ich auf meine Nasenspitze. Die warme Fingerkuppe trifft auf kühle, glatte Haut.

»Mein Dad …« Mein Herzschlag beschleunigt sich. »Er kam bei einem Autounfall ums Leben.« Gegen Ende des Satzes wird meine Stimme immer leiser. »Er ist auf Glatteis gekommen und frontal gegen einen Baum gefahren. Es war tiefster Winter, drei Tage vor Weihnachten.« Ich sehe angestrengt nach unten, um die aufkommenden Tränen zurückzuhalten. Es sollte ein schöner Tag werden und keiner, an dem ich auf die Tränendrüse drücke.

»Deswegen hasse ich den Winter«, spreche ich aus, was er sich vermutlich schon gedacht hat. Meine Stimme ist ganz heiser. »Weil ich ihn mit dem Ende verbinde.« Die Kamera ist direkt auf mich gerichtet. Auf mein Gesicht, als Dan seinen Handschuh auszieht und seine Hand auf meine legt, beruhigend mit dem Daumen über meine Fingerknöchel streicht.

»Das tut mir sehr leid.« Es ist nur eine leichte Berührung, doch sie hilft mir, die aufkeimenden Emotionen zu unterdrücken, sie wegzusperren in die Ecke meines Herzens, aus der sie gekommen sind. Ich darf den Tag nicht verderben. Ich muss tapfer sein. Aber immerhin konnte ich so ehrlich über meinen Dad reden, die Last ein Stück weit von meinen Schultern nehmen, denn irgendwann hätte ich es sowieso sagen müssen. Ich überlege, ob ich es vielleicht zu früh ausgeplaudert habe, ob ich nicht noch hätte warten sollen. Doch ich weiß, dass der perfekte Augenblick nie gekommen wäre. Immer ein kleines Stückchen. Kleine Informationen, die mich nahbarer machen. Vielleicht ein wenig verletzlicher, aber auch stärker. Denn das bin ich dadurch geworden. Stärker. Dads Tod hat alles zerrissen, was ich hatte. Aber dafür gibt es noch Merve und mich. Etwas, für das es sich zu kämpfen lohnt.

❄ ❄ ❄

Das Date neigt sich schneller dem Ende zu, als mir lieb ist. Dan hat zu meiner Freude April bei sich behalten, und während sie sich für das Dinner fertig macht, sitze ich wieder im Bus, der uns zurückfährt. Zusammen mit Svea und Hannah habe ich mich in einem Vierersitz breitgemacht und höre Svea zu, wie sie von dem Anfängerkurs berichtet. Es ist einerseits seltsam, dass wir alle in unterschiedlichen Teams sind und trotzdem so viel wie möglich miteinander unternehmen, auf der anderen Seite ist es aber auch eine schöne Abwechslung zu den Frauen, die mich sonst umgeben. Außer mit April werde ich auch mit den anderen noch nicht zu hundert Prozent warm. Selbst wenn sie nett sind, ist es anstrengend, den ganzen Tag zusammengepfercht zu sein und zu wissen, dass wir alle hinter demselben Kerl her sind.

»Ich wurde zwar nicht fürs Dinner ausgewählt, aber dafür bin ich mir fast sicher, dass ich einen *Loveletter* bekomme.« Sveas Wangen sind leicht gerötet und die blonden Haare verstrubbelt.

»Ich bin mir eigentlich auch sicher, dass ich einen bekomme«, meldet sich Hannah zu Wort, die gegenüber von mir sitzt. Keine Sekunde später sieht sie sich suchend um, ihre grünen Augen zu schmalen Schlitzen zusammengekniffen.

»Sieht jemand Holz?«

»Bitte was?«, frage ich belustigt und sehe mich ebenfalls nach Holz um, kann aber im Bus keines entdecken.

»Kennst du das nicht?« Hannah kramt auf einmal in ihrer Tasche herum und holt doch tatsächlich ein kleines Holzstückchen heraus, das in etwa die Form und die Größe eines Jenga-Steins hat.

»Ehm …« Ich traue meinen Augen nicht.

»Ja, ich habe ein Holzstück dabei, um darauf klopfen zu können.« Hannah lacht und pocht mit den Fingerknöcheln dreimal auf die glatte Oberfläche. »Man besiegelt damit sein Glück.«

»Okaaay.« Ich blinzele ein paarmal ungläubig.

»Ich habe doch schon mal angedeutet, dass ich irgendwie einen Knall habe, was so was angeht, oder?« Sie steckt das Holzstückchen wieder zurück in ihre Handtasche.

»Es gibt doch bestimmt einen Grund für dein Selbstbewusstsein, oder?« Svea geht dazwischen und lenkt die Aufmerksamkeit damit wieder auf sich. »Willst du uns vielleicht etwas erzählen?« Hannah stellt ihre Tasche neben sich auf den leeren Sitz und streicht sich etwas peinlich berührt eine blonde Strähne hinter die Ohren.

»Ich habe zwar nicht so viel mit Collin geredet, aber als wir später auch zum Lift durften, konnte ich ein bisschen was wettmachen.« Sie grinst und ich hebe eine Augenbraue.

»Hat da jemand seinen Bachelor geküsst?« Svea lehnt sich nach vorn, um Hannah genauestens in Augenschein zu nehmen. Diese fängt nur an zu grinsen.

»Ich wusste es! Und, wie war es?«

»Sehr gut.« Hannah errötet, winkt dann aber ab. »Lynn ist bestimmt auch nicht leer ausgegangen.« Ich verdrehe die Augen, doch auch wenn das Gespräch weitergeht, hallen Hannahs Worte in meinen Gedanken nach. Wenn ich bei Dan am Ball bleiben will, oder zumindest den Anschein erwecken, dann darf mein erster Kuss mit ihm auch nicht mehr allzu lang auf sich warten lassen. Vielleicht sollte ich darüber mal mit ihm reden. Ob wir das planen sollten oder wann ich ein Einzel-Date bekomme. Meine Gedanken kreisen so sehr um einen möglichen Kuss, dass ich Svea gar nicht höre, bis sie mir den Ellenbogen leicht in die Seite stößt.

»Ich habe gefragt, ob du heute viel mit Dan reden konntest.« Ich setze an, merke, dass nichts Sinnvolles aus meinem Mund kommt, und beginne noch einmal. Eins nach dem anderen.

»Ich konnte während der Sesselliftfahrt ein gutes Gespräch führen, und er hat meine Hand gehalten.« Wenn ich daran zurückdenke, frage ich mich allerdings, ob es wirklich ein so gutes Gespräch war. Ich muss einfach so bald wie möglich mit ihm reden. Dringend. Am liebsten direkt heute nach dem Date. Der Kuss muss bald kommen, andernfalls ergibt es doch keinen Sinn, dass ich am Ende übrig bleiben sollte …

Die Busfahrt zieht sich noch eine weitere Stunde, weil der Verkehr zäh fließt, und als wir endlich wieder im Resort ankommen, bin ich nur noch erschöpft. Nach einem kurzen Telefonat mit Amber, in dem ich ihr die aktuelle Situation schildere, lege ich mich ins Bett und starre Löcher an die Decke. Dieser Kuss beschäftigt mich. Ob er wohl schon viele andere geküsst hat? Doch sosehr ich mir den Kopf zerbreche, zu ergründen versuche, woher das flaue Gefühl in meinem Magen kommt, ich kann letztendlich nichts dagegen tun, außer ihn direkt zu fragen. Kurzerhand stelle ich den roten Lippenstift parat, damit ich ihn morgen tragen kann, wenn das nächste Team-Date stattfindet.

Ich höre seine Schritte, bevor ich ihn sehe, und Aufregung macht sich in meiner Magengegend breit. Durchläuft mich wie ein Energiewelle, erdet mich und sorgt dafür, dass ich wie paralysiert warte, bis ich seine dunkle Silhouette ausmachen kann. Heute bin ich ausnahmsweise mal die Erste und habe mich nicht verspätet. Die Nacht ist düsterer als sonst, und nur ein paar Sterne sind durch die dicke

Wolkendecke zu sehen. Das Gruppen-Date war nervenaufreibend und hat mir einiges abverlangt. Wir sind Schlitten gefahren, und ich war mit meinen Gedanken einfach nicht bei der Sache, egal wie sehr ich mich konzentriert habe. Auch meine Zeit mit Dan war sehr knapp, und außer ein paar kleineren Momenten beim Hinaufstapfen des Berges ist nichts Nennenswertes passiert. Der Schlitten ist mir ab und zu in die Hacken gefahren und ich bin versehentlich in einem Busch gelandet, das war alles.

»Hey.« Ich komme ihm entgegen, öffne meine Arme, um sie um seine Taille zu schlingen. Er erwidert die Geste und streicht dabei über meinen Rücken, was sanfte Schauer meine Wirbelsäule hinab sendet.

»Du warst heute im wahrsten Sinne des Wortes neben der Spur«, stellt er grinsend fest, mustert mich mit seinen schwarzen Turmalinaugen. Ein wenig Licht, das vom Schnee reflektiert wird, spiegelt sich darin, verleiht ihnen einen geheimnisvollen Glanz.

»Ich weiß, mich hat zu vieles beschäftigt.« Ich vergrabe meine Nase an seiner Brust, der oberste Knopf seines Mantels liegt kühl an meiner Stirn und ich atme seinen Duft tief ein, bevor ich mich von ihm löse. Ich habe ihn vermisst, merke ich mit Erstaunen. Seine beruhigende Art, seine Stimme, sein Lachen … Wir lösen uns, und kaum liege ich nicht mehr an seiner Brust, kommt es mir kalt vor.

»Geht es deiner Schwester gut?« Dans Tonfall klingt besorgt.

»Ja, die Behandlung scheint anzuschlagen. Die Nebenwirkungen werden stärker, aber bisher sieht es gut aus. Das ist gar nicht das Problem.« Ich verschränke die Arme vor der Brust, forme die Worte in meinem Mund, bevor ich sie ausspreche.

»Ich habe das Gefühl, dass es nicht ausreicht. Also das, was wir bisher getan haben. Für den Deal.« Es kostet mich einiges an Überwindung, das zu sagen. Aber ich kann schließlich auch nicht darauf warten, dass es einfach passiert, oder? Denn was, wenn es nie passiert?

»Ich finde, wir sollten uns küssen.« Meine Stimme ist fest, nur ein kleines Wackeln verrät, wie nervös ich bin.

»Jetzt?« Ich kann Dans Schmunzeln auch durch die Dunkelheit erkennen. Seinen hochgezogenen Mundwinkel, den kleinen

Leberfleck direkt darüber. »Ich hatte es mir ein wenig romantischer vorgestellt. Aber mit Ankündigung hat das natürlich auch was.«

»Ich meinte nicht jetzt.« Ich verdrehe die Augen. »Aber bei dem nächsten Date oder bei der nächsten Gelegenheit. Du hast doch bestimmt schon die Hälfte aus deinem Team geküsst, und ich finde es seltsam, dass ich noch nicht dabei war, obwohl ich dich heiraten soll.« Ich rede viel schneller als beabsichtigt, aber die Gedanken sprudeln ungehindert über meine Lippen. Ohne Filter, ohne Pause.

»Bist du eifersüchtig?« Es klingt ernst, aber ich winke ab.

»Nein. Ich finde nur, dass wir an die Show und an die Kameras denken sollten. Du kannst küssen, wen auch immer du willst.« Letzteres sage ich eine Spur zu spitz, wende mich von ihm ab und stapfe einige Meter weiter weg durch den Schnee.

»Wenn du es genau wissen willst, ich hatte die Ehre noch nicht.« Seine Stimme ist umwölkt und ich halte unwillkürlich in der Bewegung inne. Meine Hände, die ich eben noch ringen wollte, hängen leer in der Luft, und schließlich lasse ich sie sinken.

»Was?« Ich fahre zu ihm herum, kann nicht glauben, was er da eben gesagt hat. »Noch niemanden? Ist das nicht etwas untypisch?«

»Na ja, es geht mir ja darum, die Frauen kennenzulernen, bevor es intimer wird.« Er zuckt die Achseln. »Und ehrlich gesagt hat es sich bisher noch nicht ergeben, und es zu erzwingen finde ich unnötig.«

»Das war auch nicht beleidigend gemeint. Es hat mich nur gewundert.« Ich laufe vor ihm auf und ab.

»Aber dann sollten wir das in Angriff nehmen, sobald es sich ergibt.«

»Dein Ehrgeiz ist bewundernswert.« Dan grinst.

»Einer muss ja dafür sorgen, dass wir vorankommen.« Ich strecke ihm die Zunge heraus.

»In Ordnung. Dann setze ich mich dafür ein, dass du nächste Woche das Date bekommst.«

16. Kapitel

»ICH HATTE, EHRLICH GESAGT, GEDACHT, DASS ICH DIESES MAL AN DER REIHE BIN, ABER DA KANN MAN WOHL NICHTS MACHEN.«
– BRITT, 26

Dan hält sein Wort. Die fünfte Woche hat begonnen, und auf der nächsten *Datecard* steht mein Name. Direkt unter *Higher and higher we go.* Es klingt nach Wandern und Berggipfeln, was ich zunächst nicht so toll finde. Aber er wird sich schon etwas dabei gedacht haben, mich dafür auszuwählen.

Ich mache mich vor dem kleinen Spiegel im Bad bereit für das Date, denn ausnahmsweise ist es einmal nicht besetzt. Der Spiegel hat einen goldenen Rahmen und ist mit kleinen Schnörkeln verziert, der ihm ein antikes Aussehen verleiht, und in einem Anflug von Albernheit stelle ich mich kerzengerade hin und ahme das Lächeln der Mona Lisa nach. Mein Spiegelbild lächelt dämlich zurück. So furchtbar ich es anfangs auch in den Hütten fand, allmählich habe ich diese gemütliche Atmosphäre lieb gewonnen, komme mir nicht mehr eingesperrt vor, sondern eher erholt. Aus dem Gefängnisaufenthalt sind auf eine gewisse Art und Weise Ferien geworden. Ich trage Make-up auf, Concealer und Mascara, und fahre mir zu guter Letzt mit der Bürste durch die Haare. Der dunkle Ansatz wächst immer mehr heraus, aber das Blond der Balayage ist noch frisch genug, als dass ich schon wieder einen Friseur aufsuchen müsste. Ich drehe mir große Locken in die Strähnen und schüttele sie aus, sodass sie in sanften Wellen über meine Schultern fallen. Mein Outfit habe ich schon angezogen, ich trage einen beigen Strickpullover und eine dunkle warme Jeans, dazu hohe Winterstiefel.

»Viel Spaß!«, wünscht mir April und zwinkert verschwörerisch. »Erzähl mir später alles.« Ich verspreche es ihr und steige kurz darauf in die Limousine, die mich zum Treffpunkt des Dates bringen wird. Die Fahrt führt aus dem Resort weiter in die Stadt. Und schließlich halten wir an einem großen asphaltierten Platz kurz vor Anchorage. Ich bedanke mich bei dem Fahrer und steige aus, sobald der Kameramann sich draußen postiert hat, um mich zu filmen.

»Ich habe keine Ahnung, was mich erwartet. Aber ich freue mich riesig auf das Date«, sage ich in die Linse und lächele. Nicht aufgesetzt, sondern echt. Ich darf einen ganzen Tag mit Dan verbringen, das ist Grund zur Freude. Ich richte mein Mikrofon zurecht, das ich heute an den Kragen des Pullovers geklemmt habe. Es hat eine kleine plüschige Haube bekommen, weil es stark windet, und es sieht aus, als hätte der Pullover einen kleinen Bommel. Ich stehe mitten auf dem Platz und warte auf Dan. Ein bisschen verloren komme ich mir vor, wie bestellt und nicht abgeholt. Ein Geräusch hinter mir lässt mich herumfahren und ich sehe angestrengt in die Richtung, aus der es kommt. Es klingt wie ein lautes, motorgesteuertes Flattern. Mein Blick hängt sich an einen schwarzen Fleck über dem Horizont, der rasch näher kommt. Schließlich so nah, dass es mir den Wind der Rotorblätter entgegenschleudert und ich die Augen zusammenkneifen muss. Einige Meter vor mir landet ein Helikopter.

»O mein Gott«, entfährt es mir und ich beginne aufgeregt auf der Stelle herumzuhüpfen, als tatsächlich Dan aussteigt. Er streift den Gehörschutz vom Kopf und tritt mit einem breiten Grinsen auf mich zu.

»Das ist nicht dein Ernst!«, rufe ich, stürme auf ihn zu und umarme ihn überschwänglich. Sein Duft umgibt mich beinahe augenblicklich, hüllt mich ein, und ich inhaliere ihn wie eine Droge. Er beugt sich zu mir herunter, und trotz des Helikopterlärms höre ich jedes Wort.

»Dann habe ich ja das Richtige für dich ausgesucht«, raunt er in meine Haare und ich nicke begeistert.

»Das ist das tollste Date der ganzen Staffel!«

»Das will ich hoffen.« Er reicht mir mein eigenes Headset, an dem ich die Größe verstelle, sodass es mir nicht vom Kopf rutscht. Euphorie erfasst mich, als ich mich in den Sitz fallen lasse und mich anschnalle. Vor mir sitzt der Pilot im Cockpit und begrüßt uns, ehe er ein paar der Tasten betätigt. Tausend Knöpfe und Hebel sind zu sehen, bei denen ich froh bin, sie nicht bedienen zu müssen. Der Kameramann nimmt vor uns direkt neben dem Piloten Platz. Immer schneller, immer lauter beginnen die Rotorblätter sich zu drehen, doch durch den Gehörschutz verschwimmt es eher zu einem angenehmen Hintergrundrauschen.

»Bereit?«, höre ich Dans Stimme über den Kopfhörer und nicke, während ich aus dem Fenster sehe, wie wir uns langsam vom Boden entfernen. Ein Quietschen dringt zwischen meinen Lippen hervor und Dan wirkt zufrieden. Kurze Zeit später befinden wir uns hoch in der Luft, Wälder und Seen unter uns, Straßen, die zu einem großen Netz aus Adern werden. Und Anchorage in all seiner Pracht. Die Stadt wirkt noch einmal viel eindrucksvoller, wenn man in der Luft ist, viel *schöner*. Der Pilot leitet eine Linkskurve ein, der Helikopter reagiert sofort und ich jubele, als das Kribbeln in mir überkocht.

»Sieh mal!« Dan zeigt nach unten und ich sehe ein großes, rundes Gebäude, das mir bekannt vorkommt.

»Ist das das Eisstadion?«, frage ich und lehne mich noch weiter zu Dan hinüber.

»Genau! Und dort kommt das Wendler Building.« Er deutet auf ein kleines Häuschen mit einem Spitzturm aus grünen Dachschindeln, es steht an der Ecke einer Straße direkt neben einem roten Ziegelklotz.

»Wenn du dich anstrengst, kannst du vielleicht sogar das Denkmal erkennen. Die Statue wurde zu Ehren des Schlittenhundes Balto errichtet. Und jedes Jahr beginnt hier das berühmteste Schlittenhunderennen Alaskas. Das *Iditarod.*« Die Augen zusammengekniffen, linse ich nach unten, kann aber nur etwas Metallisches auf einem steinernen Sockel ausmachen. Das muss wohl die Statue sein. Während wir so dahinfliegen, Gebäude, Straßen und die Aussicht auf die gigantischen Berge bewundern, wirkt die Stadt durch das Glitzern des Schnees beinahe noch bunter. Die Sonne scheint und nur vereinzelte Wolken schweben am Himmel. Wir fliegen eine Linkskurve und plötzlich liegt das Meer vor uns, weit und mächtig.

»Beeindruckend, oder?« Dan nimmt wie selbstverständlich meine Hand und verschränkt unsere Finger miteinander. Ein Kribbeln durchläuft mich, dort, wo seine Haut auf meine trifft. Es fühlt sich so natürlich an. So leicht. Als wäre es das Normalste auf der Welt, dass ich in einem Helikopter sitze und Dans Hand halte. In meinem Kopf taucht ein Gedanke auf, den ich jedoch sofort zurückdränge. Nein. Es ist toll, dass wir uns so gut verstehen. Ich mag Dan. Aber mehr nicht. Ausgeschlossen, dass da vielleicht mehr sein könnte. Ich bin nur erleichtert, dass der Deal so gut funktioniert und wir harmonieren. Das ist alles.

»Sehr.« Ein Lächeln legt sich auf meine Lippen und ich sehe zu ihm auf. Seine Augen haben das Muster einer Sonnenblume, kleine blattähnliche Fasern erstrecken sich von der Pupille aus über die Regenbogenhaut, manche heller, manche dunkler. Was er wohl gerade denkt?

Eine weitere halbe Stunde genießen wir den Flug in dem Helikopter, sehen sämtliche Ecken der Stadt und fliegen sogar noch weiter aufs Meer hinaus. Es gibt Momente im Leben, da weiß man einfach, dass man glücklich ist. Alle Sorgen, alle schweren Gedanken geraten in den Hintergrund, fallen von einem ab, als würde man unnötigen Ballast abwerfen. Für einen Atemzug lang nur im Hier und Jetzt schwelgen. Und dieser Flug ist so ein Atemzug, in dem ich das pure Glück empfinde. Warm und leicht beflügelt es mich, sorgt dafür, dass ich lache und nicht mehr damit aufhöre. Als wir landen, bin ich immer noch trunken vor Euphorie. Der Flug hätte noch ewig anhalten können. Ich hole meine Sonnenbrille aus dem Etui, das ich in die Jackentasche gestopft habe, und schiebe sie mir auf die Nase. Draußen ist es beinahe grell.

»Wenn du möchtest, habe ich noch eine andere Überraschung für dich.« Dan steht direkt vor mir. In seinem eleganten Wintermantel und mit der Sonnenbrille sieht er ein wenig aus wie ein Geheimagent, und mein Herz beginnt augenblicklich schneller zu schlagen, als ich mir in Erinnerung rufe, dass heute der Tag ist, an dem ich ihn küssen werde.

»Natürlich möchte ich.« Ich schlinge meine Arme um ihn und mir wird ganz warm, als er die Umarmung erwidert.

»Was hast du denn vor?«, frage ich, den Kopf an seine breite Brust gelehnt.

»Das verrate ich noch nicht.« Die Kamera hat unsere Szene eingefangen und wir lösen uns wieder voneinander, schlendern Seite an Seite bis zur Limousine, die uns wie immer getrennt in ein Hotel bringen wird, sodass sich jeder von uns für den Abend frisch machen kann.

Auch dieses Mal bin ich nervös und knibbele ununterbrochen an meinen Fingernägeln herum, als ich mir im Badezimmer das Make-up vom Gesicht wische, um neues aufzutragen. Ich habe erwartet, dass mir ein passendes Abendkleid bereitgelegt wurde. Aber stattdessen liegt meine warme Jacke auf dem Bett und eine Schneehose. Was haben sie wohl vor? Ich ziehe mir die dicken Winterklamotten über, wickele mir den Schal um den Hals und ziehe mir eine weiße Bommelmütze tiefer ins Gesicht. Es muss kalt werden, und es scheint nicht so, als sei ein Essen inbegriffen.

Als ich wieder unten im Foyer ankomme, werde ich keine Minute später wieder in die Limousine gesetzt mit den Worten: »Zieh die Jacke im Warmen lieber noch mal aus.« Ich gehorche, unterhalte mich während der Fahrt mit dem rothaarigen Kameramann und beantworte ihm Fragen zu meinen Gefühlen und meinen Erwartungen, was dieses Date angeht. Zu meiner Verwunderung fahren wir nur einige Meilen. Dann halten wir auf einem Parkplatz, hinter dem sich eine riesige weiße Schneefläche erstreckt. Bei genauerem Hinsehen erkenne ich, dass es sich dabei um einen zugefrorenen See handelt. Schneeweiße Berge umgeben ihn und lassen mich ehrfürchtig innehalten, als ich aussteige. Ich kann Dan schon von Weitem sehen, auch er steckt in Schneemontur, sieht darin aber immer noch irgendwie gut aus. »Hallo, Eyla.« Mein Name klingt aus seinem Mund wie ein Kompliment. Warm und weich.

»Schon lange nicht mehr gesehen«, witzele ich und weiß jetzt schon, dass sie das später herausschneiden werden, weil sie es albern finden.

»Viel zu lang.« Dans Atem streift mein Ohr, als wir uns umarmen, und aus der eben noch humorvollen Situation wird etwas anderes.

Etwas, was die Luft zwischen uns zum Schwingen bringt. Erst als er zu sprechen beginnt, erkenne ich, dass neben Lewis und Dans Kamerafrau noch eine dritte Person zu uns gestoßen ist.

»Ich bin Lennard«, stellt sich der hochgewachsene Mann vor, »und werde euch heute den Byron-Gletscher zeigen.« Er strahlt eine seltsame Art von Ruhe aus, und obwohl er nicht älter als vierzig sein kann, wirkt er, als hätte er hier Jahrhunderte verbracht, und ich fühle mich direkt gut aufgehoben.

»Wow«, bringe ich hervor, während ich innerlich sowohl Dan als auch dem Tourguide am liebsten um den Hals fallen würde, weil ich nicht ganz glauben kann, dass wir das wirklich unternehmen werden. Ich werde einen echten Gletscher sehen! Wir beginnen die Wanderung, der Pfad ist breit und präpariert, sodass wir mit den Schuhen kein Problem damit haben, auszurutschen. Zu beiden Seiten wird der Weg von dichten Büschen gesäumt, die vom Schnee komplett bedeckt sind. Die Luft ist klar und frostig, doch im Gegensatz zu der ersten Nacht, in der ich das Gefühl hatte, sie würde mir die Lunge vereisen, schmecke ich nun die Freiheit auf der Zunge. Lennard läuft voraus, erzählt etwas zur Umgebung und Dan und ich lauschen angeregt. Der See, den wir an manchen Stellen noch durch die Büsche blitzen sehen, heißt Portage Lake und trennt die nördlich gelegenen Chugach Mountains von den östlich und südlich gelegenen Kenai Mountains. Der Burns- und der Byron-Gletscher speisen ebenfalls den See. Obwohl wir nicht viel reden, ist es angenehm, neben Dan zu laufen, der Stimme des Guides zu lauschen und sich keine anderen Gedanken machen zu müssen. Meine gefütterte Jacke sorgt bald dafür, dass ich zu schwitzen beginne, und ich öffne den Kragen etwas, um frische Luft eindringen zu lassen. Das Wetter ist immer noch sonnig, und ich schiebe mir wieder die getönte Brille auf die Nase, um die Reflexion des Schnees abzuschwächen.

Nach nur etwa anderthalb Meilen stehen wir schließlich am Fuß des Gletschers. Es ist, als wäre eine gigantische Flut über die Bergkuppe geschwappt und auf dem Weg nach unten eingefroren. Als wären Wellen zu Eis erstarrt, der frisch gefallene Schnee die Gischt. Ich lasse meinen Blick über das schier endlose Eis schweifen.

»Früher war er noch viel größer«, erklärt Lennard. »Aber durch den Klimawandel schmelzen auch hier die Gletscher immer mehr.« Ein Kloß bildet sich in meinem Hals, als er schildert, wie weit sich die Gletscher früher erstreckt haben und dass der Sommer den Rückgang noch deutlicher zeigt. Die Vorstellung, dass diese Naturgewalt, diese Schönheit irgendwann vielleicht ganz verblassen könnte, stimmt mich melancholisch.

»Da oben sind die Höhlen!« Dan reißt mich aus meinen trüben Gedanken. Ein Stück den Hang hinauf blitzen dunkle blaue Vertiefungen im Eis auf. Lennard setzt sich wieder in Bewegung, dieses Mal gehen wir jedoch direkt auf dem Gletschereis, bahnen uns vorsichtig und darauf achtend, nicht abzurutschen, den Weg hinauf zu den Höhlen. Ein kalter Lufthauch wie von einer Grotte, in die das Sonnenlicht noch nie Zutritt erhalten hat, schlägt mir entgegen, prickelt auf meiner Haut und vermischt sich mit der Aufregung. Direkt vor mir tut sich ein großes, tiefes Loch im Eis auf, das weiter nach innen in den Gletscher führt. Das Eis ist dort so blau, als befänden wir uns in einem Glastunnel direkt unter dem Meer. Ich sehe zu Lennard hinüber, und als dieser nickt, traue ich mich, das erste Mal von mir aus nach Dans Hand zu greifen. Er lächelt und folgt mir, als ich ihn weiter hinein in die Höhle ziehe. Eis umgibt uns, drückende Stille, und doch meine ich Wellen rauschen zu hören. Vielleicht ist es aber auch nur das Blut in meinen Ohren, das Adrenalin in meinem Körper, begleitet vom lauten Klopfen meines Herzens.

»Es sieht aus wie …« Meine Stimme verklingt im Nichts, als hätte die Höhle sie nach einem kurzen Hallen verschluckt. Ich weiß nicht einmal genau, was ich sagen will, denn mir fehlen beim Anblick dieser Eismassen direkt über meinem Kopf die Worte. Dunkel schimmert die Oberfläche der gefrorenen Fluten über mir, spiegelt verschwommen die Farben meiner Kleidung und meine Silhouette wider. Dan umfasst meine Hand fester. Trotz der Handschuhe kommt es mir vor, als würde ich seine Haut auf meiner spüren. Er lächelt breit, den Blick auf mich gerichtet, während die Umgebung seinen schwarzen Augen einen blauen Schimmer verleiht. Wir wagen uns noch weiter vor, während Lennard am Eingang zurückbleibt und nur die Kameramänner uns folgen. Sie wahren jedoch einen gewissen Abstand. Vielleicht, um uns mehr Privatsphäre zu geben. Der Boden der Höhle ist an einigen Stellen so dünn, dass blanker, schwarzer Fels zu sehen ist. Steinbrocken ragen unter dem Eis hervor und erschweren das Laufen, doch wir sind vorsichtig, während wir uns weiter vorantasten. Ich weiß, dass ich Angst haben müsste. Die Höhle könnte zusammenbrechen, mich unter sich begraben und ersticken. Aber in mir wallt nur die Freude und die Ehrfurcht vor dieser Erfahrung.

»Es ist unglaublich«, flüstere ich, als wir stehen bleiben und nun komplett von Eis umgeben sind.

»Ich habe so etwas noch nie gesehen.«

»Ich auch nicht«, murmelt Dan. Er steht direkt vor mir, zieht seine Handschuhe aus. Ich tue es ihm gleich und stopfe sie in meine Jackentasche. Wir verschränken unsere Finger miteinander. Seine sind lang und feingliedrig, die Handflächen größer als meine, sodass er meine Hände überdeckt. Ich lächele ihn an, verfange mich in seinen Augen. Ist das der Augenblick, in dem er mich küssen wird? Will ich das überhaupt? Sollte ich das wollen? Sollte ich den ersten Schritt wagen und ihn küssen? Mein Herz macht wilde Sprünge, und es ist, als würde sich die Kälte um mich herum in Hitze verwandeln, die sich in mir ansammelt. Ein Vulkan, der in mir zu brodeln beginnt.

Ich muss irgendetwas sagen, um dieser Spannung, die sich zwischen uns aufgebaut hat, Raum zu geben, bevor sie mich zerreißt. Was ist es, das mich so zu ihm hinzieht? Das mich dazu bringt, all meine Vorsätze über Bord zu werfen und mich einfach in diesem Moment zu verlieren?

»Danke für diesen wunderschönen Tag.« Seine tiefe Stimme sendet Schauer über meinen Rücken. Kalte, heiße, immer wieder.

»Ich muss mich bei dir bedanken.« Kaum mehr als ein Hauchen dringt aus meinem Mund. Der Druck seiner Hände verstärkt sich, dann lässt er mich los, einen Augenblick lang komme ich mir verloren vor, leer. Und dann geht alles zu schnell. Und zu langsam. Ich denke nicht mehr darüber nach, was ich als Nächstes tue, es passiert einfach. Meine Hände lege ich um seinen Nacken, er umfasst meine

Taille und zieht mich näher an sich, während ich mich ihm entgegenstrecke. Unsere Lippen treffen sich in der Mitte, und die Hitze in mir kocht über. Meine Sicht verschwimmt, und ich werde in einen dunklen Strudel gerissen. Es gibt nur noch mich. Und Dan. Uns, unter den gefrorenen Wellen des Gletschers. Und ich weiß nicht, ob ich je wieder an die Oberfläche dringen möchte.

17. Kapitel

»UND IRGENDWIE IST DIE GLETSCHERHÖHLE DOCH ZUSAMMENGEBROCHEN …«
– EYLA, 25

Am Abend liege ich im Bett, lausche Kaylas Schnarchen und starre an die Decke. Nur dass ich dort nicht die dunklen Holzbretter sehe, sondern Dan. Immer wieder Dan. Seine Augen, das Funkeln darin, als er sich zu mir beugt. Langsam berühre ich mit dem Zeigefinger meine Lippen. Der Kuss war anders, anders als die, die ich bisher kannte. In den Interviews habe ich genau das gesagt, ohne so richtig zu wissen warum, aber es ist wahr. Es war nicht direkt der Kuss, der anders war. Vielleicht auch das. Aber eigentlich war es das Gefühl dabei. Und ich bin mir nicht sicher, ob das gut ist. Wir haben einen Deal. Nur das zählt. Und dennoch … der Kuss war keine Abmachung, selbst wenn wir ihn zuvor besprochen hatten. Er war aus dem Affekt heraus und hat sich richtig angefühlt. *Zu* richtig.

Die anderen Frauen hatten viele Fragen, die ich so gut es ging beantwortet habe, auch den Kuss habe ich nicht verschwiegen, denn ich wünsche mir, dass sie ebenfalls ehrlich zu mir sind, wenn sie ein Einzel-Date haben. Jede muss zusehen, wo sie bleibt, und auch mir kann es nicht schaden, die Konkurrenz einschätzen zu können.

Während sich Kayla und April am ehrlichsten für mich gefreut haben, war bei den meisten das aufgesetzte Lächeln deutlich zu sehen. Vielleicht überwiegt die Eifersucht ihre anderen Gefühle, vielleicht sehen sie mich als Dorn im Auge. Einem Impuls folgend krame ich mein Handy aus meiner Tasche hervor, die neben dem Bett steht, und erstarre. Unzählige verpasste Anrufe. Augenblicklich bin ich hellwach. Mit fahrigen Bewegungen entsperre ich das Display. Amber hat angerufen, mehrere Male. Und Merve. Ein mulmiges Gefühl breitet sich in mir aus, verdrängt alle vorherigen Gedanken und verwandelt sich in kalte Angst, als ich meine Nachrichten öffne. *Ruf an. So schnell du kannst.*

Es muss etwas passiert sein. Etwas, was man nicht einfach per Nachricht schreiben kann, sondern für das man telefonieren muss.

Panisch springe ich aus dem Bett, greife mir meine Stiefel und wähle Ambers Nummer, als ich aus dem Zimmer stolpere. Ich poltere die Treppen hinunter, ohne Rücksicht auf die Schlafenden, und verlasse die Hütte. Das Handy fest umklammert, warte ich mit klopfendem Herzen auf das Freizeichen. Bete, dass Amber noch wach ist.

»Eyla?« Die Stimme meiner besten Freundin dringt an mein Ohr.

»Was ist passiert?«, frage ich tonlos. Meine Füße stecken in den Winterstiefeln, darüber trage ich nur meinen Schlafanzug mit den kleinen Cupcakes. Amber zögert.

»Merve verträgt die Behandlung nicht gut. Heute gab es einen Notfall und ihre Lunge ist voll Wasser gelaufen.« Ich erstarre in der Bewegung und bleibe wie angewurzelt stehen.

»*Was?*«

»Sie war auf der Intensivstation. Aber sie haben es geschafft, den Pleuraerguss zu entfernen.« Amber fährt fort, doch ihre Worte werden immer mehr von dem Piepen überlagert, das in mir zu dröhnen beginnt. Ich habe das Handy unbewusst sinken lassen, den Griff gelockert. Ein Druck bildet sich in meiner Kehle, meine Atemzüge werden rasselnder. Merve hat mich angerufen, und ich bin nicht rangegangen. Weil ich auf einem Date war. Weil ich einen schönen Tag mit Dan verbracht habe, während sie um ihr Leben gekämpft hat. Tränen schütteln mich, bevor ich es richtig merke. Ich war nicht da. Nicht an ihrer Seite, obwohl das das Einzige ist, was zählt. Das hier, all das ist nur ein Deal. Ein bescheuerter Deal, den ich in zwei Jahren wieder los bin. Und auch ihn bin ich nur eingegangen wegen Merve. Denn Merve ist mein Leben. Mein Ein und Alles. Ohne sie … Die

Welt um mich herum beginnt sich zu drehen, immer schneller, bis ich das Gleichgewicht verliere und haltlos zu Boden sinke.

»Eyla!«

Mein Telefon fällt irgendwo in den Schnee, und Ambers entsetzte Stimme wird dumpf. Die Panik überrollt mich wie eine Flutwelle, ergreift Besitz von mir und lässt mich zu Eis erstarren, als sie in mir gefriert.

An Ort und Stelle bleibe ich liegen, im Schnee zusammengesunken wie ein verletztes Tier. Die Kälte, die ich zuvor ausgeblendet habe, dringt durch meine Kleidung und kriecht an meinen Gliedern hinauf. Als mein Kopf in das weiche Schneebett gleitet, die Haut das Gefühl der Nässe langsam zulässt, drehe ich völlig durch. Ich halte mir die Hand vor den Mund, damit mein Schluchzen nicht zu weit in die Nacht getragen wird. Es darf niemand hören, niemand wissen, was ich getan habe. Immer tiefer werde ich in den dunklen Abgrund aus Schuldgefühlen und Verzweiflung gerissen. Mein Atem geht kurz und stoßweise. Ob sich Merve so gefühlt hat, als sich ihre Lunge mit Wasser gefüllt hat? Als sie fast erstickt ist, während ich in der Gletscherhöhle war? Während ich Dan geküsst habe?

»Eyla!« Ambers Rufen ertönt von irgendwoher hinter meinem Kopf. Ich habe Merve im Stich gelassen. Ich habe nicht nachgefragt, wie es ihr geht. Seit Tagen schon nicht.

»Beruhig dich!« Was, wenn sie sie nicht hätten retten können? Ist sie überhaupt gerettet? Was, wenn es wieder passiert? Vielleicht wäre es das letzte Mal gewesen, dass ich ihre Stimme höre. Vielleicht …

»Nimm sofort dein Handy wieder in die Hand!« Ambers harscher Tonfall reißt mich aus meinem Orkan, reicht mir eine Hand, an der ich mich nach oben ziehen kann. Die schwarze Kluft unter mir verschwimmt ein wenig. Mit zitternden Fingern greife ich nach dem Mobiltelefon. Das Display ist ganz nass und ich wische mit einer trockenen Stoffecke meines Pyjamas darüber. Feuchte Schlieren bleiben zurück.

»Ich habe sie vergessen, Amber.« Meine Stimme klingt nasal. Amber überlegt, bevor sie bedacht antwortet.

»Es ist gut ausgegangen! Sie liegt zur Beobachtung noch auf der Intensivstation, aber in ein paar Tagen kann die Therapie wieder aufgenommen werden.« Ich atme tief durch, mein Herzschlag hat sich etwas beruhigt, der Höhepunkt der Panikattacke ist vorüber, doch immer noch schüttelt mich die Angst.

»Was, wenn es nicht gut ausgegangen wäre?«

»Ist es aber. Und du kennst Merve. Sie würde dir das niemals vorhalten«, wirft Amber ein. Ich weiß, dass sie versucht, mich zu beruhigen, und dass sie es nur gut meint, dennoch erfasst mich ein Anflug von Wut. Auf Amber, weil sie versucht, es runterzuspielen. Wut auf die Show, die mich davon abgehalten hat, bei Merve zu sein, aber vor allem Wut auf mich selbst.

»Ich hätte für sie da sein müssen!«

»Du warst auf einem Date! Was hättest du denn tun sollen?« Ambers Tonfall ist nachdrücklich. Und obwohl ich ihr recht gebe, bleiben da die Schuldgefühle, die ich nicht abstellen kann.

»Ich hätte *alles* tun müssen, um bei ihr zu sein!« Die Wut schärft meine Worte zu Klingen und lässt zu, dass sie ungebremst bei meiner besten Freundin einschlagen. Sich festbohren. Ich höre, wie Amber resigniert die Luft ausstößt.

»Die Situation ist für alle nicht einfach. Ich verstehe, dass du dir Vorwürfe machst, aber das führt zu nichts. Also sei lieber jetzt für sie da.« Ich will etwas erwidern, pfeffere dann aber nur ein »Ja« in mein Handy. Als wir das Gespräch beenden, bin ich noch frustrierter. Ich weiß, dass Amber nichts dafürkann, es ist ganz und gar meine eigene Schuld. Ich war nicht da. Amber schon. Und es geht mir nicht einmal nur darum, dass ich nicht da war, um die Anrufe entgegenzunehmen. Schließlich mache ich all das hier für Merve. Aber *ich* war nicht bei ihr. Ich habe während des Dates nicht an sie gedacht, kein einziges Mal. Ich habe sie vergessen. Ich habe sie einfach vergessen. Das hier ist nur ein Spiel. Eine große Lüge, nichts weiter. Und diese Lüge muss ich weiterspinnen. Aber ich darf nicht mehr zulassen, dass ich mich selbst im Netz verliere.

❄ ❄ ❄

Die Nacht über mache ich kaum ein Auge zu. Zu schwer wiegt die Last der Angst auf meinen Schultern. Wenn ich ins Reich der Träume gleite, wache ich kurz darauf fröstelnd und in kaltem Schweiß gebadet auf. Meinen Schlafanzug habe ich zwar gewechselt, aber nun klebt mir auch das Nachthemd am Körper. Ich fühle mich ekelhaft.

Um drei Uhr nachts sehe ich schließlich ein, dass es keinen Sinn mehr hat. Ich werde nicht einschlafen können, egal wie sehr ich es versuche. Die Gedanken lassen sich nicht abstellen. Ich habe Merve einige Nachrichten geschrieben, doch natürlich kann sie nicht darauf antworten. Und nun liegt mein Handy direkt neben meinem Kopfkissen, in der Hoffnung, dass ich es so jederzeit höre. Ich werde in Zukunft auch versuchen, es heimlich auf die Dates mitzunehmen. Man würde es bestimmt nicht merken, wenn es in der Jackentasche wäre, und dann könnte ich schnell die Nachrichten checken, ehe es weitergeht. Ich merke, dass dieser Gedanke ausartet, und schüttele den Kopf darüber. Damit würde ich nur meinen Rausschmiss provozieren, und dann wäre alles umsonst gewesen. Ich greife nach dem schwarzen Gerät neben meinem Kopf und entsperre es.

Vorsichtig scrolle ich durch meine Nachrichten, die vielen verpassten Anrufe und die Mailboxnachrichten, die ich bisher nicht abhören konnte.

Sie hat mir auf die Mailbox gesprochen! Ich starre auf die SMS, die eindeutig Merves Nummer anzeigt. Nervös tippe ich auf die blau unterlegten Ziffern und ein Anrufer-Fenster öffnet sich. Es knistert, ehe die leiernde Sprechweise des Telefondienstes die Nachrichten einleitet. Dann höre ich Merves sanfte Stimme, begleitet vom leisen Rauschen der Leitung.

»Hey, E, ich hoffe, es geht dir gut.« Ihre Worte sind trotz der vordergründigen Heiterkeit von Erschöpfung gezeichnet. Sie wirkt kurz angebunden, die Klangfarbe nicht so voll und hell wie sonst. »Wenn es nicht dringend wäre, würde ich nicht anrufen, aber ich bekomme kaum Luft, und ich befürchte, dass die Ärzte nicht allzu erfreuliche Nachrichten haben, deswegen muss ich eventuell nachher auf die Intensivstation.« Sie sagt das, als sei es ein kleiner Besuch beim Zahnarzt. »Ich weiß, dass Amber dich heute noch tausendmal anrufen wird, also bitte mach dir keine Sorgen und hab einen schönen Tag, ich hab dich lieb.« Der letzte Satz ist kaum mehr als ein Flüstern, aber dennoch deutlich zu verstehen. Ein Piepen ertönt und ich lasse das Telefon sinken. In mir kämpfen tausend Emotionen. Ich weiß, dass Merve nicht wollen würde, dass ich mich schuldig fühle. Aber ich tue es. So sehr. Der Druck auf meiner Brust nimmt wieder zu und ich drehe mich auf die Seite, ziehe die Beine eng an meinen Körper.

In Embryonalstellung stiere ich weiter auf das Display meines Handys, das meine unmittelbare Umgebung in ein hartes bläuliches Licht taucht. Wie kann Merve nur so stark sein? Wie kann sie trotz der Angst, die ich auch aus ihrer Nachricht heraushöre, so mutig sein? So … positiv? Wieder und wieder höre ich ihre Nachricht ab, ganz leise nur, sodass niemand anderes es mitbekommt. Und irgendwann falle ich in einen traumlosen Schlaf.

Ich gehe Dan aus dem Weg, sobald ich Gefahr laufe, ihm zu begegnen. Merves Zustand ist stabil, aber sie ist immer noch auf der Intensivstation des Krankenhauses und ich darf sie nicht anrufen. Letzteres bricht mir das Herz. Vor allem, weil ich den ganzen Tag nichts anderes tun kann als nachzudenken.

Dan führt die anderen Frauen zu Gruppen-Dates aus, während ich mit je der anderen Hälfte des Teams in der Hütte zurückbleibe. Svea und Hannah sind die einzigen, die mich aufmuntern, und ich bin sogar so deprimiert, dass ich zum ersten Mal seit Ewigkeiten wieder meine Wäsche mache. Die Waschmaschinen befinden sich in der letzten Hütte der Resort-Anlage und der Geruch nach Waschmittel und feuchtem Stoff hängt in der Luft, als ich in den mit grün gemusterten Fliesen ausgelegten Raum trete. Sechs Waschmaschinen in verschiedenen Weißtönen sind an der Wand aufgereiht, an der gegenüberliegenden die Trockner.

Bis auf ein schmales Dachfenster wird die Räumlichkeit nur von einer einzigen Lampe an der Decke beleuchtet.

»Die wird es nicht mehr lange machen«, kommentiert Svea das Flackern der Glühbirne.

»Glaube ich auch nicht.« Gemeinsam stellen wir unsere Wäschekörbe auf die Maschinen und sortieren die schmutzige Wäsche nach Farbe und Stoff. Svea ist darin wesentlich geübter als ich.

»Hallo.«

Ich halte in der Beschäftigung inne und drehe mich zu Emily und Chelsea um, zwei Brünette aus Sivas Team. Sveas Begrüßung wirkt gepresst. Ich stupse sie leicht mit dem Ellenbogen in die Seite, um zu überprüfen, ob alles okay ist. Ihre blauen Augen nehmen einen betrübten Ausdruck an.

»Sie hat mir gestern vorgeworfen, dass ich Siva immer noch nichts von Maya erzählt habe«, raunt sie mir zu. »Und ich habe das Gefühl, dass sie irgendwie hofft, es gegen mich verwenden zu können. Sie würde so etwas tun.«

»Sie ist bestimmt eifersüchtig, weil ihr euch so gut versteht. Aber vielleicht unternimmt sie auch gar nichts.« Ich streiche ihr beruhigend über den Arm.

»Ja, vielleicht.« Svea stopft die schwarze Kleidung in eine der Waschmaschinen und ich werfe meine dazu. Emily und Chelsea haben ihre fertige Wäsche in einen Korb geladen und verlassen nun mit einer halbherzigen Verabschiedung den Raum. Zum Glück. »Gibt es bei dir auch jemanden, den du als Erzfeindin betrachtest?« Svea mustert mich aufmerksam.

»Na ja, Taysha und April sind schon eine große Konkurrenz. Ich weiß nicht, wie weit er mit ihnen gehen wird. Oder schon gegangen ist.« Ich werfe eine Socke hinterher, die mir aus dem Korb gefallen ist, und schließe dann die Tür der Waschmaschine. »Irgendwie bin ich mir allgemein unsicher über meine Gefühle.« Ich linse nach oben zu der Kamera, die dicht unter dem Dachgebälk installiert ist und so den ganzen Bereich im Blick hat.

»Das kann ich verstehen.« Svea startet das Waschprogramm und lehnt sich dann mit der Hüfte gegen die rumpelnde Maschine. »Auf der einen Seite kennt man den Bachelor kaum, auf der anderen ist man sich irgendwie sicher, dass da was ist. Man traut sich nur nicht, es zu benennen, weil es dann wahr werden würde und die Möglichkeit einer Enttäuschung viel schwerer wiegt.« Ich sehe sie überrascht an.

»Genau das!« Es ist erstaunlich, wie sie es geschafft hat, mein Chaos in Worte zu fassen. Natürlich ist der Aspekt mit Merve außer Acht gelassen, aber von dem kann sie nichts wissen. Und auch nicht von unserem Deal. Aber wenn ich meine Gefühle nur auf Dan, auf das zwischen uns beziehen müsste, dann wäre es genau so, wie sie es gesagt hat. Die Angst davor, dass er mir mehr bedeutet, als ich zugeben möchte.

»Man will es irgendwie verhindern, dass mehr daraus wird.« Ich knete an meinen Fingern herum, die ganz bleich geworden sind durch die Kälte. »Aber gleichzeitig kann man es nicht erwarten, herauszufinden, was möglich wäre.«

»So geht es mir auch.« Svea beißt sich auf die Unterlippe. »Ich habe mir schon gedacht, dass du etwas mit dir herumträgst. Du hast die letzten Tage irgendwie abwesend gewirkt.«

Ich verschränke die Arme vor der Brust und sehe missmutig auf die Spitzen meiner Stiefel. Ich hatte gehofft, dass es nicht so sehr auffallen würde. Aber Svea kennt mich mittlerweile so gut, dass sie mich einschätzen kann.

»Möglich.«

»Manchmal ist es schwer, darüber zu reden, aber ich hoffe, du weißt, dass du mir jederzeit deine Sorgen anvertrauen kannst.« Sie grinst mich an. »Und wenn du nicht schlafen kannst, kann ich dir auch ein Lied vorsingen.« Ein feiner Glanz überzieht ihre Augen. »Darin bin ich geübt.«

»Danke, Svea.«

Sie zieht mich in eine feste Umarmung. »Wir müssen doch zusammenhalten bei all dem Wahnsinn.« Ich lache leise und drücke sie noch ein wenig fester.

❄ ❄ ❄

Wir trennen uns vor der Gabelung, die zu den verschiedenen Hütten führt, und verabreden uns für einen späteren Spaziergang, dann kehren wir beide zurück zu unseren Teams. Lewis filmt mit Grace ein paar Interviews im Wohnzimmer und ich bin froh, dass ich ausgelassen werde. Der Rest der Woche dreht sich nicht um mich. Nach dem Einzel-Date gerate ich in den Hintergrund, und die anderen werden genauer beleuchtet. Gut so. Ich kann Aufmerksamkeit gerade nicht gut gebrauchen. Vor allem, weil ich selbst nicht mehr weiß, was ich fühlen oder denken soll. Ich bin gerade mitten in einem Cardio-Work-out in unserem Fitnessraum, als April hereinstürmt. Ich erkenne sofort, dass etwas passiert ist.

»Was ist los?«, frage ich überrascht. Ihre Miene ist eine Mischung aus Überraschung, Unglaube und Verzweiflung.

»Dan hat Taysha geküsst«, sagt sie nur und sieht schnell zur Seite, als müsse sie sich zusammenreißen, um nicht loszuweinen. Beim Gedanken daran wird mein Mund ganz trocken. Ich kann nicht leugnen, dass ihre Worte ein Ziehen in mir verursachen. Vielleicht ist es auch eher ein Stechen, so als würde jemand mit dem Messer durch meine Eingeweide fahren. Er hat sie geküsst. Es war von vornherein klar, dass ich nicht die Einzige bleiben würde. Wie sollte ich auch? Das ist eine Datingshow. Aber Taysha ist mir bisher eher negativ aufgefallen, vielleicht weil sie jemand ist, den man einfach beneiden muss. Sie ist wunderschön und zu allem Übel auch noch wirklich sympathisch, auch wenn ich das als Konkurrenz absolut nicht anerkennen kann.

»Sie hat es gerade erzählt. Als sie nach dem Gruppen-Date noch länger bleiben durfte, hat er sie beim Dinner wohl ...« April spricht den Satz nicht zu Ende.

»Wir wussten, dass das früher oder später passiert«, murmele ich und stoppe das Work-out-Video auf dem iPad. Die Kraft ist mir mittlerweile ausgegangen. Ebenso wie die Lust. Während April erzählt, was sie gehört hat, und dabei immer wieder an ihrem Pony herumzwirbelt, schweift mein Blick zum Fenster. Dort sind immer noch die Fingerabdrücke meines Nikolaushauses zu sehen und erinnern mich an Dan, wie er vor mir stand. An diese Spannung zwischen uns, an den Kuss, der alles durcheinandergeworfen hat. Alles verändert hat. Und der es nun nicht einmal mehr wert zu sein scheint, dass ich all das auf mich genommen habe. Weil ich nicht die Einzige bin. Weil es wohl nicht so besonders war, wie ich dachte. Und es ärgert mich mehr, als es sollte.

18. Kapitel

»Stricken ist eigentlich eine gute Beschäftigung, muss ich sagen. Vor allem mit Wein. Viel Wein.«
– Taysha, 26

Die fünfte Woche zieht vorbei und die sechste beginnt. Mein Schal ist fertig gestrickt und ich habe einen zweiten für Merve angefangen. Bei dem werde ich hoffentlich weniger Maschen verlieren als beim ersten. Ich habe extra wieder einen Grauton genommen, weil ich weiß, dass das Merves Lieblingsfarbe ist.

Ich finde, es gibt nichts Besseres, als zu wissen, dass die Wolken die Sonne nur verdecken, aber nicht verschwinden lassen. Man muss also nur warten, bis es wieder klarer wird. Deswegen kleidet Merve sich in Wolken. Die Wolken, die die Sonne verdecken und einem bessere Zeiten versprechen. Sämtliche ihrer Shirts sind in Grautönen gehalten, manche heller, manche dunkler, je nach Stimmung. Ich sehe wehmütig nach draußen. Der Himmel ist heute leider nicht grau, sondern strahlend blau. Man könnte meinen, dass das prinzipiell gut wäre, aber wenn ich Merves Worte böse auslege, bedeutet das, dass es so, wie es momentan aussieht, schon gut ist und nur noch schlimmer werden kann. Und wenn das hier das Bestmögliche ist, dann will ich das Schlechteste nicht erleben.

Ich gähne herzhaft. Außer mir ist niemand mehr im Schlafzimmer. Ein Blick auf die Uhr sagt mir, dass es schon neun ist. Ich bin eben erst aufgewacht, aber ich habe die Nacht auch kein Auge zugetan. Zu verwirrend waren meine Gedanken, die ich nicht abstellen konnte. Irgendwann habe ich davon geträumt, dass ich an Dans Stelle Liebesbriefe schreiben musste, aber keinen Stift gefunden habe. Als die Frauen mit Mistgabeln hinter mir hergerannt sind, bin ich auf einem Rentier geflohen, das mich abwerfen wollte. Und das war der Punkt, an dem ich schweißgebadet aufgewacht bin und Angst hatte, dass ich laut geschrien habe. Es war zwar kein schöner Traum, aber immerhin kein Albtraum von Merve. Die habe ich nämlich auch immer wieder. Und ich befürchte, dass sie auch noch einige Zeit andauern werden. Vor allem, weil ich die Schuldgefühle nicht abstellen kann.

Dan hat in meinem *Loveletter* geschrieben, dass er es kaum erwarten könne, mich wieder allein zu sehen. Und ich hätte ihn am liebsten sofort in seiner Hütte besucht und ihm den Brief an den Kopf geschmissen. Weil ich ihn auch gern wiedersehen will. Oder vielleicht auch nicht. Denn vielleicht ist es besser so, weil das nur eine verdammte Abmachung ist und es egal ist, ob wir viel Zeit miteinander verbringen. Nur für die Kameras ist es wichtig, dass wir glaubwürdig sind. Obwohl ich mich ihm beim Date so nah gefühlt habe, kommt es mir nun so vor, als seien wir meilenweit voneinander entfernt. Vielleicht liegt es an mir, ich mache mir zu viele Gedanken. Ganz sicher tue ich das, weil ich nichts anderes zu tun habe in meiner Freizeit, außer im Fitnessraum herumzulungern, zu stricken oder spazieren zu gehen.

»Ich werde noch verrückt«, murmele ich leise vor mich hin und schäle mich aus meiner Bettdecke, um eine heiße Dusche zu nehmen. Die Pickel an meinem Kinn sind schlimmer geworden und ich bereue es schon, daran herumgedrückt zu haben. Es tut nämlich höllisch weh. Und zu allem Überfluss habe ich auch noch meine Periode bekommen. Durch den ganzen Trubel hat sie sich verspätet und lässt es mich nun mit doppelter Wucht spüren. Ich könnte den ganzen Tag mit einer Wärmflasche auf dem Bauch schlafen. Vielleicht auch eine intensive Gesichtsmaske auflegen. Es ist nichts geplant, und der Stress und das Chaos in meinem Kopf schlagen mir außerdem zunehmend auf die Psyche. Vielleicht ist ein Wellnesstag also tatsächlich eine gute Idee.

Nachmittags gehe ich ein wenig im Wald spazieren, lausche den Vögeln und dem dumpfen Knistern des Schnees. Die Gesichtsmaske hat tatsächlich gutgetan und ich werde sie diese Woche definitiv noch öfter anwenden, um meine trockene Haut zu versorgen. Als ich gemächlich am Jägerstand vorbeitrotte, um zurück zum Resort zu kommen, vibriert mein Handy in der Jackentasche und ich nehme es mit fahrigen Fingern heraus. Merve. Mein Atem stockt.

»Hallo?«, krächze ich ins Telefon, presse es so fest an meine Ohren, dass es schmerzt.

»Eyla! Wie geht es dir?« Merves Stimme klingt etwas schlapp, aber okay. Mehr als okay, sogar gut.

»Wie es mir geht? Ich bin zuerst dran mit fragen!«, schimpfe ich, auch wenn ich es nicht böse meine. Aber die Anspannung hat sich in den letzten Tagen derart aufgestaut, dass ich einfach nicht anders kann, als den Druck entweichen zu lassen. Merve lacht leise und mir wird warm ums Herz.

»Es geht mir gut, die Ärzte haben es unter Kontrolle gebracht und ich bin wieder in meinem normalen Zimmer.« Es piept in der Leitung. »Nicht schon wieder Mom. Sie ist echt schlimm zurzeit.«

»Soll ich dich später anrufen?«

»Nein, ich drücke sie weg und rufe sie zurück.« Merve seufzt. »Es ist auf der einen Seite wirklich schön, dass sie so besorgt ist, aber irgendwie so *ungewohnt.*« Ich grinse, vielleicht habe ich Mom unrecht getan, als ich angenommen habe, dass ihr Merve nicht mehr so viel bedeutet. Immerhin ist sie unsere Mutter. Richard hin oder her.

»Jedenfalls bin ich dabei, die Serie weiterzuschauen, viel zu schlafen und ein bisschen zu lernen.«

»Was lernst du denn?« Ich schnippe mit den Fingern einige Schneeflocken beiseite, die sich in meiner Ellenbeuge gesammelt haben.

»Ich habe mir ein Anatomiebuch ausgeliehen und übe schon mal ein paar Begriffe. Wenn ich erst mal sowieso nicht studieren kann, dann kann ich ja wenigstens die Bezeichnungen schon mal verinnerlichen.«

»Das klingt toll.«

»Ich kann dir in einer Woche vielleicht schon mehr Körperteile und Muskeln nennen. Bisher kenne ich nur *Patella* und *Abdomen* und *Femur.*« Ich lächele in mich hinein, Merve spricht die Begriffe aus, als wären sie etwas Heiliges. Und ich bewundere sie dafür, dass sie sich trotz aller Hindernisse so dafür einsetzt, eines Tages Medizin studieren zu können.

»Ich wollte jedenfalls nicht untätig sein. Und jetzt zu dir, wie war dein Date?« Mein Lächeln gefriert beinahe augenblicklich und ich schlucke schwer.

»Na ja … das Date war gut.«

»Erzähl mir alles!« Die Forderung lässt keinen bitteren Unterton vermuten. Nicht dass es das besser machen würde, aber zumindest sorgt es dafür, dass ich mich dazu durchringe, ihr in allen Einzelheiten zu erzählen, was passiert ist.

»Ich wusste es!« Ihr Jubeln dringt laut an mein Ohr und ich schalte hastig den Ton etwas leiser. »Du magst ihn!«

»Es ist nur ein Deal«, beschwichtige ich sie. »Und das nächste Mal bin ich hier, ich werde nicht zulassen, dass ich noch einmal …«, die nächsten Worte fallen mir schwer, »… nicht erreichbar bin.«

»Eyla!« Schärfe spickt ihre Stimme. »Genau das habe ich befürchtet. Du sollst dir keine Vorwürfe machen. Du nimmst an einer Show teil, da kannst du nicht den ganzen Tag am Handy hängen. Und es ist doch umso besser, dass du ein tolles Date hattest.«

»Ich kann nicht …« Der Kloß in meinem Hals schnürt mir die Luft ab. »Ich darf nicht …«

»Natürlich darfst du!«

»Es ist eine Abmachung, und nichts weiter. Und ich glaube, dass es besser ist, wenn ich mir das deutlich bewusst mache.« Ich atme laut auf. Mein Blick wandert zu einer kleinen Tanne, an der ich eine Bewegung ausmachen kann. Ein rotbrauner Puschelschwanz ist hinter dem Stamm zu sehen und kurz darauf zwei Pinselohren. Ein Eichhörnchen klettert an der Rinde empor und scheint mich dabei zu beobachten, wie ich im Wald um Fassung ringe.

»Ich kann es mir einfach nicht erlauben, dass ich mir Hoffnungen mache.« Gedanken dringen nach außen, die ich eigentlich verschließen wollte. Die ich mir verboten habe.

»Du baust deine Mauer schon wieder auf«, stellt Merve fest, doch der traurige Unterton ist deutlich zu hören. »Du hast Angst, verletzt zu werden.«

»Wir werden heiraten und uns dann wieder scheiden lassen. Gefühle sind da mehr als ungünstig.« Meine Rechtfertigung klingt kläglich. Vor allem, weil sie recht hat. Seitdem meine Mom uns so hintergangen hat, unsere Familie von einem auf den anderen Tag nicht mehr dieselbe war, ist etwas in mir zerbrochen. Und die Scherben habe ich nie mehr aufgesammelt. Stattdessen habe ich sie unter den Teppich gekehrt, wo sie keiner jemals findet.

»Ich kann das verstehen, wirklich. Es ist schwer, jemanden an sich heranzulassen, wenn man in der Vergangenheit verlassen wurde.« Merves Tonfall ist nun wieder sanfter. »Aber du kannst nicht immer davonrennen. Irgendwann wirst du zusammenbrechen.« Ich sehe sie beinahe vor mir, wie sie mich aus hellen braunen Augen ansieht. »Vielleicht solltest du auch mal stehen bleiben und abwarten, was passiert. Unbekanntes Terrain betreten.«

»Was, wenn ich mich verliere?«

»Was, wenn du dich endlich selbst findest?« Warm und klar hallt das Gesagte an mein Ohr. »Vielleicht ist das genau das, was passieren muss.«

»Aber …« Ich ringe mit mir, finde die richtigen Worte nicht. »Ich weiß doch gar nicht, ob ich wirklich … und selbst wenn. Er empfindet nicht so wie ich.«

»Das weißt du doch gar nicht, weil du immer gleich zurückziehst.« Meine Kiefer mahlen aufeinander. Das Eichhörnchen ist mittlerweile in den Ästen des Baumes verschwunden, die ich nur noch verschwommen sehe. Ich will nicht weinen. Nicht schon wieder. Ich habe schon zu oft in dieser Show geweint. Aber es fällt mir schwer.

»Du hast es mir versprochen«, sagt Merve leise. »Dass du auf dein Herz hörst.«

»Ich weiß. Aber ich weiß nicht, was es will.«

Die Sonne verschwindet bereits hinter dem Horizont, als ich ins Resort zurückkehre. April hat netterweise meine weiße Wäsche aus dem Trockner herausgeholt und zusammengelegt auf meinem Bett gestapelt, und ich verspreche ihr, mich zu revanchieren. Als wir später mit den anderen aus unserem Team beim Abendessen sitzen, beteilige ich mich nur spärlich an den Tischgesprächen. Hier und da werfe ich einen knappen Kommentar ein, aber hänge ansonsten meinen eigenen trüben Gedanken nach. Der Lieferant für das Resort hat diese Woche viel Gemüse gebracht, und Kayla hat deswegen Brokkoli-Nudeln gekocht. Taysha und ich suchen nach Tassen für unseren Kinderpunsch, während die anderen den Tisch decken.

»Nehmen wir einfach die?« Taysha zeigt auf die verschiedenfarbigen Bärentassen aus dem Geschirrschrank, die wir immer für das Frühstück verwenden.

»Wieso nicht, da kommt das Weihnachtsgefühl gleich noch mehr.« Ich nehme ihr eine pastellpinke und eine babyblaue ab, stelle sie auf den Tisch und hole dann die restlichen. Taysha schnappt sich unterdessen die Kanne mit dem warmen Punsch und schenkt jedem etwas von dem heißen Getränk ein.

Die ersten Wochen sind wie im Flug vergangen, und Weihnachten rückt immer näher. Auch die Atmosphäre in der Hütte wird davon beeinflusst, ist irgendwie ruhiger und gelassener. Als wir fast alle am Tisch sitzen, wird die Schöpfkelle eifrig herumgegeben, damit sich jede eine Portion nehmen kann. Mit der Gabel spieße ich zwei vor Soße triefenden Nudeln auf, schiebe sie mir in den Mund und hätte sie fast in hohem Bogen wieder ausgespuckt, als sich ein beißender Geschmack auf meine Zunge legt. Die Soße ist – gelinde gesagt – versalzen. Und in meinem Mund zieht sich alles unangenehm zusammen. Blitzartig greife ich nach der Eisbärentasse vor mir und stürze den Punsch hinunter. Ein fruchtiges Aroma mit einem Hauch Weihnachten vertreibt die salzige Note fürs Erste. Skeptische Blicke treffen mich, aber niemand sagt etwas. Kayla ist noch dabei, das Geschirr in der Küche wegzuräumen, während wir anderen schon mit dem Essen begonnen haben. Ich lege meine Gabel wieder hin, die Höfliche mimend, die noch warten möchte, bis sich die heutige Köchin ebenfalls setzt. Es wundert mich, weshalb niemand wagt, es anzusprechen. Oder bin ich die Einzige, die keinen Bissen hinunterbekommt?

»Und, wie schmeckt es?« Kayla nimmt gegenüber von mir Platz und beißt keine Sekunde darauf selbst in eine Nudel. Ich warte angespannt. Niemand von uns rührt sich, und das Schweigen ist so unbehaglich, dass sich in mir ein Kichern anbahnt, das ich nur mit Müh und Not unterdrücken kann.

»O mein Gott! Igitt! Mir muss die Packung reingefallen sein! Wieso habt ihr nichts gesagt?« Kayla spuckt die Nudel auf den Teller zurück. Taysha beginnt als Erste zu lachen, und ich stimme glucksend mit ein. Kurze Zeit darauf lachen wir alle schallend und kochen schließlich eine neue Soße für den Rest der Nudeln, den wir noch retten konnten. Der Einfachheit halber wird es allerdings nur Tomatensoße. Für dieses Abendessen ist es gemütlich in der Hütte, die Stimmung ist angenehm, und auch ich selbst merke, wie die gute Laune der anderen auf mich abfärbt. Obwohl es vermutlich von der Crew nicht gern gesehen wird, spielen wir den restlichen Abend Montagsmaler, während wir mit Punsch auf die gemeinsame Zeit anstoßen.

Der Kuss zwischen Dan und Taysha nagt an mir, aber ich versuche mich zusammenzureißen. Es ist eine Reality-TV-Show, was habe ich also erwartet? *Dass du ihm so viel bedeutest, dass er keine andere mehr will?*, flüstert eine böse Stimme in meinem Inneren. *Nein*, denke ich. *Es ist egal, was er mit anderen tut oder nicht tut, er wird am Ende mich wählen. Und Küsse bringen nun mal Zuschauerquoten. Taysha war ein Quotenkuss.* Damit bringe ich die Stimme vorerst zum Schweigen, überzeuge mich selbst davon und verbanne sie in die hinterste Ecke meines Gehirns.

19. Kapitel

»WIE HEISST ES SO SCHÖN? THAT ESCALATED QUICKLY.«
– DAN, 27

Zusätzlich zu einem weiteren Team-Date gibt es diese Woche noch einmal ein unerwartetes Treffen mit allen Gruppen. Auf der Karte steht *Let's play a Game* und der Treffpunkt ist in der Haupthütte, in der auch die Zeremonien stattfinden. Ich kann mir schon vorstellen, was das bedeutet, und meine Laune sinkt augenblicklich.

»Bestimmt ist es Flaschendrehen.« Taysha zieht sich den Lippenstift nach und schmatzt einige Male mit den geschwungenen Lippen, um ihn gleichmäßig zu verteilen. Ich fahre mit dem Glätteisen durch meine Haare, um sie in Form zu bringen. Bestimmt hat die Crew das veranlasst, um für Drama zu sorgen. Bisher sind wir wohl zu pflegeleicht.

»*Wahrheit-oder-Pflicht*-mäßig?«, fragt Britt, die mir bisher eher unangenehm aufgefallen ist, weil sie sehr direkt ist, und das auf eine gelegentlich beleidigende Art. Taysha nickt und rückt ihr Kleid zurecht, damit die Falten schöner fallen.

»Es ist fast acht, wir sollten uns beeilen.« Aprils gelbes Kleid raschelt auf den Treppenstufen, als sie hinuntersteigt. Ich habe mich heute für einen hochgeschlossenen schwarzen Jumpsuit mit schmaler Schnürung am Rücken entschieden und drehe mich ein paarmal vor dem Spiegel hin und her, ehe ich April nach unten folge. Unter normalen Umständen bin ich ein großer Fan von solchen Spielen, aber vor laufender Kamera fühle ich mich irgendwie unwohl dabei.

❄ ❄ ❄

Wenig später sammeln wir uns alle in der großen Hütte, in der die Zeremonien abgehalten werden. Die Räumlichkeit mit den Podesten, die für die Zeremonien verwendet werden, wurde von der Crew zu einer Clubszenerie umfunktioniert. Sitzkissen und Sofas sind zusammengeschoben worden und bilden einen Kreis. Daneben schmale Tische, auf denen Schüsseln mit Chips und Salzstangen stehen. An der Decke sind Lichter angebracht worden, die rotieren und bunte Sprenkel an die Wände projizieren. Eines davon blendet mich unangenehm und ich wende mich rasch ab.

»Die Produktion will wohl wirklich dafür sorgen, dass es heute eskaliert.« Ich schürze die Lippen, als ich in den angrenzenden Raum spähe und einen Blick auf die frisch aufgestockte Bar erhasche.

»Ich befürchte auch.« Svea lässt sich neben mir auf eines der Sofas sinken. Sie zupft an den Rüschen ihres Kleides herum und sieht dabei genauso nervös aus, wie ich mich fühle. Auch die anderen Teams trudeln nach und nach ein und die Runde füllt sich. Jubel bricht aus, als die drei Bachelors in Anzügen den Raum betreten und sich ebenfalls setzen. Ich erwarte, dass Tyler Bogan ebenfalls auftaucht, doch lediglich ein paar Kameraleute nehmen ihre Positionen ein. Immerhin der Moderator bleibt uns heute erspart.

Collin stellt eine leere Weinflasche in die Mitte und schnippt mit seinem Finger dagegen, wodurch ein helles Klingen ertönt. Augenblicklich wird es still.

»Wie ihr euch wahrscheinlich denken könnt, dreht sich der heutige Abend um das Spiel *Wahrheit oder Pflicht.*« Er tippt auf die leere Glasflasche. »Wir wollen aus unserer Komfortzone kommen und haben uns gedacht, wir lockern das Ganze etwas auf. Deswegen decken wir uns erst einmal mit Getränken ein. Wer seine Aufgabe nämlich nicht erfüllen oder die Frage nicht beantworten will, darf exen.« Ich verdrehe die Augen. Der Abend kann ja nur super werden.

Wie viele Shots vertrage ich wohl? Ich stehe auf und reihe mich hinter Svea an der Schlange vor der Bar ein. Tatsächlich überlege ich mir, ob ich meinen Drink extrastark bestellen sollte, um diese Nacht zu überleben. Aber dann kann ich mir vielleicht selbst nicht mehr vertrauen.

»Einen *Sex on the Beach* bitte.« Der Barkeeper grinst mich an.

»Heute eher süßer?« Ich schenke ihm ein gequältes Lächeln. Für gewöhnlich bestelle ich bei ihm nur Gin Tonic.

Als sich alle wieder versammelt haben, beginnt die Runde. Zunächst ist es ein Flaschendrehen der Teams, bei dem Zettel aus einem Becher gezogen werden, auf die die Produktion kleine Aufgaben geschrieben hat. Wahrscheinlich, um die allgemeine Stimmung aufzuheitern und die Anspannung zu senken. Der Hals der Flasche zeigt auf Chelsea; und Lynn, die die Flasche gedreht hat, zieht einen Zettel aus dem Becher. »Karte ohne Hände weitergeben, wenn ihr es nicht schafft, trinkt ihr einen Shot.«

Kurze Zeit später steht Sivas Team in einem Kreis und reicht sich mit dem Mund eine Spielkarte weiter. Bis zur Hälfte klappt es, aber Emily saugt sie nicht richtig an und eine Runde Shots wird ausgegeben. Es folgen ein Dancebattle auf den Podien zwischen Sivas und Dans Team, das wir gewinnen, ein paar Shots, Pantomime, noch mehr Shots und irgendwann verklärt sich meine Sicht ein wenig. Ich wollte nicht so viel trinken. Wirklich nicht, aber wenn ich die anderen so ansehe, bin ich nicht die Einzige.

Beiläufig sehe ich zu Dan hinüber, der in seinem schwarzen Anzug heute noch attraktiver aussieht als sonst. Okay, vermutlich ist mein Blick nicht einmal halb so beiläufig, wie ich denke, aber das ist mir egal. Ein Bild schießt mir durch den Kopf, wie er mich in ebendiesem Anzug zu einem Date abholt … Vielleicht würde er auf dem Flur auf mich warten, lässig an die Wand gelehnt, ein Blick auf die Uhr, auf die Adern an seinen Unterarmen … *Hör sofort auf damit!*, ermahne ich mich innerlich. Ich weiß nicht, wieso ich so gefühlsduselig bin. Vielleicht ist es bereits der Alkohol, der zuschlägt, oder der rote Adler und die damit verbundenen Stimmungsschwankungen. Vielleicht aber auch die Angst, dass Dan mich vernachlässigen könnte, wenn seine Gefühle für die anderen Frauen zunehmen. Falls da denn welche sein sollten.

Er sitzt zwischen Taysha und Britt, und kurz frage ich mich, wieso er sich ausgerechnet neben die beiden gesetzt hat. Vielleicht wollte er nicht zu mir? Wäre das auffällig gewesen? Oder ist ihm Taysha seit dem Kuss wichtiger? Die Eifersucht breitet sich wie ein Lauffeuer in mir aus, sorgt dafür, dass mir einen Augenblick lang die Luft wegbleibt. Ich mag dieses beißende Gefühl nicht. Es ist neu für mich. Zumindest in dieser Hinsicht. Aber als ich Taysha sehe, wie sie mit Dan flirtet, ihre Hände wie zufällig auf seinen Arm und seine Brust legt, kommt mir die Galle hoch. Wie kann er dabei einfach so mitmachen? Wie kann er nach allem, was zwischen uns passiert ist, so mit ihr flirten? Die Lippen fest zusammengepresst, sehe ich zu Boden. Ich will nicht mitbekommen, was sich vor meinen Augen abspielt. Es ist mir egal. Komplett egal. Es geht mir auch nicht darum, dass Dan Taysha womöglich wirklich mag, sondern um die damit verbundene Sorge, er könnte unseren Deal vergessen und sie statt mich wählen.

Oder?

ODER?

Sie ist hübsch, klug, jeder mag sie, natürlich ist sie eine große Konkurrenz, selbst wenn ich weiß, dass es rein theoretisch nichts ausmacht. Ich horche tiefer in mich hinein, finde aber nur Wut, gepaart mit einem Anflug von Angst. Wenn er mir das Gefühl gibt, dass er eine andere mir vorzieht, ist es doch nur logisch, dass ich so fühle. Immerhin brauche ich das Geld dringend. Oder hatte Merve doch recht? Letzteres sagt eine gehässige Stimme in meinem Inneren, die ich mit einem großen Schluck aus meinem Cocktailglas zum Schweigen bringe. Es ist mir gleichgültig, was er tut. Ich verdränge den Gedanken, der sich hartnäckig wie eine Klette in meinem Unterbewusstsein eingenistet hat. Zu klein, um deutlich hervorzustechen, aber zu groß, um ihn zu ignorieren. Es ist die Angst, dass mir Dan wirklich etwas bedeutet, dass meine Mauer bröckelt. Und dass das hier für mich längst mehr als nur ein Deal ist.

»Trinken nicht vergessen, Eyla!« Collins Stimme klingt ein bisschen wackelig, und als ich ihn genauer ansehe, bemerke ich, dass seine Augen gerötet sind. Ob er auch schon betrunken ist? Er erwidert meinen Blick, zunächst regungslos, dann zwinkert er mir zu. Ich stoße überrascht die Luft durch die Zähne aus und wende mich abrupt ab. Ihn und sein Verhalten habe ich nun wirklich nicht vermisst. Collin lehnt sich nach vorn und nimmt die leere Glasflasche, dann dreht er sie und sie wirbelt im Kreis herum, sodass ich ihr kaum mehr folgen kann. Mittlerweile ist die Stimmung so ausgelassen, dass wir das Spiel auf Einzelpersonen ausgeweitet haben. Der Hals bleibt auf der Höhe einer dunkelhaarigen Schönheit stehen, und ich merke, wie Svea sich verspannt. Emily zählt für sie zu den größten Konkurrentinnen in Sivas Team.

»Wahrheit oder Pflicht?«, fragt Collin und zieht eine Augenbraue nach oben. Emily grinst süffisant.

»Wahrheit.« Sie streckt einen Arm über den Kopf, als würde sie sich rekeln, und selbst ich finde das Zurschaustellen ihres Körpers auf diese Weise affektiert. Die Kameraleute dagegen sind glücklich über die aufkeimenden Funken, die Lunte, die nur darauf wartet, in Brand gesetzt zu werden.

»Wolltest du von Anfang an in Sivas Team?« Collins Frage ist nicht gerade das, was ich erwartet habe, aber dafür umso effektiver. Jeder hält den Atem an.

»Ja.« Emily fährt sich durch die dunklen Haare und schenkt Siva ein Lächeln. »Er hat mich am meisten überzeugt.« *Große Worte,* denke ich und beiße mir auf die Lippe, um mein Grinsen angesichts Collins enttäuschter Miene nicht zu sehr zu zeigen. *Aber was hätte sie auch anderes sagen sollen?* Die Flasche dreht sich weiter, verschiedene Frauen werden befragt oder mit einer Aufgabe betraut, anfangs noch recht harmlos. Doch als die Regelung eingeführt wird, dass alle trinken müssen, wenn jemand eine Aufgabe erledigt, spitzt sich das Ganze zu. Ich sehe zu den Kameraleuten hinüber, die nichts dagegen einwenden. Vielleicht ist ihnen bisher zu wenig passiert und deswegen wird die Einschränkung des Alkoholkonsums heute gänzlich aufgehoben.

»Setz dich für fünf Minuten auf Collins Schoß!«, fordert jemand von Lynn, die dieser Aufgabe nur allzu gern nachkommt. Auch

Collin scheint sich nicht daran zu stören, dafür alle anderen aus ihrem Team. Wird dieser Abend doch noch zu einer dieser typischen Folgen, bei denen in der Vorschau nur Geheule und wutverzerrte Gesichter zu sehen sind? Untermalt von Pieptönen, die verdeutlichen sollen, wie viel geflucht wird? Bei der nächsten Runde kommt die Flasche direkt vor mir zum Stehen. Lynn hat ihre vollen Lippen zu einem Lächeln verzogen.

»Wahrheit oder Pflicht?«

Während ich so tue, als würde ich überlegen, fällt mein Blick auf Dan, der mit Taysha und April herumalbert und nicht einmal bemerkt, dass ich an der Reihe bin. Als Taysha sich über ihn beugt, um an ein Kissen zu gelangen, und ihm dabei ihren Hintern ins Gesicht streckt, reißt mir endgültig mein wohlbehüteter Geduldsfaden. Ich schnappe mir eines der Kissen hinter mir und pfeffere es ihr entgegen. Leider richtet sie sich genau in diesem Moment wieder auf und das Kissen trifft sie mitten ins Gesicht.

»Du kannst auch einfach aufstehen!«, sage ich dabei barsch und funkele sie wütend an. Ein Teil von mir bereut meinen kleinen Ausraster augenblicklich, als ich die schockierten Blicke sehe. Der andere jedoch, der für den heutigen Abend anscheinend entschieden hat, die Oberhand zu gewinnen, genießt Tayshas verblüfftes Gesicht. Leider wirkt Dan wenig erfreut. Beinahe entrüstet. *Hätte ich sie weiter mit dem Hintern vor dir herumwedeln lassen sollen? Willst du gleich mit ihr in deinem Zimmer verschwinden?* Vielleicht bin ich soeben zur Bitch des Abends geworden, doch es ist mir gleichgültig. Ärger durchflutet mich und ich nehme einen Schluck aus meinem Glas, ehe ich laut »Pflicht« antworte, nun wenigstens auch die Aufmerksamkeit von Dan und Taysha innehabend. Lynn scheint sich das schon gedacht zu haben, denn sie flötet: »Küsse Siva.«

Es wird still um mich herum, Dan stiert mich an, als wolle er mir dadurch telepathische Nachrichten senden, doch selbst wenn, im Moment würde ich sie alle abblocken. Es macht mich noch wütender. Mein Verstand schreit danach, es nicht zu tun, aber mein Bauch ist so irrational zornig über Dans Verhalten mir gegenüber, dass ich aufstehe, bevor ich richtig realisiert habe, was ich da gerade tue. Adrenalin wird durch meine Adern gepumpt, mein Herz klopft mir bis zum Hals. Die Kameras filmen mich, filmen, wie ich Schritt für Schritt auf den Bachelor zugehe, alle Blicke liegen auf mir. Auch Dans. Ich grinse, setze mich vor Siva, zögere den Moment hinaus, in dem er mich mit einem Blick aus seinen braunen Augen nervös mustert, als sei er sich nicht sicher, wie er sich verhalten soll. Und ich weiß es auch nicht, bis mir ein Gedanke kommt. Dann drücke ich ihm meine Lippen auf die Wange. Nur flüchtig. Ein enttäuschtes Raunen fliegt mir entgegen, als ich mich wieder zu Svea setze. Doch ich weiß, dass einige der Frauen auch erleichtert sind.

»Danke«, flüstert Svea mir zu und drückt meine Hand.

»Das war doch klar.« Ich verschweige, dass es mir gar nicht so klar war, wie ich gerade vorgebe. Und mein Herz pocht immer noch in vierfacher Geschwindigkeit, als das Spiel kurz pausiert wird, damit ich zu meiner Handlung befragt werden kann. Rasch begebe ich mich auf den Flur vor das aufgebaute Setting und setze mich auf den Stuhl. Meine Fingernägel kralle ich in den Handballen und sie hinterlassen dort halbmondförmige Abdrücke.

»Wieso kam es nicht zum Kuss?«, lautet die Frage, und ich denke kurz nach. Mein Kopf ist schon etwas wuschig, und da ich vorhin dafür gesorgt habe, dass ich negativ aufgefallen bin, muss ich das irgendwie glätten.

»Ich hätte niemals einen anderen Bachelor geküsst.« Eine Haarsträhne kitzelt mich im Gesicht und ich streiche sie hinter mein Ohr. »Und Svea hätte ich das auch nicht angetan.« Letzteres sage ich nicht ohne liebevollen Unterton. So ungern ich es auch anfangs zugeben wollte, Svea wird mir hier immer mehr zu einer richtigen Freundin, und das aufs Spiel zu setzen liegt mir fern.

»Du warst ziemlich eifersüchtig, als Taysha sich Dan angenähert hat?« Ich wusste es! Jetzt muss mir etwas Gutes einfallen. Etwas, das glaubwürdig ist, nicht zu böse, aber dennoch nachdrücklich.

»Es ist nicht fair gegenüber uns anderen, sich so an Dan heranzumachen. Und da bin ich vielleicht ein wenig patzig geworden.« Ich setze eine reuevolle Miene auf, die zum Glück auszureichen scheint, denn das Thema wird gewechselt.

»Du hast Dan eine Weile lang nicht mehr gesehen, ist das ein Problem für dich?«, hakt Grace nach. Ihre schlanke Figur steckt heute in einem Bleistiftrock. Ich nicke, achte darauf, die gestellte Frage in meinen Satz einzubinden.

»Dass ich Dan so lange nicht mehr gesehen habe, macht es nicht leichter, ihn jetzt mit anderen Frauen zu sehen. Es ist einfach eine große Belastung, den Bachelor teilen zu müssen.« Mein Satz ist auswendig gelernt, und so klingt er wahrscheinlich auch. Ich meine, was ich sage. Nur dass ich es ohne Kamera nicht so ruhig über die Lippen bringen würde.

Danach werde ich entlassen und Lynn wird zum Interview gebeten. Bevor ich die Flasche drehe, nehme ich einen großen Schluck aus meinem Glas. Dann lehne ich mich nach vorn und lasse die Flasche umherwirbeln. Sie spickt gegen mehrere Knie und bleibt schließlich bei Dan stehen. Ohne die geringste Regung in meinem Gesicht sehe ich ihn an.

»Wahrheit oder Pflicht?« Meine Stimme klingt in meinem Kopf nach einem kühlen *Geschüttelt, nicht gerührt.* In der Realität kommt es eher einem kindlichen *Süßes oder Saures* gleich. Ich will, dass er weiß, wie bescheuert ich sein Verhalten finde, auf der anderen Seite, dass er denkt, es sei mir nicht wichtig. Bin ich wieder in mein sechzehntes Lebensjahr zurückgesprungen und pubertiere vor mich hin? Ich weiß es ehrlich gesagt nicht. Vielleicht ist es auch der Alkohol.

»Pflicht«, sagt Dan kühn, seine dunklen Augen keinen Moment lang von meinen abgewandt. Ich wusste, dass er so klug ist und ebenfalls Pflicht nehmen würde. Bei Wahrheit wird früher oder später eine Frage gestellt werden, die schlecht enden könnte, wenn man nicht aufpasst. In meinem Kopf toben die Gedanken und mein Herz klopft mir bis zum Hals. *Wir müssen reden! Lass uns spazieren gehen! Küss mich noch einmal!*

»Wandschrank«, brabbelt mein Mund. Was?! Meine Augen werden groß, als ich begreife, was ich da eben gesagt habe.

»Ehm …« Alkohol und ich werden in diesem Leben keine Freunde mehr. Wie komme ich da wieder raus? Am liebsten würde ich mir eine Kopfnuss geben, um meine Gedanken zurechtzurücken, kann es mir aber verkneifen und zwicke mich stattdessen in meinen rechten Oberschenkel.

»Du und ich, fünf Minuten in den Wandschrank.« Okay, ich hätte doch die Kopfnuss wählen sollen. Aber immerhin war das hier fast ein Satz. Dan wirkt überrascht, reibt sich dann jedoch die Hände.

»Challenge akzeptiert.« Er grinst breit und steht auf. »Welchen nehmen wir?«

»Wie, welchen?«

»Welchen Wandschrank.«

Bin ich eigentlich völlig bescheuert? Ich stehe ebenfalls auf und stelle mich neben ihn. Er überragt mich um einen guten Kopf und sieht belustigt auf mich herab. Ich sehe aus dem Augenwinkel, wie Svea ihr Handy zückt und einen Timer stellt.

»Fünf Minuten!« Sie zeigt das Display mit der Zeitangabe und hält es nach oben, während Dan und ich uns nach einem geeigneten Schrank umsehen. In diesem Raum stehen nur ein paar Regale und eine Kommode mit einer teuer aussehenden Vase darauf. Aber in einem Nebenzimmer werden wir fündig. Vor uns befindet sich ein großer Schrank mit schweren Schiebetüren.

»Rein mit euch!«, fordert Svea, die hinter uns aufgetaucht ist und mit den Augenbrauen wackelt. Außer ihr scheint sich niemand über meine glorreiche Idee des Schrankaufenthalts zu freuen. Ich eingeschlossen.

»Nach Ihnen, Madame.« Dan öffnet die Tür und streckt die Hand einladend aus.

»Vielen Dank, Sir.« Ich betrete den Schrank. Dan folgt mir und Svea schließt die Tür, Dunkelheit umgibt uns. Beim Versuch, Raum zu gewinnen, stoße ich mit dem Rücken gegen die Wand und das Holz gibt ein knarzendes Geräusch von sich.

»Los geht's!«, ruft Svea dumpf von draußen, danach wird es gespenstisch still. Obwohl ich Dan nicht sehen kann, weil sich meine Augen noch nicht an das Dunkel gewöhnt haben, spüre ich seine Nähe wie eine pulsierende Kraft. Ein Magnetfeld, das mich zugleich anzieht und abstößt.

»Was ist los?« Seine tiefe Stimme sendet elektrisierende Blitze über meine Glieder und die kleinen Härchen an meinen Armen stellen sich auf. Ich habe ein Déjà-vu. Nur dass wir nicht im Außenbereich des Clubs sind, in dem wir uns das erste Mal gesehen haben, sondern in einem Wandschrank. Es kommt mir vor, als lägen Ewigkeiten zwischen diesen Momenten.

»Ich bin sauer«, sage ich wahrheitsgemäß und senke den Kopf.

»Nachvollziehbar.« Sein Atem streichelt sanft über meine Haut und der Duft nach Sommergrün umgibt mich wie ein feiner Nebelhauch. »Aber du solltest Taysha trotzdem nicht so angehen. Sie konnte nichts dafür. Und das sind diese Momente, in denen ich dich nicht mehr greifen kann.« Er hebt die Hand, streift dabei meinen Arm, und ich presse die Lippen fest zusammen, um die aufkeimende Wut zu unterdrücken.

»Sie ist nur wegen des Geldes hier«, zische ich. Dabei weiß ich das gar nicht sicher. Aber das Gefühl, dass Dan sie gerade auch noch in Schutz nimmt, lässt bei mir sämtliche Sicherungen durchbrennen.

»Da wäre sie nicht die Erste.« Seine Worte versetzen mir einen schmerzhaften Hieb. *Das war tief … sehr tief.*

»Sie hatte ihren Hintern in deinem Gesicht!« Meine Stimme überschlägt sich, bevor ich mich daran erinnere, dass ich leise sein wollte. »Das ist so was von unangebracht!«

»Deswegen musst du aber kein Theater provozieren!«

Empört stemme ich die Hände in die Hüfte, stoße mir den Ellenbogen an der Holzwand, und mir wird kurz schwummerig, weil es so wehtut.

»Du bist doch derjenige, der ein beschissenes Theater veranstaltet!«, fauche ich. Unsere Nasenspitzen berühren sich fast, als er einen Schritt auf mich zukommt und ich seine Wärme nun deutlich spüren kann. Ich will noch etwas hinzufügen, schließe aber den Mund wieder, nur um ein frustriertes Schnauben auszustoßen, weil ich mich innerlich weiter hochschaukele.

»Ich weiß einfach nicht, was ich noch zu alldem sagen soll!«

»Dann sag doch einfach, was du denkst! Und versteck dich nicht wieder hinter deiner Mauer!«, zischt er aufgebracht, und etwas in mir geht in Flammen auf. Mein Verstand, meine Sinne, mein Herz. Alles brennt lichterloh.

»Du willst es wissen?« Meine Worte sind gepresst. »Fein! Ich habe es satt, dir zusehen zu müssen, wie du anderen Frauen schöne Augen machst!«

»Damit musstest du rechnen, als du dich für die Show beworben hast!«

»Ich habe damit gerechnet, dieses verdammte Geld zu gewinnen!«, schleudere ich ihm entgegen. »Und nicht damit, dass …« Ja, was eigentlich? Mit was habe ich denn nicht gerechnet? Mein Herz setzt einen Schlag aus, während meine wirren Gefühle sich zu einem einzigen formieren und ich versuche, es in Worte zu fassen. Mit einem Mal sind meine Gedanken ganz klar. »Dass das hier für mich mehr als ein Deal ist.« Stille. Fassungslose Stille umgibt mich. Dan hat aufgehört zu atmen, und mir geht es ähnlich. Mir wird schlecht.

»Was?«

»Das ist für mich kein Spiel mehr.« Ganz leise dringt es über meine Lippen. »Und ich hasse es.« Tränen steigen mir in die Augen. Es sind die Worte, die ich mich bis jetzt nicht getraut habe, laut auszusprechen. Nicht einmal zu denken. Die ich so sehr verborgen habe, dass ich es selbst nicht realisieren wollte. Doch es ist wahr. Ich sehe in seine unergründlichen Augen, die noch dunkler sind als die Schwärze, die uns umgibt. Es geht mir nicht mehr nur um das Geld. Schon länger, gestehe ich mir ein. Mein Innerstes liegt nun verletzlich vor ihm, und ich gebe meine Deckung endgültig auf, als der Schmerz aus mir spricht. »Ich hasse es so sehr.«

Seine Lippen sind geöffnet, als wolle er etwas sagen, doch er bleibt stumm. Ich warte auf die Antwort. Auf irgendetwas, was mich nicht endgültig dem Sturm überlässt. Doch Dan schweigt. Draußen klingelt ein Timer, und johlende Rufe sind zu hören. Die Tür wird aufgerissen und Licht flutet den engen Schrank, lässt mich geblendet die Augen schließen. Dan steht immer noch perplex vor mir, vielleicht überrumpelt von der plötzlichen Helligkeit, vielleicht auch von meinem Ausbruch. Immer noch hüllt er sich in Schweigen. Und jetzt lächelt er, als wäre nichts von alledem gerade geschehen. Ich beiße die Zähne zusammen, um nicht von meinen Gefühlen übermannt zu werden, und steige, ohne einen Blick zurück, aus dem Schrank. Soll er doch denken, was er will. Soll er doch tun und lassen, was er will. Es ist mir gleichgültig.

Der Abend schreitet voran, immer mehr Alkohol fließt, und irgendwann wird eine kleine Party daraus. Wir tanzen wie in einem Club, große Kreise bilden sich, und immer eine von uns wird in die Mitte geschoben und die Bachelors stürzen sich mit uns ins Getümmel.

Seit unseren fünf Minuten im Schrank habe ich nichts mehr getrunken, keinen Tropfen mehr, denn wenn ich mich heute gehen lasse, wird es kein gutes Ende nehmen. Dafür haben aber einige andere eindeutig zu tief ins Glas gesehen. Die Atmosphäre war ohnehin schon aufgeheizt, vor allem nach meiner Schrankaktion, aber nun ist sie nur noch unberechenbar. Und ich erkenne ihn. Den Moment, in dem alles zu viel wird. Den, in dem aus friedlichem Kerzenschein plötzlich ein Großbrand wird. In dem aus lustigem Herumgealbere auf einmal etwas anderes wird. Emily jedenfalls ist plötzlich halb nackt und macht sich vor den Augen aller dermaßen an Siva ran, dass es nicht mehr witzig ist.

Die Stimmung schlägt um. Collin ist ganz verschwunden und Dan … wenn er weg ist, umso besser. Dann muss ich seinen Anblick nicht mehr ertragen. Ein Schrei durchbricht das Getümmel und jemand wird gegen mich geschubst. Emily und eine Blondine, von der ich glaube, dass sie Kimberly heißt, liegen auf dem Boden und rollen wie zwei kämpfende Hunde herum. Zunächst reagiert niemand. Wüste Beschimpfungen fliegen durch die Luft, verbinden sich zu einem schrillen Gebrüll. Ich zögere, dann haste ich auf die Blondine zu und packe sie an den Schultern, um sie von Emily herunterzuziehen, bevor sie ihr die Augen auskratzt. Ein Ellenbogen trifft mich und ich keuche auf, bekomme aber die Schultern der Blonden zu fassen und zerre sie grob nach hinten. Svea zieht ihrerseits Emily auf die Beine, um sie davon abzuhalten, sich erneut auf Kimberly zu stürzen.

»Lass mich sofort los!« Mit einem Hieb werde ich zur Seite gestoßen, doch ich weiche kaum zurück, halte sie stattdessen weiter am Arm. Ihre Augen sind gerötet und wirken, als hätte sie geweint.

»Du wirst es morgen bereuen, wenn du weitermachst«, zische ich leise, und sie presst daraufhin die Kiefer zusammen, will etwas erwidern, doch stattdessen rinnen Tränen ihre Wangen herunter.

»Misch dich bloß nicht ein, du falsche Schlange!« Emilys Schrei unterbricht mich, und die arme Svea weiß gar nicht, wie ihr geschieht, als Emily sich aus ihrem Griff reißt.

»Du sagst ihm ja nicht mal, dass du eine Tochter hast!« Natürlich ist in diesem Moment die Musik plötzlich leise und das Gesagte schlägt ein wie eine Bombe. Ich starre Svea entsetzt an, deren Gesichtszüge gänzlich entgleisen. Emily zeigt anklagend auf meine Freundin. »Sie telefoniert jeden Tag mit ihr und erzählt es ihm nicht einmal! Sie ist nur wegen des Geldes hier!«

»Ich bin nicht …«, stottert Svea, bekommt kaum einen Ton heraus, so sehr steht sie unter Schock.

»Wie kannst du etwas Derartiges vor ihm geheim halten! Denkst du, du kommst damit durch?« Emily brüllt so laut, dass der ganze Raum wie erstarrt innehält und die Blicke abwechselnd zu Svea und Emily huschen. Ich streiche wie beiläufig mit dem Zeigefinger über meine Nase. Kalt. Sie ist kalt. Ich atme tief durch, dann lasse ich Kimberly los und baue mich vor Emily auf.

»Es ist ganz allein ihre Sache, ob und wann sie es erzählt! Und wenn es für sie bisher nicht den richtigen Zeitpunkt gab, dann hast du dich da rauszuhalten!« Svea ist kreidebleich geworden und ich sehe, wie sich Tränen in ihren Augen sammeln. Ich werfe Emily einen Todesblick zu und ziehe meine Freundin mit mir aus dem Raum, wo sie schließlich haltlos zu schluchzen beginnt. Kameras folgen uns, beobachten, wie ich sie in den Arm nehme, allerdings weiter entfernt. Und netterweise werden wir auch erst mal mit Interviews verschont. Ich drücke Svea fest an mich, während drinnen der Streit erst so richtig entbrennt und ich Emilys Keifen höre. Sveas Locken kitzeln an meiner Nase, und ich muss mir ein Niesen verkneifen.

»Es tut mir so leid.« Vorsichtig streiche ich über ihre Schulter.

»Ich habe es niemandem gesagt, weil ich auf das Einzel-Date warten wollte.«

»Das verstehe ich«, murmele ich und rede beruhigend auf sie ein.

»Ist alles okay?« Siva erscheint hinter uns, und Svea reibt sich eilig mit dem Ärmel ihres Pullovers über die Augen, wobei sie ihre Mascara verwischt. Der Bachelor tritt auf sie zu und legt sanft eine große Hand auf ihre Schulter.

»Willst du reden?«

Svea bekommt ein kleines Nicken zustande, ehe noch mehr Tränen ihre Wangen hinunterkullern. Ich vergewissere mich mit einem prüfenden Blick, ob sie damit einverstanden ist, allein mit Siva zu sein, oder ob ich lieber bei ihr bleiben soll. Doch sie schenkt mir ein schwaches Lächeln, das ich als ein Okay werte, und ich verschwinde diskret in das angrenzende Zimmer, damit die beiden ungestört sind. Siva verhält sich Svea gegenüber so unglaublich süß, dass er mir immer sympathischer wird. Vielleicht passen die beiden wirklich gut zusammen. Lewis folgt mir in den Raum und winkt mich zu sich her.

»Wenn du möchtest, können wir morgen ein Interview wegen des Schranks aufnehmen.« Röte schießt ihm ins Gesicht. »Nicht dass es schlimm gewesen wäre, aber die anderen sind ziemlich sauer deswegen, und dann könntest du dich erklären.« Wärme durchströmt mich angesichts seines Angebots.

»Danke, Lewis«, sage ich leise. Anscheinend wollen es einem doch nicht alle in der Show schwer machen.

20. Kapitel

»Es war das Beste, sie gehen zu lassen. Ihr Verhalten hat mir gezeigt, dass sie jemand ist, mit dem ich mich nicht zusammen sehe.«
– Siva, 28

Am nächsten Tag bin ich mir zuerst nicht sicher, ob ich das nicht alles nur geträumt habe. Emilys Rausschmiss, Sveas Tochter, Dan … all das wummert in meinem Kopf, setzt sich schwammig zusammen, als wären die Erinnerungen an den gestrigen Abend nur bruchstückhaft. Ich rappele mich im Bett auf, fahre mir durch die verwuschelten Haare, in denen an den Spitzen lose ein Haargummi baumelt. Mein Handy ist vollgeladen und ich checke schnell die eingegangenen Nachrichten von Amber und Merve. Merve geht es zum Glück wieder besser. Die Behandlung schlägt an, und die Nebenwirkungen sind zurückgegangen. Eine Welle der Erleichterung überkommt mich, als ich ihre ausführliche Nachricht lese.

Die anderen Frauen schlafen noch, und so schleiche ich vorsichtig mit meiner Kleidung für den Tag aus dem Zimmer, um mir in Ruhe eine heiße Dusche zu genehmigen. Danach kann ich das Interview mit Lewis aufnehmen und mir überlegen, wie ich mich am besten entschuldige.

Wir sind nun noch zu fünft. April, Taysha, Kayla, Britt und ich. Und sosehr ich es auch anfangs verdrängt habe, sie sind mir allmählich doch ans Herz gewachsen. Das schlechte Gewissen nagt an mir, weil ich gestern so ausgerastet bin, obwohl es eigentlich meine Schuld ist. Dan und ich hintergehen sie. *Ich* hintergehe sie. Jede Einzelne von ihnen, denn während sie wirklich bangen müssen, vielleicht sogar hoffen, dass sie mit Dan glücklich werden, weiß ich, dass keine von ihnen diejenige sein wird, die übrig bleibt. Und ich komme mir gemein dabei vor. Ich weiß, dass einige bestimmt gut schauspielern können und das Geld bisher die Gefühle überwiegt, dennoch, bei April bin ich mir beinahe sicher, dass sie echte Gefühle für Dan entwickelt. Die Einzigen, an denen ich zweifele, weil sie mir fast ein wenig zu offensiv vorgehen, sind Taysha und Britt. Aber vielleicht zweifeln die anderen auch alle an mir.

Vielleicht bin ich ihnen zu offensiv. Ich habe Dan gesagt, dass ich Gefühle für ihn habe, oder sie zumindest entwickele, und er hat mich abblitzen lassen. Sosehr ich es auch verdrängen will, es hat mich verletzt. Ich habe ihm offenbart, was ich für ihn empfinde, habe meine Mauern in seiner Gegenwart Stück für Stück abgebaut und gestern in diesem Gefühlschaos völlig eingerissen. Es war ein Fehler, das weiß ich jetzt. Aber vielleicht war es auch notwendig, um mir selbst darüber klar zu werden, wie ich wirklich fühle. Um es mir selbst einzugestehen, was mein Herz längst wusste. Und nun würde ich Dan am liebsten schon wieder meiden, weil es mir unangenehm ist, ihm unter die Augen zu treten. Aber ich darf es nicht. Ich muss mich dem stellen, auch wenn er nicht so empfindet wie ich. Und vielleicht kann ich ja ein wenig nachforschen, wer der anderen es ernst meint, sodass er wenigstens die richtigen rausschmeißen kann. Aber was wäre schon richtig oder falsch? Entweder er zieht jemanden vor, der wegen ihm hier ist, riskiert damit aber auch, diese Person umso mehr zu verletzen, oder er schmeißt jemanden früher raus, den er eigentlich mag, aber hat es dafür am Ende leichter. Vielleicht wäre es also besser, wenn er sie zuerst rausschmeißt, um es nicht unnötig kompliziert zu machen. Und wie stehe ich selbst eigentlich zu all dem? Ich horche in mich hinein, um eines der Gefühle zu greifen, doch sie entgleiten mir immer wieder.

Nachdem ich Frühstück gemacht und den Tisch gedeckt habe, mache ich mich auf den Weg nach draußen, um mich mit Lewis zu treffen. Er wartet bereits mit seiner Kamera vor der großen Hütte der Zeremonien und winkt mir zu. Seine Haare wirken im Kontrast zu der verschneiten Umgebung feuerrot und seine Sommersprossen leuchten.

»Ich hoffe, du hast gut geschlafen«, begrüßt er mich, und ich nicke.

»Seltsamerweise ja.« Er nimmt ein Stativ aus einer Tasche und beginnt es aufzubauen, während ich in Gedanken durchgehe, was ich sagen wollte. *Ich bereue es … es war nicht richtig von mir …*

solche Worte muss ich verwenden, das kommt im Fernsehen besser. Vielleicht auch etwas wie: *Ich hätte nicht so unüberlegt handeln dürfen.*

»Ich würde sagen, dass ich dir wie gewohnt Fragen stelle.« Er dreht die Kamera zu mir hin. »Näher an die Wand.« Ich komme seiner Aufforderung nach und rücke näher an die Fassade des Gebäudes, bis ich das Holz in meinem Rücken spüren kann. »Danke.« Lewis drückt einige Knöpfe und prüft das Mikrofon um meinen Hals.

»Okay, es geht los.« Ein leises Klicken ertönt, als er den Aufnahmeknopf betätigt. »Wie sind deine Gedanken zum gestrigen Abend?« Ich kaue auf der Innenseite meiner Wange herum, warte, ehe ich dieses Mal direkt in die Linse sehe. *Überreagiert! Überreagiert!*

»Ich habe gestern überreagiert, und das tut mir leid.« Ich setze einen reumütigen Gesichtsausdruck auf und warte auf weitere Fragen, weil ich nicht zu voreilig erzählen will, was vorgefallen ist.

»Wieso hast du denn so gehandelt?«

»Ich habe Taysha angefahren, weil sie ihren Hintern nicht bei sich behalten konnte und ihn unter Dans Nase gerieben hat. Da hätte sie auch gleich …« Ein Kichern dringt aus Lewis' Kehle und ich stutze. Ach ja, ich wollte ja reumütig sein.

»Okay, stopp. Von vorn und anderer Winkel. Du sollst ja danach gut dastehen und nicht wie die böse Stiefmutter aus Schneewittchen wirken.« Ich verstumme. Diese Szene von Taysha und Dan muss ich aus meinem Gedächtnis streichen. Ein für alle Mal. Sie darf mich nicht beeinflussen. Das ist Fernsehen, und meine verwirrten Gefühle haben hier keinen Platz. Also alles auf Anfang.

»Gestern Abend habe ich komplett überreagiert, und es war kindisch von mir, Taysha so anzugehen, weil es für mich wirkte, als würde sie sich vor aller Augen an Dan heranmachen.« So. Mehr bekomme ich aber nicht mehr dazu raus. Lewis' Stiefelspitze zuckt im Schnee auf und ab. »Ich war eifersüchtig und habe deswegen nicht nachgedacht.« Immer noch wackelt der Fuß. Noch mehr?

»Und was war das mit dem Wandschrank?«

Ach ja, der Wandschrank.

»Auch die Idee war übertrieben. Es ist aber nichts passiert und wir haben uns nur gestritten.« Hätte ich das lieber verschweigen sollen?

Doch mein Mund plappert schon weiter. »Weil ich zu emotional war. Also muss ich sowieso erst einmal wieder zusehen, wie ich das geradebiege.« Und das muss ich wirklich.

»Das war schon besser. Vielleicht noch mal ein bis zwei Takes, zur Sicherheit?« Lewis lächelt mir aufmunternd zu und ich lächele zurück. Ich konnte Dan gestern nicht einmal sagen, dass ich ihm auch wegen Merve und meines schlechten Gewissens aus dem Weg gegangen bin. Vielleicht wäre es dann anders gewesen.

Nach dem Interview kehre ich zurück in die Hütte. Es ist immer noch still und die anderen scheinen noch zu schlafen. Ich ziehe meine Stiefel aus und will gerade meine Jacke und meinen grünen Schal an den Haken der Garderobe hängen, als ich aus dem Augenwinkel einen lilafarbenen Umschlag auf einer kleinen Ablage im Flur bemerke. Schnell greife ich danach und berühre ehrfürchtig die glatte Oberfläche. Es ist die allererste *Datecard*, die *ich* finde. Aufregung überkommt mich, läuft in warmen Schauern meine Wirbelsäule hinab bis zu den Fußspitzen, die in dicken Wuschelsocken stecken. Ich laufe zur Treppe und recke mich nach oben, sodass die anderen mich hören können. Die schmalen, hellen Holzbretter knarzen, als ich meinen Ellenbogen darauf stütze.

»Datecaaard!« Meinem Ruf folgen zunächst keine Reaktionen, dann höre ich es rascheln und rumoren und kurze Zeit später tappen die ersten in Morgenmäntel gehüllten Gestalten nach unten. Die Kameramänner haben sich in den hinteren Teil des Flures zurückgezogen und filmen die Verkündung. Bei zwei Frauen sehe ich bereits die Mikros, die anderen beiden haben sie wohl auf die Schnelle vergessen. Als alle vier sich um mich versammelt haben, öffne ich vorsichtig den Brief und hole die cremefarbene Karte heraus.

»Lasst uns ein Team werden«, lese ich die schnörkelige Überschrift der Karte laut vor.

»Ein Gruppen-Date!« Kayla tänzelt aufgeregt auf der Stelle.

»Britt.« Ich beginne, einen Namen nach dem anderen vorzulesen, und sehe jeden dabei an.

»Taysha.« Ich sehe, wie Letztere fast enttäuscht wirkt. So als hätte sie sich nach ihrem Einzel-Date ein weiteres erhofft. Ich stutze, als ich nur noch einen weiteren Namen entdecke. Mein Herz klopft schneller, als ich die Karte weiter herausziehe.

»Und ich.« Ich hebe die Hand in die Luft, um meine Freude auszudrücken, über die ich mir noch nicht ganz sicher bin, ob ich sie wirklich empfinde. Die gerunzelte Stirn der anderen lässt mich innehalten.

»Was?«, frage ich und ahne schon, dass es ein schlechtes Zeichen ist, dass April und Kayla nicht genannt wurden.

»Wenn nur wir beide übrig sind«, Kayla deutet auf sich selbst und auf April, die ganz blass um die Nase geworden ist, »dann haben wir entweder Glück und bekommen beide ein Einzel-Date …«

»… oder es wird ein Versus-Date.« April fährt sich missmutig durch die Haare. Man kann den beiden ihre Unsicherheit deutlich ansehen, und ich krame in meinem Gedächtnis danach, wieso ein Versus-Date noch mal so schlimm ist, aber dann fällt mir ein, dass diese Dates so ausgelegt sind, dass eine der beiden Kandidatinnen am Ende des Dates die Show verlassen muss. Cassie hat mir dazu erklärt, dass der Bachelor häufig diejenigen dafür auswählt, bei denen er sich nicht ganz sicher ist, entweder weil sie sich sehr ähneln oder weil er noch keinen direkten Bezug zu ihnen gefunden hat. Beides bedeutet im Klartext, man ist Wackelkandidatin.

Als die kleine Runde sich auflöst und wir frühstücken gehen, hängt die trübe Stimmung wie eine Gewitterwolke über uns. Denn auch ich habe Angst, dass April gehen muss.

Das Bad ist wieder ewig besetzt, und ich schaffe es gerade noch, mir Mascara aufzutragen, als auch schon die Limousine kommt, um uns abzuholen. Es ist nun Anfang Dezember, die Temperaturen sind noch weiter gesunken und es ist unverkennbar, dass die Weihnachtszeit begonnen hat. Nachdem wir uns etwas beruhigt haben und jede für sich selbst entschieden hat, dass es keine gute Idee ist, schlecht gelaunt beim Date aufzukreuzen, trällern wir zu *Last Christmas* und *Underneath the Tree*. Obwohl wir schrecklich schief singen, verzieht der Fahrer keine Miene. Dieses Mal geht es ein ganzes Stück über verschneite Straßen und Waldwege, bis wir endlich bei einer stark befahrenen Straße ankommen.

»Vielleicht besichtigen wir einen Gletscher?« Taysha dreht sich zu uns um. Ihre dunklen Augen leuchten. Beim Gedanken daran wird mir ein wenig mulmig. Zu viele Erinnerungen hängen an dem Wort Gletscher. Ich kann Dans Lippen förmlich noch auf meinen spüren, ganz sanft, dann fordernder. Dieses prickelnde Gefühl, das jede Faser meines Körpers erfasst hat … und dennoch. Auch den Schock danach habe ich noch zu gut in Erinnerung, um es zu vergessen. Und die Enttäuschung über seine ausbleibende Reaktion. Ob es seltsam sein wird, Dan wiederzusehen, nach dem, was passiert ist? Ob ich ihm aus dem Weg gehen sollte? Ich greife in meine Jackentasche und umklammere den roten Lippenstift, den ich eingepackt habe. Für alle Fälle.

Die Fahrt endet vor einem großen Gebäude, und als ich aus der Limousine aussteige, höre ich bereits das Bellen von Hunden.

Hundeschlittentouren, steht groß auf einem hölzernen Schild vor dem Eingang. Dan steht direkt davor, neben ihm eine Frau und ein Husky, der sich an die Beine des Bachelors schmiegt. Ich wollte auch immer einen Hund haben, aber meine Eltern hätten das nie erlaubt, und der alte Golden Retriever meiner Großeltern ist leider einige Jahre vor ihnen gestorben. Er hieß Pat und konnte zu jeder Zeit an jedem Ort schlafen.

Als Dan uns bemerkt, kommt er, begleitet von dem Husky und der kleinen drahtigen Frau, auf uns zu.

»Ich hoffe, es hat niemand Angst vor Hunden.« Sein Grinsen ist so ansteckend, dass ich unwillkürlich schmunzele. Dieses Date war bestimmt keine Idee der Crew, er hat es sich selbst ausgesucht.

»Denn heute werden wir eine kleine Hundeschlittentour machen! Und Abbie«, er nickt hinüber zu der kleinen Frau, «wird uns in diesen für Alaska sehr wichtigen Sport einweisen.«

Bevor wir aber mehr darüber erfahren, werden wir erst einmal herumgeführt. Der Hof ist nämlich nicht nur der Startpunkt für viele geführte, oft mehrtägige Touren, sondern auch eine eigene Huskyzucht. Eine Hündin hat gerade Welpen bekommen, und diese dürfen wir uns ansehen. Wir betreten eine Scheune, die außen mit dunklem Holz verkleidet ist. Einige Strohballen liegen aufgestapelt in einer Ecke, ansonsten wird das Gebäude aber augenscheinlich mehr als Stauraum genutzt. Neben den Strohballen befindet sich ein kleiner Holzverschlag, hinter dessen Balken leises Fiepen ertönt. Vorsichtig spähe ich über den Rand und kann mir ein Aufseufzen nicht verkneifen.

In der Box liegt eine hübsche grau-weiße Hündin mit sechs kleinen Welpen. Die Augen der kleinen flauschigen Wesen sind noch geschlossen und die Mutter sieht skeptisch zu uns auf, als gleich vier fremde Gesichter sich über sie beugen. Doch die Hündin ist so friedlich, dass sie es bei dem Blick belässt und sich ansonsten ruhig verhält.

Dan stellt sich hinter mich, so nah, dass ich seine Wärme spüren kann, die sich langsam auf mich überträgt.

»Wir müssen reden«, flüstert er in mein Ohr. So dicht und so leise, dass es kitzelt. Ich zucke zusammen und drehe mich so unauffällig wie möglich zu ihm um. Es war klug, es hier im Getümmel der anderen zu flüstern, sodass es rein theoretisch wirken könnte, als hätte er nur versucht, einen besseren Blick auf die Welpen zu erhaschen, dennoch ist es riskant. Zumindest, wenn ich nicht die richtige Antwort parat habe. Deswegen grinse ich ihn nur an.

»Heute hast du keinen grauen Schal an.«

»Ich hab, ehrlich gesagt, auf die roten Lippen gesetzt.« Er sagt es immer noch leise. Letzteres geht in seinem grummelnden Kichern unter. Wir sehen uns in die Augen, nur einen kurzen Moment, doch es reicht aus, um zu besiegeln, dass wir uns definitiv treffen müssen. Bald. Mein Herz macht einen Sprung. Ich habe Angst vor diesem Gespräch, aber dann sehe ich die Dinge vielleicht wieder klarer. Und mir ist die unschöne Wahrheit lieber als eine hübsche Lüge.

Wir werden weiter durch das Gebäude geführt, kommen an den Zwingern der Schlittenhunde vorbei, die mich ein wenig an einen großen Paddock erinnern. Trotz der Größe scheint es für die Huskys zu wenig Auslauf zu sein. Einer der Hunde kommt angelaufen, als Abbie einen leisen Pfiff durch die Zähne ausstößt.

»Das ist Ewa, die Leithündin.« Sie krault das schöne Tier hinter den Ohren. »Sie gibt das Tempo vor und führt die Befehle der *Musher* aus.« *Musher* sind die Hundeführer, die den Schlitten lenken. Abbie erklärt, dass die vier klassischen Schlittenhunderassen der Grönlandhund, der Alaskan Malamute, der Siberian Husky und der Samojede sind. Bei Letzterem zeigt sie auf einen hübschen weißen Fellberg am Ende des Zwingers. »Bei kurzen Rennen können die Hunde eine Durchschnittsgeschwindigkeit von bis zu fünfundzwanzig Meilen pro Stunde erreichen. Auf lange Distanzen, wie zum Beispiel dem *Iditarod*, sind es immerhin noch knapp vierzehn.«

Ich bin schwer beeindruckt von den Fähigkeiten dieser Tiere. Vor allem, dass sie offenbar auch noch Spaß daran haben und dieses Laufen brauchen. Jedes Jahr startet am ersten Samstag im März das große *Iditarod*-Rennen, das längste Hundeschlittenrennen, und auch die Leute auf diesem Gut bereiten sich darauf vor. Ich erinnere mich an die Statue von Balto, die ich vom Helikopter aus gesehen habe, und nicke eifrig, als Abbie weitererzählt.

Jedes Team besteht aus zwölf bis sechzehn Hunden. Eine unglaublich hohe Zahl, wie ich finde, aber das scheint gang und gäbe zu sein. Insgesamt bewältigen die Teams über 1100 Meilen, die sie vor einige Herausforderungen stellen, unter anderem führen sie über zugefrorene Flüsse, Gebirgszüge und auch offene, eisige Küstengebiete. Wir begeben uns zu einem Zwinger, in dem sich acht Hunde befinden, sechs Huskys und zwei größere, etwas kräftigere Tiere, zu denen uns erklärt wird, dass es Alaskan Malamutes sind. Der Leithund ist hier ein schmal gebauter Husky, der uns neugierig beobachtet und freudig auf der Stelle tänzelt, als der Zwinger geöffnet wird und die Tiere hinausdürfen. Sie werden auf den Hof geführt, wo ein Schlitten bereitsteht. Dann legt Abbie ihnen Geschirre an. Es sind so dünne Leinen, dass ich mich frage, ob sie die Hunde wirklich halten können, aber sie sind aus einer Nylonfaser gefertigt und stabiler, als sie aussehen.

Abbie redet den Hunden gut zu, während sich Dan als Erster auf den Schlitten stellt. Wir nehmen auf einer Holzbank vor dem Gebäude Platz und beobachten das Schauspiel. Eine junge Frau bringt uns heiße Schokolade, ein paar Spekulatiuskekse und Lebkuchen, damit wir die Zeit gut aushalten können, bis Dan von seinem Ausflug zurück ist und wir nach und nach in den Genuss des Hundeschlittenfahrens kommen dürfen. Es ist definitiv ein Date nach meinem Geschmack. Die Kameras filmen uns beim Small Talk, und obwohl die Anspannung deutlich die fröhliche Stimmung niederringt, wagt es niemand, den Schein zu zerstören. Es fallen belanglose Bemerkungen über das Wetter, die Kälte, die Landschaft und die Hunde.

Als ein fernes Rufen ertönt, wird das Geplänkel sofort fallen gelassen und wir fiebern der Ankunft des Bachelors entgegen. Dan steigt vom Schlitten, die Hunde hecheln, allerdings nicht erschöpft, sondern eher erwartungsvoll. Er winkt mir zu. Ich stehe auf und verlasse die Gruppe, um als Nächstes auf den Schlitten zu steigen.

»Du wirst es mögen«, verspricht er, als wir aneinander vorbeigehen. Seine Wangen sind gerötet, lassen ihn jungenhafter wirken, und als er weitergeht, streift er meine Hand. Beiläufig, als sei es aus Versehen passiert. Die Berührung jagt in kleinen Blitzen über meinen Rücken, und mein Herz grollt wie Donner in meiner Brust.

»Ich hoffe doch.« Ich grinse schief und gehe schnell zu Abbie, die mich einweist. Die Hunde stehen beängstigend still vor mir, es wirkt, als verharren sie nur so ruhig, um im nächsten Moment loszuschießen. Ein Kaltstart ohne Vorwarnung. Bei genauerem Hinsehen erkenne ich jedoch, dass eine kleine Hündin in der zweiten Reihe immer wieder mit dem Bein zuckt. Mir geht es ähnlich, ich stehe direkt vor dem *Musher* auf den Trittbrettern des Schlittens, die Hände fest um die Lenkstange gekrallt, und mein rechter Fuß zuckt nervös.

»Achtung, es geht los!« Abbie gibt das Startkommando und der Schlitten wird mit einem Ruck angezogen. Ich kippe nach hinten, fange mich wieder und positioniere meine Füße neu, um besseren Stand zu haben. Die Kufen schießen durch den Schnee wie Pfeile, geschmeidig, lautlos, und die Hunde ziehen kräftiger an, nehmen an Tempo auf.

»Wir fahren nur eine Kurzstrecke, deswegen können sie sich so richtig auspowern«, ruft Abbie mir zu, dicht gefolgt von einem »*Gee!*« Und der Leithund drängt sichtlich nach rechts.

»Bedeutet das die Richtung?« Meine Stimme durchschneidet nur mit Mühe den Fahrtwind, der mir ins Gesicht schlägt. Vereinzelte Haarsträhnen peitschen auf meine Wangen nieder.

»Genau. *Gee* bedeutet rechts und *Haw* steht für links.«

Ich verfolge gebannt die hechelnden Hunde vor mir. Sie wirken wie ein Wolfsrudel auf Beutezug, ungestüm und gänzlich in ihrem Element. Als würde es nichts anderes für sie geben als Rennen. Als Strecke. Als Freiheit. Abbie gibt immer wieder Befehle, die der Leithund sofort umsetzt, und schließlich darf auch ich einmal rufen und so die Lenkung übernehmen. Meile um Meile, so kommt es mir vor, lassen wir hinter uns, sausen über den glitzernden Schnee. Es ist anstrengend, sich festzuklammern, die Balance zu halten, wenn eine Bodenwelle eine Seite des Schlittens nach oben drückt, aber es macht unheimlich Spaß. Freude durchfährt meine Glieder, drängt sich bis zu meiner Kehle vor, wo ich dem Druck nachgebe und ihr mit einem lauten Jauchzen Ausdruck verleihe. Niemals in meinem Leben hätte ich gedacht, dass ich einmal auf einem Hundeschlitten fahren würde. Und auch nicht, dass es mich so glücklich machen würde.

21. Kapitel

»Das war wie eine Kurzschlussreaktion. Zack, Bumm, Gehirn aus, und dann, na ja, steht man plötzlich auf dem Toilettendeckel.«
– Dan, 27

Viel zu schnell sind wir wieder bei den anderen und Britt darf ihre Fahrt beginnen, während ich mich zu Dan und Taysha geselle. Als ich hinzustoße, komme ich mir wie ein Eindringling vor.

»Es muss so beeindruckend sein!«, sagt Taysha gerade und scheint damit die Hunde zu meinen.

»Das ist es wirklich.« Ich strahle über das ganze Gesicht. »Also, falls du vom Schlittenfahren redest.« Dan schenkt mir ein warmes Lächeln, sichtlich zufrieden damit, dass seine Wahl der Date-Location so gut angekommen ist. Wir unterhalten uns noch ein wenig über das berühmte *Yukon-Quest*-Rennen, das mit dem Iditarod konkurriert und als härtestes Hundeschlittenrennen gilt, bis auch Britt und Taysha ihre Fahrt beendet haben. Dann gehen wir in das ans Hauptgebäude angrenzende Café, um Kuchen zu essen. Die gemütliche Einrichtung und der mit einem Schild gekennzeichnete Stammtisch erinnern mich an die typischen Lokale eines Sportclubs. Wir lassen uns am Fenster nieder, von wo aus wir einen guten Blick auf die Hundeschlitten haben, die weiter ihre Runden drehen. Nach einem Blick auf die Karte bestelle ich eine Schokoladentorte, und nach kurzem Überlegen tut Taysha es mir gleich.

»Sie sieht einfach zu köstlich aus.« Sie reibt sich die Hände in ungehemmter Vorfreude und ich grinse sie breit an. Während Dan und Britt einen Hefezopf essen, genießen Taysha und ich die schokoladige Creme. Beim vorletzten Bissen passe ich nicht auf. Ein Stück der Creme löst sich und fällt mit einem leisen Platschgeräusch auf meine Hose.

»Ich, ähm, mache das mal schnell weg.« Hastig schiebe ich den Stuhl zurück und stehe auf. Keine Kamera folgt mir, als ich die Tür der Damentoilette hinter mir schließe. Ich schiebe den Schalter des Mikrofons aus, das an meinem Pullover befestigt ist und von dort aus nach hinten über meinen Rücken verläuft. Der Raum besteht nur aus zwei Kabinen und einem runden Waschbecken mit einem Handtuchspender daneben. Ich drehe den Hahn auf, nehme eines der Tücher zum Abtrocknen aus dem Spender und halte es unter das kühle Wasser, ehe ich damit an meiner Jeans herumwische und versuche, den Fleck wegzuscheuern. Es würde mich bei dem Stress, dem ich momentan ausgesetzt bin, nicht wundern, wenn ich bald Haarausfall bekäme. Die Bläschen an meinen Fingern habe ich jedenfalls schon bemerkt. Schritte ertönen und die Tür geht auf. Ich werfe einen Blick über die Schulter, nur um erschrocken innezuhalten. Dan steht hinter mir. In der Damentoilette.

»Du …«

»Sssht!« Er hebt den Zeigefinger, bevor ich reagieren kann, und greift in seine Tasche. *Um das Mikro auszuschalten?* Dann lässt er die Hand sinken.

»Das ist gar nicht gruselig oder so«, empöre ich mich im Flüsterton und schmeiße das Papierhandtuch in den Mülleimer. Der Fleck ist immerhin halbwegs weggegangen, den Rest wird die Waschmaschine erledigen. Ich trockne meine Hände an der Hose ab, wo sie dunkle, feuchte Abdrücke hinterlassen.

»Ich musste doch schneller mit dir reden als gedacht.« Dan grinst, tritt näher an mich heran. Seine Präsenz nimmt beinahe den ganzen Vorraum ein, und ich bin so überfordert, dass ich einen Moment lang einfach nur dastehe und ihn anstarre wie eine Robbe mit Elchgeweih.

»Okay.« Ich bin so verwirrt, dass ich stottere. »Aber das hätte doch auch warten können, du kannst doch nicht einfach hier hereinkommen.« Ich wispere es, habe Angst, dass man uns hört, Angst davor, was ich vielleicht sage. Er kommt noch näher, wirkt selbst unsicher, als würde er soeben erst darüber nachdenken, was er da eigentlich tut.

»Ich …«, beginnt er. Draußen ertönen Schritte, bleiben vor der Tür stehen. O nein, nicht jetzt! Ich handle geistesgegenwärtig und schiebe Dan in die nächste Kabine, springe hinterher und schließe die Tür hinter uns ab. Verdutzt steht er vor mir in der winzig kleinen Toilette. Ich keine fünf Zentimeter von ihm entfernt. So nah, dass ich mir einbilde, seinen Herzschlag hören zu können.

»Eyla, ich …« Die Art, wie er meinen Namen ausspricht, schickt kleine Wellen der Aufregung durch meinen Brustkorb, hinterlässt eine zarte Gänsehaut auf meinen Armen. Ich lausche, und bevor er weitersprechen kann, wird die Klinke nach unten gedrückt.

»Rauf!«, zische ich, und Dan klettert mit einem entgeisterten Blick auf die Klobrille. Wäre dieser Moment nicht so brenzlig, sollte man uns erwischen, hätte ich nun schallend gelacht. Es sieht einfach zu lustig aus, wie er dasteht, den Kopf eingezogen, sodass er nicht über den Rand der Kabine hinaus zu sehen ist. Ich selbst bleibe unten stehen und nur meine Stiefel sind von außen sichtbar. Kaum einen Moment später geht die Tür auf, und an den schweren, bedachten Schritten erkenne ich, dass es eine Person mit Kamera ist.

»Ist alles in Ordnung?«, fragt eine männliche Stimme. Lewis. Was haben die Männer denn heute mit der Damentoilette? Ich überlege fieberhaft, dann hauche ich ein gequältes »Ja«.

»Sicher?« Lewis ist anscheinend am Eingang stehen geblieben, die Tür noch geöffnet.

»Mir ist nur etwas schlecht von der vielen Schokolade.« Die Lüge geht mir leichter über die Lippen als gedacht. Dan will sich zu mir herunterbeugen, um etwas zu sagen, verliert dabei den Halt und fällt beinahe von der Toilette herunter. Ich schaffe es gerade noch, ihn an seiner Hose festzuhalten.

»Ich glaube, ich habe sie zu schnell gegessen. Ich komme gleich wieder.« Meine Stimme klingt schrill, als ich versuche, das laute *Klonk* irgendwie zu übertönen, das erklingt, als Dan die Klobrille verrutscht. Lewis scheint nicht überzeugt.

»Wirklich. Es ist alles okay. Ich weiß nur noch nicht ganz, ob ich mich übergeben muss.« Dieses Mal versuche ich es noch nachdrücklicher zu sagen. »Manchmal habe ich ein Problem mit Laktose.«

»Oder mit einem Bachelor, der nicht nachdenkt«, flüstert Dan an meinem Ohr. Ich kann mir ein Kichern gerade noch verkneifen. *Und der sein Gleichgewicht nicht halten kann.*

»Wenn du Hilfe brauchst, melde dich.« Lewis verlässt den Toilettenraum wieder, und als die Tür sich schließt, atmet Dan laut hörbar auf.

»Mein Rücken!«, jammert er, als er wieder heil von seinem Posten heruntergestiegen ist. Ich lehne mich gegen die Wand der Kabine und verschränke die Arme vor der Brust. Mein Mitleid für ihn hält sich in Grenzen. Das hätte gerade auch ziemlich ins Auge gehen können. Und zudem musste ich noch meine Schokoladentorte verleugnen.

»Wenn man auch ohne einen Plan hinterherläuft, dann …« Ich werde mitten im Satz unterbrochen, weil ich plötzlich seinen Atem auf meiner Haut spüre, auf meinem Kinn, meinen Lippen.

»Ich hatte einen Plan.« Seine Stimme ist eine Nuance dunkler geworden, und als er seine Hände neben meinem Kopf an die Wand stützt, verliere ich beinahe den Verstand. »Für mich ist das auch mehr als ein Deal.«

Es dauert ein paar Sekunden, bis die Bedeutung seiner Worte zu mir durchdringt, bis ich begreife, was er gesagt hat. »Aber im Schrank hast du nichts gesagt.« Perplex sehe ich zu ihm auf. »Wieso?«

»Ich habe einfach nicht damit gerechnet, dass du … also, dass du …« Dan gerät ins Stammeln. »Ich habe nicht gedacht, dass du wirklich so empfindest. Die ganze Zeit habe ich mir eingeredet, dass du nur wegen der Abmachung dabei bist, und habe versucht mich zurückzuhalten, um dich nicht zu vergraulen, wenn du wüsstest, dass ich es mir wirklich …«, er kommt noch näher, unsere Nasenspitzen berühren sich leicht, elektrisieren mich an Ort und Stelle, »… wirklich vorstellen könnte.«

Ich schlucke, bin zu überwältigt, um einen klaren Gedanken zu fassen. Mein Herz hämmert in meiner Brust, beschleunigt meinen Atem.

Küss mich, denke ich und ich spreche es aus, bevor ich darüber nachdenken kann. Ein Lächeln legt sich auf Dans Mund, bevor seine Lippen meine berühren. Und dann küssen wir uns. Mitten in der Kabine der Damentoilette. Sanft, federleicht, leidenschaftlich, und ich werde in einen Strudel aus Empfindungen gerissen, von denen ich nicht wusste, dass ich sie fühlen kann.

Nervöser als beabsichtigt stehe ich mit den anderen vor der Limousine, die uns zurückbringen soll. Unsere Zeit in der Toilettenkabine ist zum Glück nicht aufgefallen, nachdem Dan aus dem Fenster geklettert und durch einen anderen Eingang wieder nach drinnen kam. Nichts war uns anzumerken, ich habe so getan, als sei mir noch schlecht wegen der Schokoladentorte, und jeden weiteren Bissen Kuchen verweigert. Allerdings hätte ich wirklich kein weiteres Stück essen können. Ich bin zu aufgewühlt. Ob Dan mich bitten wird, länger zu bleiben? Immerhin wollten wir noch mehr miteinander reden. Es würde sich also anbieten, und er hat gesagt, dass er genauso fühlt.

Allein bei der Erinnerung daran spüre ich ein Flattern im Bauch wie von Hunderten kleinen Kolibris. Die Flügel schlagen gegen die Wände meines Inneren, bringen die Luft zum Schwingen, und ein breites Grinsen schleicht sich auf mein Gesicht. Dan steht mir gegenüber, sein Blick schweift über Taysha und Britt, die neben mir stehen, und verharrt schließlich auf mir, dann springt er zurück.

»Britt, würdest du mich heute Abend zum Dinner begleiten?«

Ich schnappe nach Luft und bittere Enttäuschung macht sich in mir breit. Die Kolibris in mir erleiden einen Schock und hören auf herumzufliegen. Dieser Rückschlag hat sie vom Himmel geholt. Von Wolke sieben zurück auf den Boden der Tatsachen gebracht. Erst küsst er mich, und dann lädt er Britt zum Dinner ein? Das ist doch nicht sein Ernst! Ich komme mir vor, als hätte Dan mir einen Stoß verpasst. Britt? Wieso um alles in der Welt Britt? Aber vermutlich hat er recht, es wäre zu auffällig gewesen, mich zum Date einzuladen. Dennoch, der scharfe Geschmack, von dem ich nun mit Sicherheit weiß, dass es Eifersucht ist, sitzt mir im Rachen und breitet sich nach und nach auf meiner Zunge aus.

»Wie fühlst du dich jetzt?«, werde ich gefragt und schrecke aus meinen Gedanken hoch. Die Kamera ist auf mich gerichtet und ich sehe direkt in das schwarze Loch der Linse.

»Ich fühle mich versetzt.« Egal wie sehr ich es versuche, ich kann den Ärger nicht verbergen. Die Eifersucht in mir verbrennt mich mit kleinen Feuerzungen, und sie gewinnen schließlich die Oberhand. »Die Zeit wäre wichtig für uns gewesen. Und es ist frustrierend zu merken, dass man langsam zurückfällt. Und nicht mehr wichtig zu sein scheint.« Gut, das war etwas dick aufgetragen. Aber ich fühle mich wirklich versetzt. Vor allem, wenn er mir davor noch Hoffnung auf ein Einzel-Date macht. Missmutig steige ich mit Taysha in die Limousine und lasse mich in den Ledersitz fallen.

»Schon ein mieses Gefühl, oder?«, höre ich sie fragen und sehe überrascht auf. Ihr schmales Gesicht wirkt eingefallen. Der Stress scheint auch sie mehr zu beanspruchen, als ich angenommen habe.

»Sehr.« Ich fahre mir durch die Haare. »Irgendwie wird es langsam ernst.« Taysha nickt, ihr schwaches Lächeln ist irgendwo zwischen Verzweiflung und Wut anzusiedeln.

»Ja, nächste Woche sind schon die Familien-Dates.«

»Davor graust es mir auch ein wenig. Wenn ich danach gehen muss, dann weiß ich nicht, was ich machen soll. Dann ist irgendwie alles verloren.«

Sie nickt. »Bei mir auch. Dann müsste ich erst mal wieder einen neuen Job finden.« Ein Seufzen dringt aus ihrer Kehle. »Und einen neuen Kerl.«

»Hast du davor gekündigt?« Ich kann meine Neugierde nicht verbergen.

»Ich wurde gekündigt, und mein Freund hat Schluss gemacht.« Sie zeigt ihre weißen Zähne, die einen starken Kontrast zu ihrer gebräunten Haut bilden. »Nicht gerade glorreich.«

»Ich wurde auch gekündigt. Und war schon länger Single. *Zu* lange, um ehrlich zu sein.« Ich weiß nicht, weshalb ich ihr das erzähle, oder weshalb ich irgendwie das Gefühl habe, mich ihr ein wenig öffnen zu müssen, aber es fühlt sich irgendwie gut an. Zu wissen, dass ich nicht die Einzige bin. Und es bestärkt mich darin, dass ich gegenüber Taysha und auch einigen anderen unfair bin. Auch sie haben alle einen Grund, eine Geschichte, weshalb sie hier sind. Taysha schlägt ihre Augen nieder, wobei der dichte Wimpernkranz beinahe bis zu ihren kantigen Wangenknochen reicht.

»Ja, manchmal merkt man irgendwie, dass die zweite Hälfte fehlt. Ich habe es früher genossen, allein zu sein, Clubs unsicher zu machen und mich nicht darum zu kümmern, was in ein paar Tagen passiert. Aber das hat sich geändert.«

»Das kann ich sehr gut verstehen.« Und in diesem Moment tut es mir aufrichtig leid, dass Taysha nicht mehr lange dabei sein wird.

»Er hat bisher nicht einmal viel Interesse an ihr gezeigt«, beschwere ich mich am Abend bei Svea, als wir im Fitnessraum trainieren. Svea hat endlich ihr Einzel-Date mit Siva bekommen und strahlt seitdem ununterbrochen. Ich gönne es ihr von Herzen, denn es tut gut, sie so glücklich zu sehen.

»Vielleicht ist genau das der Punkt.« Svea unterbricht ihre Bauchübungen. »Ich meine, es wäre doch denkbar, dass er sie noch kennenlernen möchte, um zu sehen, ob Potenzial da ist.«

»Nicht bei Britt.« Meine Stimme klingt härter als beabsichtigt, aufgebrachter. »Ich habe sie in der letzten Zeit beobachtet, und sie ist zu hundert Prozent nicht hier, um ihn zu heiraten.« Von allen, die in Dans Team sind, ist mir Britt bisher dadurch aufgefallen, dass sie sich so verhält, wie ich es bei Collin getan habe. Nicht dass sie Dan nicht leiden könnte, ich glaube, das ist gar nicht möglich, aber ihre Chemie stimmt einfach nicht. Natürlich weiß ich, dass das nicht aussagekräftig genug für fundierte Beweise ist, aber dennoch. Mein Gefühl sagt mir, dass sie es nicht ehrlich mit Dan meint. Und dass Britt dieses Date nicht verdient hat. Mein Magen zieht sich zusammen bei dem Gedanken, dass er sie vielleicht küssen wird.

Vielleicht schmeißt sie sich ihm an den Hals … jemand sollte sie aufhalten! Und auch April und Kayla. Sie alle.

»Und Taysha meint es, glaube ich, wirklich ehrlich, aber ich will sie einfach nicht mögen.« Seufzend lehne ich mich nach hinten an die Wand des Trainingsraums.

»Weil sie so nett ist?« Svea beginnt wieder mit den Sit-ups.

»Sehr wahrscheinlich.« Ich sehe nachdenklich auf meine Matte hinab. »Aber du verstehst bestimmt, dass ich das nicht zugeben kann und andere Gründe dafür finden muss, die mich weniger nach einer neidischen Zicke klingen lassen.« Svea lacht und ihre blonden Locken wippen dabei auf und ab.

»Wie geht es Maya?«, frage ich, um abzulenken und meine Gefühle zu vergessen. Ich sollte nicht eifersüchtig sein, sondern ihm vertrauen. Dan ist niemand, der mich ausnutzen würde. Aber ich will ja nur das Beste für ihn. Und wenn ihn jemand falsch behandelt, dann ist es doch nur verständlich, dass ich das nicht gutheißen kann, oder?

»Sie hat ganz stolz erzählt, dass sie sich das Knie beim Rollschuhfahren aufgeschlagen hat, und meine Mom hat sie dann mit Chips, Schokolade und *Frozen* vor den Fernseher gesetzt und ihr versprochen, dass das eine coole Narbe gibt. Ihre Freunde haben nämlich auch alle coole Knienarben.« Bei dem Gedanken an ihre Tochter ist Sveas Lächeln so voller Liebe, dass ich gar nicht anders kann, als mich ehrlich darüber zu freuen. Auch wenn es mir einen kleinen Stich versetzt, weil meine eigene Mutter nie so über mich reden würde. Und ich das auch nicht zulassen würde.

»Weiß sie von Siva? Also, dass du bei einer Datingshow bist?« Ich dehne mich ein wenig, lasse die Arme erst in großen Bewegungen nach vorn und dann nach hinten kreisen.

»Nein, sie denkt, ich sei im Urlaub.« Svea beendet ihre Übung mit einem leisen Stöhnen. »Aber die Ausstrahlung darf sie sich dann ansehen. Zumindest das meiste.« Letzteres sagt sie grinsend.

»Das findet sie sicher interessant.«

Svea stellt sich neben mich und beginnt ebenfalls mit dem Cool-down.

»Manchmal vermisse ich sie so sehr, dass ich kurz davor bin, alles hinzuschmeißen.« Meine Freundin streicht sich eine Haarsträhne aus der Stirn, bevor sie mit den Hüften zu kreisen beginnt. »Es ist so schwer, sie nicht bei mir zu haben. Deswegen hoffe ich, dass die Zeit hier nicht umsonst ist.« Ihr Blick verdüstert sich, und ihre Augen schimmern glasig. Sveas Fröhlichkeit ist immer so präsent, dass sie die verletzliche Seite beinahe verdrängt, einen glauben lässt, dass es sie nicht gebe. Nur ganz selten glitzert sie an der Oberfläche.

Ich streiche ihr über den Arm. In gewisser Weise kann ich das gut nachvollziehen. Ein Teil von mir hat ein schlechtes Gewissen und würde ihr am liebsten alles erzählen. Dass es mir ebenso geht, dass ich Merve vermisse. Denn so wie Svea und Maya als Mutter und Tochter das Einzige sind, was diese kleine Familie ausmacht, so sind Merve und ich alles, was von unserer Familie übrig geblieben ist. Zwei Schwestern, die durch dick und dünn gehen. Und das rufe ich mir in Erinnerung, um stark zu bleiben. Um vor Svea nichts auszuplaudern. Denn auch wenn ich weiß, dass ich ihr vertrauen kann, sind wir nie allein. Sondern immer von den Kameras umgeben, die es mir manchmal zu leicht machen, mich an sie zu gewöhnen und aus meiner Rolle zu fallen.

»Du wirst das schaffen, Svea. Ich habe selten jemanden getroffen, der so stark ist wie du.« Und genau so, wie ich es sage, meine ich es auch.

»Ich habe auch schon ab und an mit der Psychologin hier geredet, wenn ich nicht mehr weiterwusste.« Sie seufzt leise. »Manchmal tut es gut, die Sorgen, die man nicht laut aussprechen kann, jemandem anzuvertrauen.« Sie sieht mich dabei unverwandt an, beinahe ermutigend. Als hätte sie meinen Gedankengang gehört, meine Zweifel und Ängste verstanden. Die Psychologin hatte ich schon beinahe wieder vergessen. Vielleicht aus Angst, dass ich mich trotzdem verplappere. Doch auch wenn ich mich jetzt noch nicht dazu bereit fühle, vielleicht ist es tatsächlich keine schlechte Idee, mich ihr ebenfalls anzuvertrauen.

22. Kapitel

»Ich habe das Gefühl, Eyla schläft sehr unruhig, manchmal ist sie nachts noch Ewigkeiten im Badezimmer.«
– Taysha, 26

Als ich mich dieses Mal aus dem Bett schleiche, ist es erst kurz nach ein Uhr nachts. Ich lausche auf die gleichmäßigen Atemzüge der anderen, tappe leise auf den Flur und tue zunächst so, als würde ich nur auf die Toilette gehen. Um vorzubeugen, dass vielleicht doch noch jemand aufschreckt und sich wundert. Ob ich das Licht im Bad anlassen sollte? Oder das Wasser laufen lassen? Ich darf mich wirklich nicht mehr öfter mit Dan treffen, wir müssen eine andere Lösung finden. Irgendwann wird man es bemerken, dass wir uns nachts hinausschleichen. Einmal könnte Zufall sein. Aber allmählich wird es doch etwas auffällig.

Ich eile zur Tür hinaus, Angst pocht durch meine Adern, und trotz der Kälte, die mir entgegenschlägt, ist mir viel zu heiß. Ich schlinge mir den grünen Schal und die Jacke fest um den Körper, sodass man mein Gesicht nicht sehen kann, selbst wenn man mit einer Nachtsichtkamera filmen würde. Ich laufe so schnell, dass ich mehrmals beinahe auf den Hintern knalle, weil die Sohlen meiner Stiefel keinen Halt auf dem Eis finden. Doch ich darf nicht stehen bleiben. Meine Augen haben sich inzwischen an das spärliche Licht gewöhnt und ich kann den Boden vor mir gut ausmachen. Als ich endlich von Bäumen umgeben bin, fühle ich mich wohler. Ein Teil der Anspannung fällt von mir ab, und ich lasse sie hinter mir wie unnötigen Ballast. Wie fast jedes Mal habe ich mich um ein paar Minuten verspätet und

Dan wartet schon auf mich. Dieses Mal trägt er eine schwarze Jacke, die Hände tief in ihren Taschen vergraben. Leises Summen dringt an meine Ohren. Ich höre genauer hin, während ich auf ihn zugehe.

»Ist das *Driving Home for Christmas?*« Ich falle in sein Summen mit ein, allerdings wesentlich höher als Dan. Und etwas schräger.

»Das hast du gut erkannt.« Das Grinsen in seiner Stimme ist beinahe spürbar.

»Du kannst auch noch weitersummen, ich wollte dich nicht unterbrechen.« Ich bleibe vor ihm stehen, versuche einige Töne des Klaviers nachzuahmen, dicht gefolgt von mehreren Geigern, was sich in meiner Vorstellung besser anhört als in der Wirklichkeit. Dan gluckst leise vor sich hin.

»Da kommt doch direkt Weihnachtsstimmung auf.« Ich stecke meine Hände ebenfalls in die Taschen meiner Jacke und sehe ihn erwartungsvoll an.

»Das üben wir noch mal«, brummt er. »Aber es ist eine gute musikalische Einleitung unseres Gesprächs.«

Obwohl der Schalk noch in seinen dunklen Augen blitzt, liegt ein Schatten darin. Etwas beschäftigt ihn. Und ich meine nach dem heutigen Date auch zu wissen was.

»Du wolltest mir noch erklären, warum du mir aus dem Weg gegangen bist.« Seine tiefe Stimme sendet elektrisierende Blitze durch die eisige Luft, und die kleinen Härchen an meinen Armen stellen sich auf.

»Wollte ich das?« Ich seufze und befeuchte meine Lippen, als könnte dieses Gespräch dafür sorgen, dass sie spröde werden. Wir setzen uns langsam in Bewegung, laufen denselben dunklen Pfad entlang, den wir immer gehen.

»Merve musste auf die Intensivstation, am Tag unseres Dates.« Ich wollte eigentlich mit etwas ganz anderem anfangen. Vielleicht, dass es mir leidtut, auf diese blöde Idee mit dem Schrank gekommen zu sein, oder damit, dass er nichts dafürkonnte, oder dass er eigentlich doch etwas dafürkonnte, und dass ich sauer auf ihn war … aber als er mit seinem Arm meinen berührt, wie zur Aufmunterung, purzeln die Worte ungehindert aus meinem Mund. »Tausend verpasste

Nachrichten waren auf der Mailbox. Und ich habe sie erst am Abend gesehen.« In meinem Kopf stauen sich die Gedanken, und ich erlebe einen Teil des Schocks erneut, den ich diesem Moment empfunden habe. Die Panik, die mich langsam erfasst hatte. Ich spüre Dans Hand an meinem Ellenbogen. Nur ganz leicht. Eine Berührung, die mich nicht festhält, nicht einengt, aber einfach da ist, als wolle sie sagen, *Wenn du mich brauchst, fange ich dich auf.*

»Nicht mal ihren Anruf konnte ich entgegennehmen, und ich habe mir solche Vorwürfe gemacht.« Gegen Ende des Satzes wird meine Stimme so leise, dass sie nur noch ein Flüstern ist.

»Und du gibst dir die Schuld, weil du auf einem Date warst und Spaß hattest?«, kombiniert Dan. Sein Tonfall ist ohne Wertung, weder einfühlsam noch abschätzig, eher feststellend, neutral.

»Ja. Und ich bin dir aus dem Weg gegangen, weil ich das erst mal verdauen musste.«

»Das verstehe ich.« Ich sehe, wie sich Dans Kiefermuskeln anspannen und seine Züge im fahlen Mondlicht noch markanter wirken lassen.

»Ich weiß, dass es nicht richtig ist, dir die Schuld zu geben, und das mache ich auch nicht.« Ich verdränge die Gedanken an mein Versagen, konzentriere mich auf das Hier und Jetzt. »Ich habe den Kuss automatisch damit verbunden, dass ich dadurch Merve vergessen habe, und dann wollte ich dich nicht sehen.«

»Nachvollziehbar.« Er wirkt reumütig. »Das mit Merve tut mir leid. Wirklich. Wenn ich das gewusst hätte.«

»Du hättest auch nichts ändern können.«

»Ich hätte dir vielleicht deutlicher zeigen können, dass ich auch echtes Interesse an dir habe.«

Bei dieser Aussage zucken meine Mundwinkel nach oben. »Ja, aber das hätte ich auch machen sollen, ich habe es nur nicht wahrhaben wollen.«

»Und dann sind da noch die anderen.« Er seufzt und wir schweigen einige Minuten, stapfen weiter durch den Schnee. Die weißen Dampfwölkchen, die wir ausatmen, verbinden sich zu einer großen, die gen Himmel steigt.

»Ich habe Angst vor dem Versus-Date.« Dan fährt sich mit der Hand über die Stirn, um eine Schneeflocke zu vertreiben.

»Wen wirst du denn gehen lassen? Weißt du es schon?« Mein Mund wird ganz trocken bei der Vorstellung, dass er nun eine Entscheidung fällen muss, die für eine der beiden Kandidatinnen nicht gut ausgeht. Sie darf ihm nicht einmal ihre Familie vorstellen. Und obwohl ich am liebsten möchte, dass er überhaupt keine anderen Familien kennenlernt, tut es mir leid um die zerplatzten Hoffnungen derjenigen.

»Nein, ehrlich gesagt nicht.« Als der Weg schmaler wird, geht Dan voraus und ich trete in seine Fußstapfen, um mir keine eigenen bahnen zu müssen. »Wie stehst du denn dazu?«

»Hmm. April ist diejenige, mit der ich mich am besten verstehe, deswegen wäre es natürlich toll, wenn sie bleiben würde.« Ich schürze die Lippen. »Aber vielleicht wird es dann später umso schlimmer.« Bei April denke ich nämlich ebenfalls, dass sie möglicherweise nicht wegen des Geldes hier ist.

»Wenn es Spannungen gibt, musst du es mir übrigens sagen, dann kann ich dafür sorgen, dass diejenige rausfällt.« Besorgnis schwingt in seiner Stimme mit, und ich lege ihm beruhigend die Hand auf die Schulter. Es rührt mich, dass er mir dieses Angebot macht, und mir wird ganz warm unter meiner Jacke.

»Keine Sorge, ich würde es dir mitteilen.«

»Gut. Ich werde deinen Input mit April auf jeden Fall mit Bedacht einbeziehen.« Nun grinst er schwach. »Vor den Familien-Dates bangt es mir aber, ehrlich gesagt, noch mehr.« Er zieht den Kragen seiner Jacke noch weiter nach oben, wie um seinen Worten Nachdruck zu verleihen.

»Davor würde ich mich auch fürchten.« So schwer es mir schon als Kandidatin der Show vorkommt, für Dan muss es noch schwerer sein. Er muss Personen wehtun, die er mag. Selbst wenn es nur eine kurze Zeitspanne ist, die er mit ihnen verbracht hat. Durch die Dates und die gemeinsamen Stunden lernt man jemanden genug kennen, um sagen zu können, dass man sich gut leiden kann oder nicht. Und selbst wenn es zuvor schon kompliziert war – die Familien zu treffen ist noch einmal ein anderes Kaliber. Denn ab diesem Zeitpunkt steckt mehr dahinter. Niemand stellt einfach so jemanden seiner Familie vor. Und niemand will Dans Eltern vorgestellt werden, ohne dass es ihm ernst ist. Alles, was ab jetzt passiert, hat eine Bedeutung. Wir bleiben mitten auf dem Weg stehen, eine Schneeböe fegt dicht vor uns über den verschneiten Waldboden.

»Ich würde sie am liebsten gar nicht treffen. Taysha erzählt schon immer so viel von ihrer Mutter und wie nahe sie sich stehen.« Dan tritt näher an mich heran. »Ich will sie nicht enttäuschen.«

»Hm.« Tief atme ich seinen Duft ein und lasse das Gefühl der Geborgenheit meinen Verstand übernehmen, bevor mich die Eifersucht wieder packen kann. Ich überbrücke den Abstand zwischen uns und schlinge die Arme um ihn, vergrabe mein Gesicht in seiner Jacke.

»Und auf der anderen Seite kann ich die nächste Woche kaum erwarten, weil ich mich freue, deine Freundinnen und deine Schwester endlich kennenzulernen.«

»Aber wir können Merve doch gar nicht besuchen. Die Produktion rechnet mit Amber und Cassie, aber mit dem Krankenhaus geht das nicht.« Mein Herz klopft schneller bei dem Gedanken. »Sonst fliegt ja alles auf. Dass sie wegen der Behandlung dort ist und ich das Geld brauche.«

»Zum offiziellen Date kann sie nicht kommen, das stimmt. Aber wir könnten heimlich zu ihr, wenn du das möchtest?«

Ich zögere, spiele mit dem Gedanken. »Geht das denn überhaupt?«

»Vielleicht.« Dan überlegt. »Es ist nicht mehr lang bis Weihnachten. Möglicherweise kann ich dein Date als letztes legen, und dann bleibe ich über die Tage, die wir von der Show freibekommen, einfach noch in New York und wir besuchen sie an Weihnachten?«

»Das wäre möglich?« Meine Stimme überschlägt sich, und beim Gedanken daran, Merve vielleicht wirklich besuchen zu können, zieht sich alles in mir vor unterdrückter Freude zusammen. Meine Finger kralle ich in das Futter meiner Jacke und mein Atem beschleunigt sich. Wenn ich sie wirklich sehen und ihr Dan vorstellen könnte, das wäre das größte Weihnachtsgeschenk überhaupt.

»Ja, über die Feiertage hat auch das das Filmteam frei. Wenn alle beschäftigt sind, wird es einfacher.«

»Das wäre toll.« Mein Herz macht einen aufgeregten Hüpfer. Wenn das wirklich geht, dann bin ich soeben im siebten Himmel gelandet. Das wäre der absolute Traum!

»Ich würde mich freuen, deine Schwester treffen zu können.« Er fährt sich durch die dunklen Haare und schürzt die Lippen.

»Ich fände es auch schön.« Wir stehen immer noch eng umschlungen dort, ohne uns zu rühren. Dans Atem geht flacher, schneller als sonst. Und ich bilde mir ein, sein Herz durch die dicken Winterjacke pochen zu hören. Es schlägt im Gleichklang mit meinem eigenen, als würden sie einem gemeinsamen Rhythmus folgen. Ich sehe auf, vergesse, was ich sagen wollte. Sein Atem streicht über meine Haut und ich verspüre den Drang, ihm noch näher zu kommen, meine Lippen auf seine zu legen, die Distanz zwischen uns zu überbrücken. Dan bewegt sich keinen Millimeter und ich hadere kurz zwischen dem Gefühl, ihn küssen zu wollen, und der Gewissheit, dass wir es langsamer angehen sollten. Auch wenn das hier nicht unser erster Kuss wäre. Es wäre der erste, bei dem wir beide wissen, dass wir Gefühle füreinander haben. Der Moment hält quälend lange an und keiner wagt den Schritt, bis ich mich schließlich von ihm löse und wir weitergehen. Es ist fast ein Reflex, als ich mich bei ihm unterhake. Eine Reaktion meines Körpers darauf, dass ich ihm den Kuss verwehrt habe. Wir steigen über die Schneewehe hinweg und gehen weiter auf unserem Pfad, durchkämmen das frisch gefallene Nass, das unter unseren Sohlen kleben bleibt.

»Ich werde Britt bei der nächsten Gelegenheit rausschmeißen«, verkündet Dan plötzlich, und ich sehe verwundert auf.

»Oh. Wieso das?« Ich kann meine Begeisterung darüber nur schwer verbergen.

»Sie wirkt nicht so, als hätte sie ehrliches Interesse an mir.«

»Aber wäre es nicht besser, wenn du diejenigen weiterlässt, die keine ehrlichen Absichten haben, damit dann niemand verletzt wird?« Ich steige über einen am Boden liegenden Ast und rutsche aus, als meine Sohle auf glattes Eis trifft; unter der Schneedecke habe ich es nicht gesehen.

»Pass auf.« Dan greift nach meinem Arm und zieht mich hoch, bevor ich Bekanntschaft mit dem Boden machen kann.

»Danke«, japse ich, als ich meinen Halt wiederfinde.

»Ich glaube, es ist relativ egal, wenn sie so oder so gehen müssen. So hätten sie eventuell noch Chancen, eine der nächsten Bachelorettes zu werden«, wendet er ein, und ich muss ihm zustimmen. Wenn April oder Taysha die nächste Bachelorette werden würden, würde mich das tatsächlich freuen. Und für sie wäre es bestimmt auch eine tolle Erfahrung.

»Wir müssen uns noch etwas überlegen, wie wir es in Zukunft mit unseren Treffen halten. Ich befürchte, unser Treffpunkt im Wald ist auf Dauer zu auffällig.«

»Ja, es wird höchste Zeit. Ich weiß nur nicht, wie wir das hinbekommen könnten.«

»Vielleicht könnten wir uns einfach Nachrichten schreiben und sie danach wieder löschen? Und den Kontakt nicht einspeichern? Sodass es keine Spuren gibt.«

»Ich glaube nicht, dass das eine gute Lösung ist. Sie kontrollieren zu oft.« Die Produktion wahrt zwar die Privatsphäre, was die Nachrichten selbst angeht, aber wenn die Anzahl der Kontakte überschritten wird, droht einem das Handy abgenommen zu werden. Oder, je nachdem, der Rausschmiss.

»Aber eine andere Möglichkeit gibt es nicht«, murmelt Dan.

Eine große schräg stehende Tanne gelangt in unser Blickfeld. Sie ist meistens der Punkt, an dem wir umkehren. Denn sie markiert die Zehn-Minuten-Grenze. Vom Resort bis hier her sind es genau zehn Minuten Fußweg, insgesamt also zwanzig. Länger können wir es uns nicht erlauben, fernzubleiben. Als wir zurückstapfen, wünsche ich mir, dass die Zeit stehen bleibt. Ich will noch nicht wieder in die Hütte. Es gibt so viele Dinge, die ich noch mit Dan bereden will. Ich will ihm alles über meine Freundinnen erzählen, die er ebenfalls bald kennenlernen wird, so viel mehr über mich … und ich will ihn auch noch so vieles fragen, dass ich gar nicht weiß, wo ich anfangen soll.

Wir vereinbaren zu unserer beider Frustration, vorerst wirklich nur noch über Nachrichten zu kommunizieren, unsere Zeichen wollen wir aber beibehalten. Rote Socken, rote Lippen, grauer Schal … als wir uns schließlich trennen und ich Dan im Wald zurücklasse, damit wir einzeln zurückkehren, fühle ich mich ruhiger. Als hätte Dan das Chaos in mir zum Schweigen gebracht. Ich vermisse unsere heimlichen Treffen jetzt schon, aber das würde auf Dauer nicht gut gehen. Ob ich ihn in seiner Hütte besuchen könnte? Einfach so? Zu riskant. Nachrichten werden auch ihren Zweck erfüllen. Und sind wesentlich sicherer. Ich stelle mir den Nachrichtenverlauf bildlich vor.

Küssen wir uns heute?

Ja, aber erst nach dem Essen.

Ein leises Kichern steigt in meiner Kehle auf. Nach meinem Einzel-Date kam ich mir vor, als wäre da genügend Potenzial, um den Deal über die Bühne zu bringen. Genügend Freiraum, um mir einzureden, dass meine Gefühle für Dan ganz und gar auf dieser Abmachung basieren. Ich habe es verdrängt, und wenn ich ganz ehrlich bin, dann will ich es immer noch nicht ganz wahrhaben. Doch nun ist mein Herz im Spiel. Mein dummes, selbstsüchtiges Herz.

Später, als ich im Bett liege, ploppt eine Nachricht auf meinem Handy auf und lässt das Display unter dem Ärmel meines Pullovers leuchten, der darüber hängt. Ich wälze mich auf die andere Seite der Matratze, um es an mich zu nehmen. *Unbekannte Nummer,* steht in der Push-Benachrichtigung, und als ich darauf klicke, erscheint ein Text.

Ich kann nicht schlafen.

Ich grinse in mich hinein. Das *Nur im Notfall schreiben* hat ja lange angehalten. Ich klicke auf die Nummer und lege einen neuen Kontakt an. Über dem Namensfeld verharre ich. Dann gebe ich *Nikolaus* ein. Auch wenn ich sowohl den Kontakt als auch die Nachrichten wieder löschen werde.

Ich auch nicht, tippe ich zurück. Keine Minute später erhalte ich eine Antwort.

Ich glaube übrigens, das wird nichts, was wir heute besprochen haben.

Er schreibt, dann ploppt die nächste Nachricht auf.

Also, dass wir nur noch Nachrichten schreiben.

Ich lächele und tippe.

Was schlägst du dann vor?

Wir brennen einfach durch.

Ein leichtes Ziehen in meiner Brust lässt mich innehalten und den Text anstarren. Zwei lachende Emojis finden ihren Weg in den Nachrichtenverlauf, und mir wird ganz heiß. Eine Stunde später schreiben wir uns immer noch und planen, wie wir auf Rentieren entkommen könnten.

Ich glaube, wir sollten jetzt wirklich schlafen gehen.

Ja, du hast morgen dein wichtiges Date. Und ich muss auf mein Guthaben achten.

Leider. Schlaf gut, Eyla Morgan.

Schlaf gut, Daniel Scott.

Mit einem vermutlich dämlichen Grinsen liege ich unter der Decke. Ein glückliches Seufzen kommt über meine Lippen. Ich scrolle unseren SMS-Verlauf durch, wieder und wieder, bekomme erneut Herzklopfen bei jeder Nachricht, bevor ich mich zusammenreißen kann und Dan von meinem Handy lösche.

Es ist tatsächlich Kaylas Gepäck, das aus der Hütte abgeholt wird. Ohne große Worte kommt ein Staff-Mitglied herein, nimmt den neben Aprils Tasche bereitgestellten Koffer und verschwindet wieder. Kayla ist ausgeschieden. Weg. Einfach so. An diesem Abend findet erneut die Zeremonie statt. Die Stimmung in unserer Hütte ist etwas besser, weil durch Kaylas Verschwinden keine weitere von uns gehen muss. Das zumindest vermutet Taysha. Denn bei den anderen Teams gab es keine Versus-Dates, und das bedeutet, dass Dan sonst eine Kandidatin zu wenig hätte. Ich schlüpfe in mein Kleid, das an der Taille von einem schmalen Gürtel geziert wird, der es in einen schwarzen Rock und ein weißes, schulterfreies Oberteil trennt. Aus meiner Sammlung an Kleidern ist dieses mein liebstes. Meine Haare habe ich heute geglättet und mit zwei Klammern an der Seite festgesteckt, damit mir keine Strähnen ins Gesicht fallen. April sieht umwerfend aus in einem fliederfarbenen Maxikleid, und ich habe das Gefühl, dass sie sich absichtlich noch mehr herausgeputzt hat als sonst. Sie hat mir erzählt, wie aufwühlend das Date für sie war, und dass sie bis zum Ende Angst hatte, dass Dan sie gehen lassen würde.

»Aber dafür habe ich das Gefühl, dass wir uns jetzt noch näher sind.« Sie strahlt von einem Ohr zum anderen. »Vielleicht ist es also gut, dass wir dadurch eine stabile Basis aufgebaut haben.« Nun errötet sie ein wenig. »Und der Kuss war einfach himmlisch. So echt und so ...« Ihre weiteren Worte blende ich aus, um nicht vor Wut meine Mascara nach ihr zu schmeißen. Ich mag April, aber wir sind mittlerweile so weit in der Show fortgeschritten, dass ich solche Schwärmereien nicht mehr ohne wilde Zuckungen nach allen möglichen Wurfgeschossen ertragen kann. Und es ärgert mich auch, dass Dan nun alle von uns geküsst hat. Britt prahlt auch ständig damit, dass ihre Beziehung zu Dan so stark sei und sie fest daran glaube, dass sie verliebt sei. So ein Blödsinn! Ich weiß, dass ich gewinnen werde. Manchmal würde ich ihnen genau das gern an den Kopf schmeißen und sie dabei schütteln. Aber ich verharre still und halte mich in bösen Momenten mit einer gewissen Genugtuung an dem Gedanken fest, dass sie bald sehen werden, dass ihre Beziehung nicht so stark ist, wie sie vorgeben.

Im Vergleich zum Beginn der Show, bei dem man noch zu dreizehnt auf dem Podium stand, ist es mittlerweile fast lächerlich geworden, dass das Podium überhaupt noch existiert. So halb leer und ungenutzt. Ich warte geduldig ab, bis Tyler Bogan in seinem himmelblauen Anzug die Zeremonie eingeleitet hat, nur um dann mit einem Glas Champagner zu verschwinden. Dan darf zuerst seine Liebesbriefe an uns verteilen, denn heute wird tatsächlich niemand von uns gehen. Dann beginnen Siva und Collin mit ihrer Vergabe. Svea ist die dritte, die einen *Loveletter* bekommt, und ich atme erleichtert auf, als sie sich damit zurück auf ihren Platz stellt. Bei Collin sind nur noch Hannah und Jennifer übrig. Ich drücke beide Daumen so fest, dass meine Knöchel wehtun. *Hannah, bitte Hannah*, denke ich und kneife meine Augen fest zusammen, als könnte ich damit etwas ausrichten, die Gedanken per Telepathie an Collin schicken, sodass er im Falle eines Falles doch noch überzeugt werden kann.

»Jennifer.« Collins Stimme bringt meine Hoffnung zum Bersten, und ich sehe, wie Hannah zusammenzuckt, offensichtlich erschüttert über die Entscheidung. Collin übergibt Jennifer den Brief, während der armen Hannah Tränen über die Wangen rinnen. Ich weiß, dass sie nicht wirklich verliebt war. Aber einfach ist es bestimmt trotzdem nicht, jetzt gehen zu müssen. Und außerdem ist es Hannah, und ich will nicht, dass sie geht. Nachdem sie sich von allen aus ihrem Team verabschiedet hat, verabschiedet sie sich auch von uns anderen, und ich drücke sie fest an mich. »Wir bleiben in Kontakt, okay?«, flüstere ich ihr zu und streiche über ihren Rücken.

»Ganz bestimmt.« Ihre Stimme ist tränengetränkt. Sie löst sich von mir und stapft dann auf Collin zu, der sie in eine Umarmung zieht und sie schließlich nach draußen begleitet. Siva begleitet Kimberly, die Blondine, die sich mit Emily gestritten hat, ebenfalls zur Limousine. Die meisten Kameras folgen den beiden Bachelors, und so sind nur noch ein paar Crewmitglieder hier, die uns nacheinander zum Interview bitten.

»Es ist sehr schade, dass sie gehen musste. Ich habe sie lieb gewonnen, und ich glaube, auch für Collin war das eine schwere Entscheidung«, sage ich zu Grace. Dieses Mal hakt sie nicht nach. Vielleicht merkt sie, dass die Emotionen sowieso schon brachliegen, und will keine weiteren Heulattacken, um keine Steigerung vorwegzunehmen.

Nächste Woche steht die letzte Entscheidung an, bevor die Familien-Dates anstehen. Dann wird Dan meine Freundinnen kennenlernen. Und inoffiziell Merve.

❄ ❄ ❄

Die nächsten Tage vergehen wie im Flug. Je zwei von uns dürfen Dan auf ein Date begleiten, bei dem wir kulinarische Feinheiten wie Pfannkuchen aus typisch alaskischem Sauerteig und Scallops probieren, was im Prinzip Jakobsmuscheln sind. Letzteres schmeckt besser als gedacht. Britt scheidet zu meiner Genugtuung endlich aus und am Ende der Woche stehen nur noch Taysha, April und ich vor Dan. Dadurch, dass wir nur noch so wenige sind, dauert glücklicherweise auch die nervenaufreibende Zeremonie nicht mehr ewig, und wir haben danach noch mehr Zeit mit den Bachelorkandidaten, was dieses Mal sogar zu einem gemütlichen Kaminabend führt. Während das Feuer im Kamin flackert, trinken wir Glühwein, spielen Uno und summen zu Weihnachtsliedern, die aus einer kleinen Box auf dem Tisch tönen. Draußen heult der Wind und die Hütte wird zu einem Zufluchtsort, einem, an dem man sich ein kleines bisschen wie zu Hause fühlt.

❄ ❄ ❄

Am Tag danach geht es los. Taysha ist die Erste von uns, die Dan zu sich nach Hause einladen darf. Er reist gemeinsam mit ihr nach San Francisco. Irgendwie wundert es mich nicht, dass sie dorther kommt. Irgendetwas an ihr schreit förmlich nach dieser Stadt, auch wenn ich nicht benennen kann, was es ist. Nach den Weihnachtsfeiertagen wird die Zeremonie stattfinden, die eigentlich noch zu dieser Woche gehört, damit Dan mehr Bedenkzeit hat und die Kandidatinnen sich final über ihre Gefühle klar werden können, wenn sie mit den Liebsten darüber reden. Dan und ich schreiben jeden Tag, manchmal eher Belangloses, aber es sorgt zumindest dafür, dass sich meine Eifersucht in Grenzen hält, die nun immer präsenter geworden ist.

23. Kapitel

»Die Familien mit einzubeziehen bedeutet, dass es jetzt wirklich ernst wird. Ich habe seit Ewigkeiten niemanden mehr mit nach Hause gebracht, und meine Eltern haben hohe Erwartungen.«
– Lynn, 26

Ich kaue nervös auf meiner Unterlippe herum und trete von einem Fuß auf den anderen, während ich vor Dans Hütte darauf warte, dass er mich sieht und mir die Tür aufmacht. Kälte dringt bereits unter meine Jacke und lässt mich frösteln, als ich Schritte höre und eine dunkle Gestalt die Tür einen Spaltbreit öffnet.

»Wir kaufen nichts«, brummt mir seine Stimme entgegen, und die Tür wird zugestoßen. Einen Moment bleibe ich verdutzt stehen, dann wird sie wieder geöffnet und ich werde beinahe nach drinnen gerissen. Ein überraschtes »Oh« verlässt meinen Mund.

»Komm schnell rein, es ist eisig draußen.«

Ich schüttele den Kopf über seinen Humor und schiebe mich an ihm vorbei weiter in seine Hütte. Das Licht bleibt aus, und so beleuchtet nur der schwache Schein des Mondes den Flur. Zum Glück haben sich meine Augen bereits an die Dunkelheit gewöhnt.

»Ich habe schon alles vorbereitet.« Dan grinst, als er mich weiter die hölzerne Treppe hinauflotst und ins Schlafzimmer führt, aus dem schwacher Kerzenschein dringt.

»Hier kann man uns von den anderen Hütten aus nicht sehen, und ich habe extra den Vorhang zugezogen.« Er wirkt beinahe stolz darauf, wie er da steht, die Hände wie immer in den Hosentaschen vergraben.

»Es sieht toll aus!« Ich bewundere das große Bett, dessen Gestell aus dunklem, massivem Holz besteht. Geschnitzte Schnörkel zieren die Pfosten, und ich erkenne sogar ein paar Muster, die an Sträucher und Bäume erinnern. Obwohl es antik wirkt, passt es hervorragend zu der sonst modernen und minimalistisch gestalteten Einrichtung, dem moosgrünen Sessel und dem Flokati vor dem Bett. Mehrere Kerzen sind auf den Nachtkästchen links und rechts neben dem Bett aufgestellt und hüllen den Raum in ein dämmeriges Licht. Ich sehe zu Dan auf, und mir wird noch ein wenig wärmer ums Herz. Ich fühle mich, als wäre das eines der ersten Dates, und knibbele unruhig an meinen Fingernägeln herum, weil ich nicht weiß, wie ich mich verhalten soll, obwohl wir uns doch kennen und wissen, wie wir ticken. Aber dennoch, unser Geständnis hat etwas zwischen uns verändert. Es hat unser Verhältnis augenscheinlich einfacher gemacht, aber ebenso ist es wesentlich komplizierter geworden.

»Fang du an.« Ich nicke ihm zu. Heute haben wir unser Treffverbot aufgehoben, damit wir uns gegenseitig auf unsere Familien vorbereiten können. Die könnten uns nämlich noch einen Strich durch die Rechnung machen, wenn es zwischenmenschlich nicht funktioniert. Dan holt einige Bilder aus seiner Nachttischschublade und lässt sich im Schneidersitz auf dem Flokati nieder. Ich setze mich ebenfalls und sehe gespannt auf die Fotos, die er nun vor mir ausbreitet.

»Mach dich auf was gefasst.« Ein spitzbübisches Grinsen erhellt sein Gesicht.

»Das sind Tante Margret und mein Cousin Cedric.« Er zeigt auf das Bild einer schlanken Frau mit zu Zöpfen geflochtenen Haaren. Sie trägt ein mittelalterliches weinrotes Kleid. Neben ihr steht ein weißblonder Junge mit eisblauen Augen. Und Krone.

»Das sind Cercei und Joffrey Baratheon aus *Game of Thrones*.« Ich blicke zu Dan und weiß nicht ganz, ob ich lachen soll. Er verzieht keine Miene und legt den Kopf schief, während er mit den Achseln zuckt.

»Das drückt exakt mein Verhältnis zu ihnen aus.« Seine Mundwinkel zucken verräterisch.

»Ist es so schlimm?«

»Also, hier ist meine echte Tante.« Er zeigt auf das Porträtbild einer blonden Frau, die mit kalten Augen in die Kamera lächelt. Sie könnte ein Model für Zahnpasta sein.

»Sie sieht Cercei ja wirklich ähnlich.« Ich betrachte das Bild genauer. »Auch wenn das eher wie ein Google-Bild aussieht.«

»Das ist es, aber nur, weil ich kein anderes gefunden habe.« Er hebt entschuldigend die Schultern. »Meine Tante hat das Weingut nach meiner Grandma übernommen. Deswegen auch die Regelung mit der Heirat und dem Erbe, weil das die einzige Möglichkeit war, dafür zu sorgen, dass nicht sofort mein Cousin das Gut bekommt, sondern ich auch noch eine Chance erhalte.« Ein Seufzen entfährt ihm. »Mein Onkel, über den wir nicht sprechen dürfen, ist nach der Geburt meines Cousins Cedric nach Australien ausgewandert.« Dan zuckt die Schultern. »Er hat sich von Margret getrennt, weil sie keine Zeit in die Beziehung investiert und sich nur noch um die Firma gekümmert hat. Irgendwo auf einer alleinigen Reise hat er dann seine jetzige Frau kennengelernt, und das war es dann. Cedric wurde also von Margret allein aufgezogen, nachdem sie meinem Onkel den Kontakt zu ihm verboten hat.« Er zeigt auf das Bild eines Jungen mit blonden zerzausten Haaren und Zahnspange.

»Ist das der Joffrey-Cousin, der das Gut übernimmt? Er sieht sehr jung aus.«

Dan grinst breit und ich schüttele den Kopf.

»Natürlich hast du auch hier kein aktuelles Bild und hast ein steinaltes Foto genommen?«

»Wie gesagt, das erklärt zu hundert Prozent unser Verhältnis.« Dan lehnt sich etwas weiter nach hinten und stützt sich mit dem rechten Arm ab.

»Er ist ein Idiot. Und wenn er das Gut bekommt, wird alles den Bach runtergehen.« Sein Blick verfinstert sich. »Jedenfalls werden die beiden uns durchleuchten, sobald wir sie besuchen. Und Ceds Verlobte Annalie auch, von ihr habe ich ebenfalls kein Bild, wie du dir vielleicht schon gedacht hast. Sie wäre Kleinfinger.« *Dans Lieblingsserie kristallisiert sich wohl sehr deutlich heraus.*

Mitfühlend verziehe ich das Gesicht. »Da hast du es ja richtig gut erwischt.«

»Das kann man wohl so sagen.« Sein brummiges Lachen ertönt.

»Sie werden also genau überprüfen, ob unsere Beziehung echt ist?« Ich lehne mich ebenfalls nach hinten, meinen Blick immer noch auf die Bilder gerichtet.

»Ja. Sie sind skeptisch, das bedeutet, wir müssen ganz genau aufpassen, was wir tun.« Er seufzt. »Aber wir bekommen das hin.« Als Nächstes zeigt Dan auf ein Bild von einer weißhaarigen Frau, deren Augen viel zu jung für ihr faltiges Gesicht aussehen.

»Das ist meine Grandma.« Er sagt es so liebevoll, dass ich mich frage, was das Verhältnis der beiden wohl zu etwas so Innigem gemacht hat. Man merkt, dass sie ihm viel bedeutet. »Sie hat mich immer darin ermutigt, das zu tun, was ich für richtig halte, und nicht das, was die anderen von mir erwarten. Deswegen werde ich ihr immer dafür dankbar sein, dass sie an mich geglaubt hat, wenn es niemand anders getan hat.«

»Das klingt nach einem ganz besonderen Menschen.« Dans Grandma trägt eine Bluse mit Leopardenmuster und darüber eine goldene Kette. Sie ist bestimmt achtzig, vielleicht auch etwas älter, doch ihr Blick zeugt von einem Feuer, das auch das Alter nicht bezwingen konnte. Und ein kleines bisschen dieses Feuers scheint sie an Dan vererbt zu haben, denn genau das ist es, das hin und wieder in seinen Augen aufblitzt. Leidenschaft, Mut und Abenteuerlust.

»Das ist sie.« Er nickt eifrig. »Und das sind Mom und Dad, sie sind beide viel auf Geschäftsreisen und hatten selten für mich Zeit, weswegen ich so oft es ging bei Grandma war.« Das Bild seiner Eltern ist kein typisches Fotografenbild. Es zeigt die beiden beim Dinner, seine Mutter lacht mit zusammengekniffenen Augen und sein Dad blickt etwas ertappt in die Kamera. Dan ähnelt ihm sehr. Nur die dunklen Augen muss er von seiner Mutter geerbt haben, denn die von Mr. Scott sind strahlend blau. Obwohl es im ersten Moment sicherlich nicht das beste Bild ist, um jemandem seine Eltern vorzustellen, gibt es mir so viel mehr als eines der gestellten Familienbilder, die auf Feiern geschossen werden. Es zeigt, dass seine Eltern verliebt sind. Dass sie glücklich sind, auch wenn sie ihr Leben eher der Karriere als der Familie widmen.

»Mein Grandpa ist leider schon gestorben, das Familienunternehmen wird also eher von Frauen geführt.« Er lacht leise und schiebt dann ein

Bild zur Seite, das ein anderes verdeckt hat. Es zeigt drei Männer, Dan in der Mitte. Sie halten alle einen Bierkrug in der Hand und prosten in die Kamera. Ihre Wangen sind gerötet und die Haare zerzaust. Das dämmerige Licht lässt Dan auf dem Bild verrucht aussehen, und mit dem Hintergrund des Clubs verspüre ich plötzlich starke *Lucifer*-Vibes. Vor allem, da der eine der beiden anderen Männer ein bisschen wie Amenadiel aussieht. »Die beiden hier sind Kasim und Josh, meine besten Freunde, schon seit Schulzeiten. Mit ihnen habe ich auch immer noch viel zu tun, und jeden Samstag treffen wir uns im *Coltons Pub*.«

»Josh ist der, der auf dem Weinberg vergessen wurde.« Ich sehe mir den blonden genauer an, der mich mit dem leicht gebräunten Teint an einen Surfer erinnert.

»Genau.« Dan grinst.

»Ein Männerabend also.« Ich hebe den Kopf und streiche mir die Haare nach hinten, sodass sie wieder über meine Schultern fallen.

»Ja, aber du dürftest bestimmt mit. Sie hätten dich gern. Kannst du Billard spielen?«

»Ich bin die Königin des Billards!«

❄ ❄ ❄

Ich sehe Amber und Cassie schon von Weitem. Sie haben es sich nicht nehmen lassen und sind zum Flughafen gekommen, um uns abzuholen, obwohl ich ausdrücklich gesagt habe, dass sie es nicht tun müssen und eigentlich auch nicht dürfen. Ich verstehe aber, dass sie neugierig sind und das nicht unbedingt gut verstecken können. Immerhin ist es Dan. Der Kerl, den ich heiraten werde. In ein paar Wochen. Mein Herz macht eigenartige Sprünge, wenn ich daran denke, dass wir uns wirklich verloben werden. Anfangs wollte es noch nicht so ganz in meinen Kopf und ich habe es verdrängt, doch jetzt rennt die Zeit. Immer schneller und schneller. Bald … bald werde ich wirklich Ja sagen. Und ich finde es noch nicht einmal schlimm. Vielleicht freue ich mich sogar ein wenig darauf.

»Eylaaaaa!« Cassie sprintet auf mich zu und rennt mich schier um. Dan kichert leise neben mir.

»Das ist Cassie, richtig?«

»Genau«, stöhne ich, während ich Cassie entgegen meines abwehrenden Tonfalls ganz fest an mich drücke. Ich habe sie vermisst. Sehr sogar. Amber begrüßt mich ebenfalls, dann stehen beide dämlich grinsend vor Dan.

»Du hast nicht übertrieben.« Ambers Kommentar treibt mir die Röte ins Gesicht. Wir haben nicht das ganze Kamerateam zur Seite gestellt bekommen, sondern nur zwei Kameramänner und eine Assistentin, die für die Interviews und das Licht zuständig ist und die schon eifrig herumwuselt, um Amber gut zu beleuchten. Lewis steht wie immer hinter der Kamera und filmt alles. Ich straffe meine Schultern.

»Amber, Cassie, das ist Daniel.« Sein Name kommt mit einem leichten Zittern über meine Lippen, so aufgeregt bin ich.

»Schön, euch kennenzulernen.« Dan schließt beide in eine Umarmung. Cassie wirft mir über Dans Schulter einen eindringlichen Blick zu und formt etwas mit dem Mund, was verdächtig nach *O mein Gott* aussieht. Ich grinse in mich hinein. Lewis läuft um uns herum, und Mattheo, der andere Kameramann, geht voraus.

»Die Szene müssen wir nachher noch einmal filmen«, bemerkt Lewis entschuldigend, als er Mattheos missbilligenden Blick sieht. Ich nicke und lächele meinen Freundinnen zu.

»Ab jetzt wird alles gefilmt, benehmt euch also.«

Amber zieht eine Augenbraue hoch. Es ist nicht zu übersehen, dass den beiden die Kameras noch unangenehm sind, auch wenn sie es gut überspielen und sich ganz offen zeigen. Daran werden sie sich in den nächsten Stunden noch gewöhnen müssen.

»Ich glaube, geplant war eigentlich, dass wir uns vor dem Empire State Building treffen«, erinnere ich mich. Amber setzt sich bereits in Bewegung, unterhält sich währenddessen mit Lewis und Mattheo. Die beiden sind zwar schweigsam, aber das scheint Amber nicht zu stören. Cassandra läuft neben Dan und mir her.

»Ich war bisher immer nur zu Geschäftsreisen in New York«, erzählt Dan. »Ich bin also gespannt auf den geheimnisvollen Ort, den ihr mir unbedingt zeigen wollt.«

»Ich bin auch gespannt.« Ich lächele in mich hinein, denn ich weiß, dass er ihn lieben wird. Zunächst einmal besuchen wir aber wirklich das Empire State Building. Das ist zwar ein typischer Touristenhotspot, aber muss einfach sein, um meine Liebe zu New York zu demonstrieren.

Unsere Koffer sind bereits ins Hotel gebracht worden, denn leider darf auch ich nach diesem Treffen nicht mit Amber und Cassie nach Hause gehen, sondern muss mit ins Hotel. Vor dem Empire State Building wird gefilmt, wie Dan und ich uns treffen und begrüßen. So wäre es nämlich eigentlich geplant gewesen, wenn nicht ein Schneesturm meinen früheren Flug hätte ausfallen lassen. Also wird das jetzt eben passend gemacht.

Ich küsse ihn zur Begrüßung und er schlingt seine Arme um meine Taille. Es fühlt sich so richtig an, so natürlich, als wäre das der ganz normale Alltag. Im Aufzug nach oben halte ich seine Hand ganz fest in meiner, und die Kolibris in meinem Bauch schlagen wild mit den Flügeln. Amber und Cassie sind bereits in den Fahrstuhl vor uns gestiegen, denn sie werden so tun, als hätten sie auf der Aussichtsplattform auf uns gewartet. Lewis steht mit uns im Aufzug. Ein Teil der Warteschlange ist extra für uns abgesperrt worden, sodass wir einfach durchlaufen können. Im Winter wollen zum Glück nicht ganz so viele Touristen auf den Aussichtspunkt wie sonst. Ich verschränke meine Finger mit Dans, und gemeinsam schlendern wir nach draußen auf das Dach, von dem einem ganz New York zu Füßen liegt. Mich überkommt jedes Mal aufs Neue Ehrfurcht vor dieser riesigen Stadt, wenn ich nach unten in die Tiefe sehe. Obwohl die Masse an Schnee nicht mit Alaska zu vergleichen ist, und die Temperaturen sowieso nicht, ist auch in New York der Winter eingebrochen. Die Stadt, die vor Kurzem noch in Orange und Gelb erstrahlt ist, liegt nun unter einem weißen Mantel verborgen. Im Gegensatz zu dem grauen, tristen Schleier, den ich sonst darin gesehen habe, muss ich nun zugeben, dass es etwas Zauberhaftes hat. Etwas Magisches.

»Es ist sehr beeindruckend.« Dan lehnt sich neben mir an die steinerne Mauer. Er beugt sich nach vorn, um noch weiter sehen zu können.

»Früher fand ich es immer furchtbar, wenn es geschneit hat«, spreche ich meine Gedanken aus. »Aber es sieht wirklich schön aus.«

»Wie Puderzucker auf Waffeln.« Dans raue Stimme wird von einem Windstoß fortgetragen, der mir durch die Haare fährt. Die Vorstellung von Waffeln gefällt mir.

»Es kann gleich losgehen!«, warnt uns Lewis vor. Die Kameramänner haben sich bereits postiert und geben uns das Signal, als meine beiden Freundinnen auf uns zugeschlendert kommen. Und die Begrüßung beginnt erneut.

Nach einer guten Stunde auf der Plattform machen wir uns auf den Weg zu Ambers, Cassies und meinem Lieblingsdiner *Katz's Delikatessen*. Es ist ein amerikanisches Feinkostgeschäft mit Gastronomie an der 205 East Houston Street in Manhattan, das jüdisches Essen anbietet und seit 1888 besteht. Die Fassade ist unscheinbar und man erkennt es eigentlich nur an den großen Schriftzügen. Wir reihen uns in die kleine Schlange ein und warten, bis uns eine Nummer gereicht wird. Lewis und Mattheo sind kaum drei Schritte hinter uns. Die Leute um uns herum schauen neugierig, halten sich aber zurück. Vielleicht sind sie es schon gewohnt, dass in diesem Diner ab und an gedreht wird. Der große Raum ist dicht mit Tischen bestückt und es ist sehr laut, sodass wir unsere Stimmen deutlich heben müssen. Dan mustert die Wände, die mit Fotos zahlreicher Promis gepflastert sind, die hier schon mal eine Mahlzeit eingenommen haben. Ich suche in seinem Blick, ob er dieses Restaurant wiedererkennt, doch bisher sieht es nicht danach aus.

»Was empfiehlst du denn?«, fragt er und fährt sich mit der Zungenspitze über die Lippen. Wir reihen uns in der kurzen Schlange vor der Bedienungstheke ein.

»Das Pastrami-Sandwich.« Grinsend sehe ich ihn an und als ich an der Reihe bin, bestelle ich das Sandwich mit den gewürzten, hauchdünnen Rindfleischscheiben. Das ist die Spezialität des Hauses.

»Und für Sie?« Die Bedienung sieht Dan freundlich an. Seine Mundwinkel zucken nach oben und seine raue Stimme durchdringt mich bis ins Mark. »Ich will genau das, was sie hatte.« Dabei sieht er mich unverwandt an, sein Blick bohrt sich in meinen. Ein Ziehen geht durch meinen Unterleib und ich beiße mir auf die Lippe, damit mir kein Geräusch entfährt, das meine Erregung verrät. Er kennt den Film. *Harry und Sally*. Genau in diesem Diner hat die legendäre Szene stattgefunden, in der Sally ihrem Freund Harry einen Orgasmus vorspielt.

»Du kennst die Szene also«, sage ich kurze Zeit später, als wir zu viert an einem kleinen Tisch sitzen und in unsere Sandwiches beißen. Die Security, die das Date ab hier begleitet, hat den Bereich, in dem wir sitzen, abgesperrt, sodass wir etwas ungestörter sind.

»Wer kennt sie nicht?« Dan nimmt erneut einen Bissen von seinem Sandwich. »Es ist aber auch wirklich gut!« Er schließt genüsslich die Augen.

»Das ist es. Und sie haben auch so viele tolle vegane Gerichte.« Amber seufzt auf. »Darf ich dich schnell entführen?« Ihre braunen Augen sind auf Dan gerichtet, der überrascht nickt. »Natürlich.« Die beiden stehen auf und begeben sich an einen freien Nebentisch. Gerade so weit entfernt, dass Cassie und ich sie über den allgemeinen Lärm nicht verstehen können.

»Bitte wartet kurz, ihr könnt solange aufessen.« Mattheo deutet in Richtung Dan und Amber.

»Es ist schon beängstigend, die ganze Zeit gefilmt zu werden.« Cassies Tonfall ist spitz. Ich gebe ihr mit einem Blick auf das Mikrofon um meinen Hals zu verstehen, dass wir trotz der fehlenden Kameras auf unser Gespräch achten müssen.

»Da sagst du was.« Ich gehe auf ihren Kommentar ein und stoße einen frustrierten Laut aus. Dabei beuge ich mich etwas weiter zu ihr hinüber. »Aber man gewöhnt sich daran. Und das ist eigentlich die größte Gefahr.« Cassandra nickt verständnisvoll und klemmt sich eine Haarsträhne hinter ihr Ohr. Sie muss erst vor Kurzem beim Friseur gewesen sein, denn ihre Strähnchen sind frisch gefärbt und in einem Weißblond gehalten, das einige Nuancen heller ist als ihr natürlicher kühler Blondton.

»Zuerst habe ich mich gewundert, dass ihr nicht mehr Securityleute dabeihabt, weil es ja rein theoretisch auch ein Spoiler für die

Show ist, wenn Dan mit dir gesehen wird.« Sie stützt ihren Kopf auf die Hände. »Aber dann ist mir eingefallen, dass er ja hineingewählt wurde und nicht bei einer der vorherigen Staffeln dabei war. Die Leute kennen ihn also nicht. Und erst im Nachhinein könnten sich manche dann erinnern, dass du zumindest bis zum Heimat-Date gekommen bist.«

»Ja, das stimmt. Bei Collin und Siva wäre es auffälliger.« Ich sehe zu Dan hinüber, der sich immer noch angeregt mit meiner besten Freundin unterhält und das Kreuzverhör offenbar gelassen nimmt.

»Was soll ich dir denn für Fragen stellen?« Cassie betrachtet ihre langen roten Fingernägel, die aussehen, als hätte sie sie heute Morgen erst einer Maniküre unterzogen. *Wie viel Mühe sie sich gegeben hat.*

»Am besten, wie er so ist oder ob ich denke, dass das funktionieren könnte … irgendetwas Tiefgehendes vielleicht.« Sie überlegt.

»Okay, ich lasse mir etwas einfallen.« Wir lehnen uns ertappt zurück, als Mattheo sich uns zuwendet und die Assistentin mir mit der mobilen Softbox vor der Nase herumwedelt. Die Kameramänner positionieren sich, sodass sie Cassandra und mich im Blick haben, dann gibt Lewis uns mit der Hand ein Zeichen. Cassie räuspert sich und richtet sich kerzengerade auf.

»Du scheinst ihn sehr zu mögen.« Ihre hellen Augen sind auf mich gerichtet, sie blinzelt ein paarmal und ich weiß, dass sie sich darauf konzentriert, nicht in eine Linse der Kameras zu sehen. Auch wenn ich die Prozedur schon kenne und bereits geübt darin bin, meine Emotionen gezielt zu zeigen und nur das nach außen dringen zu lassen, was ich möchte, ist es ein komisches Gefühl, hier mit meiner Freundin zu sitzen. Diese beiden Welten, mein privates Leben und die Show, zu vereinen. Ich atme tief durch.

»Er ist toll.« Ich erlaube mir ein Lächeln, bei dem ich meinen Blick auf das dunkle Holz des kleinen Tisches vor mir richte. Wenn meine Wangen sich nun ein wenig röten, ist es perfekt. »Er ist so … anders als meine bisherigen Beziehungen.«

»Also könntest du es dir wirklich vorstellen, *Ja* zu sagen?«

»Ja«, sage ich ohne Umschweife und bin selbst ein wenig überrascht, wie einfach es mir über die Lippen kommt. Beinahe zu schnell.

»Aber …« Ich setze eine nachdenkliche Miene auf. »Es ist komisch zu wissen, dass ich nicht die Einzige bin, und dass ich nicht einschätzen kann, wie seine Chemie mit den anderen ist. Ich meine, ich vertraue auf uns und ich glaube, dass er genauso empfindet wie ich. Aber ich weiß es nicht *sicher.*« Gelogen. Natürlich weiß ich es, weil er dazu verpflichtet ist. Dennoch bin ich mir in manchen deprimierten Momenten, in denen ich Angst habe, dass er vielleicht tatsächlich auch Gefühle für die anderen beiden entwickelt haben könnte, unsicher. Er hat gesagt, dass er mehr für mich empfindet. Und ich glaube ihm. Aber er könnte es vielleicht ebenfalls zu den anderen gesagt haben. *Bei ihnen meint er es nicht ernst*, denke ich schnell, um nicht zu sehr in Grübeleien abzudriften, und hefte meinen Blick wieder auf meine Freundin. Das sind alles Gedanken, die ich mir bereits gemacht habe. Mit denen ich mich befasst habe und bei denen ich zu dem Schluss gekommen bin, dass ich Dan vertrauen muss, so sehr ich es auch hasse, von anderen abhängig zu sein. Hier bleibt mir nichts anderes übrig.

»Das ist bestimmt nicht so einfach«, geht Cassie darauf ein und schürzt ihre Lippen. Sie sucht nach den richtigen Worten, und ich bereite mich innerlich darauf vor, gleich eine unangenehme Frage beantworten zu müssen. »Ist das nicht ziemlich blöd, zu wissen, dass du beim nächsten Date womöglich mit ihm schläfst und er keinen Tag später mit einer der anderen auch Sex hat?« Uff. Damit hat sie das *tief gehend* eindeutig zu wörtlich genommen. Sogar so wörtlich, dass es eher verstörend ist. Wieso hält sie sich nicht an die Abmachung, das ist doch zum Haareraufen! Keine Sekunde später raufe ich sie mir tatsächlich, weil ich nicht weiß, was ich sagen soll. Himmel, was soll ich hierauf bitte antworten?

Vielleicht: *Ja, das ist blöd, und falls das passiert, werde ich sie alle auf eine einsame Klippe locken und pseudoheimlich hinunterschubsen?* Oder vielleicht: *Ach, das ist mir ganz egal, in wen er zufällig tiefer geht?* Ihre Worte lassen mich innerlich zusammenzucken, hinterlassen einen klebrigen Geschmack in meinem Mund, und gleichzeitig will ich lachen. Ich hätte mir denken können, dass so was kommt, bei Cassie kommt immer so etwas. Nicht dass das nicht durchaus eine wichtige Frage wäre, aber sie kann ja nicht wissen, dass Dan und ich bisher noch nicht darüber geredet haben. Und dass ich ihm eigentlich sagen wollte, dass ich es nicht will. Dass ich nicht will, dass er mit April oder Taysha schläft. Denn auf dem Fantasy-Date, das er mit einer der beiden haben wird, wird normalerweise genau das passieren, außer er unterbindet es. Und er soll es gefälligst unterbinden! Ich merke, dass ich zu lange überlege, öffne den Mund, um etwas zu sagen, und schließe ihn wieder, als ich nichts Sinnvolles herausbringe.

»Also, die Fantasy-Dates werden bestimmt nicht einfach. Würdest du es denn annehmen?« Cassie versucht mir stotternd aus der Patsche zu helfen, als sie merkt, dass sie mich in die Bredouille gebracht hat. Mein Zeigefinger findet automatisch meine kühle Nasenspitze und ich reiße mich zusammen.

»Ja, ich würde es annehmen. Aber ich habe Angst davor, was passiert, wenn er April oder Taysha ebenfalls danach fragt.« Ich lasse meine Gesichtszüge entgleisen, um glaubwürdiger zu erscheinen, ohne meine wahren Emotionen widerzuspiegeln. Hoffentlich zumindest. Meine Professionalität in dieser Unterhaltung bröckelt zunehmend. »Ich weiß nicht, ob ich das so gut verkraften würde, wenn ich weiß, dass er für die beiden genauso fühlt wie für mich.« Okay, das war ein harter Brocken, aber ich glaube, ich habe die Kurve gekriegt. Leise stoße ich die Luft zwischen den Zähnen aus, warte, bis die Kameras meinen Gesichtsausdruck eingefangen haben, ebenso wie den gezwungenen von Cassie, die mir nun alles Gute wünscht und noch einmal betont, dass sie Dan wirklich toll findet. Doch so oder so verlasse ich das Date mit gemischten Gefühlen. Und als ich schließlich in der Badewanne des Hotels liege und es mit dem Schaum so übertrieben habe, dass sich die kleinen Blubberbläschen auf dem Badezimmerboden auftürmen, fühle ich mich nur noch ausgelaugt. Ausgelaugt von dem Chaos in meinem Kopf. Und in meinem Herzen.

❄ ❄ ❄

Zwei Tage später, am Morgen des 25. Dezembers, bin ich so konfus, dass ich vergesse, meine Pyjamahose auszuziehen, bevor ich mich auf den Weg zum Frühstück mache. Die Tage zuvor sind mir vorgekommen wie eine Ewigkeit, in denen ich nichts getan habe, außer gelegentlich zu essen, den Fitnessraum und den Pool des Hotels zu nutzen und in meinem eigenen Elend des Nichtwissens zu schwimmen. Wortwörtlich, denn die Badewanne ist ebenfalls jeden Tag in Benutzung gewesen. Ich muss mit Dan darüber sprechen, es beschäftigt mich einfach zu sehr. Aber erst einmal steht der heimliche Besuch bei Merve im Krankenhaus an, bevor wir morgen Mittag wieder zurück nach Alaska fliegen werden. Getrennt natürlich. Dan hat als Grund für den weiteren Aufenthalt in New York angegeben, einen Freund zu besuchen, während ich darum gebeten habe, lediglich mehr Zeit allein zu bekommen. Die brauche ich nämlich wirklich. Lewis und Mattheo sind bereits nach Hause geflogen, und nur die Assistentin passt auf mich auf und wird mich auch auf dem Flug zurück begleiten. Für heute hat sie sich allerdings ebenfalls abgeseilt. Wir sind vertraglich dazu verpflichtet, uns an die Regeln zu halten. Heimliche Dates würden also in höchstem Maße bestraft werden. Doch dieses Risiko muss ich einfach eingehen. Ich muss Merve sehen. Und Dan auch. Nur ganz kurz.

Ich verlasse das Hotel, dieses Mal in Jeans, ziehe die Mütze tiefer ins Gesicht und den gelben Mantel enger um mich, den mir Cassie geliehen hat, sodass die Assistentin mich im Falle eines Falles nicht an meiner Kleidung erkennen kann.

Den Jutebeutel mit Merves Weihnachtsgeschenk habe ich fest in der Hand, die Sonnenbrille sitzt auf meiner Nase wie ein Schutzschild und bewahrt mich vor eventuellen neugierigen Blicken. Das Wetter ist sonnig genug, dass meine Tarnung nicht unangenehm auffällt. Ich laufe einige Straßen weiter und fahre mit der U-Bahn bis zum Rockefeller Center. Ja, es ist kitschig, aber irgendwie höre ich bei jedem Schritt imaginäre Glöckchen läuten, und auch für einen Weihnachtsmuffel wie mich ist das weiße New York und all die glücklichen Gesichter wunderschön anzusehen. Meine Schritte werden schneller, leichter. Und schließlich kann ich es mir nicht verkneifen und beginne zu hüpfen wie ein kleines Kind. Für all die Jahre, in denen ich mir verboten habe, Weihnachten zu mögen.

Ich erreiche den großen Platz vor dem Rockefeller, wo sich bereits Menschen tummeln, um den großen Weihnachtsbaum zu bewundern. Ich sehe mich suchend nach einem großen, breitschultrigen Mann mit dunklen Augen um. Als ich Dan entdecke, beschleunigen sich meine Schritte wie von selbst, angespornt durch meinen galoppierenden Herzschlag, und ich quetsche mich durch die Menge hindurch bis zu ihm. Er hat wieder seinen grauen Schal an, und ich frage mich, ob er ihn absichtlich trägt oder weil er keinen anderen gefunden hat. Mit dem dunklen Mantel und der Sonnenbrille hat er etwas von einem Geheimagenten, und ich zögere, bevor ich mit einem Satz auf ihn zuspringe und aus einem Impuls heraus »Kevin!« rufe. Dan fährt herum und einen Augenblick später zieht er mich an sich. Näher als sonst. Fester als sonst. Als würde die Weihnachtsstimmung sich nun gänzlich auf uns übertragen, recke ich mich ihm entgegen und unsere Lippen finden sich. Der Kuss ist zärtlich, gefühlvoll und getragen von einer Sehnsucht, die alles andere überdeckt.

»Ich habe dich vermisst«, flüstere ich leise.

»Ich dich auch.« Unsere Nasenspitzen berühren sich und sein Atem fährt über meine Haut. Ich will ihn erneut küssen, als mich jemand von der Seite anrempelt und ich unsanft an Dans Brust gedrückt werde. Doch es stört mich nicht, und so lache ich nur, als ich mich noch enger an ihn schmiege, seinen herben Duft inhaliere und mich wieder zu der riesigen, mit bunten Kugeln und Lichtern geschmückten Fichte wende. Dan sieht prüfend auf die langen Kabel.

»An den Ästen hängen ungefähr fünf Meilen Lichterkette insgesamt.«

»Ist das ein Fakt, den du zufällig gelesen hast, oder eine Schätzung?«

»Fakt, ich musste mich doch ein bisschen informieren.« Er grinst verschmitzt. »Kein Wunder, dass Kevin den Baum so toll fand.« Das stimmt allerdings. Der Weihnachtsbaum ist wirklich beeindruckend. Und ich kann es niemanden verdenken, der ihn anhimmelt.

»Den Film müssen wir nachher mit Merve ansehen.« Ich bette meinen Kopf an seine Schulter, während wir weiter nach oben starren und versuchen, die Dimensionen dieses Baumes zu begreifen.

»*Kevin – Allein zu Haus?*«

»*Kevin – Allein in New York*. Das gehört einfach zu Weihnachten!«

»Oh, zum Glück!«, ruft Dan aus. »Der ist besser als der Erste.«

»Ja, oder?« Ich strahle bis über beide Ohren. »Ich finde ihn auch witziger.« In einer dramatischen Geste lege ich meine Hand auf meine Brust. *»Du schmust doch wahllos mit jedem rum! Snaffi, Al, Leo, Little Mo mit dem kaputten Bein …«*

Dan lacht schallend.

»Ich könnte ewig so weitermachen, Baby.« Ich falle in sein Lachen mit ein. Und während einige uns schon seltsame Blicke zuwerfen, fühle ich mich, als wären wir ganz allein auf dieser Welt. Allein zu zweit vor dem großen Weihnachtsbaum. Unsere Lippen finden sich erneut. Als wäre es ein Reflex. So wie das Atmen ein Reflex ist. Und als nun tatsächlich Glöckchen erklingen, weil eine Pferdekutsche an der Straße an uns vorbeifährt, komme ich mir vor wie im kitschigsten Weihnachtsfilm überhaupt. In diesem Moment fasse ich einen Entschluss, den ich heute Abend in die Tat umsetzen werde.

Dan hat auf dem Weihnachtsmarkt Baumschmuck und einen kleinen Tannenbaum ergattert, der mir etwa bis zur Hüfte reicht, und wir schleppen ihn gemeinsam durch die Drehtür des Krankenhauses. An der Rezeption nenne ich meinen Namen, damit wir sofort zu Merve gebracht werden, und die diensthabende Krankenschwester lächelt mir wohlwollend zu. Als sie die Tanne sieht, öffnet sich ihr Mund, doch Dan lächelt sie so hoffnungsvoll an, dass sie ihn wieder schließt und nur die Schultern hebt. Sie scheint sich zu freuen, dass Merve an Weihnachten Besuch bekommt.

»Das Mädchen ist eine gute Seele, wissen Sie.« Ein irischer Akzent durchsetzt ihre Stimme. Ihre Wangen sind gerötet und ein leichter Schweißfilm ist auf ihrer Stirn zu sehen, als hätte sie gerade besonders viel zu tun.

»Das stimmt.« Ich greife unser Mitbringsel an der Spitze und klemme mir die Schachtel mit den Kugeln unter den Arm, während Dan den Stamm des Baumes und den Topf, in dem er steckt, packt. Gemeinsam schaffen wir es, ihn durch die Gänge zu manövrieren, bis zu Merves Zimmer. Mein Herz klopft mir bis zum Hals vor freudiger Erwartung, und als ich sie erblicke, setzt es einen Augenblick aus.

»Ihr seid doch verrückt!«, ruft sie beim Anblick der grünen Tanne. »Das habt ihr nicht wirklich getan!«

Dan tritt hinter mir ein und trägt den Baum in die hintere Ecke des Raumes, um ihn dort aufzustellen. Ich warte nicht mehr, sondern stürze mich in Merves Arme.

»Ich bin so froh«, bringe ich hervor. Mehr nicht. Meine Stimme bleibt mir im Hals stecken, als ich sie fest an mich drücke. Ihren warmen Duft nach Karamell einatme, der sie stets umgibt. Ein Hauch von Zimt ist dazugekommen und ich drehe den Kopf, um zu sehen, woher dieser Duft kommt. Auf Merves Nachttisch steht eine große Dose mit Plätzchen und Lebkuchen.

»Wer hat so viel gebacken?« Ich sehe mir die verschiedenen Sorten genauer an. Zimtsterne, Spekulatius, Snowball Cookies, Snickerdoodles … Merve grinst.

»Du weißt doch, dass Amber an Weihnachten immer eskaliert.« Ihr Lachen erklingt. Wahrscheinlich ist unsere Wohnung zu Santa Clause' Haus mutiert, seit ich weg bin. Amber hat sich immer zurückgehalten, weil sie weiß, dass Weihnachten und ich nicht die besten Freunde sind. Aber dass sie Merve Plätzchen und Lebkuchen gebracht hat, rührt mich. Ich schnappe mir kurzerhand einen Spekulatius und beiße hinein, ehe ich mich an Dan erinnere.

»Oh. Das ist übrigens Dan.« Ich schlucke den Bissen hinunter und zeige auf meinen Begleiter. Der lächelt Merve freundlich an, und ich bin ihm dankbar, dass er so diskret gewartet hat, bis unser Moment vorbei ist.

»Das habe ich mir gedacht.« Ihr Gesicht spiegelt Freude wider. Sie ist immer noch blasser als sonst, aber wirkt erholt, nicht erschöpft, und das erleichtert mich ungemein. »Es ist sehr schön, dich kennenzulernen.« Sie streckt ihm ihre schmale Hand entgegen, an dem ihr eigenes Nordsternarmband klimpert, und Dan schüttelt sie.

»Ebenso.« Dan nickt zu dem Baum hinüber. »Wir haben dir einen Weihnachtsbaum besorgt, und wenn du Lust hast, könnten wir ihn ja gemeinsam schmücken.« Merve nickt begeistert und deutet auf die Schachtel mit den Kugeln und den Strohsternen.

»Habt ihr das extra für mich gekauft?«

»Natürlich! Und eine Lichterkette.« Ich grinse breit. »Die Bezahlung nehmen wir gern in Form von Keksen entgegen.«

»Damit bin ich auch einverstanden.« Dan schielt auf die Dose und Merve zwinkert ihm zu.

»Aber erst nach getaner Arbeit. Ich bin sehr wählerisch, was Baumschmücken angeht.« Wir ziehen unsere Mäntel aus, während Merve die Schachtel mit dem Schmuck inspiziert. Sie reicht uns die Lichterkette, damit wir sie an den Zweigen befestigen können. Ich winde das Kabel spiralförmig um den Baum und klemme es an die Äste, sodass bald darauf viele kleine Lampen das satte Grün der Tanne durchbrechen und ein warmes Licht verströmen. Da Merve selbst noch zu schwach ist, um richtig aufzustehen, übernehmen Dan und ich das Schmücken. Merve dirigiert uns dabei zu den Ästen.

»Hier?« Fragend halte ich eine rote Kugel an einen Ast kurz unter der Baumspitze, doch Merve schüttelt den Kopf.

»Weiter runter und rechts, aber nicht zu weit! Sonst hängen die beiden Kugeln zu nah beieinander.« Ihre Augen leuchten dabei so hell, als wäre der Schein der Lichterkette auf sie übergesprungen.

»Er sieht wirklich gut aus.« Ich trete einen Schritt zurück und begutachte unser Werk.

»Das kann ich nur bestätigen. Am liebsten mag ich ja die linke Seite.« Dan kratzt sich nachdenklich am Kinn. »Aber irgendetwas fehlt noch.«

»Ja, dieser eine Ast ist zu leer.« Merve zeigt auf eine größere Lücke zwischen den Zweigen, in der noch kein Stern oder eine Kugel hängt. »Aber die Box ist leer.«

»Könnten wir nicht eine Nuss nehmen? Oder so etwas?« Ich drehe mich in dem weiß gehaltenen Raum um, der durch unsere Aktion nun wesentlich weniger steril wirkt als zu Beginn.

»Oder eine Socke?«

Merve überlegt und zieht schließlich ein Lebkuchenmännchen aus der Plätzchendose. »Hat jemand eine Schnur?«

»Ich.« Dan deutet auf seinen Mantel, an dessen Taschennaht sich ein Faden gelöst hat. Da keine Schere zur Verfügung steht, beißt er ihn kurzerhand ab und wickelt ihn dann um den Hals des Plätzchens, um es am Baum festzubinden.

»Jetzt sieht er gut aus!«, staune ich und klatsche glücklich in die Hände. Die beiden anderen stimmen zu. Dan setzt sich auf einen Stuhl neben Merves Bett, während ich mich zufrieden neben sie auf die Matratze sinken lasse.

»Ich habe sogar noch ein Geschenk für dich.« Ich greife in meinen Jutebeutel und hole den verpackten grauen Schal hervor, den ich gestrickt habe.

»Der Baum ist schon das allerschönste Geschenk überhaupt! Du weißt, dass du mir nicht noch mal was schenken musst!«, ruft Merve beinahe empört aus, kramt dann allerdings selbst in ihrem Nachttisch. »Ich habe aber auch etwas Kleines für dich.« Ich verdrehe die Augen über ihren Kommentar. Es war klar, dass sie etwas besorgt hat, aber nicht will, dass man ihr etwas schenkt. Ich warte, bis sie so weit ist, und überreiche ihr das Päckchen. »Frohe Weihnachten, Merve.«

»Frohe Weihnachten, Eyla.«

Im Gegenzug nehme ich Merves kleine Schachtel entgegen. Sie ist mit grünem Geschenkpapier verpackt und eine kleine weiße Schleife ist darauf geklebt.

»Es ist nur was ganz Kleines«, warnt sie mich vor, doch als ich das Papier vorsichtig entferne, weiß ich sofort, dass es das nicht ist. Für mich nicht. Ein dicker Kloß bildet sich in meiner Kehle. Denn in der Schachtel befinden sich Bilder. Viele ausgedruckte Bilder.

»Amber und Cassie haben mir geholfen, ein paar von den letzten Jahren zusammenzusuchen. Damit du deine Erinnerungsbox wieder auf Vordermann bringen kannst.« Mit zitternden Fingern nehme ich die Fotos heraus und sehe sie eins nach dem anderen an. Ich bin so gerührt, dass ich nur stumm nicke, während mir Tränen in die Augen schießen. So viele Erinnerungen. Amber und ich im Disneyland, die eskalierte Weinparty in unserer WG, wegen der wir eine neue Tür gebraucht haben …

»Danke«, nuschele ich und fahre mir eilig mit dem Ärmel meines Pullovers über die Augen, als ich merke, dass ich wirklich zu weinen begonnen habe.

»Hey, du sollst dich doch freuen und nicht heulen!« Merves Beschwerde bringt mich nur noch mehr zum Schluchzen, und sie schließt mich erneut in eine feste Umarmung. »Hätte ich das gewusst, hätte ich grässliche Bilder genommen.«

»Vielleicht weine ich ja, weil sie so furchtbar sind.« Nun lachen wir beide und Dan fällt mit ein. Ich sehe entschuldigend zu ihm auf und habe ein schlechtes Gewissen, dass wir ihn so ausschließen, doch als er meinem Blick begegnet, lächelt er nur aufmunternd.

»Danke, Merve, das freut mich wirklich sehr.« Ich lege die Bilder in die Box zurück und beschließe, sie später genauer anzusehen, bevor ich mich so darin verliere, dass die Stimmung in Schieflage gerät. Ich stecke die Schachtel in den Jutebeutel, dann deute ich auf mein Geschenk, das meine Schwester bereits in den Händen hält.

»Na gut, jetzt du.« Gespannt beobachte ich, wie Merve das Geschenkpapier entfernt. Es gleitet zu Boden und schwebt einen Moment in der Luft, bevor es am Bettende niedersinkt.

»Ooooh! Ist das …?« Merve zieht die zu lang gewordene Strickerei hervor und hält sie über den Kopf. »Ach, ein Schal! Und in Wolkenfarben!« Ihre Augen strahlen.

»Den habe ich selbst gestrickt.« Unverkennbarer Stolz zeichnet meine Stimme. Immerhin habe ich einige Stunden damit verbracht.

»So was kannst du?« Merve sieht mich erstaunt an, dann wickelt sie sich den Schal um den Hals und kuschelt sich darin ein. Er ist sogar so lang, dass er sie bis zur Nase verdeckt. »Er ist ganz flauschig! Und so groß!«

Die Krankenschwester von vorhin kommt herein, betrachtet entzückt den Baum und bringt uns eine Kanne Tee.

»Es sieht wirklich schön aus.« Sie zwinkert uns zu. Wir bedanken uns und schlürfen gemütlich das heiße Getränk, während Merve uns ein Update von ihren Lerneinheiten in Anatomie gibt und erzählt, dass sie die Serie mit dem Volleyball durchgesehen hat und nun mit einem anderen Anime beginnen will.

»*Attack on Titan* oder *Bleach*, aber da bin ich mir noch nicht so ganz sicher.« Auch über ihre Behandlung reden wir. Und wie der weitere Verlauf ist. Dass vielleicht doch noch eine Bestrahlung notwendig ist, aber die Ärzte positiv gestimmt sind. Sowohl Mom als auch Amber und Cassie kommen sie häufig besuchen, und auch ihre Klassenkameraden und -kameradinnen kommen öfter vorbei. Auch Richard war ein paarmal hier, was mir beinahe einen Stich versetzt. Wieso hat Mom mir nicht gesagt, dass sie ihn mitbringt? Aber wahrscheinlich wusste sie, dass ich es nicht gutheiße, und wieso sollte sie mich auch um Erlaubnis bitten? Hauptsache, Merve bekommt viel Besuch und ist nicht allein.

»Welchen Weihnachtsfilm wollt ihr euch ansehen?«, fragt meine Schwester gespannt und kramt ihren in die Jahre gekommenen Laptop aus einer Ledertasche unter dem Nachttisch hervor.

»Wir haben uns gedacht, wir könnten *Kevin – Allein in New York* ansehen.« Dan tippt mit seinen Fingern auf dem Fensterbrett, was ein leises Pochen verursacht.

»O ja! Das klingt perfekt!« Merves Augen leuchten wie die Lichter am Weihnachtsbaum. Nur schöner. Wir starten den Film und kuscheln uns zu dritt in Merves Bett. Sie rückt extra zur Seite, sodass ich in der Mitte und Dan am äußersten Rand Platz nehmen kann. Das Bett kann kaum mehr als einen Meter breit sein, aber wir rücken dicht zusammen. Der Film startet und wir sehen zu, wie Kevin wieder einmal vergessen wird, wie er im Hotel eincheckt, den Schlachtplan ausheckt … und wie er Ziegelsteine wirft.

»Das war immer meine Lieblingsstelle!« Dan lacht kehlig, als ein weiterer schwerer Stein auf Marvs Gesicht landet, weil Harry sich geduckt hat.

»Meine die mit der Toilette.« Meine Schwester kichert. Wir lieben den Film seit Kindertagen, jedes Weihnachten haben wir ihn angesehen, bis zu dem Weihnachten vor drei Jahren, an dem eine Woche zuvor alles zusammengebrochen ist. Da war weder an *Kevin – Allein zu Haus* zu denken noch an andere weihnachtliche Gefühle. Der Tod meines Dads hatte uns alles genommen. Seitdem hatte ich alles Weihnachtliche abgelehnt. Diese fröhliche, sorgenfreie Stimmung, während man ständig daran erinnert wurde, dass einem ein geliebter Mensch entrissen worden war. Ich habe mich schuldig gefühlt, wenn ich Anwandlungen von Weihnachtsstimmung hatte. Und ich hatte

Angst, dass ich es nicht ertragen würde. Dass ich wieder zurück in das Loch der Trauer fallen würde, wenn ich mich der Illusion hingäbe, dass ich es irgendwie kitten könnte. Merve ist anders, sie hat nicht aufgehört, zuversichtlich zu sein. Sie hat weiterhin Plätzchen gebacken, auch wenn ich keine gegessen habe. Und sie hat mich immer noch zum Rockefeller-Baum geschleppt, auch wenn ich ihn nur mit ausdruckslosem Blick betrachtet habe. Sie hat sich immer solche Mühe gegeben. Und auch wenn sie es vielleicht nicht weiß, hat mir das viel bedeutet. Und aus diesem Grund werde ich dieses Jahr dasselbe tun: Zuversicht schöpfen.

24. Kapitel

»Er ist sehr charmant und humorvoll, und Himmel, er sieht gut aus!«
– Merve, 21

Ich bin nervös, als ich mit der Tüte vor Dans Hotelzimmer stehe und vorsichtig klopfe. Es ist bereits weit nach Mitternacht. Und obwohl ich nun mehr als drei Stunden im Bett lag und voller Zweifel an die Decke gestarrt habe, bis ich mich endlich überwinden konnte, weiß ich noch immer nicht, ob das eine gute Idee war. Ich gebe mir diesen einen Versuch. Wenn er nicht aufmacht, dann gehe ich wieder. Denn mit jeder Sekunde wird mein Entschluss wackeliger, löst sich im Nebel auf, der aus den hintersten Ecken meiner Seele dringt. Ich lausche, streiche mit dem Finger über das dunkle Holz der Tür. *Er ist nicht mehr wach. Er schläft bestimmt.* Hadernd zwischen Enttäuschung und Erleichterung will ich mich wieder abwenden, rede mir ein, dass es sowieso eine überstürzte Aktion gewesen sei und deswegen überhaupt nicht schlimm. *Immerhin habe ich es versucht.* Da wird die Tür geöffnet.

»Hm?« Dan sieht verschlafen aus. Die graue Pyjamahose sitzt tief auf seinen Hüften und betont die V-förmige Linie, deren Ende unter dem Stoff verschwindet. Spärliches Licht, das aus dem Zimmer dringt, beleuchtet ihn von der Seite, wirft Schatten auf seine Haut, jede einzelne Kontur seines Körpers.

»Ehm …«, bringe ich hervor, immer noch halb zum Gehen gewandt, die Tüte hilflos in beiden Händen und mein Mund leicht geöffnet. Meine Gedanken sind wie leer gefegt. Ich sollte ihn nicht so anstarren. Wegsehen! Sofort! Als meine Augen immer noch nicht gehorchen und mein Blick weiter seine muskulöse Brust entlangwandert, zwicke ich mich fest in den Oberschenkel.

»I-ich wollte dir etwas zeigen.« Ich atme lauter, schneller, und als Dan zur Seite tritt, um mich hineinzulassen, haste ich regelrecht an ihm vorbei, bevor ich einen Rückzieher machen kann. Er folgt mir, schließt die Tür hinter sich und lässt sich auf sein Bett sinken. Die Müdigkeit ist aus seinen Augen verschwunden und ein dunkler Glanz liegt in ihnen, der mir Mut gibt, mein Vorhaben in die Tat umzusetzen, auch wenn es mir nicht leichtfällt. Ich setze mich neben ihn, streiche die zerwühlten Laken glatt.

»Danke.« Ich lege die Tüte vor mich hin und öffne sie. Mit zitternden Fingern hole ich einen Schuhkarton hervor.

»Ist das deine Erinnerungsbox?«, fragt Dan ehrfürchtig und starrt auf den verzierten Karton. Es ist nicht zu übersehen, dass er schon einige Jahre hinter sich hat. Tesafilm an Ecken und Kanten und gelegentlich ein breiterer Streifen Klebeband halten ihn zusammen. Aufgeklebte Kleinigkeiten, Sticker, bunte Papierschnipsel und Bilder lassen ihn zu einem kleinen Kunstwerk werden. Der leichte Film auf der Oberfläche zeugt jedoch davon, dass er schon lange nicht mehr geöffnet wurde.

»Ja, Merve hat sie mir mal geschenkt, und wir haben sie gemeinsam mit Bildern und Erinnerungen gefüllt.« Ich zögere, stoße den Atem härter aus als beabsichtigt. Wenn ich es jetzt nicht tue, werde ich es niemals über mich bringen. »Entschuldige, das ist nicht so einfach für mich …« Meine Stimme klingt heiser, als hätte ich sie zu lange nicht benutzt. »Das ist der Teil meines Lebens, den ich manchmal gern verdrängen will.«

Dan schenkt mir ein ermutigendes Lächeln und hebt seinen Arm nach oben, wie zur Aufforderung, dass ich mich an ihn kuschele. Ich lache leise und rutsche näher zu ihm. Amber hat mir die Schachtel vorbeigebracht, als ich sie danach gefragt habe, und es ist seltsam, sie nach all den Jahren wieder in den Händen zu haben. Zugriff auf verdrängte Dinge zu erhalten. Ein Schrein, den ich nicht umsonst weggesperrt und liegen gelassen habe. Dan lächelt warm. »Ich kann warten, bis du bereit bist.«

Ich streiche sanft mit dem Finger über die Oberfläche des Kartons. Das ist der Zugang zu meinem Innersten. Und heute habe ich mich dazu entschieden, dass ich mich Dan komplett öffnen werde. Dass ich es muss, damit er mich verstehen kann. Damit er weiß, wieso ich so bin, wie ich bin, und was mich geprägt hat.

Vorsichtig hebe ich den Deckel an, schiebe ihn nach oben und lege den Inhalt der Box frei. Dann greife ich hinein, offenbare einen Stapel meiner Erinnerungen und breite sie vor Dan aus. Es sind Fotos, die keiner bestimmten Ordnung folgen, Eintrittskarten, Partybändchen, Servietten von jedem gemeinsamen Restaurantbesuch und ein Tennisball. Diese Dinge liegen nun vor mir auf dem Boden, springen mir ins Gesicht und überfluten mich. Ich atme tief ein und aus, spüre den einströmenden Sauerstoff in meiner Lunge, wie er sich ausbreitet. Ich kann das. Ich habe diesen Teil von mir so lange verdrängt, dass ich manchmal hoffe, ihn vergessen zu haben. Nicht weil er so schrecklich gewesen wäre, sondern weil er so schön war. Und weil er mich immer wieder daran erinnert, dass ich all das nicht mehr habe. Dass das in der Box ein Abschnitt meines Lebens ist, der vorbei ist. Und dem ich nicht mehr nachtrauern darf, weil er mich sonst zerstört. Ein Kloß hat sich in meiner Kehle gebildet.

»Das sind wir. Merve, ich und mein Dad.« Ich nehme das Bild ganz oben in die Hand. Es hat einen leichten Knick an einer Kante und ich fahre gedankenverloren darüber, während ich es betrachte. Merve und ich auf dem Parkplatz vor dem *Walmart*. Mein Dad daneben und die Spiegelung meiner Mom in der Karosserie des Pickups dahinter. Wir halten drei große Tüten in der Hand, in denen sich nur Chips, Cola und anderweitiger Süßkram befinden, weil wir einen Filmabend machen wollten. Direkt unter dem Foto kommt ein weiteres zum Vorschein. Es ist Merve, die eine glitzernde Krone auf dem Kopf trägt, vor ihr auf dem Teller eine Pizza, die lediglich aus Teig und Tomatensoße besteht. Ich kaue auf meiner Unterlippe herum. Dieses Foto lässt ganze Stürme in mir entstehen, droht, mich zu verschlucken.

»Erzähl mir davon«, bittet Dan und sieht mich mit seinen braunen Augen an. Ich gebe mir einen Ruck, lasse zu, dass die schwache

Stimme meines früheren, vergessenen Ichs nach außen dringt und nicht mehr nur hohl in meinem Inneren echot.

»Nach der Chemotherapie war für Merve Einkaufen immer das Größte«, beginne ich stockend. »Sie musste sehr vorsichtig sein und sich schonen, durfte auf keine größeren Veranstaltungen, weil das Risiko, sich irgendwelche Viren einzufangen, einfach zu hoch war. Aber zum Einkaufen hat meine Mom darauf bestanden, dass sie mitdarf. Deswegen hat sie es geliebt. Weil es ihr kleines Abenteuer war. Und an dem Tag durften wir allein losziehen und Zutaten für Pizza besorgen.« Ein Lächeln schraubt meine Mundwinkel nach oben, als ich daran zurückdenke.

»Wir hatten alle Einkäufe bereits aufs Band gelegt und Merve hat bei den Verkleidungssachen eine Krone entdeckt, die ihr gefallen hat, die wir aber nicht mitgenommen haben.« Ich fahre mit der Zungenspitze über meine trockenen Lippen. »An der Kasse hat ein Mädchen in unserem Alter ebendiese Krone kaufen wollen. Und dann tuschelte sie mit ihren Freundinnen darüber, dass Merve grässlich aussehe und weshalb sie eine Glatze habe.«

»Kinder können wirklich gemein sein«, murmelt Dan.

»Das wirklich gemeine Kind war ich.« Ich sehe etwas schuldbewusst zu Boden. »Ich habe Merve gesagt, sie solle schon mal vorgehen und draußen warten, und habe dem Mädchen die Krone weggenommen.« *Jemand, der so einen Mist von sich gibt, sollte die nicht tragen,* habe ich gesagt.

»Ich habe die Krone dann mit unserem Einkaufsgeld gekauft, weswegen ich nur noch den Teig und die Tomatensoße bezahlen konnte.« Natürlich hatten wir dann keine richtige Pizza essen können, und meine Mom hat mit Spinat und Basilikum experimentiert. Die *Pizza ohne Belag* ist deswegen unser Insider, der sogar so viel Bedeutung hatte, dass wir wirklich gelegentlich Pizza ohne Belag gegessen haben.

»Und Merve hatte die ganze Zeit glücklich ihre Krone auf. Auch wenn sie zuerst erschrocken war, dass wir den Rest deswegen nicht mehr gekauft haben. Aber ich hatte es Mom und Dad dann gebeichtet.«

»Das klingt, als wärt ihr euch alle sehr nahe.« Ich kann beinahe hören, wie er das *gewesen* am Ende seines Satzes verschluckt. Ich atme ein und aus, hole tief Luft. Ich habe mir geschworen, es ihm zu verraten. Also werde ich es tun.

»Meine Familie war mein Ein und Alles. Wir sind durch dick und dünn gegangen, jeder konnte auf den anderen zählen, und wenn es mir schlecht ging, wusste ich, dass ich nur eine Nachricht schreiben oder anrufen musste, und jeder hätte alles stehen und liegen lassen, um an meiner Seite zu stehen. Merve, Dad und auch Mom.« Ein- und ausatmen. Ein und aus.

»Meine Mom und mein Dad haben sich geliebt. Sie waren die Sorte Eltern, die man beim Sex erwischt hat, oder die sich manchmal mitten unter Leuten geküsst haben, was mir früher immer furchtbar peinlich war. Jetzt beneide ich sie fast darum.« Ich lächele traurig. »Ich habe dir schon von dem Autounfall meines Dads erzählt. Das war ziemlich hart für uns. Aber am härtesten für meine Mom.« Ich kralle meine Finger in die weichen Laken, sodass meine Knöchel weiß hervortreten. »Die ersten Tage war sie gefasst, sie hat die Beerdigung und alles gut durchgestanden, Merve und mich unterstützt und getröstet. Aber dann ist sie plötzlich kalt und abweisend geworden. Das war innerhalb kürzester Zeit. Als hätte sie sich davor zusammengerissen, und dann hätte alles sie übermannt.« Wahrscheinlich war es auch so. Wahrscheinlich hat sie es einfach nicht mehr geschafft. »Jedenfalls war sie vom einen auf den anderen Tag weg, ohne uns etwas zu sagen. Sie war einfach verschwunden und hat nur einen Zettel hinterlassen, auf dem stand, dass wir uns keine Sorgen machen sollen. Niemand wusste, wo sie war, ob es ihr gut ging, ob sie sich etwas angetan hat. Niemand. Sie hat uns einfach ausgesperrt.«

Die Erinnerung tut mir weh, brennt mir Löcher in mein Herz und reist alte, nie ganz verheilte Wunden auf. »Nach zwei Wochen, in denen Merve und ich schon dachten, sie wäre tot, kam sie wieder, als sei nichts geschehen. Als hätte nicht die Polizei nach ihr gesucht oder wir sämtliche Panikattacken durchstanden. Und wenig später hat sie Richard mitgebracht. Ihre neue Liebe.« Mein Tonfall klingt verächtlich. »Seitdem waren wir keine Familie mehr. Sie hat das Haus verkauft, in dem wir gewohnt haben, und ist mit Richard und dessen Sohn zusammengezogen. Merve und ich seien ja schon alt genug und können uns deswegen etwas Eigenes suchen, hat sie gesagt.« Meine Lippen beben. »Sie hat sich eine neue Familie gesucht und Merve und mich zurückgelassen. Ein Jahr lang hat sie nur den nötigsten Kontakt gepflegt, uns ausgeschlossen und nicht mehr an ihrem Leben teilhaben lassen. Wir haben versucht, das zu ändern, aber sie war in ihrer neuen Welt gefangen und hat sich einfach abgewandt. Erst irgendwann danach hat es ihr wahrscheinlich leidgetan, und sie hat versucht, den Kontakt wieder aufzubauen. Anfangs war es sehr schwer für alle von uns, aber nachdem sie sich mehr Mühe gegeben hat, hat Merve ihr verziehen und hat jetzt auch regelmäßig Kontakt zu ihr.« Mein Atem hat sich beschleunigt, so sehr habe ich mich in Rage geredet, während Dan aufmerksam zuhört. »Ich habe es ihr nie verziehen, dass sie uns einfach aufgegeben hat. Und ich kann es auch heute nicht. Sie war nicht da, als ich sie gebraucht hätte, und das wird sie nie wiedergutmachen können.« Aufkommende Tränen sammeln sich hinter meinen Lidern und Dan greift sanft nach meiner Hand, die ich immer noch in die Laken kralle, umfasst sie und zieht sie langsam zu sich heran.

»Das tut mir sehr leid.« Seine Stimme ist kaum mehr als ein Flüstern.

»Es fällt mir sehr schwer, mich auf andere zu verlassen.«

»Das verstehe ich. Danke, dass du es mir erzählt hast.« Er streichelt mit dem Daumen langsam über meine Handfläche. »Das muss sehr schwer gewesen sein, und ich weiß das sehr zu schätzen.« Seine Worte wirken aufrichtig. Und die Berührung tröstet mich, schenkt mir den Mut, weiterzumachen und nicht hier und jetzt aufzugeben. Er gibt mir die Kraft, die ich brauche, um nicht zusammenzubrechen. Mich überwältigen zu lassen von all den hereinbrechenden Emotionen. Er ist einfach für mich da und hört mir zu.

»Ich kann meine Mom verstehen, so ist es nicht. Wenn jemand einen Menschen so geliebt hat wie sie meinen Dad, dann steckt man seinen Tod nicht einfach weg.« Aber wir hätten versuchen können, ihr zu helfen. Ihre Trauer erträglicher zu machen und sie gemeinsam mit ihr zu bewältigen. Uns ging es genauso, doch anstatt sich zusammenzutun, ist sie abgehauen und hat uns verlassen. Und das kann ich ihr einfach nicht verzeihen, egal wie sehr sie sich anstrengt. Vielleicht nie.

Ich hole Luft, versuche mich zu sammeln und meine Mom in den Hintergrund zu drängen. In der Box sind noch andere Dinge, die ich Dan zeigen möchte, an die ich gern zurückdenke, weil sie für mich mit Freude verbunden waren, bevor sie schmerzhaft wurden.

»Aber das ist der unschöne Part in meinem Leben. Ich wollte dir eigentlich noch mehr zeigen.« Ich greife mit der freien Hand nach weiteren Bildern. Und während ich meine Erinnerungen, meine Geschichte, all das, was mich ausmacht, mit ihm teile, sie Stück für Stück vom Staub befreie, fängt mein Herz ein kleines bisschen an zu heilen. Tränen kullern meine Wangen hinab, ohne dass ich es richtig bemerke. Ich rede und rede. Rede über jedes Bild, über jede Eintrittskarte und jede Restaurant-Serviette. Auch über den Tennisball, den ich stets für den Hund meiner Großeltern dabeihatte. Weil es meine Erinnerungen sind. Und ich sie endlich wiedergefunden habe. Sie endlich wieder zulassen kann.

Zurück im Resort fühlt es sich ein bisschen nach Heimat an. Die Hütte ist mir in der Zwischenzeit ans Herz gewachsen, und Taysha und April sind zu meinen Mitbewohnerinnen geworden. Die Zeit mit meinen Liebsten hat mir jedoch noch einmal verdeutlicht, dass das hier nicht die Realität ist. Es ist ein Schein, den wir tagtäglich aufrechterhalten. Ich habe echte Freundschaften geschlossen, ich habe echte Gefühle, das darf ich nicht vergessen. Aber ich darf auch nicht verdrängen, dass hier jeder eine Maske trägt und dass man sich manchmal selbst nicht trauen darf. Nachdem ich Dan meine Vergangenheit erzählt habe, ihm alles gezeigt habe, was mich ausmacht, fühle ich mich besser. Und entschlossen dazu, einen weiteren Schritt zu tun, für den ich bisher noch nicht bereit gewesen bin. Ich werde das Gespräch mit der Set-Psychologin suchen. Vielleicht werde ich danach nicht wiederkommen. Vielleicht brauche ich noch mehr Zeit. Aber ich will dem Ganzen eine Chance geben. Mir selbst eine Chance geben. Im Wohnzimmer der Hütte ertönt ein geträllertes *Last Christmas* von Taysha.

»*But the very next day, you gave it away*«, singe ich, als ich mich schließlich auf den Weg zum Hauptgebäude mache, in dem die Psychologin ihr Büro hat. Die Melodie spielt weiter in meinem Kopf, sorgt dafür, dass ich einen Fuß vor den anderen setze und nicht kehrtmache.

Am Abend steht die Zeremonie an, bevor es endgültig ins Finale geht und wir die Familien der Bachelors kennenlernen werden. Zu neunt stehen wir je zu dritt auf unseren Plätzen und warten darauf, was passiert. Ich lächele Svea zu und weiß, dass sie ein gutes Gefühl hat. Ich habe diesen Prozess nun schon unzählige Male durchgemacht und bin mir sicher, dass ich ebenfalls weiterkomme. Dennoch rebelliert mein Magen und mir stockt der Atem, als zuerst Tyler Bogan und schließlich Dan den Raum betritt.

Wären wir allein und nicht diese paar Meter zwischen uns, könnte ich für nichts mehr garantieren. Diese Fliege um seinen Hals! Es sollte verboten werden, solche Fliegen zu tragen. Solche dunklen Augen zu haben. Und diese bescheuerten geschwungenen Lippen … Und überhaupt alles! *Er wagt es auch noch, schief zu grinsen!* Ich beiße mir auf die Zunge, um nicht versehentlich einen meiner Gedanken laut auszusprechen. Die Worte liegen nämlich bereits in meinem Mund wie Raketen in den Startlöchern.

Siva und Collin folgen hinter ihm, und in den Anzügen und mit ihren unergründlichen Mienen sehen sie aus, als würden sie gleich einem Casino einen Besuch abstatten. Taysha atmet neben mir scharf aus und stützt sich an mir ab. Sie hat die letzten Tage kaum geschlafen und sich nur hin und her gewälzt. Wahrscheinlich macht sie sich Sorgen, dass das heute ihre letzte Zeremonie ist. Dan hat mir nicht verraten, wen er weiterlassen wird, und ich bin auch recht froh darüber. Er steht aufrecht keine fünf Meter von uns entfernt, neben ihm ein Sockel, auf dem eine Schale steht. Darin liegen zwei Liebesbriefe. Die Kameras sind auf Position gebracht, jede nimmt eine von uns genauestens unter die Lupe, außerdem eine Totale und je zwei, die die Bachelors aus verschiedenen Winkeln fokussieren. Auch wenn alles routinierter geworden ist, ist es dennoch ein großer Aufwand.

»Die Entscheidungen werden nicht leichter«, erhebt Siva seine Stimme. Sie klingt belegt, nervöser als sonst. »Es fällt uns schwer, jemanden gehen zu lassen, dessen Familie wir kennenlernen durften und mit dem wir viel Zeit verbracht haben.«

Dan sieht uns der Reihe nach an, ehe er selbst das Wort ergreift.

»Die Heimat-Dates haben großen Spaß gemacht, und es bedeutet uns viel, dass ihr uns so in eure Leben gelassen habt.«

»Es zeugt auch von einem gewissen Mut, dass ihr euch uns gegenüber verletzlich zeigt und dazu bereit seid, alle Karten auszuspielen.« Collins Blick streift wie zufällig den meinen, und dieses Mal kann ich nicht anders, als die Augen zu verdrehen. Dieses Geheule seinerseits, das mich gelegentlich wie eine Messerspitze trifft, geht mir nämlich tierisch auf den Senkel. Wenn es ihn so verletzt hat, dass er ständig Andeutungen dazu machen muss, dann hätte er mich auch einfach bei sich behalten können. Ich bin heilfroh, dass es nicht so gekommen ist, aber ich hätte zu dem Zeitpunkt wahrscheinlich fast alles getan, um nicht gehen zu müssen.

»Wir wollen euch hiermit noch einmal danken, dass ihr so viel zurückgelassen habt, um hier zu sein.« Siva nickt uns allen zu. Dann beginnt die Zeremonie.

Die Erste, die genannt wird, ist Lynn. Gefolgt von Svea und April. Mein Herz macht einen Sprung, als mir klar wird, dass Taysha tatsächlich diejenige ist, die gehen muss. Während April ihren Brief entgegennimmt und Dan einen Kuss auf ihre Wange drückt, halte ich Tayshas Hand so fest, dass es wehtut. Ich komme mir schuldig dabei vor. Mehr als das. Wie eine Verräterin. Aber ich will ihr Halt geben. Und als mein Name fällt, gehe ich nicht sofort zu Dan, sondern ziehe sie erst in eine feste Umarmung. Sosehr ich April mag, auch Taysha ist mir wichtig geworden, und ihre Fassungslosigkeit bringt mein schlechtes Gewissen zum Überlaufen.

Sie schlägt sich die Hände vor den Mund, und kurz darauf beginnt sie zu weinen. Ihre Schultern beben unter immer neuen Schluchzern. Und ich kann es ihr nicht verdenken. Ich würde auch weinen. Denn ich empfinde genauso. Stärker, will ich hoffen. Aber im Prinzip ist sie auch in Dan verliebt. Ich traue ihr zu, dass sie gut schauspielern kann, glaube aber nicht, dass sie hinter dem Geld her war. Nicht mehr. Wegen Geld würde sie nicht so bitterlich und emotionsgeladen weinen. Dan tritt auf uns zu, reicht mir den Brief, den ich mit einer Hand annehme und ein leises »Danke« in seine Richtung murmele.

»Darf ich dich nach draußen begleiten?«, fragt er, seine Stimme voller Reue. Taysha schnieft und nickt dann langsam. Sie drückt mich noch einmal fest an sich.

»Danke, Eyla«, nuschelt sie an mein Ohr, bevor sie uns zuwinkt und dann mit hängenden Schultern den Raum verlässt, Dan dicht hinter ihr. April und ich sehen uns an. Sie stößt den Atem aus und ein zischender Laut entsteht.

»Das war heftig.«

»Meine Hände zittern so sehr, ich habe das Gefühl, ich kippe gleich um.« Ich hebe meine rechte Hand, um meine Aussage zu unterstreichen. Und es stimmt, sie zittert. Und nicht nur die Hand, auch ich selbst stehe so unter Strom, dass meine Muskeln an Beinen und Armen kontrahieren und unangenehm zucken. Vielleicht habe ich manchmal immer noch Angst, dass Dan mich doch gehen lässt.

25. Kapitel

»ICH BIN GESPANNT, OB DAS FUNKTIONIEREN KANN. SIE HARMONIEREN ZWAR, ABER SIND DOCH RECHT UNTERSCHIEDLICH. ALLEIN DIE FAMILIENHINTERGRÜNDE.«
– ANNALIE, 29

»Sei einfach du selbst und sie werden dich lieben.« Dan streicht mir beruhigend über die Schulter, nachdem ich mich vor Aufregung und Panik in der Limousine beinahe übergeben habe. Die vorletzte Woche ist angebrochen. In dieser wird das Date mit Dans Familie stattfinden, in der danach die Fantasy-Dates und das alles entscheidende Finale. Zehn Wochen Drehzeit und zehn Wochen anschließende Ausstrahlung. Drei entscheidende Dates, und heute steht das erste an. Denn in circa zweihundert Meter Entfernung befindet sich das Gartentor zu einem weitläufigen Grundstück. Dem von Dans Familie.

»Und mit Cedric und Margret wirst du auch zurechtkommen.« Die beiden sind nicht einmal meine größte Sorge, sondern Dans Grandma. Denn wenn sie mich nicht mag, dann ist das ein großer Minuspunkt in unserer Beziehung. Ich fahre mit den Händen über den Stoff meiner schwarzen Jeans, um den kalten Schweiß abzuwischen.

»Na gut«, murmele ich. Dan hält mir die Tür auf und ich klettere aus dem Wagen. Draußen hat es bis vor fünf Minuten noch dicke Flocken geschneit, jetzt ist es eher ein gemütliches Nieseln, das auf der Nase kitzelt. Hinter uns ist die Limousine mit dem Kamerateam angekommen, und nach deren Kommando schlendern wir die Auffahrt zum Haus hinauf. Die Fassade des beeindruckenden Gebäudes ist schlicht und in einem hellen Cremeton gestrichen. Es wirkt wie ein

Herrenhaus aus dem 18. Jahrhundert, nur moderner. Der Garten ist voller alter, knorriger Bäume, die unter der Last des Schnees ächzen und im Sommer bestimmt unzähligen Vögeln ein Zuhause bieten. Hinter dem Haus erkenne ich in einiger Entfernung Hügel, die mit Pfählen bestückt sind. Bestimmt wächst dort der Wein im Sommer. Wir nähern uns dem überdachten Eingang. Dans Hand liegt immer noch in meiner und ich quetsche ihm sämtliche Blutgefäße ab.

»Ich werde sterben!«

»Du wirst nicht sterben!«

»Was, wenn doch?«

»Dann werde ich mit dem Sensenmann verhandeln müssen, dass er dich zurückgibt.«

Mir entfährt ein leises Lachen. »Das klingt fair.« Über eine zweistufige Treppe erreichen wir die aus hellem Holz gefertigte Tür. Gesäumt von zwei schlanken Säulen, die zu einem kleinen Balkon im ersten Stock führen, wirkt sie noch eindrucksvoller. Der Türklopfer aus glänzendem Metall tut sein Übriges.

»Bereit?«, fragt Dan und sieht mich mit seinem warmen Blick an. Wenn er aufgeregt sein sollte, merkt man es ihm nicht an. Stattdessen wirkt er ruhig wie ein Fels in der Brandung, der mich auffängt und vor dem Ertrinken rettet.

»Ich hoffe, du wählst nicht zuerst Schere«, flüstere ich. Mein Herz hämmert in dumpfen Schlägen gegen meine Brust.

»Ich werde Stein oder Papier nehmen, versprochen.« Ich schaffe es, mir ein Lächeln abzuringen, und sauge tief die Luft in meine Lungenflügel.

»Bereit«, bringe ich hervor und sage es so gequetscht, dass es auch ein *breit* hätte sein können. Vielleicht nagele ich Dan später darauf fest, dass ich ja gar nicht gesagt habe, dass ich so weit sei. Doch da hat er schon den kleinen Knopf am Klingelschild betätigt, auf dem *Scott* steht. Ich halte den Atem an, Schritte sind zu hören und dann wird die Tür aufgerissen.

»Dan!«, ruft eine kleine rundliche Frau mit schütteren weißen Haaren und einer Hornbrille.

»Grandma!« Er hebt sie in einer fließenden Bewegung nach oben und wirbelt sie herum. Die Geste ist so intim und persönlich, dass ich meinen Blick zu Boden wende, weil ich mir vorkomme wie ein Eindringling. Drei weitere Frauen erscheinen im Eingang sowie ein junger Mann, den ich durch die blonden Haare und das spitze Kinn sofort als Cedric identifizieren kann. Er begrüßt mich mit einem starken Händedruck. Zu stark, um keine Hintergedanken zu haben. Ich schenke ihm mein strahlendstes Lächeln, während ich ebenso stark zurückdrücke. Sein Lächeln verrutscht ein wenig.

»Hallo, ich bin Margret«, stellt sich die vermeintliche Cercei aus *Game of Thrones* vor und reicht mir ebenfalls die Hand, an deren Finger mehrere goldene Ringe stecken. Ich schüttele sie.

»Es freut mich sehr, Sie kennenzulernen.«

Die Brünette muss Dans Mom sein und die kurzhaarige Blondine im roten Strickkleid Kleinfinger – auch wenn sie kaum Ähnlichkeit mit dem Meister der Münze aus der Fantasyserie hat. Gut, dass mir ihr richtiger Name nicht einfallen will.

Dans Mom, die sich als Sylvie vorstellt, zieht mich überraschenderweise in eine herzliche Umarmung. Ebenso Dans Grandma Sophia, als er sie wieder zu Boden gesetzt hat.

»Entschuldige, ich bin ein schlechter Gastgeber, ich wollte dich natürlich vorstellen.« Dan fährt sich durch die dunklen Haare und macht eine ausladende Geste. »Auch wenn es zu spät kommt, das ist Eyla.«

»Wo sind deine Manieren geblieben?«, tadelt Dans Grandma und knufft ihren Enkel gegen die Schulter.

»Wir haben es auch ohne deine Hilfe hinbekommen.« Margrets Stimme klingt belustigt.

»Es freut mich jedenfalls sehr, dich kennenzulernen, Eyla!« Dans Grandma dreht sich zu ihrem Enkel um. »Da hast du ja einen tollen Fang gemacht! Wie hast du das denn angestellt?« Sie grinst dabei teuflisch und sieht ihm in diesem Moment so ähnlich, dass ich zu lachen beginne.

»Diese beiden.« Sylvie verdreht gespielt genervt die Augen und lotst mich dann nach drinnen. »Wir backen gerade Plätzchen und Zitronenkuchen, und falls du Lust hast, könnt ihr mithelfen.« Ich sehe mich um, um Lewis die Tür aufzuhalten, der gerade mit der Kamera zu kämpfen hat und von Margret misstrauisch beäugt wird.

»Danke«, nuschelt er, als er nun mit uns im Flur steht und das Geschehen richtig filmen kann. »Können wir das mit dem Kuchen vielleicht noch mal machen?« Er tritt einige Schritte weiter in Richtung Wohnzimmer. »Hier wäre es gut.« Dans Mom wirkt etwas perplex, nickt aber und ich stelle mich mit einem Lächeln vor sie.

»Es duftet so gut!«, leite ich ein und sehe mich suchend um.

»Wir backen gerade die letzten Plätzchen und Sophias Zitronenkuchen, also falls du Lust hast, kannst du gern helfen.« Ihr Lächeln ist nervös, aber herzlich.

»Es wäre mir eine Ehre!« Ich klatsche begeistert in die Hände. Lewis nickt knapp und begleitet uns mit der Kamera in die geräumige Küche, während Mattheo bei Dan und den anderen bleibt. Bestimmt wird er sofort mit Fragen durchlöchert. Kurz komme ich mir verloren vor ohne Dan. So viele fremde Menschen, die mich unverhohlen mustern, auch wenn sie es zu überspielen versuchen. Die Ablageflächen der Küche sind kaum mehr zu erkennen, so viele Backuntensilien sind darauf ausgebreitet. Mehl und Zucker sind auf der Arbeitsplatte verstreut und Ausstecher liegen neben der Induktionsherdplatte bereit.

»Ich glaube, Sophia redet noch mit Dan, aber das passt perfekt, dann kann ich dich während des Backens auch ein wenig ausquetschen.« Sylvie lächelt mir zu und reicht mir ein Nudelholz. Ich nehme es dankbar an und beginne, den vorbereiteten Teig auf dem Brett auszurollen, während ich auf Sylvies Fragen antworte. Wo ich herkomme, wie ich mich in Alaska fühle, was ich arbeite …

»Ich studiere noch und werde nächstes Semester meinen Abschluss machen«, erkläre ich. »Ich habe momentan pausiert, aber werde das Studium nächstes Semester wieder aufnehmen und danach hoffentlich als Journalistin bei einem Magazin oder Radiosender arbeiten.« Mein Herz schlägt schneller, als ich ihren verwunderten Blick bemerke.

»Wie finanzierst du dir das Studium?«, kommt es plötzlich von Margret, die im Eingang der Küche aufgetaucht ist und sich dort gegen den Rahmen lehnt. Sie kommt mir dabei vor wie ein Türsteher, der mir den Fluchtweg versperrt. Meine Hände klammere ich um das Nudelholz, während ich weiter ausrolle und der Teig immer dünner wird.

»Ich habe nebenher bei einem Modemagazin gearbeitet. Als Werkstudentin, aber ich habe dort kurz vor der Show aufgehört.« Dass ich gekündigt wurde, verschweige ich. Ein leichtes Zittern hat sich in meine Stimme geschlichen, und ich versuche es mit einem Lächeln zu überspielen. »Reicht das?« Ich deute auf den Teig und Sylvie nickt.

»Du bist fünfundzwanzig, richtig?«, hakt Cercei nach, immer noch am Türrahmen lehnend, die Arme vor der Brust verschränkt. Allmählich macht sie ihrem Namen alle Ehre. Sylvie wirft mir einen entschuldigenden Blick zu, nimmt einen Ausstecher in Sternform und beginnt, meinen ausgerollten Teig damit zu bearbeiten. Ich selbst greife geistesgegenwärtig nach einem Ausstecher in Tannenbaumform, um etwas in der Hand zu haben.

»Genau, ich habe nach dem College nicht sofort zu studieren begonnen, weil ich ein einjähriges Praktikum im journalistischen Bereich absolviert habe.« *Und mein Dad gestorben ist und alles ein großes Chaos war,* setze ich in Gedanken hinzu, möchte ihnen aber auch das nicht auf die Nase binden, ihnen keinen Grund geben, sich eine Meinung darüber zu bilden. Dans Mom nickt interessiert, während sich Cerceis Miene verhärtet. Ein mulmiges Gefühl überkommt mich, weil ich mir vorkomme, als hätte ich soeben versagt. Sie ist skeptisch, das ist deutlich in ihrem Gesicht zu lesen. Und ich kann es ihr nicht verdenken. Wahrscheinlich freut sie sich sogar, weil sie glaubt, ich sei nicht wegen Dan hier. Und wirkt Sylvie nicht auch irgendwie enttäuscht? Hat sie gehofft, jemanden kennenzulernen, der mit beiden Beinen fest im Leben steht, seit drei Jahren einen festen Job hat, vielleicht schon Familienpläne?

Meine Gedanken drehen sich schneller, fahren Achterbahn. Mein Magen krampft sich zusammen und mir wird übel. Hätte ich lügen sollen? Behaupten, dass ich schon fest im Berufsleben angekommen bin? Aber was hätte das gebracht? Bestimmt hätte April hier richtig punkten können, mehr als ich. Ich werfe Lewis einen Hilfe suchenden Blick zu, als sich ein unangenehmes Schweigen zwischen uns ausbreitet und mein Herz so laut klopft, dass ich mir sicher bin, dass Cercei meine Angst hören kann. Vielleicht riecht sie sie auch wie eine Raubkatze, die sich daran ergötzt, mit ihrer Beute zu spielen. Immer noch umklammere ich die Tannenbaumform, als hinge mein Leben davon ab.

»Also, wieso Dan? Wieso nicht die anderen?« Sylvie sagt es in einem neugierigen Tonfall. Ich fahre mit dem Handrücken über meine Nase, die Nägel voller Mehl. Kalt. Sie ist kalt. Ich schaffe das. Ich darf mich nicht in die Enge treiben lassen. Mit Nachdruck versenke ich die Baumform im Teig. Die Kamera wird direkt auf mich gerichtet. Lächelnd lege ich das ausgestochene Plätzchen zur Seite. Die Unsicherheit ist aus meinem Gesicht verschwunden und ich habe die Kontrolle über die Situation wiedererlangt.

»Da will ich ganz ehrlich zu dir sein.« Besonders bei Sylvie habe ich das Gefühl, besser punkten zu können, wenn ich nicht zu aufgesetzt von ihrem Sohn schwärme und nichts behaupte, was nicht wirklich stimmt.

»Anfangs war ich in Collins Team, aber habe dort recht schnell gemerkt, dass die Chemie zwischen uns überhaupt nicht gepasst hat.« Ich halte im Ausstechen inne, um mir eine Haarsträhne aus der Stirn zu streichen. »Dan war zwar schon auf meinem Radar, aber Collin war schneller, mir den Loveletter zu geben, also habe ich ihn angenommen. Allerdings, wenn ich so darüber nachdenke, war schon bei der ersten Zeremonie deutlich, dass Dan und ich besser harmoniert haben als ich und Collin. Die Gespräche waren einfach andere.«

Dans Mom grinst. »Als er dir die Snacks gebracht hat?« Ach, das hat er ihr schon erzählt? Ich bin gerührt von der Vorstellung, dass Dan mich vor seiner Familie schon erwähnt haben könnte.

Ich lache leise. »Genau.«

Ob ich das Gespräch dabei belassen sollte? Aber ich habe das Gefühl, noch nicht alles offenbart zu haben. »Er ist zu meinem besten Freund geworden. Wir können über alles reden, diskutieren, und uns offen und ehrlich verhalten. Das ist das, was ich am meisten an ihm schätze. Dass ich mich bei ihm nicht verstellen muss, sondern ganz ich selbst sein kann.« Sie nickt verständnisvoll, die Mundwinkel zu einem Lächeln erhoben. Auch Cercei ringt sich eines ab, doch es erreicht ihre kühlen Augen nicht.

Nach dem Backen mit Sophia und Sylvie nehmen wir im Wintergarten zu Kaffee und Kuchen Platz. Es können höchstens zwei Stunden gewesen sein, die wir bisher bei Dans Familie verbracht haben, aber ich fühle mich um Jahre gealtert. In einem kurzen Moment im Badezimmer habe ich meinen Kopf nach grauen Stresshaaren abgesucht, die dieser Tag hinterlassen haben muss. So viel Mühe sich Sylvie und Dans Grandma auch geben, so anstrengend sind die lauernden Blicke und Gespräche mit seinem Cousin, Cercei und Kleinfinger. Während Cercei ihr Misstrauen immerhin hinter einem Lächeln tarnt, scheint Cedric mich offen ins Messer laufen lassen zu wollen, indem er immer wieder nach meiner Familie bohrt. Und seine Verlobte ist die Schlimmste von allen. Denn sie ist gerissen, und ich habe sie noch nicht ganz durchschaut.

Wir sitzen beim Abendessen, das die Haushälterin vorbereitet hat. Es gibt Pasta mit Pfifferling-Rahmsoße und gemischten Salat. Dazu einen fruchtigen Rotwein vom Gut der Scotts, den ich mit ganz besonderer Hingabe trinke. Er schmeckt nicht schlecht, das muss ich zugeben. Nicht zu trocken, eher lieblich. Mattheo und Lewis haben sich um den langen eichenen Tisch postiert.

»Ich freue mich so sehr für Dan.« Cedrics Verlobte reicht mir den Brotkorb. »Seine letzten Beziehungen waren alle nicht von langer Dauer, und ich wünsche mir sehr, dass er wieder glücklich ist. Ich brauche doch jemanden zum Reden.« Sie lacht kokett, aber es klingt zu herzlich, ihre Stimme zu weich. So weich, dass ich das Gefühl habe, dass sich unter den Daunen scharfe Speerspitzen befinden, die erst bei Nacht hervortreten, wenn man es sich darauf gemütlich gemacht hat. Ich weiß genau, was sie mit dieser Aussage bewirken will. Sie lässt es so erscheinen, als würde sie sich darauf freuen, endlich eine Kumpanin zu haben. Stattdessen höre ich im Subtext allerdings etwas anderes. *Die anderen haben nicht durchgehalten, und du wirst es auch nicht lange schaffen.* In meinem Kopf laufen die schlagfertigen Erwiderungen um die Wette. Ich entscheide mich aber dafür, es ihr mit derselben falschen Sanftmut heimzuzahlen, auch wenn es mich all meine Kraft kostet. Ich zwinkere ihr zu.

»Keine Sorge, ich habe nicht vor zu gehen.« Die Spannung zwischen uns ist so präsent, dass man sie beinahe greifen kann. Es kostet mich all meine Überwindung, stillschweigend meinen Salat zu essen, den Wein nicht hinunterzustürzen und ihr nichts an den Kopf zu schmeißen. Also kaue ich meine Salatblätter wie ein Mähdrescher, bis meine Kiefermuskulatur schmerzt.

26. Kapitel

»ICH MACHE MIR NATÜRLICH SORGEN, DASS EYLA BESSERE KARTEN BEI DANS FAMILIE HAT. ABER SEINE TANTE WAR WIRKLICH SEHR NETT ZU MIR, UND ICH HABE DAS GEFÜHL, DASS SIE MICH TROTZ IHRER DIREKTEN FRAGEN RESPEKTIERT.«
– APRIL, 26

»Es war furchtbar!« Ich ringe die Hände, als wir am nächsten Tag endlich wieder im Resort angekommen sind und nachts an unserem üblichen Platz unter dem Jägerstand stehen. Eigentlich hatten wir vereinbart, uns nicht mehr zu treffen, weil es zu riskant ist. Aber nach diesem Date habe ich auf dem Rückflug meinen roten Lippenstift aufgelegt, in der Hoffnung, dass Dan ihn bemerkt. Wir haben uns nur in der Schlange kurz gesehen, aber es hat gereicht, um dieses Treffen stillschweigend zu vereinbaren.

»Furchtbar ist überhaupt kein Ausdruck.« Dan wirkt zerknirscht. »Es war der Horror. So schlimm habe nicht einmal ich es erwartet.«

Ich schlinge meine Arme um seine Taille und drücke meine Nase in seinen Mantel. Seine Wärme umgibt mich, springt auf mich über und umhüllt mich wie eine Decke.

»Sie hassen mich.«

»Meine Mom und meine Grandma lieben dich.« Er bettet einen flüchtigen Kuss auf meinen Scheitel. »Und deswegen hassen dich die anderen drei.« Das Lachen ist deutlich in seiner Stimme zu hören.

»Ich nehme das mal als Kompliment.« Ich seufze.

»Das solltest du.«

»Ich mache mir trotzdem Sorgen. Das mit meinem Studium und dem Job war mehr als ungünstig.« Hitze steigt mir in die Wangen. »Also mir war klar, dass es so kommen würde, und ich stehe auch dahinter, aber … es war nicht sonderlich angenehm, das zuzugeben. April kann bestimmt mehr überzeugen.« Ein bitterer Geschmack steigt in meiner Kehle auf.

»Ich finde, du hast das toll gemacht. Und es ist doch ganz egal, ob du noch studierst oder seit Jahren arbeitest. Sie haben einen winzigen Bruchteil aus deinem Leben mitbekommen. Wenn das allein ihre Meinung von dir festlegt, dann haben sie es nicht verdient, dich richtig kennenzulernen.« Er streicht mir sanft über den Rücken. »Außerdem ist es meine Entscheidung und nicht deren.«

Das neue Jahr ist angebrochen und hat die letzte Woche eingeläutet. An Silvester haben die Teams den Abend alle zusammen in der Haupthütte verbracht. Es war schön, gemeinsam mit den anderen Glühwein zu trinken und Lebkuchen zu naschen, sich Wünsche fürs neue Jahr zu überlegen und dem Feuerwerk zuzusehen, das die Produktion extra für uns organisiert hat. Bunte Farben im Kontrast zum weißen Schnee.

Die Tage sind an mir vorbeigerauscht und ich habe viel geschlafen, viel gegessen und mit April Uno gespielt. Nun ist es jedoch so weit. Es ist das Date der Dates. Das Sex-Date. Das Einzel-Date, bei dem die Möglichkeit auf Zeit ohne Kameras besteht, wenn wir sie in Anspruch nehmen. Das erste Mal. Den ganzen Morgen schon habe ich ein unangenehmes Ziehen im Bauch, das sich spiralförmig über meine Lenden ausbreitet. Fast wie ein Brennen, eine Vorahnung, die sich noch nicht ganz entscheiden kann, ob sie Gutes oder Schlechtes prophezeien soll.

Ich stehe im kleinen Badezimmer vor dem Spiegel und drehe meine Haare mit dem Glätteisen zu Locken. Mittlerweile habe ich beängstigend viel Übung darin und bekomme es exakt so hin, wie ich es haben will. Hätte mir das vor nicht einmal neun Wochen jemand gesagt, hätte ich es vermutlich nicht geglaubt. Im Badezimmer stehen Duftkerzen, die den Geruch nach Zimt und Granatapfel vereinen und eine trügerische meditative Stimmung verbreiten. Allgemein ist das Badezimmer sehr gemütlich eingerichtet. Die hellen Fliesen stehen im Gegensatz zu dem kräftigen Braunton der vertäfelten Holzwand, an der das steinerne Waschbecken angebracht ist. Darüber der runde Spiegel und eine Leiste mit LED-Lichtern, die in einem warmen Ton leuchten.

»Viel Spaß«, ruft mir April verschlafen zu, als ich um sechs Uhr morgens unsere Hütte verlasse und nach draußen gehe. Ich frage mich, ob sie das zweideutig meint. In drei Tagen wird ihr Einzel-Date sein, und dann … dann ist es vorbei. Die Show und alles andere auch. Die Fahrt, der kurze Flug und die anschließende Fahrt mit dem Taxi nach Fairbanks, wo das Date stattfinden wird, dauern einige Stunden, in denen ich noch einmal schlafe und mich halb verrückt mache. Ich bin ausgelaugt, aber angespannt, als ich schließlich im Taxi sitze. Eine schlechte Mischung.

»Ich kann es langsam nicht mehr abschütteln, dass ich nicht allein hier bin«, sage ich zu Lewis, der sich nach meinem Befinden erkundigt. »Es ist alles so …« Ich überlege, doch mir will das Wort nicht einfallen.

»Überwältigend?«, hilft mir der Fahrer aus, und ich lache, bevor ich den Satz wiederhole. »Danke.« Ich sehe zur Kamera. »Also noch mal … es ist alles sehr überwältigend. Und es nagt an mir, dass ich weiß, dass ich nicht die Einzige bin.« Ich fingere an dem kleinen Mikrofon herum, das am Kragen meines Pullovers befestigt ist und unter den Lagen meines Schals hervorlugt. Es nagt wirklich an mir. Weil ich Angst davor habe, wie diese Woche wird. Die letzte Woche.

Als wir endlich auf dem Parkplatz des Treffpunkts ankommen und ich Dan sehe, hebt sich meine Stimmung ein wenig. Etwas zu überschwänglich springe ich aus dem Auto heraus und falle ihm um den Hals. Es ist eine Ewigkeit her, dass ich ihn gesehen habe. Mindestens! Und er sieht wie immer umwerfend aus. Er trägt eine dunkle Hose, seine schwarze Winterjacke, und dieses spitzbübische Grinsen liegt auf seinem Mund, als hätte er einen Masterplan ausgeheckt … Sein Duft umgibt mich, als ich meine Wange an seine Brust drücke und tief einatme.

»Viel zu lange nicht gesehen«, murmele ich an seinem Hals.

»O ja.« Sein Atem streift über meine Stirn, lässt Wärme in feinen Wirbeln über meine Haut wandern.

»Was haben wir heute denn vor? Die Anfahrt hat ganz schön lange gedauert.« Ich recke mich ihm ein wenig entgegen, nur ein Stück, und unsere Nasenspitzen berühren sich. Die Kameras kommen näher, als Dan die Distanz zwischen uns überbrückt und seine Lippen auf meine legt. Sanft und weich. Ich denke nicht mehr darüber nach, weshalb wir uns küssen, dass es zu diesem Zeitpunkt der Show üblich ist, dass man sich zu jeder Gelegenheit und auch Ungelegenheit küssen muss. Sondern ich küsse Dan, weil es sich richtig anfühlt. Weil meine Gedanken eine Nulllinie werden, sobald er mit der Zunge über meine Unterlippe fährt und mir ein Ziehen durch den Körper schießt, das sich in meiner unteren Magengegend verfestigt. Hilfe! Wieso noch mal können wir nicht einfach gleich zum Teil ohne Kameras übergehen? Und provoziert er das etwa absichtlich? Dan scheint meine Gedanken zu lesen, und als er sich von mir löst, erscheint sein Superschurkenlächeln auf seinem Gesicht.

»Wir werden heute in heißen Quellen baden.« Dan wackelt mit den Augenbrauen. »In den Chena Hot Springs.« Obwohl ich bei dem Wort *baden* schon wieder ein mulmiges Gefühl habe, ist es eher mit Aufregung verbunden als mit Unsicherheit.

»Spannend.« Ich hake mich bei ihm unter, als wir auf das längliche Gebäude zusteuern, das sich als Badehaus entpuppt. Um uns herum liegt dichter Wald. Wir betreten das mit blauen und grünen Lampen ausgeleuchtete Haupthaus und passieren das Drehkreuz, ohne dass jemand etwas sagt. Freundliche und neugierige Blicke folgen uns, bis wir uns vor der Umkleide trennen. Lewis reicht mir eine Tasche, in die mein Bikini und ein Handtuch gepackt wurde, und ich nehme sie dankend an. Ich habe mich gestern erst rasiert, aber beim Umziehen bemerke ich dennoch einige Stellen, die ich vergessen habe. Vorzugsweise an meinem linken Bein. Auf die Entfernung wird man das schon nicht sehen, oder? Und wenn doch, wären die Kameramänner ziemlich seltsam. Wer würde schon an mein linkes Bein heranzoomen?

Es fröstelt mich ein wenig, obwohl der Innenbereich des Bades gut beheizt ist, und ich trete mit dem Handtuch über den Schultern aus der Umkleide in den Außenbereich, wo ich bereits den aufsteigenden Dampf der Quellen ausmachen kann. Wie Nebel steigt er über die Wasseroberfläche, verschlingt jegliche Objekte und lässt sie zu schemenhaften Umrissen werden. Dan steht in schwarzen Badeshorts vor der Quelle. Und obwohl Collin muskulöser ist, lässt mich der Anblick von Dans definiertem Oberkörper ganz andere Dinge fühlen. Entweder habe ich heute einen sehr empfindlichen Tag oder einen sehr empfänglichen. Mein Blick schweift über seine Brust, den festen Bauch und die feine Linie aus dunklen Haaren, die tiefer führt. Viel tiefer …

»Du siehst gut aus«, reißt mich seine raue Stimme aus meiner Starrerei und mir schießt die Röte ins Gesicht.

»Du auch.«

»Ein kurzes Interview bitte, bevor ihr in die Quelle geht!« Lewis winkt mich zur Seite und ich spreche vor der Kamera meine Gedanken zu Dan aus.

»Er sieht wirklich attraktiv aus«, murmele ich und beiße mir auf die Unterlippe, eher unbewusst zwar, aber es erfüllt seinen Zweck. Lewis grinst wissend, und auch ich grinse. Dan und ich steigen in das Becken aus heißem Wasser und mir entfährt ein wohliges Seufzen, als die Hitze das Frösteln aus meinen Gliedern vertreibt. Wir plantschen gemütlich herum, ziehen ein paar Bahnen und genießen die eiskalte Luft, die einen so herrlich frischen Kontrast zu dem wohlig warmen Becken bietet. Ich sehe an den Rand der Quelle, wo das Wasser besonders hoch aufsprudelt und mit einem Schmatzen auf die Trittbretter der metallenen Leiter klatscht.

»Jetzt müsste man nur die Leiter löschen«, murmele ich vor mich hin.

»Wie bei *Sims*?« Dans Blick huscht interessiert zu mir. »Sag bloß, du warst eine derjenigen, die immer ihre Bewohner umgebracht hat.«

Ich grinse breit. »Zu Ihren Diensten.« Zuerst wirkt es, als würde er das Gespräch wieder fallen lassen, dann kommt er mit ausschweifenden Armbewegungen auf mich zu, wobei seine Hände immer wieder die Wasseroberfläche durchbrechen.

»Hast du sie auch mal durch einen Stromschlag sterben lassen?«

»Ich habe auch Wände um sie herumgezogen und die Tür entfernt.«

»Da kommt wohl deine sadistische Seite zum Vorschein.« Er zieht eine Augenbraue nach oben.

»Es darf doch nicht langweilig werden.« Ich fahre mir betont langsam mit der Zungenspitze über die Unterlippe, und auch wenn es eigentlich nur ein Spaß ist, genieße ich es, wie sich sein Blick verdunkelt.

»Wenn du so weitermachst, dann haben wir ein Problem.«

Seine Fingerspitzen touchieren die Oberfläche des heißen Wassers, ganz leicht nur, malen Kreise, die sich langsam ausbreiten, als er sich weiter auf mich zubewegt. Ich begegne seinen Turmalinaugen, in denen auf einmal etwas anderes aufblitzt als Schalk. Ich verharre, ehe ich mich ebenfalls auf ihn zubewege, schneller, als ich beabsichtigt hatte.

»Vielleicht habe ich nichts dagegen.« Meine Stimme ist heiser vor aufwallenden Gefühlen. Gefühle, die sich schon viel zu lange aufgestaut haben und die sich nun im Umbruch der Stimmung entladen wie Elektrizität, eine Hochspannungsleitung, die auf Erde trifft und alles um sich herum unter Strom setzt. Unsere Körper prallen aufeinander, ich spüre seine warme Haut durch die abkühlenden Tropfen hindurch, seine feuchten Haare zwischen meinen Fingern. Seine Lippen auf meinen. Ein Keuchen entfährt mir, als seine Zunge Eintritt fordert und ich ihn gewähren lasse. Ich vergesse alles um mich herum. Nur dieser Augenblick zählt. Er, ich. Wir in der heißen Quelle.

Mit seiner Hand fährt er meinen Rücken hinab, tiefer, bis unter die Wasseroberfläche. Ich knabbere mit den Zähnen an seiner Unterlippe und entlocke ihm ein Stöhnen. Kühler, harter Stein presst sich an meinen Rücken. Ohne es zu bemerken, haben wir uns dem Beckenrand genähert. Er beugt sich über mich. »Du machst mich wahnsinnig!« Ich fahre mit der Hand über seine definierte Brust, an seinen Seiten entlang bis an den Bund seiner Badeshorts, zögere kurz. Und als ich aufsehe und mein Blick versehentlich doch in Richtung Kamera zuckt, wird mir wieder bewusst, dass wir nicht allein sind. Denn neben all den Gedanken, die sich plötzlich um viel mehr als dieses Date drehen, wird mir auch bewusst, dass es noch etwas anderes gibt, was wir bereden müssen. Etwas, das ich durch diesen Moment der Leidenschaft verdrängt habe. Ich weiß, dass es kein schönes Thema ist. Aber es muss raus. Weil es mich beschäftigt.

»Ich muss noch mit dir reden«, leite ich ein, küsse ihn auf den Mund, bevor ich mich von ihm löse und mich neben ihn an den steinernen Rand der Quelle lehne. Das heiße Wasser schwappt darüber und wärmt meine Arme, auf denen sich Gänsehaut gebildet hat. Nicht nur von der kalten Luft. Dan gibt sich erstaunt, auch wenn er weiß, warum ich das hier stoppe und dafür sorge, dass wir aufhören. Ich warte einen Augenblick, bis Lewis mit der Kamera näher gerückt ist, versuche, die Hitze in meinen Wangen zurückzudrängen.

»Du darfst nicht denken, dass ich nicht an unsere Beziehung glaube.« Ich tauche ein wenig mehr unter, sodass meine Brust wieder im Wasser ist, bevor es zu kalt wird und meine Nippel zu sehen sind, was in dieser Situation sicherlich nicht förderlich wäre. Doch Lewis bedeutet mir kurze Zeit später wieder, etwas aufzutauchen. Vermutlich ist es kein ansprechender Winkel, in dem ich aus dem Wasser rage, also komme ich seiner Anforderung nach und tauche ein Stückchen weiter aus dem Wasser auf. Dan wartet geduldig.

»Aber es beschäftigt mich, zu wissen, dass du mit April auch ein Fantasy-Date haben wirst.« Ich senke den Blick auf die Blasen, die sprudelnd vor mir aus dem Wasser aufsteigen. »Ich weiß nicht, wie deine Familie sie aufgenommen hat. Ich weiß nicht, wo du selbst gerade stehst. Auch wenn ich das Gefühl habe, dass wir an einem guten Punkt sind.« Ich warte kurz, bevor ich ihn wieder ansehe. »Und manchmal vergesse ich sogar, dass ich nicht die Einzige bin.«

Er streckt eine Hand nach mir aus, fährt mit dem Daumen über meine Kinnpartie und wischt einen Wassertropfen weg, der sich seinen Weg vom Haaransatz mein Gesicht hinunter gebahnt hat. »Aber gerade jetzt, wenn ich weiß, dass du dieses Date in ähnlicher Form auch mit April haben wirst und dass sie sich dieselben Hoffnungen macht wie ich … das bringt mich manchmal zum Verzweifeln.«

Das Gespräch ist inszeniert, und Dan weiß es. Aber sosehr ich es auch in meinem Kopf vorbereitet und durchgespielt habe, so sehr kommt es auch aus meinem Herzen. Denn genau das ist es, was mich am meisten belastet. Trotz des Deals. Trotz der Versicherung. Denn Dan hat Aprils Familie kennengelernt. Und er wird sie zum Fantasy-Date einladen. Über Nacht. Und in mir zieht sich bei dem

Gedanken daran, was dort unweigerlich passieren wird, alles zusammen. So krampfhaft, dass es wehtut.

»Ich weiß, dass das belastend ist, und es ist für mich auch nicht einfach.« Dans Kiefermuskeln mahlen, als er seine Worte genauer bedenkt, ehe er weiterspricht. Wasser perlt an seinem Hals hinab, und als er sich weiter aufrichtet, verfolge ich den Tropfen bis hinunter zu den definierten Ansätzen seiner Brust.

»Aber ich kann dir nur sagen, dass du darauf zählen kannst, dass das, was wir haben, echt ist und dass ich dir nichts vorspiele.« Ich kaue auf meiner Wange herum, kann meine Unzufriedenheit über seine Aussage nicht verbergen. Natürlich muss er so etwas sagen, etwas Vages, damit es auch ja nicht offensichtlich ist und man ihn nicht anprangern kann. Aber wieso darf es eigentlich nicht offensichtlich sein? Wieso kann er nicht jetzt schon deutlicher machen, dass er mich mag? Dann wird es eben keine riesige Überraschung mehr am Ende, sondern nur noch eine kleine? Bevor ich meine Antwort überdenke, ist sie auch schon draußen.

»Dasselbe wirst du zu April auch sagen, wenn sie dich fragt.« Mein Tonfall ist zu schnippisch. Und ich weiß es. Mein Kopf versucht die Kurve zu bekommen, mir zu befehlen, ein Seufzen oder ein trauriges Lächeln nachzuschieben, um dem Ganzen die Schärfe zu nehmen, doch mein Gesicht entscheidet sich für den Todesblick. Dan wirkt verwirrt, als wüsste er nicht, in welche Richtung unser Gespräch gerade geht. Und ob es nicht doch die falsche ist. Vielleicht bin ich heute wirklich empfindlich, als hätte mir mein Kopf gesagt *Reiß dich zusammen,* und mein Körper macht etwas völlig anderes.

»Ich bin ehrlich zu dir«, setzt er nach, seine Stimme beschwichtigend. *Aber zu ihr auch,* ergänze ich in Gedanken. Obwohl er schon die ganze Zeit nicht ehrlich zu ihr ist. Aber der Gedanke daran, dass er sie zum Date einladen muss. Ein gemeinsames Zimmer mit ihr teilen wird … Ein Bett!

»Aber du wirst sie trotzdem auf das Fantasy-Date einladen«, pfeffere ich ihm entgegen. Dan schluckt sichtlich, weiß nicht, wie er darauf reagieren soll. Und das ist der Punkt, an dem ich anfange, am Rad zu drehen. Er hätte mich beruhigen können, mir sagen können, dass er nicht mit ihr schlafen wird. Irgendwas. Es könnte ihm für einen Moment egal sein, dass Kameras um uns herum sind und alles filmen. Dass Mikrofone an uns befestigt sind und mir einfach die Angst nehmen. Außer, er will sie mir nicht nehmen. Will ein letztes Abenteuer mit April haben, bevor …

»Ich werde sie auf das Fantasy-Date einladen.« Dans Stimme ist leise. »Aber das war dir von vornherein klar.«

Ich drehe mein Gesicht abrupt zur Seite, als ich merke, wie es hinter meinen Lidern zu brennen beginnt. *Wie kam es plötzlich dazu? Gerade eben noch haben wir herumgewitzelt und ich hätte ihn am liebsten hier und jetzt ausgezogen … und jetzt heule ich fast.* In meinem Inneren bin ich mir nicht mehr sicher, was diese Situation gerade eigentlich bedeutet. Ich hatte es doch geplant. Natürlich war es auch teils aus dem Ernst heraus, aber ich hatte nicht vor, dass es derart aus dem Ruder läuft. Ich wusste nicht, dass ich so eifersüchtig bin. Denn das ist es. Das bittere Gefühl von Eifersucht. Tränen rinnen meine Wangen hinab, und ich bemerke es erst, als Dan sich besorgt über mich beugt und sie mit dem Daumen wegwischt.

»Eyla«, flüstert er dabei mitfühlend, während ich seine Körperwärme spüren kann, obgleich wir uns kaum berühren. »Du weißt, dass ich dir keine Versprechungen machen kann.« Er wirkt ehrlich betroffen von meinem Ausbruch. »Aber ich kann dir sagen, dass du mir sehr viel bedeutest.« Das bringt mich nur noch mehr zum Heulen. Ärger über meine eigene Dummheit, meinen unnötigen Ausbruch, mich nicht zusammenreißen zu können, mischt sich mit der Eifersucht und der Hilflosigkeit über die ganze Situation.

»Ich fühle mich so machtlos«, schniefe ich, vergrabe mein Gesicht an seinem Hals und er umarmt mich fest. Fester als sonst, als würde er mich nicht mehr loslassen wollen. »Du bedeutest mir auch sehr viel. Und ich will nicht eifersüchtig sein, aber …«

»Ich kann das verstehen«, murmelt er in mein Haar, berührt mit den Lippen sanft mein Ohr. Und so verharren wir eine Weile, fest umschlungen, als würde die Zeit dadurch angehalten werden. Als müssten wir uns dadurch nicht trennen.

Als wir später im Restaurant in der Badeeinrichtung sitzen und schweigend essen, ist die Stimmung am Nullpunkt angelangt. Druck legt sich auf meine Brust. Was, wenn er mich nach dem Desaster und der seltsamen Gemütslage gerade nicht einmal mehr einlädt? Wenn er die Nacht gar nicht mehr hier verbringen, sondern lieber zurück ins Hotel will? Ohne mich … Ich weiß, wir sollen bei Dates nicht essen, aber dieses Schweigen bringt mich um. Weil wir *nie* schweigen. Dan und ich haben uns normalerweise immer etwas zu erzählen. Nachdrücklich stoße ich meine Gabel in eine Kartoffel, sodass ein grässliches Quietschen erklingt. Dann stecke ich sie in den Mund und bereue es augenblicklich. Die Kartoffel brennt mir sämtliche Nervenbahnen ab und ich stoße einen erstickten Laut aus.

»Verdammte Scheiße!«, fluche ich, während mir erneut Tränen in die Augen schießen. Dieses Mal vor physischem Schmerz. Dan sieht mich schockiert an, ehe er »Spuck sie hier rein!« ruft und mir geistesgegenwärtig seine Serviette hinhält. Doch da habe ich das Ding bereits wenig elegant über die Hälfte des Tisches gespuckt und ein unappetitlich aussehender gelber Klecks klebt auf der schneeweißen Tischdecke.

»Oh«, ist alles, was ich hervorbringe, während ich meinen Wein hinunterstürze, in der Hoffnung, dass er den Schmerz in meinem Rachen lindert.

»Das ähm … schneiden wir raus«, kommentiert Mattheo. Er wirkt genervt, aber scheint Essens-Desaster mit mir schon gewohnt zu sein, weswegen er versucht, es zu unterdrücken. Lewis kichert hinter vorgehaltener Hand. Und schließlich kann ich nicht anders, als ebenfalls zu lachen. Dan fällt mit ein. Und vielleicht hat dieser kleine Zwischenfall das Ruder wirklich herumgerissen, denn als eine kleine Box gebracht wird, lächelt er mich fragend an. Ich weiß, was sich in der Schachtel befindet, und mein Herz beginnt schneller zu klopfen. Schlägt einen Takt an, den ich durch die Zeremonien bereits gut kenne, aber der sich dennoch ungewohnt anfühlt.

»Willst du das Date noch fortführen?« Dan öffnet die Schachtel und zieht einen kleinen goldenen Schlüssel hervor, an dem ein Kärtchen mit einer Zimmernummer befestigt ist und beinahe herausfordernd hin und her baumelt, als er den Schlüssel hochhebt. Meine Mundwinkel schrauben sich unweigerlich nach oben.

»Ich hatte schon Angst, du würdest nicht fragen.«

»Was war das denn vorhin?«, will Dan wissen, nachdem wir uns von Lewis und Mattheo verabschiedet haben. Wirklich verabschiedet. Diese Zeit ist nur für uns. Ganz allein. Ohne Kameras. Das allererste Mal, dass wir offiziell und mit voller Erlaubnis allein sind. Ich werfe mich auf die weißen Laken des Kingsize-Betts. Die kleine Blockhütte, in der wir die Nacht verbringen, besteht aus einem einzigen Raum mit kleiner Küchenanrichte, Schlafzimmer und einem abgetrennten Badezimmer. Die Glasfront bietet Blick auf die heißen Quellen, und direkt vor der Tür ist eine Terrasse und darunter unsere ganz eigene Quelle. Für diese Nacht. Nur eine kleine, ein Ableger der größeren Hauptquellen, aber es ist unsere.

»Ich habe das wirklich nicht so geplant.« In meinem Tonfall schwingt Bedauern mit. »Aber der Gedanke daran, dass du mit ihr auch in heißen Quellen baden könntest, hat mich wirklich zur Weißglut gebracht.«

Er tritt näher ans Bett heran. »Ich habe zwar nicht mit so einem Ausbruch gerechnet, aber glaub mir, ich hätte dich so oder so gefragt, ob du die Nacht mit mir verbringen willst.«

Mein Herz flattert vor Aufregung, treibt die Endorphine mit wilden, wummernden Schlägen durch meine Blutbahnen. »Und irgendwie bin ich froh, dass es dir nicht egal ist, dass ich ein Date mit April haben muss. Ergibt das Sinn?« Ein vorsichtiges Lächeln schiebt sich auf mein Gesicht.

»Ja.« Erleichterung durchströmt mich angesichts dessen, dass er mir damit noch einmal deutlich gemacht hat, dass ich ihm mehr bedeute. Dass er das hier will. Mit mir.

Er streckt seine Hand aus und ich ergreife sie, lasse mich von ihm vom Bett nach oben ziehen.

»Komm, wir sehen mal nach den Polarlichtern.«

»Polarlichter?« Meine Augen müssen so groß wie Suppenteller sein, als ich ihm nach draußen auf die Terrasse folge. Das Personal des Hotels, zu dem auch die Hütte gehört, hat eine Champagnerflasche in einem mit Eis gefüllten Eimer gebracht. Ich schnappe mir die dafür vorgesehenen Gläser von dem Mahagonitisch und schenke die perlfarbene Flüssigkeit ein. Dann reiche ich Dan eines davon. Eine kleine Gartenbank mit vorbereiteten Decken lädt zum Sitzen ein und wir schlendern darauf zu und kuscheln uns ein. Die Nacht ist sternenklar und frostig. Doch ich spüre die Kälte nicht, stattdessen fühle ich Dans Körper, der sich unter der dicken Decke eng an meinen presst. Sein Knie, das meines berührt.

»Nach Mitternacht ist anscheinend die beste Zeit, um sie zu sehen.« Das raue Timbre seiner Stimme lässt Schauer über meine Wirbelsäule gleiten. Ich starre hinauf in die schwarze Nacht, sehe die Sterne als kleine helle Lichtpunkte dazwischen. Weit, weit weg, so viele Millionen Lichtjahre, dass es mir unwirklich vorkommt. Und ein Stern leuchtet ganz besonders hell.

»Der Nordstern«, flüstere ich und deute auf den weißen Fleck am Himmel, der über den Tannen schwebt. Dans Hand findet meine und er drückt sie fest. Und als er gerade anheben will, um etwas zu sagen, sehe ich sie auf einmal. Wie leuchtende Bänder aus schillerndem Grün tanzen sie in der Luft.

»Polarlichter.« Es ist das Schönste und Faszinierendste, was ich je in meinem Leben gesehen habe. Waberndes Licht am Himmel, das jegliche Worte, jegliche Gedanken auslöscht. Wir sitzen einfach nur da, nippen gelegentlich an unserem Champagner und betrachten das Schauspiel. Ich kann meine Augen nicht von dem Flimmern lösen, aus Angst, etwas zu verpassen. Dans Hand liegt die ganze Zeit in meiner. Das ist unser Date. Unsere Nacht.

»Ich habe noch nie so etwas Schönes gesehen«, murmele ich, als die Lichter langsam nachlassen. Ich liege mittlerweile mit dem Rücken an Dans Brust gelehnt, den Kopf zu ihm nach oben gedreht, um ihn ansehen zu können, eingekuschelt in der warmen Decke.

»Faszinierend, nicht wahr?« Er betrachtet mich mit seinen Turmalinaugen und streicht mit dem Daumen sanft über meine Wange. Ganz langsam. Ich verfange mich im Netz seiner schwarzen Iriden. Sein Gesicht kommt näher, seine Lippen, auf die der spärliche Schein eines Windlichts am Rande der Quelle fällt, ihre Linien nachfährt bis zu den geschwungenen Mundwinkeln.

Ich habe vergessen, was ich sagen wollte, als sich unsere Lippen berühren. Sanft und zärtlich wie Schneeflocken, die auf der Haut schmelzen. Dan vertieft den Kuss, fährt mit seiner Zungenspitze über meine Oberlippe und ich gewähre ihm Einlass, erforsche ihn. Er schmeckt nach Champagner, nach Wald und nach Wärme. Und plötzlich wird aus der Zärtlichkeit etwas anderes. Etwas Tieferes.

»Das wollte ich schon eine halbe Ewigkeit lang tun.« Seine Stimme klingt wie Rauch. Dunkel und kehlig. Ich drehe mich weiter zu ihm, wende mich ihm gänzlich zu und wir prallen aufeinander wie zwei Magneten, werden voneinander angezogen und festgehalten. Von der Sanftheit, die eben noch zwischen uns herrschte, ist nichts mehr zu spüren, stattdessen liegt aufgestautes Verlangen in dem Kuss, Leidenschaft, die nun an die Oberfläche dringt. Ein leises Stöhnen entfährt mir, als er mit seiner Hand unter der Decke langsam meine Seite hinabfährt. Meine Kurven nachzeichnet bis zu meiner Hüfte. Seine Haut ist rau, die Berührung leicht, als würde er sich versichern wollen, dass ich damit einverstanden bin, und ich dränge mich ihm zur Antwort entgegen. Ich will etwas denken, etwas wie *O mein Gott,* oder vielleicht auch fluchen, aber da ist einfach nichts. Mein Gehirn hat sich verabschiedet und mich gänzlich meinen Gefühlen überlassen. Aufregung durchflutet meine Adern, Adrenalin, das mich atemlos nach Luft schnappen lässt.

Dan lässt seine Finger meine Lende hinabgleiten, über den Stoff meines Kleides, hinunter bis zum Saum. Er streift die empfindliche Haut meiner Oberschenkel und fährt weiter nach innen. Hitze geht von seiner Haut aus, die auf mich überspringt wie ein Funke. Er tastet sich in kreisenden Bewegungen voran und bringt mich um den Verstand. Jede seiner Berührungen lässt ein Prickeln zurück, sorgt dafür, dass sich der Knoten in meinem Unterleib weiter zusammenzieht, die Spannung ansteigt. All meine Sinne sind auf Dan fixiert, auf seine Nähe, seinen Atem, seinen Kuss. Als seine Hand meine

Mitte erreicht und er mit dem Zeigefinger unter meinen Slip fährt, keuche ich auf vor Lust.

»Dan, bitte lass uns nach drinnen gehen«, bringe ich stockend hervor, während er mich weiter mit sanften Berührungen neckt, die mich der Klippe gefährlich nahe bringen. »Bitte.« Es ist nicht mehr als ein Krächzen, das aus meinem Mund kommt. Ein Flehen, bevor ich mich nicht mehr zusammenreißen kann. Er nickt, hilft mir dabei, mich aufzurappeln. Die Decke fällt zu Boden, als sich unsere Körper erneut treffen, bleibt unbeachtet auf den Holzfliesen zurück. Ich presse mich an ihn, mein Becken gegen seines, und ich spüre seine Erregung hart an meiner Hüfte.

Wir stolpern mehr, als dass wir gehen, bahnen uns den Weg zurück in die Hütte, ohne uns voneinander zu lösen. Dan schließt mit der Hand die Tür hinter sich, ehe er mich an die Wand drängt. So lange habe ich mir diesen Moment herbeigesehnt! Ihn mir vorgestellt und ausgemalt in tausend Farben, aber es kommt nicht an die Realität heran. An dieses Gefühl in meinem Inneren. Meine Schulter trifft hart auf Holz und ich spüre, wie sich die einzelnen Fasern in meinen Rücken drücken. Dan greift nach meinen Oberschenkeln und ich schlinge die Beine um seine Hüfte, um ihm entgegenzukommen, während er meinen Hals küsst. Ich kralle die Hände in seine dunklen Haare und ziehe ihn noch näher an mich. Wir wirbeln herum und ich falle auf weiche Daunen. Dan stützt sich mit der Hand neben meinem Kopf ab, fährt fort, mich zu küssen, vom Hals über mein Dekolleté hinweg. Sein Bart kratzt dabei leicht über meine Haut und ich streichele meinerseits über die Wölbungen seiner Brust, will mehr von ihm. Viel mehr. Gänsehaut überzieht meinen Körper, obwohl mir heiß ist. Siedend heiß.

»Darauf habe ich so lange gewartet.« Er greift nach dem Saum meines Kleides, schiebt es quälend langsam weiter nach oben, während ich damit beginne, sein Hemd aufzuknöpfen.

»Ich auch.« Ich halte inne und drehe mich auf die Seite, sodass er an den Reißverschluss des Kleides gelangt. Mich endlich davon befreit. Immer noch über mich gebeugt, zieht er ihn ganz langsam nach unten, Stück für Stück, hinterlässt flüchtige Küsse auf meinen

Schulterblättern, der Wirbelsäule, den Grübchen an meinem unteren Rücken, darunter. Er streift einen Träger meines Kleides nach unten, der nächste folgt. Mit seiner Hand fährt er über meinen Oberkörper, massiert meine nun freigelegten Brüste. Der Stoff wandert tiefer. Ebenso seine Finger. Ich seufze auf, hebe mein Becken, als er erneut meine Mitte berührt. Sanft zieht er den Stoff des Slips nach unten und entlockt mir ein Keuchen, als er seine Finger über meiner pulsierenden Lust kreisen lässt. Ein Grollen dringt aus seiner Kehle, er fährt mit den Kreisbewegungen fort, verstärkt den Druck und gleitet in mich. Ich lege den Kopf in den Nacken, meine Hände finden wieder seine Brust, ich knöpfe das Hemd mit fahrigen Bewegungen auf, während er weiter in mich dringt.

»Dan«, hauche ich, als er wieder meinen Hals küsst und die Anspannung in mir ins Unermessliche steigt. Er weiß, dass er mich um den Verstand bringt, er weiß es. Und er tut es absichtlich. Das schiefe Grinsen legt sich wieder auf seine schönen Lippen.

»Nicht so stürmisch.« Doch er kommt meinem Verlangen nach, zieht sich das Hemd in einer fließenden Bewegung aus, wirft es achtlos beiseite, und ich mache mich am Bund seiner Hose zu schaffen, öffne den Knopf, den Reißverschluss, bis er sie mit meiner Hilfe loswerden kann. Er lehnt sich zum Nachttischkästchen und ich sehe, wie er ein Kondom aus der obersten Schublade zieht. Mit einem leisen *Ratsch* reißt er die Packung auf.

»Darf ich?« Ich nehme ihm den Gummi aus der Hand, halte das obere Ende mit den Fingerspitzen zu, während ich ihn langsam und bedacht über seine Länge führe. Dan entfährt ein Stöhnen, als ich ihn absichtlich weiter massiere, weiter provoziere, und ich halte den Atem an. Mein Herz klopft so laut, dass ich mir sicher bin, dass Dan es spüren kann. Ein Donnern im Hintergrund, dicht gefolgt von den Blitzen und dem Rauschen des nahenden Sturms, der uns beide zu verschlingen droht. Uns mitreißt in einen Strudel aus Emotionen und Leidenschaft. Zwei Körper, zwei Herzen, die für diesen Moment zu einem werden. Und dann vergesse ich alles um mich herum, wer ich bin, wie man atmet. Alles. Denn alles, was ich spüre, ist er. In mir. Und das Feuer zwischen uns.

27. Kapitel

»Ich bin so gespannt auf die Ausstrahlung der Show, ich kann es kaum erwarten!«
– Cassandra, 26

Der Duft nach frisch gebratenen Eiern steigt mir in die Nase und ich rekele mich wohlig seufzend auf der weichen Matratze. Meine Beine haben sich irgendwo in der Decke verheddert, und ich werfe durch halb geschlossene Lider einen Blick auf den freien Fleck Matratze neben mir.

»Dan?« Meine Stimme ist noch brüchig. Und meine Glieder fühlen sich irgendwie schwer an. Als keine Antwort kommt, richte ich mich im Bett auf und sehe, dass Dan in Boxershorts vor der Küchenanrichte steht und mit einer Pfanne hantiert. Er scheint zu beschäftigt zu sein, um mir zu antworten. Ich rolle mich zur Seite und setze mich im Bett auf. Der Anblick seines breiten Rückens, während er sich höchst konzentriert über die Pfanne beugt, lässt mich schmunzeln. Ich greife nach Dans Hemd, das zu meinen Füßen liegt, und schlüpfe hinein, der weiße Stoff schmiegt sich weich an meine Haut, durchsetzt mit dem Duft nach Sommergrün.

»Guten Morgen.« Ich tapse barfuß zu ihm und schlinge die Arme von hinten um seine Taille. Meine Wange berührt die warme Haut an seinem Schulterblatt, und ich linse vorsichtig unter seinem Arm hindurch auf das Frühstück, das er zubereitet. Seine angespannte Haltung lockert sich etwas und er dreht mir sein schönes Gesicht zu. Reste des Schlafs sind noch in seinen dunklen Augen zu sehen, als er mir ein breites Lächeln zuwirft.

»Ich dachte, ich versuche mich mal im Frühstück machen.«

»Das sieht doch schon gut aus.« Die Eier sind noch etwas glibberig, aber das wird bestimmt noch. Sanft schiebe ich ihn zur Seite und greife nach dem Pfannenwender. »Ein bisschen brauchen sie noch.« Ich lehne mich nach vorn, um an das Salz zu kommen, das neben der Spüle steht. Mein Hemd rutscht dabei nach oben und ich höre ein Aufseufzen hinter mir.

»Wir könnten auch noch warten mit dem Frühstück.« Dan legt seine Hände sanft auf meine Hüften und ich spüre seinen Körper dicht hinter mir.

»Das könnten wir.« Mir wird heiß, als er mich zu sich herumdreht und mir einen sanften Kuss stiehlt. Dabei bin ich ihm so nah, dass ich seine Härte spüren kann, die sich beinahe fragend an meine Hüfte drückt. Ein Knoten bildet sich in meinem Unterleib und zieht sich schmerzhaft zusammen.

»Wenn die Eier sowieso noch brauchen«, flüstere ich, fahre mit meiner Hand seine Brust langsam weiter hinab, und drücke ihn sanft in Richtung des Bettes. Meine Berührung entlockt ihm ein dumpfes Grollen. Er fällt nach hinten auf die Matratze und zieht mich mit sich. Meine Haare fallen dabei in sein Gesicht. Dan beginnt zu husten.

»Haare im Mund.« Ich versuche ihm zu helfen, indem ich mit den Händen meine Strähnen zusammenfasse, doch eine paar habe ich nicht erwischt. Dan röchelt gequält.

»Nicht dass ich deine Haare nicht mag, ich liebe sie, aber essen will ich sie dann doch nicht.«

Lachend greife ich nach einem Haargummi, das auf dem Nachttisch liegt, um meine Mähne zu einem Dutt hochzubinden. Und Dan von seinem Leid zu erlösen.

»So besser?« Ich beuge mich wieder zu ihm hinab und hauche einen Kuss auf seinen Mundwinkel. Erst rechts, dann links, dann auf die Lippen. Dan seufzt wohlig.

»Kann es bitte immer so sein?«, flüstert er, und ich küsse ihn erneut, lehne mich weiter zu ihm hinab und presse mich enger an ihn. Meine Hitze an seine Härte.

»Weißt du, wir könnten einfach hierbleiben. Uns verbarrikadieren und nicht mehr rauskommen.«

»Das könnten wir.« Ich streiche mit dem Zeigefinger die Konturen seines Profils nach. Die Wölbung seiner Stirn, die gerade Nase, seine Lippen, die sich bei der Berührung öffnen.

»Wir könnten auch die Hütten wechseln, vielleicht finden sie uns dann nicht so schnell.« Dan grinst breit. »Und andere Betten ausprobieren.«

Ich will etwas sagen, nehme jedoch plötzlich einen beißenden Geruch wahr.

»Es riecht irgendwie ver…«

»Die Eier!« Schwarzer Rauch steigt von der Pfanne auf, in der die Eier friedlich vor sich hin brutzeln. Ich springe auf und reiße geistesgegenwärtig das Fenster auf, Dan hastet zu den Eiern und stellt den Gasherd aus.

»Mist.« Missmutig sieht er auf das kohlschwarze Frühstück. »Dann doch bestellen?« Er sieht so schuldbewusst aus, dass ich nicht anders kann, als zu grinsen.

»Bestellen klingt gut.«

Wir setzen uns an den Tisch und sehen uns die Karte des Hotels an. Ich bestelle einen frisch gepressten Orangensaft zu Pancakes und Dan schließt sich mir an. Wir reden über alles Mögliche, vergessen die Welt um uns herum. Es gibt nur uns beide, unser Lachen und die sanften Berührungen, die wir auch beim Essen nicht lassen können. Bis Dans Handywecker klingelt und abrupt das Ende des Dates ankündigt.

»Mist, ich muss los.« Seine Fröhlichkeit ist verraucht, die gute Stimmung wie weggewischt.

»Ich weiß.« Mit belegter Stimme schiebe ich den Stuhl zurück und stehe auf. Ich will es lieber schnell hinter mich bringen, bevor es schlimmer wird. Bevor ich wieder darüber nachdenken kann, was ich über die gemeinsame Nacht und den Morgen vergessen habe.

»Du weißt, dass ich es nicht gern mache.«

»Ja, aber du musst.« Ich seufze leise und trotte hinter ihm her zur Tür. Er zieht seinen Mantel an und schlingt den Schal um seinen Hals. Ich greife ebenfalls nach der Jacke. Die Temperaturen sind in Fairbanks wesentlich niedriger als in Anchorage. Und ich fröstele, als ich neben ihm die Stufen unserer Blockhütte hinabgehe und ihn zum Parkplatz begleite, wo die Limousine bereits auf ihn wartet. Um ihn mir wegzunehmen. Und zu einer anderen zu fahren.

»Ich werde versuchen, nicht an dich zu denken. Und an sie«, murmele ich leise, als er mich in eine feste Umarmung zieht. Zur Antwort küsst er mich sanft auf den Scheitel und ich umarme ihn noch fester. Ich vermisse ihn jetzt schon. Seinen Körper an meinem.

»Ich freue mich, wenn ich dich wiedersehe«, sagt er mit rauer Stimme. Er umfasst mein Gesicht und hebt mein Kinn sanft an.

»Mach dir keine Sorgen.« Er hat gut reden. Er ist nicht derjenige, der mich zu einem Kerl ziehen lässt. Dennoch nicke ich und stelle mich auf die Zehenspitzen, um meine Lippen auf seine zu legen.

»Komm schnell wieder.«

»Ich beeile mich. Treffen wir uns nach dem Date am Jägerstand?«

»Klingt gut.«

Und dann lasse ich ihn ziehen, beobachte, wie die Limousine ihn mitnimmt und um die Ecke verschwindet.

❄ ❄ ❄

Ich warte sehnsüchtig vor dem kleinen Jägerstand und spähe ins Dunkel der Nacht. Dan müsste bald kommen. Eigentlich wundert es mich, dass er so lange braucht. Es sind fast zehn Minuten, die ich nun schon hier in der Kälte warte. Und ich wette, mein Handyakku gibt bald den Geist auf. Ich wippe ein wenig vor und zurück, bewege meine Zehen, damit sie in der frostigen Nachtluft nicht einfrieren. Bei der Kälte halten selbst meine gefütterten Winterstiefel nicht alles ab. Ich höre Schritte, ein leises Keuchen und fahre herum. Eine Gestalt kommt auf mich zu, doch es ist nicht Dan. Sie ist kleiner und schmächtiger, lange dunkle Haare stecken unter einer rötlich braunen Bommelmütze, und als sie noch näher kommt, sehe ich die spitze Nase.

»Damit hast du nicht gerechnet, oder?«, fragt April, als sie sich vor mich stellt. Ihre Stimme ist kalt, herausfordernd wie splitterndes Eis. Die Luft erzittert unter den plötzlichen aggressiven Schwingungen.

Meine Gedanken rasen und die Worte bleiben mir im Hals stecken. Woher wusste sie, dass Dan und ich uns hier treffen wollten? Oder weiß sie es nicht? Sie muss mir gefolgt sein. Aber wie kann ich Dan Bescheid geben, dass er nicht kommen soll? Oder war das ihr Plan?

»April.« Ich versuche, mir meinen Schock nicht anmerken zu lassen, keine Miene zu verziehen und eine entspannte Haltung einzunehmen, was leichter gesagt ist als getan. April presst die Lippen fest zusammen und sieht mich unverwandt an. Ich erkenne einen säuerlichen Ausdruck in ihren Augen, einen wissenden. Gemischt mit einem Lächeln, das mir das Blut in den Adern gefrieren lässt.

»Ich werde nicht lange um den heißen Brei herumreden, dafür ist es zu kalt.« Sie zieht eine der dichten Augenbrauen nach oben, verlagert ihr Gewicht auf das andere Bein und greift in ihre Manteltasche. Verwirrt sehe ich dabei zu, wie sie ihr Handy hervorholt, es entsperrt und mir das Display zuwendet. Der Bildschirm ist schwarz, nur ein paar Schemen sind zu erkennen. Dafür ist allerdings umso mehr zu hören. *»Es war furchtbar!«*, höre ich meine eigene Stimme durch die Lautsprecher des Geräts, und ich erstarre. *»Furchtbar ist überhaupt kein Ausdruck. Das war der Horror. So schlimm habe nicht einmal ich es erwartet.«* Dans und meine Worte nun durch das Video erneut zu hören, lässt mir sämtliche Härchen zu Berge stehen. Ich komme mir überführt vor. Als würde ich soeben vor Gericht gezerrt werden und auf mein Urteil warten.

»Ich weiß nicht, welche Art von Abmachung du und Dan getroffen habt. Aber ich werde nicht zulassen, dass du zwischen mir und der Liebe meines Lebens stehst!« Sie spuckt mir die Worte fast entgegen. Ich halte die Luft an, will etwas sagen, doch meine Zunge ist wie festgeklebt, und so schweige ich, lasse die Frau weiterreden, die ich für meine Freundin gehalten habe.

»Ich habe keine Lust, länger belogen zu werden! Das ist ein Spiel. Aber es ist *unser* Spiel. Und nicht deins! Hier werden keine eigenen Regeln eingeführt!« Sie redet sich in Rage und ich spüre die geballte Wut und die Frustration hinter jeder Silbe.

»Wieso sollte ich eine Abmachung mit Dan getroffen haben?«, wage ich einzuwerfen, meine Stimme viel zu leise, zu unsicher.

»Ach, komm schon!« Die Worte sind verzerrt vor Zorn. Und einen so abfälligen Tonfall hätte ich niemals von ihr erwartet.

»Es ist mehr als auffällig, dass ihr euch in den Wald geschlichen habt.« Ich glaube mich verhört zu haben. Hoffe, dass das alles nur ein Albtraum ist, aus dem ich in wenigen Sekunden erwache. Doch nichts dergleichen passiert. Wie kann sie es bemerkt haben? Hat sie uns belauscht? Aber ich war so vorsichtig! Ich schweige. Weil ich nichts sagen kann, was mich gerettet hätte.

»Ich bin natürlich nicht bescheuert und habe das alles aufgezeichnet. Das Treffen im Wald, euer längeres Date in New York …« Sie lacht. Kalt und spöttisch. Wie ein Bösewicht im Film es tut, wenn er den Helden endlich zu fassen bekommen hat und alles den Bach runtergeht. Aber vielleicht bin auch ich es. Der Bösewicht in der Geschichte. Und das hier ist die Schlussszene, in der mir die Heldin den Todesstoß versetzt.

»Was willst du?« Meine Stimme ist brüchig, aufgeraut von tausend Worten, die sich auf meine Zunge gelegt haben, nur um dann wieder verschluckt zu werden. Sie fixiert mich, lässt nicht zu, dass ich meinen Blick abwende.

»Ich schlage dir Folgendes vor.« Sie kommt noch einen Schritt näher auf mich zu, und ich zwinge mich dazu, nicht zurückzuweichen. Ich fühle mich in die Enge getrieben. Die ganze Zeit schon, seit ich hier bin. Wie ein Tier auf der Flucht, ein Wolf, der sich vor den Jägern versteckt und zugleich dem Reh nachsetzt. Doch nun stehe ich mit dem Rücken zur Wand.

»Ich werde nichts davon veröffentlichen.« Sie deutet auf ihr Handy. Ich frage mich, ob sie blufft und doch nicht so viel mitgehört hat, wie sie vorgibt. Ob sie pokert, um mich in der Hand zu haben? Weiß sie von Merve? Dass wir uns mit ihr getroffen haben? Oder nur, dass wir länger in New York waren? Niemand kann es ihr gesagt haben, weil niemand davon wusste, es sei denn, sie hat mehrere Gespräche von Dan und mir belauscht. Sie muss uns gefolgt sein. Mein Herz klopft mir bis zum Hals, dröhnt in meinen Ohren wie ein Presslufthammer.

»Ich werde nichts von dem veröffentlichen, wenn du Dans Antrag ablehnst.«

»Was?«, entfährt es mir, und der Schock lässt jegliche Luft aus meiner Lunge entweichen. In meinem Kopf überschlagen sich Gedanken, zu schnell, als dass ich einen einzigen greifen könnte.

»Entweder du lehnst seinen Heiratsantrag ab oder ich lasse alles in die Luft gehen.«

Ich presse meine Lippen fest zusammen, mein Gehirn weigert sich zu realisieren, was sie gerade gesagt hat.

»Und wenn du Dan ein Sterbenswörtchen davon sagst, werde ich die Bombe ebenfalls platzen lassen.« Sie zieht die Augenbrauen zusammen, runzelt die Stirn. Und ich habe das Gefühl, dass in den letzten paar Minuten aus dem netten Mädchen eine Killerin geworden ist.

»Wieso tust du das?« Ich sage es interessiert, neugierig, überspiele den Hauch der Verzweiflung, der sich in meinen Tonfall mischt.

»Weil ich mich im Gegensatz zu dir wirklich in ihn verliebt habe, und ich will nicht, dass sein Herz gebrochen wird.« Sie sagt es mit einem so bitteren Ausdruck in ihrem Gesicht, dass ich ihren Worten Glauben schenke. Ich glaube ihr, dass sie wirklich in Dan verliebt ist. Aber dass sie deswegen zu einer Furie mutiert, hätte ich nicht gedacht. Und all die Zeit habe ich mich in Sicherheit gewähnt.

»Als er nicht mit mir schlafen wollte, habe ich eins und eins zusammengezählt.« Ihre Stimme trieft vor Bitterkeit. »Und nachdem ihr euch schon einmal hinausgeschlichen habt, habe ich dich dieses Mal auf frischer Tat ertappt. Dan wurde leider davon abgehalten zu kommen. So ein blöder Zufall.« Jetzt presst sie die Lippen fest zusammen.

»Ich gebe dir bis morgen Bedenkzeit. Ich hoffe, du weißt, wie du dich zu entscheiden hast.«

❄ ❄ ❄

Auch eine halbe Stunde nachdem sie gegangen ist, stehe ich noch an Ort und Stelle vor dem Jägerstand. Bibbernd vor Kälte, die ich kaum wahrnehme. Dan ist nicht mehr gekommen, und ich habe das Gefühl, ich bin auf einen miesen Trick reingefallen. Wollte Dan kommen und wurde durch Aprils Plan aufgehalten oder hat sie mich einfach vorher abgepasst?

Ich versuche nachzudenken, mir zu überlegen, was ich tun soll. Zuerst genehmige ich mir eine kurze Freude darüber, dass Dan tatsächlich nicht mit ihr geschlafen hat. Dass er ihr einen Korb gegeben hat. Doch dann wird das Gefühl mit der Wucht einer Flutwelle verdrängt. Denn nun habe ich ganz andere Dinge, um die ich mir Sorgen machen muss. Das, was passiert ist, darf nicht an die Öffentlichkeit dringen, das darf ich nicht zulassen, denn dann wird Dan sein Erbe nicht bekommen, und wenn Dan sein Erbe nicht bekommt, weil niemand mehr unserer Hochzeit glaubt, dann ist mein Geld hinfällig. Und selbst wenn es für ihn okay wäre, seine Seite der Abmachung dennoch einzuhalten, will ich mich nicht darauf verlassen. Es steht zu viel auf dem Spiel.

Eine andere Möglichkeit wäre, dass ich den Antrag tatsächlich ablehne und das Geld wähle ... damit wäre ich für mich zumindest auf der sicheren Seite. Aber dann bekommt Dan sein Erbe nicht und ich habe meine Abmachung gebrochen. Warum tut April das? Hofft sie etwa, dass Dan stattdessen *ihr* den Antrag macht? Will sie wirklich diese zweite Wahl sein? Oder erhofft sie sich, dass keiner von uns den Bachelor bekommt? Was will sie? Wozu will sie es? Sie wird weder Geld noch Liebe haben. Nichts von alldem. Aber sie scheint mich mit sich reißen zu wollen. Ich verstehe nur nicht weshalb. Immerhin ist sie wegen mir noch hier.

Ich hätte Dan sagen können, dass er sie rausschmeißen soll, dann wäre all das nicht passiert. Aber ich wollte sie weiter bei mir haben, weil ich ihre Gesellschaft mochte. Und nun stehe ich hier. Mit einem Ultimatum, von dem ich nicht weiß, wie ich mich entscheiden soll. Könnte ich es schaffen, heimlich mit Dan zu reden? Zu fragen, wie wir vorgehen sollen? Doch was würde das ändern, außer der Tatsache, dass es ein unnötiges Risiko wäre? Gibt es irgendeine Möglichkeit, in der ich dafür sorgen kann, dass Dan dennoch sein Erbe bekommt? *Indem er April heiratet,* denke ich und schlucke. Aber wie soll ich ihn dazu bekommen, sie zu heiraten, wenn wir einen Deal haben? Und wenn er sie heiraten würde, dann würde ich selbst mit leeren Händen dastehen.

Als es wieder zu schneien beginnt, schlurfe ich mit schweren Schritten zurück zum Resort, nehme mir ein paar Wolldecken und lege mich in unserer Hütte aufs Sofa, um dort zu nächtigen. Ich will nicht nach oben zu April, die mich verraten hat. Und die ich zuvor verraten habe.

28. Kapitel

»SIE SIEHT WUNDERSCHÖN AUS. SIE WIRD EINE TOLLE BRAUT ABGEBEN!«
– HEATHER, 33, STYLISTIN

Die Stylistin steckt meine Haare zu einer kunstvollen Frisur. Einzelne Strähnen hängen daraus hervor und umrahmen mein Gesicht. Mit gerunzelter Stirn betrachte ich mein Spiegelbild. Das bin also ich. Bilde ich es mir ein, oder bin ich im letzten Monat um hundert Jahre gealtert? Ein anderer Mensch geworden als zu Beginn der Show? Feine Linien ziehen sich über meine Haut, die auch das Make-up bei genauerem Hinsehen nicht gänzlich kaschieren kann. Risse in den zu trockenen Lippen, überdeckt von einer dicken Schicht Lippenstift, und auch die Augenringe kann man erahnen. Die leicht bläulichen Schatten. Die Kamera ist auf mich gerichtet, immerhin nur eine. Mit geübter Gleichgültigkeit ignoriere ich sie und sehe überallhin, nur nicht in die Linse.

»Aufgeregt?«, fragt die Stylistin, als sie sich mit einem Döschen neben mich stellt, um meine Stirn abzupudern, die verräterisch glänzt. Meine Arme sind mit Gänsehaut überzogen, weil mir kalt ist. Obgleich die Luft um mich herum gut aufgeheizt ist und die Produktion extra darauf geachtet hat, dass es nicht zu kühl wird.

»Ja, sehr.« Ich ringe mir ein Lächeln ab, weiß aber selbst, dass es keinesfalls echt wirken kann. In weniger als einer Stunde ist es so weit. Ich werde Dan gegenübertreten. Und in meinem Herzen sehne ich diesen Augenblick herbei, unvernünftigerweise, während mein Kopf am liebsten den Befehl zum sofortigen Rückzug geben würde.

»Du wirst wunderschön aussehen, du brauchst keine Angst zu haben.« Sie zwinkert mir zu, ehe sie mich zur Garderobe führt. An der Umkleidekabine hängt auf einem silbernen Bügel bereits mein Kleid für den heutigen Abend. Ein Traum in Weiß und Creme. Es besteht aus einem Tüllrock, der Falten wirft, jedoch nicht zu ausladend ist und an der Taille durch einen feinen Spitzenkranz in ein Muster übergeht. Die hellen Farben betonen meine trotz der kalten Jahreszeit gebräunte Haut.

»Möchtest du zuvor noch etwas essen? Einen Müsliriegel vielleicht?«, fragt die Stylistin. Sorge schwingt in ihrer Stimme mit, doch ich schüttele schnell den Kopf. Mir würde jeder Bissen am Gaumen kleben bleiben, so viel ist sicher. Und dabei ist es nicht einmal das. Diese Aufregung und diese Panik vor dem Moment an sich. Es ist die Furcht davor, nicht zu wissen, was ich tun soll. Dass ich mich im letzten Moment doch noch umentscheide. Dass ich etwas sage, was ich bereue. Das Kleid ist wunderschön, und ich bin es auch. Ich weiß es. Aber ich komme mir nicht so vor. Die Kamera kommt näher, fokussiert mich nun von der Taille aufwärts, wie ich mich vor dem Spiegel hin und her drehe.

»Wie fühlst du dich?«, fragt Lewis hinter der Kamera.

»Ich bin nervös. Sehr nervös.« Ich schlucke, doch mein Mund ist beinahe zu trocken dafür. Vielleicht sollte ich noch etwas trinken? Einen Schluck Wasser oder einen Shot vielleicht? Letzteres wäre mir sehr willkommen. Doch bevor ich mich dazu durchringen kann, tatsächlich nachzufragen, wird mir mitgeteilt, dass die Limousine bereits draußen auf mich wartet. Ich nehme mir das Jäckchen zum Überziehen und lege es mir über die Schulter. Der weiche Stoff fällt wie ein Schleier um mich und ich fühle mich ein klein wenig besser. Vorsichtig trete ich in meinen hohen Pumps die Stufen des aus grauem Stein gefertigten Gebäudes hinunter und sehe das schwarze Gefährt bereits vor dem Tor. Während die Kälte mir wie eine Wand begegnet, zwinge ich mich dazu, Schritt für Schritt auf die Limousine zuzugehen und nicht umzukehren. Nicht auf dem Absatz kehrtzumachen und wegzurennen, um all dem entschwinden zu können. Stattdessen laufe ich weiter, öffne die Autotür und steige ein. Steif setze ich mich auf den Sitz. Und als es losgeht, weiß ich, dass es kein Zurück mehr gibt.

Die Häuser und die Straßen ziehen am Fenster vorbei, durch das ich gedankenverloren starre. Eine manische Ruhe hat mich überkommen, als wäre ich so kurz vor einer Panikattacke, dass mein Körper in den Stromsparmodus gefahren ist, kurz bevor er explodieren kann. Meine Knie zittern, und als ich auf meine Nase tippe, ist sie warm. Nicht kühl wie sonst, sondern von einer fiebrigen Hitze, die ich nun auch auf meiner Stirn und an meinen Ohren fühlen kann. Kein Wunder.

Ich presse die Lippen fest zusammen, greife mit den Händen in den Tüllrock des Kleides, um irgendetwas zu fassen zu haben, bevor ich noch vor Nervosität anfange, meine Fingernägel abzukauen. Nicht einmal Svea ist bei mir, denn das Finale findet für jedes Team an einem anderen Ort statt, sodass es spannender für die Zuschauerinnen und Zuschauer ist. Wir biegen ab, Wälder säumen nun die Straße, und ich frage mich, ob wir wohl wieder in Richtung Resort fahren oder ob sie etwas anderes mit mir vorhaben. Ich weiß nicht, ob ich die Erste bin, die aus dem Auto steigt, oder die Zweite. Die Erste wird nämlich die Abfuhr erhalten, bevor die Zweite den Antrag bekommt. Die alles entscheidende Frage.

In meinem Kopf wütet ein Sturm, schleudert Fetzen einzelner Gedanken umher, bis sie in Trümmern liegen. So wie alles andere auch. Ich starre Löcher in die lederne Kopfstütze von Lewis' Sitz vor mir und fühle mich wie bei meiner allerersten Fahrt zum Resort, als ich Siva die Tür an den Kopf geknallt, Dan erkannt habe und deswegen Collin wählen musste. Wie ich mich gefühlt habe, als ich – ebenso wie jetzt – dasaß und einfach nur noch wegwollte, alles abbrechen, mich hinter den um mich herum errichteten Mauern verstecken. Nun sind diese Mauern weg. Stück für Stück sind sie abgetragen worden durch kleine Worte, Berührungen, Gespräche, aber vor allem durch eins: Dan. Weil er mein Antrieb dafür ist, dass ich mich wieder erinnern *will.* Dass ich mir einen Ruck gegeben habe und nun regelmäßig bei der Psychologin war. Weil ich das auch zukünftig machen werde, um mir selbst eine Möglichkeit zu geben, den Schmerz erträglicher zu machen. Die offenen Wunden verheilen zu lassen, die der Verlust meines Vaters und die Abwendung meiner Mutter hinterlassen hat, bis sie irgendwann vielleicht nicht mehr bluten, sondern feine weiße Narben geworden sind. Ich weiß, dass der Schmerz niemals ganz fortgehen wird, aber er kann verblassen, statt einer Flutwelle wie ein kleiner Bach plätschern und statt dem ständigen Dröhnen leise flüstern. Den Mut zu diesem Schritt habe ich allein gefasst, aber ich wurde von Dan angespornt. Das erste Mal seit Langem habe ich mich einfach fallen lassen, es zugelassen. Bin nicht mehr davongerannt, sondern habe angehalten. Auf mein Herz gehört.

Der Wagen erreicht das Ortsschild eines kleinen Dorfs und wir werden langsamer. Die Straßen sind menschenleer, doch in den Häusern brennen Lichter. Die Limousine hält vor einem länglichen Altbau, der mich von außen an ein in die Jahre gekommenes Wirtshaus erinnert. Das Holz der Fassade ist gräulich, die Dachschindeln von Schnee bedeckt, und es strahlt einen gewissen Charme aus, der mir den Atem stocken lässt.

»Wir sind da«, verkündet der Fahrer, und ich kann mich immer noch nicht rühren, ich weiß, dass es in wenigen Minuten so weit ist. Und dass ich immer noch keine Ahnung habe, was ich tun soll, obwohl mir klar ist, was ich tun muss. Ich nehme mir die Zeit, die ich brauche, und zu meinem Glück sagt Lewis nichts dazu, sondern wartet. Er hält die Kamera stumm auf mich gerichtet und verdeckt dabei sein sommersprossiges Gesicht.

»Du schaffst das«, sagt er da plötzlich, und ich sehe verwundert auf.

»Danke, Lewis.« Ich lächele ihn schwach an und gebe mir einen Ruck. Mit klammen Fingern öffne ich die Tür des Fahrzeugs und steige aus. Meine Schuhe berühren den Schnee, und die Kälte schlägt mir in einem Windstoß entgegen. Lewis steigt ebenfalls aus, die Kamera eilt mir voraus, als ich auf das Gebäude zutrete. Ich bleibe vor der hölzernen Tür stehen. Vier Glasscheiben sind in der oberen Hälfte eingearbeitet und ein schwacher Schein dringt hindurch, bricht sich in den verschiedenen Glasschichten. Ich lege meine Hand auf die eiserne Türklinke, spüre das kalte Metall wie eine Klinge unter meiner Handfläche. Ich kann das! Ich muss nur stark genug sein. Ein letzter Atemzug in der eisigen Luft, dann straffe ich die Schultern und öffne die Tür.

Die Produktion scheint tatsächlich ein Wirtshaus dazu veranlasst zu haben, die gesamte Gaststube zu räumen, denn nachdem ich einen kleinen Vorraum durchquert und eine weitere Tür geöffnet habe, stehe ich in einem großen, beheizten Saal, durch dessen Fensterfront das Tageslicht fällt. Überall stehen Windlichter, kleine Holztruhen und Bänke mit Rentierfellen, Körbe, die mit roten Blüten gefüllt sind. Auch der Boden, dessen helles Holzlaminat in der Mitte von einem langen rot-blau gemusterten Teppich geschmückt wird, ist hier und da mit Blüten bedeckt. Je näher man der Fensterfront kommt, desto mehr verdichten sich die Blütenblätter zu einem Meer aus Rot.

Und inmitten dieser wogenden Blütenwellen steht Dan. In einem schlichten schwarzen Anzug und mit einer Fliege, die etwas schief sitzt. Genau im richtigen Winkel, um nicht zu perfekt auszusehen. Seine Haare sind sorgfältig gestylt und seine Augen blitzen so dunkel wie eh und je. Schelmisch. Und unergründlich. Als er mich sieht, heben sich seine Mundwinkel, sodass das Muttermal darüber nach oben wandert. Durch seinen Bart ist es kaum zu erkennen, nur ganz leicht. Meine hohen Schuhe klacken über das Holz, schrammen gelegentlich an den Dielen, wenn ich die Füße nicht hoch genug hebe, weil ich meinen Blick nicht von ihm abwenden kann. Die Kraft nicht aufbringen kann, mich ihm zu entreißen. Ich hebe mein Kleid am Saum an, um nicht darüber zu stolpern, schiebe die Blüten zur Seite, wo es auf dem Boden schleift. Und dann stehe ich vor ihm, mache einen weiteren Schritt. Er öffnet die Arme, nur ganz leicht, wie eine Frage, und ich werfe mich förmlich hinein, schmiege mich an ihn. Seine Nähe umgibt mich wie eine Decke, ein Versteck im richtigen Moment. Und einen Augenblick lang erlaube ich mir, tief einzuatmen und mich meinem Verstand zu widersetzen. Ohne Gedanken an später. Es zählt nur das Hier und Jetzt. Das Wir. Ich habe ihn vermisst in den letzten Tagen. Sehr sogar. »Hey.«

»Hey.« Seine warme Stimme durchwebt meine Haare, kitzelt an meinem Hals, meinem Schlüsselbein. Ich trete einen Schritt zurück und Dan nimmt meine Hände. *Jetzt geht es los.*

»Eyla.« Ich bemerke mit Erstaunen, dass er leicht zittert. »Seit ich dich das erste Mal gesehen habe, war ich fasziniert von dir. Nicht nur, weil du wunderschön bist«, er lacht leise in sich hinein, »sondern weil es mit dir nie langweilig wird.« Seine Lippen beben. Alles, was er sagt, kommt sicher, zielstrebig aus seinem Mund, nicht wie auswendig gelernt, sondern wie etwas, das man sagt, weil man das Gefühl hat, es nicht länger für sich behalten zu können. »Du gibst nie auf, machst das Beste aus der Situation, in der du gerade steckst, und bist einfach du selbst.« Sein Händedruck wird fester. »Eins habe ich während dieser Zeit über dich gelernt: Du gibst nicht gern deine Gefühle zu, aber wenn, dann brechen sie aus dir heraus wie ein Vulkan.«

Ich lache leise. Das Taysha-Drama war definitiv so ein Vulkanausbruch.

»Aber du sagst, was du denkst, und warst mir gegenüber immer ehrlich. Du bist charmant und intelligent. Wenn du Angst hast oder unsicher bist, fasst du dir an die Nase, was so ziemlich die süßeste Angewohnheit ist, die ich je gesehen habe. Ich könnte ewig einfach nur dasitzen und mit dir reden, weil uns nie die Themen ausgehen würden, und du lässt dir immer etwas Neues einfallen, um mich zum Lachen zu bringen. Das ist etwas, was ich nicht mehr missen will.« Seine Mundwinkel zucken wieder nach oben. »Ich bin mit gemischten Gefühlen auf diese Reise gegangen und habe nicht erwartet, dass ich hier jemanden finde, mit dem ich mir tatsächlich vorstellen könnte, mein Leben zu verbringen.«

Ich schlucke, befeuchte mit der Zunge meine Lippen.

»Aber die Skepsis war unbegründet. Denn ich habe hier meine beste Freundin gefunden. Und sogar mehr als das.« Er blinzelt, die dunklen Augen glänzen. »Ich habe jemanden gefunden, mit dem kein Tag sein wird wie der andere, mit dem ich angebranntes Frühstück essen werde, weil wir die Zeit um uns herum vergessen, wenn wir zusammen sind. Mit dem ich Nikolaushäuser malen und über die Welt philosophieren kann. Aber auch Abenteuer erleben, reisen, alles, was ich will. Alles, was wir wollen.« Er atmet laut hörbar aus, als hätte ihn das alles viel Kraft gekostet. Und wahrscheinlich hat es das auch. »Und ich will das jeden Tag haben. Jeden Morgen, jeden Abend, jede Nacht.«

Meine Kehle ist wie zugeschnürt.

»Ich liebe dich, und ich habe es nie gesagt, obwohl ich es weiß. Weil du meintest, dass du nicht so gut mit so was umgehen kannst, und ich wollte dich nicht erschrecken.«

Er hat es gesagt. Er hat gesagt, dass er mich liebt. Ich bin wie gelähmt. Ich will ihn unterbrechen, ihn anschreien, dass es mir ebenso geht, dass ich genauso fühle. Doch meine Lippen bewegen sich nicht. Sie bleiben stumm. Sosehr mein Herz auch brüllt, sosehr es in meiner Brust wütet und mich anfleht, etwas zu sagen. Ich darf es nicht. Dan bemerkt meinen Umschwung, seine Augen weiten sich kaum merklich, und ich versuche mein Gedankenchaos zu dämpfen. »Und deswegen …« Er zieht ein kleines Kästchen aus seiner Anzugtasche und mein schönster und schlimmster Traum zugleich wird wahr. Dan kniet vor mir nieder, das Kästchen mit einem silbernen diamantenbesetzten Ring darin in seinen Händen. Er ist verhältnismäßig schlicht im Gegensatz zu den anderen, die ich bei der Show bereits gesehen habe, und ich weiß, dass er ihn genau aus diesem Grund ausgewählt hat. Womit habe ich das verdient?

»Eyla Morgan, willst du mich heiraten?« Er sagt es in seiner sexy Stimme. Weil ich seine sexy Stimme liebe, weil er weiß, dass er mich damit verrückt macht. Aber dieses Mal treibt es mir nur die Tränen in die Augen. Kurz geschieht nichts und wir sind beide in unseren Bewegungen wie erstarrt, als Tyler Bogan aus einem Nebenzimmer eintritt. Das ist nun also sein großer Auftritt. Die alles entscheidende Szene. Er stellt sich neben Dan, der immer noch auf dem Boden verharrt, sagt ein paar einleitende Sätze in die Kamera, die ich kaum wahrnehme, weil ich nichts mehr denken kann.

»Nun ist es an dir, dich zu entscheiden, Eyla.« Er wendet sich mir zu, durchbricht das Rauschen in meinen Ohren. Ich nicke, ein dichter Schleier hat sich über meine Sicht gelegt, sodass ich ihn nur noch verschwommen sehe. Meine Beine zittern und ich habe vergessen, wie man atmet.

»Wählst du das Geld oder die Liebe?« Seine Stimme geht am Ende des Satzes nicht wie gewöhnlich nach oben, sondern weiter nach unten, als wäre es eine Feststellung. Ein Titel dieses Showabschnitts. Und nichts anderes ist es. Ich schließe kurz die Augen, sammle meine Gedanken, erinnere mich an alles zurück, was wir gemeinsam erlebt haben, und atme tief durch. Ich sehe zu Dan hinab, wie er da kniet, mit dem Ring in der Hand und mir all seine Gefühle offenbart.

»Ich nehme das Geld«, flüstere ich mit trockener Kehle, bemühe mich darum, meine Tränen zurückzuhalten. Kalt zu wirken, unberührt, um mich selbst zu schützen, die Mauer wieder aufzubauen, die er nach und nach eingerissen hat. Und dann sehe ich stumm dabei zu, wie die Kameras den Moment einfangen, in dem Dans Herz vor meinen Füßen zerschellt.

29. Kapitel

»Ich habe einfach abgeschaltet und alles an mir vorbeiziehen lassen. Wie in einem Albtraum, aus dem man nicht mehr aufwachen kann.«
– Eyla, 25

Ich weiß nicht mehr, wie die Szene geendet hat. Ich weiß nicht mehr, wie ich hinausgebracht wurde und wie ich ins Hotel gekommen bin. Aber Dans fassungsloses Gesicht verfolgt mich. Hat sich in mein Gedächtnis gebrannt wie ein Feuermal. Dieser Verrat, den ich zugelassen habe. Und dabei hatte ich keine Wahl. Das kann er nur nicht wissen, und ich habe keine Möglichkeit mehr, es ihm zu sagen. Denn es würde nichts an alldem ändern. Dass ich die meistgehasste Person ganz Amerikas sein werde, sobald die Show ausgestrahlt wird. Gehasst von Dan. Und seiner Grandma. Denn ich habe sie alle hintergangen. Zuerst die einen und dann die anderen. Es war das Einzige, was mir übrig geblieben ist.

Ich habe in den letzten Stunden nichts getan, außer im Bett zu liegen und an die Decke zu starren. Die Interviews sind an mir vorbeigegangen wie in Trance, ich kann mich nicht einmal mehr daran erinnern, was ich getan oder gesagt habe, wie alles endete. Ich habe gehofft, die Tränen würden bald kommen. Doch das tun sie nicht. Dafür bin ich zu leer. Zu erschöpft. Ich trage immer noch das Kleid, immer noch die Schuhe. Und auch ein paar Stunden später hat sich nichts geändert, außer dass ich mein Handy ausgeschaltet habe, um die Nachrichten von Amber und Merve zu ignorieren, die mich sicher fragen, wie es war und ob ich den Ring schon zeigen darf. Die Decke des Hotels besteht aus weißem Putz, aber direkt über meinem Kopf ist er besonders bröselig. Sieben große Hügel kann ich zählen. Und sie sind angeordnet wie der große

Wagen. Die Matratze und die Decke, auf der ich liege, sind weich und warm und duften nach Flieder. Und der Rest des Zimmers ist in Weiß- und Grautönen gehalten, hell erleuchtet von einer Fensterfront. Durch die ich theoretisch die Tageszeit erahnen könnte, wenn ich nicht das Gefühl von Zeit und Raum verloren hätte.

Auch eine Woche später wollen die Tränen noch nicht kommen. Ich habe einen Flug nach New York genommen, wo mich Amber am Flughafen abgeholt hat. Fürs Erste kann ich nämlich wieder in meiner alten Wohnung wohnen, nur dass wir dort nun zu dritt sein werden, bis wir etwas Größeres gefunden haben. Ich habe nicht viel gesprochen seitdem, nur kurz das Wesentliche erklärt. Dass wir das Geld haben. Ich weiß, dass das nicht zufriedenstellend ist, aber ich kann nicht darüber reden. Ich kann nicht darüber reden, was ich Dan angetan habe. Vielleicht morgen. Vielleicht in ein paar Tagen. Vielleicht auch erst in einer Woche, oder wenn wir uns oft genug betrunken haben.

»Weißt du, wenn du nicht reden willst, können wir auch trinken«, hat Cassie vorgeschlagen. Und nachdem ich zwei Tage hintereinander abgelehnt habe, sage ich heute zu. Cassie bereitet alles vor und mixt uns Cocktails mit einem Cocktailset, das Amber der WG beigesteuert hat, und gemeinsam setzen wir uns an den kleinen Wohnzimmertisch. Wie in all den Zeiten davor. Bevor mein Leben aus den Angeln gerissen wurde, bevor ich Dan kennengelernt habe. Bevor ich wusste, dass ich ihn liebe. Und bevor ich sein Herz gebrochen habe. Ich nehme einen großen Schluck aus dem Glas und die kühle Flüssigkeit rinnt meine Kehle hinab. Ein Eiswürfel klirrt dabei gegen meine Zähne und Schmerz durchzuckt mich.

»Die erste Folge wird heute ausgestrahlt, und wir haben uns gefragt, ob du sie vielleicht ansehen willst«, murmelt Amber beinahe schuldbewusst. Bestimmt haben sie damit gerechnet, dass ich wieder Nein sage, und da sie eigentlich die Show ansehen wollten, müssen sie mich nun überreden.

»Ich weiß nicht, ob das so eine gute Idee ist.« Ich nippe noch einmal an meinem Drink.

»Vielleicht hilft es dir aber auch, damit abzuschließen?« Cassie zuckt hilflos die Schultern. Ich schüttele den Kopf, kann mich nicht dazu durchringen. Und will es auch nicht. Ich kann mir das nicht antun, mich selbst zu sehen, wie ich allen etwas vorlüge. Aber vielleicht sollte ich auch genau das tun, um alles Revue passieren zu lassen und mich auf das vorzubereiten, was kommt. Denn leider wird noch eine Reunion stattfinden, nachdem alle Folgen ausgestrahlt wurden. Ich habe mir gesagt, dass ich nicht hingehen werde. Dass ich mich weigern werde und notfalls dafür sorge, dass ich untertauche, entführt werde oder mir irgendetwas einfange, mit dem ich hoch ansteckend bin. Die Show hat einen Social-Media-Account für mich errichtet, den sie auch von sich aus leiten. Ich habe ihn bisher noch nicht einmal angesehen. Ich habe meine Seele sowieso schon verkauft, da muss ich mir nicht noch ansehen, was damit getrieben wird.

»Schaut ihr ruhig, ich wollte noch in meinem Buch weiterlesen.« Ich stehe auf und tappe hinüber in mein beziehungsweise Ambers Zimmer. Sie hat beinahe alles so gelassen, wie es war. Nur eine Polaroid-Wand mit Lichterkette ist über dem Bett aufgehängt worden. Ich lege mich auf die Matratze und greife nach *Stolz und Vorurteil*. Um die Leere in meinem Kopf zu füllen, habe ich damit begonnen, Buchstaben hineinzuschmeißen. Worte, die eine hübsche Geschichte bilden, wenn ich sie lese. Und *Stolz und Vorurteil* lässt mich für kurze Zeit vergessen, was für ein schrecklicher Mensch ich bin.

Es vergeht eine weitere Woche. Ich überlege, ob ich Dan anrufen soll. Versuche es auch einmal, doch der Anruf bleibt unbeantwortet. Vielleicht hat er das Handy von der Show gar nicht mehr und ich rufe bei der falschen Nummer an. Nach dem vierten Versuch gebe ich es schließlich auf und schreibe nur eine kurze Nachricht, für die ich gefühlte Ewigkeiten benötige.

Bitte lass es mich erklären.

Doch die Nachricht wird nicht einmal zugestellt. Und als Amber und Cassie heute erneut die Show ansehen, schaue ich tatsächlich mit. Cassie und ich sitzen mit Wolldecken auf der kleinen Couch, und Amber hat sich auf dem Teppich sitzend dagegengelehnt, sodass wir genügend Platz haben.

»Kann ich die Cookies haben?« Amber streckt ihren Kopf nach hinten und sieht mich erwartungsvoll an. Ihre dunklen Locken sind zu einem hohen Dutt gebunden, der nun meinen Fußknöchel kitzelt. Ich reiche ihr wortlos die Plätzchenbox.

»Danke!« Sie greift hastig danach und stopft sich wenig später genüsslich einen der selbst gebackenen Lebkuchen in den Mund.

»Ich will auch!«, beschwert sich Merve durch mein Handy, das gegen ein Glas gelehnt auf dem Wohnzimmertisch steht. Wir haben meine Schwester live aus dem Krankenhaus dazugeschaltet, sodass wir gleichzeitig die Show ansehen und uns darüber unterhalten können. Merve ist bald fertig mit der Behandlung, und so wie es bisher aussieht, hat sie es tatsächlich überstanden. In ein paar Monaten kommt noch einmal ein Teil der Nachbehandlung, aber dann ist sie fürs Erste über den Berg. Sie hat es geschafft. Das Geld habe ich ebenfalls schon an das Krankenhaus überwiesen, und auch einen Teil des Restbetrags habe ich schon ausgegeben. Für eine Reise nach Griechenland. Für Amber, Cassie, Merve und mich. Es ist mir leichtgefallen, es von meinem Konto zu nehmen und auszugeben. Beinahe zu leicht. Nach alldem, was ich für dieses Geld getan habe, müsste man meinen, es sei mir schwergefallen, aber dem ist nicht so. Vielleicht, weil ich es so schnell wie möglich loswerden will. Die Show läuft bereits eine Weile, unterbrochen von Werbepausen für Beautyprodukte und Waschmittel.

»Ich kann mich einfach nicht daran gewöhnen, mich selbst im Fernsehen zu sehen!«, rufe ich aus, als es weitergeht und mein Interview vor dem Besuch im Thermalbad gezeigt wird. Demonstrativ halte ich mir die Hand vor die Augen.

»Du machst das hervorragend.« Cassies blaue Augen funkeln schelmisch. »Außerdem ist das doch die Folge, in der du Collin seinen verdienten Korb gibst, oder?«

Ich vergrabe mich zur Antwort unter meiner roten Wolldecke. Cassie kreischt erfreut auf und klatscht in die Hände. Ich grummele böse vor mich hin, auch wenn ich selbst genauso gespannt bin.

»Du hast übrigens schon über dreißigtausend Follower!« Merve grinst durch die Kamera. »Ich weiß, ich soll nicht nachsehen, aber das muss mal gesagt werden. Du bist eine der Beliebtesten!« Ein Seufzer dringt über meine Lippen. Ich habe mir immer noch verboten, meinen Account zu stalken. Denn meine Follower werden all die Leute sein, die mir später Drohungen schreiben werden, wenn sie wissen, dass aus ihrem Happy End nichts geworden ist. Dass aus *meinem* Happy End nichts geworden ist.

»Wie gut du einfach in dem Bikini aussiehst, E!« Merve zieht die Augenbraue nach oben. »Da hat wohl jemand angefangen, viel Sport zu machen.«

Ich winke ab. »Das war noch ganz am Anfang, da habe ich den Bauch eingezogen.«

»Mach mal Platz!« Cassie streckt ihre Beine aus und ich lasse sie gewähren, lege meine eigenen über ihre und an Amber vorbei auf den Wohnzimmertisch.

»*Er sieht unglaublich attraktiv aus, also diese Tattoos!*« Lynn fährt sich mit der Hand über die Stirn, als würde sie sich den Schweiß wegwischen. In der Bauchbinde unter ihren Brüsten steht: *Lynn, 26, Model.*

»Sie ist heiß. Kannst du sie mir vorstellen?« Amber tippt mich mit dem Finger an. »Wie war sie so?«

»Nett eigentlich, wirkte aber oft ein bisschen püppchenhaft. Wie eine Dramaqueen.« Ich überlege. »Aber eigentlich war sie sympathisch. Sie hatte eine wirklich besondere Ausstrahlung.« Letzteres sage ich gedehnt, schließlich weiß ich es nicht genau, dafür habe ich sie zu wenig kennengelernt. Wir verfolgen gebannt den Bildschirm. Das Thermalbad-Date nimmt seinen Lauf, Collin küsst Lynn, was in einer riesigen Nahaufnahme gezeigt wird. Ich rümpfe die Nase und schüttele den Kopf. Hoffentlich haben sie Dans und meinen Kuss nicht auch so nah gefilmt.

»Also, diese Nahaufnahmen müssten nicht unbedingt sein.« Merve räuspert sich. »Das ist schon fast gruselig. Als würden sie sich auffressen.« Ja, die Chemie zwischen den beiden ist wirklich nicht zu leugnen. Kein Wunder, dass Lynn ins Finale gekommen ist. Amber scheint denselben Gedanken zu haben.

»Hat sie eigentlich Ja gesagt?« Gute Frage. Ich hebe die Schultern. Seitdem habe ich mich tatsächlich nicht getraut, mit irgendwem von der Show Kontakt aufzunehmen. Nicht einmal mit Svea. Und dabei hätte ich gern gewusst, wie es ihr ergangen ist. Ob sie endlich das Glück gefunden hat, das sie so verdient hätte. Ein Anflug von schlechtem Gewissen überkommt mich. Aber wie könnte ich den Kontakt aufnehmen? Wir haben nie unsere Handynummern ausgetauscht.

»Ich weiß es leider wirklich nicht. Auch von Svea nicht.« Ich bin einfach gegangen, weggelaufen vor allem, was mich gehalten hat. Und es versetzt mir einen Stich, dass ich nicht einmal mehr die Möglichkeit hatte, mich zu verabschieden. Ich muss ihr schreiben. Besser zu spät als nie. Ich seufze. »Aber ich hoffe, er hat sie gewählt, sonst fahre ich bei ihm vorbei und ziehe ihm eine Bratpfanne über.«

Cassie kichert. »Ich komme mit, ohnmächtig gibt er mir bestimmt ein Autogramm.«

Amber wedelt mit der Hand zum Fernseher. »Da!« Ich richte meine Aufmerksamkeit wieder auf die Show, in der Collin gerade interviewt wird und mein Name fällt.

»Eyla ist wunderschön, man kann gut mit ihr reden, und ich bin überzeugt, dass da etwas zwischen uns ist.«

»Er wusste nicht, wie falsch er damit lag«, sagt Amber im Stil eines auktorialen Erzählers, der Unheil verkündet. Ich kann mir ein Lachen nicht verkneifen. Gebannt erlebe ich die Szene noch einmal, nur dass sie von außen betrachtet gar nicht so unangenehm wirkt, wie ich sie in Erinnerung hatte. Erst als er näher kommt und die Kamera meinen schockierten Gesichtsausdruck einfängt, weiß ich, dass ich doch nicht so professionell war, wie ich gehofft habe. Mir steigt die Röte in die Wangen, als Amber und Merve haltlos zu lachen beginnen.

»Dein Blick!«

»Aber du hast es im Interview gut weggesteckt.«

»Was für ein schmieriger Kerl.« Cassie reibt sich die Nasenwurzel. »Ich hatte ihn nicht so schlimm in Erinnerung bei der letzten Staffel.«

»Gefühlt ist er nur auf Sex aus«, pflichtet Amber bei und nimmt sich seufzend einen weiteren Cookie. »Wobei ich nicht behaupten will, dass ich nicht mit ihr schlafen würde.« Sie räuspert sich und stopft sich erneut einen Keks in den Mund. »Ich werde euch nicht spoilern über seine Absichten.« Nachdrücklich hebe ich Daumen und Zeigefinger an meine Lippen und ziehe sie wie einen Reißverschluss darüber.

»Och Maaaann!«, beschwert sich Cassandra und greift nach einem Kissen, doch ich bin schneller und pfeffere ihr das hinter meinem Rücken auf den Kopf. Ein dumpfes »Umpf« ertönt, ehe sie es zu fassen bekommt und neben sich legt. »Na gut, du warst schneller.« Sie zuckt die Achseln, sichtlich unmotiviert, eine tatsächliche Kissenschlacht mit mir anzuzetteln, und greift stattdessen in die Keksdose. Als sie keinen Lebkuchen mehr findet, steht sie auf und geht in die Küche, um neue aus der Vorratskammer zu holen.

»Svea und Siva sind schon echt süß miteinander«, murmelt Amber und nickt in Richtung des Screens, wo nun ein Gruppen-Date mit Svea, Emily und ein paar weiteren Frauen aus Sivas Team zu sehen ist. Sie gehen Schneeschuhwandern und scheinen den Tag zu genießen, ebenso wie Dan, der mit seinem Team eine Whale-Watching-Tour macht. Als ich das sehe, bin ich mehr als neidisch. Ich hätte auch tausendmal lieber Wale gesehen als in ein Thermalbad zu gehen. Als Dan sein Interview führt, halte ich unmerklich die Luft an. Es ist das erste Mal, dass ich ihn wiedersehe. Nur auf dem Screen zwar, in einer vorgedrehten Sendung, aber es reicht, um mich erstarren zu lassen.

Diese Augen, die so dunkel glänzen wie Turmalin. Mein Herz schlägt schneller, und mir wird beinahe übel. Als sich die Zeremonie nähert, bricht mir der kalte Schweiß aus. Ich schwanke dazwischen sehen zu wollen, wie wir wirken, aber auf der anderen Seite will ich nicht daran erinnert werden. Weil ich weiß, wie es war. Und ich will es nicht erneut verlieren. In meinem Kopf legt sich ein Schalter um, eine Eisentür schließt sich und ich realisiere, dass ich es schon wieder tue. Ich kapsele mich ab, weil ich mich nicht an etwas erinnern will, was gut war. Weil es jetzt vorbei ist. Und ich es nicht wiederhaben kann.

»Alles okay?« Merves sanfte Stimme dringt an mein Ohr, und bevor ich richtig begreife, was passiert ist, fließen Tränen über meine

Wangen. All die Tränen, die ich seit dem Entscheidungstag nicht geweint habe, die ich eingesperrt habe hinter meinen dicken Mauern und die nun den Damm überfluten, der schon längst hätte brechen müssen. Amber und Cassie umarmen mich von beiden Seiten, sodass mir das Atmen noch schwererfällt, aber ich merke auch, wie sehr ich das gebraucht habe. Dieser Erleichterung, den Druck endlich abzulassen.

»Ich muss euch etwas erzählen«, stoße ich hervor, mein Brustkorb bebt. Und begleitet von Schluchzern gestehe ich ihnen nun die Wahrheit, auf die sie so lange gewartet haben. Und die ich ihnen nicht sagen konnte, weil ich mich vor mir selbst geschämt habe. Aber es sind meine Schwester und meine besten Freundinnen, meine Familie. Und ich kann es ihnen nicht ewig verschweigen.

30. Kapitel

»Ich habe diese alte Klapperkiste noch nie so angefeuert!«
– Amber, 26

Aber …« Amber ringt die Hände, verstummt mitten im Satzanfang, bevor sie erneut anhebt. »Da muss man doch etwas machen können!«

»Du konntest ja nicht einmal erklären, was los war! Du hast das ja getan, weil du musstest!« Cassies Augen sind nun auch gerötet. Wenn jemand weint, der ihr etwas bedeutet, dauert es meist keine fünf Minuten, bis sie ebenfalls ein paar Tränen verdrückt. Bei mir hat es dieses Mal nur zwei gedauert.

»Was hat April sich überhaupt davon erhofft?«, erklingt Merves Stimme aus meinem Handy, und ich sehe zu ihr auf.

»Sie muss geglaubt haben, dass Dan zu ihr zurückkommt. Ich weiß auch nicht.« Erneut schüttelt mich ein Schluchzen und Amber reicht mir ein weiteres Stückchen von der Klopapierrolle, die sie aus dem Badezimmer geholt hat. Ich wische mir damit über die Nase, ohne dass es etwas bewirken würde.

»Das gab es schon einmal.« Cassie setzt ein nachdenkliches Gesicht auf. »Ist aber schon länger her. Einer der Bachelors, Peter Malcom war es, glaube ich, hat einmal einen riesigen Skandal ausgelöst, weil er seine Auserwählte noch vor der Hochzeit verlassen hat, um doch mit der Zweitplatzierten zusammenzukommen.« Eine tiefe Falte zeichnet ihre Stirn.

»Aber es wäre schon ziemlich gewagt, auf so etwas zu hoffen.«

»Wenn ich ehrlich bin, hoffe ich es ja auch ein bisschen.« Ein Seufzen entweicht mir. »Weil er dann sein Erbe bekommt und ich dann nicht alles vermasselt hätte.«

»Ach ja, das Erbe.« Amber seufzt.

»Ich bin auf ihre Forderung eingegangen, weil ich wusste, dass seine Familie ihm nicht mehr glaubt, wenn die Videos veröffentlicht werden, und er sein Erbe dann sowieso nicht antreten könnte.« Ich nehme mir noch ein Stückchen Klopapier.

»Also trägst du lieber den Titel der meistgehassten Frau der USA?« Amber bringt es wie immer sehr auf den Punkt. »Ein richtiger Cercei-Move.«

Ein trockenes Lachen steigt bei dem Vergleich in meiner Kehle auf. Wenn sie wüsste, wie sehr sie ins Schwarze getroffen hat. Und wie viel schlimmer sie es damit macht.

»Das ist das Selbstloseste, was ich je gehört habe!« Cassie weint nun noch mehr, ihre Augen sind mittlerweile angeschwollen. »Du hast es nur getan, um ihn zu schützen! Das kann doch einfach nicht das Ende sein.«

Ich schniefe leise in mein Klopapier. Meine Nase wird allmählich wund. »Du brauchst es nicht schönzureden, Cas. Ich habe es auch getan, um sicherzugehen, dass ich das Geld bekomme.« Und das stimmt. Ein großer Teil von mir wollte wirklich das Beste für Dan. Und da ihm seine Grandma und sein Zuhause alles bedeutet, will ich, dass er es behält. Auch wenn er dafür April heiraten muss. Aber der Großteil von mir hat an Merve gedacht. Und daran, dass Dan womöglich unseren Deal auflösen könnte, wenn all das öffentlich wird, und mein Teil nicht mehr eingehalten werden kann, da er schon als Lüge entlarvt worden wäre. Ich weiß, dass er das niemals getan hätte. Und dennoch …

»Und es gab keine Möglichkeit, dass du noch einmal mit ihm reden konntest?«, fragt Merve nachdenklich. Sie scheint es ebenso sehr mitzunehmen wie Cassie, nur dass sie eher schockiert wirkt.

»Nein, es war in der Nacht zuvor.« Ich schüttele den Kopf. »Wenn ich dieses Risiko eingegangen wäre und sie mich erwischt hätte, hätte sie das Video veröffentlicht. Und ich habe keine Nummer mehr von ihm. Das Handy von der Show scheint nicht mehr in Benutzung zu sein. Ich habe es versucht.«

»April ist eine Bitch!« Amber steht auf und tigert in ihrer grauen Jogginghose im Wohnzimmer auf und ab. Dabei schnaubt sie immer wieder leise, als müsse sie sich zusammenreißen, nicht das Mobiliar kurz und klein zu schlagen. »Sie ist nur so weit gekommen, weil du es so wolltest, und jetzt hat sie es kaputt gemacht!« Das hat sie allerdings. Und wenn ich sie im Fernsehen sehe, wird mir schlecht.

»Ja, ich weiß, aber ich habe ihr vertraut.« Ich lehne mich wieder in die Kissen zurück und stiere an die Holzdecke.

»Wir sollten sie besuchen«, schlägt Amber vor und stemmt die Hände in die Hüften.

»Und dann bringen wir ihr vergifteten Kuchen?« Ich sehe sie skeptisch an. »Das lassen wir lieber. Sonst darf ich noch mit Cerceis Walk of Shame ins Gefängnis gehen.« Ich bin die Einzige, die lacht, und es ist ein trauriges Lachen.

»Wir könnten sie auch ein bisschen verhauen.« Amber kräuselt die Lippen zu einem bösen Lächeln. »Oder wir entführen sie.«

»Also, ich hätte keine Lust, dass sie hier einzieht«, widerspricht Cassie der Idee.

»Oder wir lassen es und finden uns damit ab, dass es nichts mehr wird.« Mein Tonfall hat etwas Endgültiges, und meine Freundinnen sehen alarmiert auf.

»Es gibt noch die Reunion«, wirft Merve ein.

»Genau, und da werde ich nicht aufkreuzen!« Ich habe wieder zu weinen begonnen. »Weil ich auch dort nichts anderes sagen kann, als ›Ja, stimmt, ich bin eine verlogene Idiotin‹. Und ich kann mir selbst nicht mehr ins Gesicht sehen, wenn ich das noch einmal durchstehen muss!«

Cassie legt erneut ihre Arme um mich. »Und wenn sie wirklich ihr Ziel erreicht hat und mit ihm zusammen ist, dann will ich es nicht sehen! Ich schaffe das nicht.« Bei der bloßen Vorstellung, wie er Händchen haltend mit April vor mir steht, kommt mir die Galle hoch. Niemals im Leben würde ich mich dort hinsetzen und meiner ehemaligen Verbündeten dabei zusehen, wie sie süffisant lächelnd in Dans Armen liegt.

»Was, wenn es ihm egal wäre, dass die Videos veröffentlicht werden?« Meine Schwester spricht leise, bedacht.

»Das ist es nicht. Und selbst wenn, wir müssten eine Geldstrafe an die Produktion zahlen, weil wir die Regeln gebrochen haben. Und drei Millionen kann ich leider auch mit dem gewonnenen Geld nicht bezahlen.« Noch mehr Tränen steigen in mir auf. Weil es keine Möglichkeit gibt, dass ich das aufklären kann, ohne dass Dan Probleme bekommt. Gar keine. Alles, was ich in ruhigen Momenten in meinem Kopf hin und her gewendet habe, hat sich wieder in Luft aufgelöst.

»Wir finden irgendeinen Weg.« Amber gibt der Kommode einen kleinen wütenden Tritt und die Schublade ächzt gefährlich.

»Es muss einen geben!«

Aber es gibt keinen. Weder vergiftete Äpfel noch ein plötzliches Verschwinden von irgendwem. Die sozialen Medien hüllen sich in Schweigen, die Accounts posten Belangloses. Und ich schwimme irgendwo mittendrin. Zwischen dem Abschotten und dem Aktivwerden-Wollen. Immer wenn ich denke, es geht vorbei und ich kann mit dem Schmerz umgehen, belehrt mich die nächste Folge *Love or Lie* eines Besseren. Denn ich sehe es. Ich sehe es, und ich fühle all das erneut. Diese Unsicherheit, diese Eifersucht, aber auch dieses Kribbeln im Bauch, wenn ich Dan auf dem Screen entdecke. Wenn er spricht, wenn er sich am Kinn kratzt, wenn er seine Fliege zurechtzupft, wenn er nervös ist.

»Man kann richtig sehen, wie verliebt er ist«, murmelt Cassandra. *War*, verbessere ich sie in Gedanken automatisch. Vielleicht war er das in diesem Moment. Aber das ist Vergangenheit. Es brennt wieder gefährlich in meinen Augen, als das Familien-Date gezeigt wird, das Treffen mit Amber und Cassie … das Date bei seiner Familie, seine Grandma, die mich unter ihre Fittiche nimmt und mir zeigt, wie man ihren Zitronenkuchen backt. Das darauffolgende Fantasy-Date, und alles beginnt wieder über mir zusammenzubrechen. Ich atme tief ein und aus.

»Das ist die letzte Folge, die ich mir ansehen werde.« Und ich meine es ernst. Ich werde mir auf gar keinen Fall das Finale und die Reunion ansehen. Und hingehen werde ich erst recht nicht. Als Grund dafür habe ich dieses Mal Merve als Ausrede genommen. Nun ist es ja sowieso schon egal, ob die Leute wissen, dass sie krank ist, Gerüchte werden spätestens nach der letzten offiziellen Folge im Umlauf sein und überkochen. Und wenn die Leute googeln und nachforschen, werden sie früher oder später etwas finden. Also kann ich meine Schwester auch gleich selbstsüchtig als Grund verwenden, weswegen ich nicht dort aufkreuzen kann. Es ist zumindest ein Versuch. Und auch wenn es ein ärztliches Attest von Merves Lieblingsärztin und meiner vollsten Schauspielkraft bedurfte, habe ich es schließlich geschafft, Tyler Bogan davon zu überzeugen, dass ich nicht anwesend sein kann. Sie dürfen dafür ein Statement verwenden. Ganz ohne irgendetwas komme ich leider nicht davon, das war mir aber im Voraus klar. Ich habe meine Seele dem Teufel verkauft, wenn man so will. Und sie können mit mir machen, was sie wollen. Ich komme also nicht drum herum, irgendetwas von mir preiszugeben. Selbst mit einem plausiblen Grund nicht.

Das Finale ist ausgestrahlt worden, das ich vermieden habe anzusehen. Selbst Cassie und Amber haben sich dagegen entschieden und mir lieber seelischen Beistand mit Pizza und Wein geleistet. Mein Instagram-Kanal hat mittlerweile über zweihunderttausend Follower, und natürlich konnte ich es nicht lassen, die Kommentare durchzulesen. Nach der letzten Folge sind einige unter dem Bild, das mich selbst zeigt, wie ich zur Limousine gehe. Darunter steht *Geld statt Liebe*. Wow, die Person, die meinen Account mitführt, hat also gleich mal reingehauen.

Ich scrolle durch die vielen empörten Kommentare. Durch *Ich habe sie von Anfang an gehasst, Sie hatte ihn nicht verdient, Dan ist besser ohne sie dran* und allerhand Schimpfwörter und Beleidigungen, die mir einen Stich versetzen, sich in mich bohren wie scharfe Klingen.

Wieso bin ich auch so bescheuert und sehe mir die Kommentare an? In meinem Postfach will ich gar nicht erst nachsehen. Tausende ungelesene Nachrichten, gefüllt von noch mehr Hass. Ich will das Handy schon ausschalten und mich meinem Selbstmitleid hingeben, als ich einen Kommentar bemerke, der anders ist als die anderen: *Man sieht doch, dass sie sich lieben. Warum auch immer sie das getan hat, es muss einen Grund gegeben haben.* Ich schlucke, lese es noch einmal. Und noch einmal. Klammere mich daran fest, dass es Leute gibt, die immer noch an mir festhalten, nachdem ich vor aller Augen ihr Happy End zerstört habe. Und daran muss ich mich auch heute klammern, wenn endlich diese allerletzte Folge, die Reunion, live übertragen wird und danach endlich der ganze Spuk vorbei ist. Das hoffe ich zumindest.

»Cassie und ich sehen das jetzt an, okay?«, ruft Amber aus dem Wohnzimmer, und ich brumme ein »Okay« zurück, rolle mich fester in meine Daunendecke ein. Sie sollen mir später in Kurzfassung erzählen, was passiert ist, und wer mit wem zusammen ist, damit ich mich nicht zu sehr aufregen muss. Im Kopf gehe ich das Statement durch, das ich so oft gelesen habe, bis ich es in- und auswendig wusste.

Ich habe mich für das Geld entschieden, weil ich keine andere Wahl hatte. Meine Gefühle und alles, was ich Dan von mir gezeigt habe, waren real. Und ich hoffe, dass er das weiß und mir irgendwann verzeihen kann. So lauteten die wenigen Zeilen, die ich der Produktion geschickt habe. Ich weiß nicht, ob es zu kitschig war oder gerade richtig oder zu knapp. Vielleicht hätte ich einen zweiseitigen Brief schreiben müssen, um all das hineinzupacken, was ich zu sagen habe, aber selbst das würde nicht ausreichen. Ich ziehe mir die Decke über den Kopf, verschwinde in meiner improvisierten kleinen Höhle und wünsche mir, die Zeit möge schnell vergehen.

»EYLA!«, brüllt Cassie da auf einmal. »Du musst dir das ansehen!« Ich strecke den Kopf unter der Bettdecke hervor und nuschele in mein Kissen. »Ich will nicht …«

»Bitte!« Ich höre Schritte, und als ich nun den Kopf ganz von der schützenden Decke befreie, sehe ich Cassandra atemlos vor mir stehen. Ihre Augen sind geweitet, darin ein so eigenartiger Ausdruck, dass ich sofort hellwach bin. Ich rappele mich auf. »Was ist denn passiert?«

»Sieh es dir an!«, verlangt sie, die Stimme zitternd vor Aufregung. Ich setze mich auf, schäle mich aus den Laken und folge ihr mit einem unguten Gefühl.

»Aber nur kurz, ich …« Der Rest des Satzes verklingt in der Luft, wird verschluckt, als wäre er nie da gewesen. Ich starre auf den Fernseher, auf Tyler Bogan, der lässig in seinem Stuhl lehnt und Fragen stellt. Und Dan, der gegenübersitzt und einen knallroten Anzug trägt.

31. Kapitel

»ICH HABE EYLA SEHR VERMISST BEI DER REUNION, ES WÄRE SCHÖN GEWESEN, SIE EINMAL WIEDERZUSEHEN!«
– SVEA, 26

Ich bin so sprachlos, dass ich einfach nur dastehe und nichts tue. Dan ist rot. Komplett rot. Das Einzige, was nicht rot ist, sind seine Schuhe und die schwarze Fliege.

»Wie kann man in so einem Aufzug auch noch gut aussehen?«, murmelt Amber leise, und ich kann ihr gedanklich nur zustimmen, auch wenn ich schon einen Punkt weiter bin. Das ist unsere Farbe. *Unsere Farbe.*

»Rot als Motto der Liebe?« Der Moderator lacht und mustert Dan von oben bis unten. Dieser sitzt ihm gegenüber und hat die Beine übereinandergeschlagen. Die Hände in den Schoß gelegt, lässig und mit einer Ausstrahlung, die selbst durch den Bildschirm hindurch zu spüren ist.

»Ich hoffe, ehrlich gesagt, dass die richtige Person es sieht.« Er grinst verschmitzt, sagt es ganz locker, als wäre es ein Witz. Ein Spruch, flapsig dahingesagt.

»Er meint dich!«, ruft Amber und krallt ihre Fingernägel so fest in meinen Oberarm, dass sie halbmondförmige Abdrücke hinterlassen. Und die Gewissheit trifft mich mit einer Wucht, die mich beinahe zu Boden ringt. Ich setze mich auf unser Sofa und vergrabe den Kopf in den Händen. Wie kann er nach alldem mit mir reden wollen? Wieso sollte er jemals wieder etwas von mir wissen wollen? Als die Kamera schwenkt, wird die Größe des Studios noch deutlicher. Um die erhöhte Bühne mit den Sofas sind von allen Seiten aufsteigend rote Stühle angeordnet wie in einem Kino. Oder einem Amphitheater. Ich entdecke Collin, der in der vordersten Logenreihe sitzt und darauf wartet, dass sich die anderen Bachelors zu ihm gesellen. Hinter ihm all die anderen Kandidatinnen, die an der Show teilgenommen haben. Und ganz hinten ist ein leerer Platz … meiner.

»Bevor ich dir ein paar Fragen stellen möchte, sehen wir uns zunächst noch einmal einen Teil deiner Reise an.« Der Moderator macht eine ausladende Geste. »Der Teil, der uns alle am meisten schockiert hat.«

Ein Video wird eingeblendet, eine Wiederholung all jener Momente, die Dan und ich in der Show geteilt haben. Von dem Auftritt bei der Limousine, als mir bei seinem Anblick die Worte im Hals stecken geblieben sind. Unser Date nach dem Eishockey, der Kuss in der Gletscherhöhle, meine Eifersucht auf Taysha, wie wir im Wandschrank verschwinden. Wie er meine Freundinnen kennenlernt, ich seine Familie treffe und wir in der heißen Quelle herumalbern.

Das Video zeigt nur Ausschnitte von etwas, was viel mehr war. Eine Zusammenfassung unserer Beziehung. Wie ein Filmtrailer, der den schlimmsten Spoiler enthält. Die Welle der Gefühle überschwemmt mich, schnürt mir die Luft ab. Als ich mich selbst sehe, wie ich in meinem cremefarbenen Kleid vor Dan stehe und genau weiß, was jetzt passieren wird. Ich will den Blick abwenden, will verhindern, dass ich es noch einmal durchleben muss. Doch die Masochistin in mir hindert mich daran, und so verharre ich regungslos. Ein unterdrücktes Schluchzen erklingt neben mir, und ich sehe aus dem Augenwinkel, wie Amber nach Cassies Hand greift, um sie fest zu drücken. Ihre andere streckt sie zu mir, um sie warm und sanft auf meine Schulter zu legen.

»Ich liebe dich, und ich habe es nie gesagt, obwohl ich es weiß. Weil du meintest, dass du nicht so gut mit so was umgehen kannst, und ich wollte dich nicht erschrecken«, sagt Dan, und die Worte hallen wie ein Echo in meinem Kopf nach. Dan kniet wieder vor mir nieder, sieht zu mir auf mit seinen dunklen Augen. *Nein*, sage ich mir, versuche mich zu distanzieren, versuche mir vorzustellen, es sei nur eine Serie

im Fernsehen. Etwas, mit dem ich nichts zu tun habe. Doch die bekannten Gesichter verbieten es mir. Dan verbietet es mir.

»*Ich nehme das Geld*«, tönt es durch die Lautsprecher unseres Fernsehers, und das letzte Wort dröhnt in meinen Knochen. Cassie schluchzt noch lauter. Dann ist nur noch Dans schockiertes Gesicht zu sehen und das Video wird abgeblendet. Es wird kurz schwarz, bevor wieder die Livesendung übertragen wird. Die Tränen brennen nun auch hinter meinen Lidern, und ich wische mir mit dem Ärmel meines Pullovers über die Augen.

»Wie ist es dir nach diesem unerwarteten Ende ergangen in den letzten Monaten?«, leitet der Moderator ein. Dan beugt sich etwas weiter nach vorn, stützt den Ellenbogen auf sein rechtes Knie.

»Ich muss ehrlich sein, es ging mir nicht wirklich gut. Ich hatte es so nicht kommen sehen und war demnach sehr überrumpelt.« Er kratzt sich am Kinn. Die Stoppeln sind wieder wie gewohnt. Ein Sechstagebart.

»Wir haben es alle nicht kommen sehen.« Der Moderator setzt sich aufrechter hin und sieht nach Zustimmung heischend in die Zuschauerrunde. Die Kamera schwenkt erneut, zeigt einige nickende Köpfe, beipflichtende Rufe.

»Wie kommst du damit zurecht?«

»Ich war anfangs sehr enttäuscht. Weil ich es einfach nicht verstanden habe.« Er zögert. »Aber mittlerweile würde ich sie gern wiedersehen.«

Der Moderator nickt bedächtig. »Das würde ich auch gern, allerdings hat sich Eyla aufgrund eines Vorfalls im engsten Familienkreis für heute leider abgemeldet.« Buhrufe sind zu hören, und ich atme tief durch, um sie nicht bis zu mir hindurchdringen zu lassen. Diese Ablehnung und die Wut der Fans. Sie haben erwartet, dass ich mich wenigstens öffentlich zu meiner Entscheidung bekenne, und nun bin ich das feige Huhn, das das Geld nimmt und untertaucht.

»Ja, das habe ich mitbekommen, und es ist sehr schade. Aber dafür habe ich jemand anderen gefunden, der sich zu mir gesellen möchte.« Seine Mundwinkel heben sich.

Ich greife schon nach der Fernbedienung, will ihn zum Schweigen bringen, bevor er Aprils Namen aussprechen kann. Doch mein

Daumen verharrt wie festgefroren auf dem roten Knopf, als der große Bildschirm über der Wand ein anderes Bild zeigt. Eine junge Frau lächelt in die Kamera, mit langen dunklen Haaren und einer grauen Bluse. Wolkenfarben. Und mein Herz setzt aus.

»Was tut sie da?« Die Frage aus Cassies Mund hört sich eher nach einem Kreischen an. Und nun weiß ich, dass meine Freundinnen ebenso wenig eingeweiht sind wie ich.

»Sie kann doch nicht … wie?« Selbst Amber ist aus der Fassung geraten, aufgesprungen und steht nun wie vom Blitz getroffen vor dem Fernseher, als könnte sie es nicht glauben. Meine Zunge klebt am Gaumen, und mit ihr die Worte. Was tut Merve da? Wieso ist sie bei der Reunion von *Love or Lie*?

Die Kamera filmt die überraschten Gesichter der Zuschauer, fängt die nervösen Blicke der anderen Kandidatinnen ein, und Aprils Miene, die mit offenem Mund wie versteinert zwischen Sitzen und Stehen hängt. Sie scheint ebenso wenig mit Merves Auftritt gerechnet zu haben wie ich. Sie hat erwartet, dass nun sie an der Reihe ist. Dass ihre und Dans Geschichte beleuchtet und vielleicht ein Happy End aus ihrem Drama wird. Doch nichts dergleichen. Als sie sich einen Sekundenbruchteil später wieder setzt, sehe ich im Abschwenken der Kamera noch, wie ihr die Röte ins Gesicht schießt und sie die dunklen Haare wie einen Vorhang nach vorn fallen lässt. Der Moderator jedoch scheint in den Plan eingeweiht zu sein. Vielleicht hat er auch selbst daran gefeilt. Warum und wie? Ich kann es mir nicht erklären, habe zu viele Gedanken im Kopf, die diese Fragen zur Seite drängen.

»Wir begrüßen Merve Jane Morgan.« Er nickt dem Kamerabild meiner Schwester freundlich zu, die ihm fröhlich zuwinkt. Ich scanne den Hintergrund ab, erkenne die weißen Blumenmuster der Tapete und weiß, dass sie in der Cafeteria des Krankenhauses sitzt. Ein Raunen geht durch die Menge, als nun endgültig alle begreifen, dass Merve meine Schwester ist.

»Hallo, es freut mich sehr, dass ich heute kurzfristig einspringen darf, sozusagen.« Ihr schüchternes, helles Lachen ertönt und meine Brust krampft sich zusammen. Was hat sie vor? Hat die Show sie dazu gezwungen?

»Es ist schön, dich zu sehen.« Dans warme Stimme hallt in meinen Knochen wider. Er wirkt aufrichtig, nicht lauernd.

»Ich würde sagen, die Ähnlichkeit zwischen dir und Eyla ist mehr als deutlich.« Der Moderator lacht. Es klingt ein wenig gekünstelt, zu glatt, ohne jede Erhabenheit.

»Wieso hast du dich dafür entschieden, uns heute zu beehren?« Merve räuspert sich. »Falls meine Schwester das sieht, wird sie es nicht mögen.«

Womit sie recht hat! Womit sie verdammt noch mal recht hat!

»Aber manchmal ist sie so sehr damit beschäftigt, alles für andere zu tun, dass sie sich selbst vergisst.« Sie lächelt, kein trauriges Mundwinkelheben, sondern ein liebevolles, offenes Lächeln. »Und deswegen muss ich heute ausnahmsweise mal für sie einstehen, auch wenn sie das nicht zulassen würde.«

Dans Blick liegt auf Merve, und ich sehe, wie er kaum merklich nickt, wie um sie aufzumuntern, zu ermutigen.

»Der Grund, weshalb Eyla an der Show teilgenommen hat, war ich.« Als Merve erneut zu sprechen beginnt, herrscht Stille, als hätte jemand die Pause-Taste gedrückt und jede Bewegung, jeden Atemzug eingefroren.

»Mit neun Jahren bekam ich das erste Mal die Krebsdiagnose. Ich wurde operiert, dicht gefolgt von einer Chemotherapie, um die restlichen Krebszellen abzutöten. Die Zeit im Krankenhaus war furchtbar für mich, aber Eyla hat sie erträglicher gemacht, denn sie kam mich jeden Tag nach der Schule besuchen, wenn ich wieder mal einen längeren Aufenthalt hatte, und wir haben uns eine Serie angesehen oder etwas gespielt.« Sie seufzt leise. »Sie hat mich verteidigt, wenn jemand etwas zu meinen Fusselhaaren gesagt hat, oder später dem Blumentuch auf meinem Kopf, das ich getragen habe, bis meine Haare wieder nachgewachsen sind.« Meine Mundwinkel zucken bei der liebevollen Umschreibung meiner Feindseligkeit gegenüber jedem, der sie auch nur schief angesehen hat. »Danach wurde es besser, und die nächsten Jahre haben die Ärzte nichts mehr gefunden, die Untersuchungen wurden weniger, und dann kam schließlich die Nachricht bei der letzten Ultraschalluntersuchung. Es hatten sich wieder ein paar Zellen gebildet, was niemand hatte kommen sehen.« Ihre Augen verengen sich und meine Kehle wird trocken, als ich daran zurückdenke. »Die Chance auf eine Operation bestand dieses Mal nicht mehr, und die erneute Chemotherapie würde laut Prognose der Ärzte nicht mehr viel bewirken. Allerdings gäbe es eine sehr kostspielige, alternative Behandlung, die man in Angriff nehmen könnte. In der Hoffnung, sie würde bei mir anschlagen.« Merve befeuchtet mit der Zungenspitze ihre Lippen. Der Moderator sitzt mit fassungslosem Gesichtsausdruck auf seinem Sofa, die Hand in die Lehne gekrallt. »Und das war der Grund, weswegen sich Eyla bei *Love or Lie* angemeldet hat. Es war die einzige Möglichkeit, um diese Behandlung zu finanzieren.«

Mein Atem geht rasselnd, als sie das ausspricht, und ich schmecke etwas Salziges in meinem Mund. »Und wie man sieht, hat die Behandlung angeschlagen. Sogar so gut, dass ich fürs Erste wieder nach Hause kann.«

»Wieso erzählt sie das alles?« Ich fange Ambers Blick auf und sehe, dass auch sie mit den Tränen kämpft. Ich weiß nicht, was ich sagen soll, denken soll. Ich kann nicht glauben, was gerade eben vor mir und den Augen Hunderttausender Menschen passiert.

»Ich habe ihr gesagt, dass ich nicht möchte, dass sie nur wegen mir so handelt, aber wenn ihr die Show gesehen habt, wisst ihr, dass sie ein Dickkopf ist.« Die Zuschauerinnen und Zuschauer scheinen aus ihrer Starre zu erwachen. Doch statt der vorherigen Wut und der Enttäuschung zeigt sich nun Verständnis in ihren Blicken. Rührung. Ich schlucke, wische mir abermals mit dem Ärmel über mein Gesicht.

»Natürlich konnte sie nichts davon erzählen, weil sonst von vornherein klar gewesen wäre, weshalb sie mitmacht«, fährt Merve fort. »Und dass es so ausgegangen ist, lag daran, dass sie sich letztendlich für ihr Herz entschieden hat. Nur nicht für die Liebe. Deswegen dachte ich, dass es vielleicht nicht schlecht wäre, wenn ich das geradebiege.« Sie lächelt, friemelt an den Kabeln der Kopfhörer herum, die sie trägt.

Dan zögert. »Als Merve Kontakt zu mir aufgenommen hat, wurde mir einiges klarer.« Er seufzt leise. »Und ich habe verstanden, wieso

Eyla so gehandelt hat. Deswegen möchte ich sie bitten, mir zu verzeihen. Weil ich sie weggestoßen habe. Und einfach angenommen habe, dass es eine Lüge war.« Cassandra sieht mittlerweile aus wie ein Waschbär, und ich verstehe die Welt nicht mehr. Wieso tut Dan das? Er nutzt Merve als Grund, weshalb ich Nein gesagt habe, und tut so, als habe er sie zuvor noch nie gesehen?

»Wenn du das also siehst, Eyla, dann gib mir noch eine Chance.«

❄ ❄ ❄

Eine halbe Stunde später sitze ich in einem roten Kleid in Ambers kleinem Volvo und wir jagen mit hundert über den Highway. Der Motor des Autos röhrt so laut, als wäre es seine letzte Fahrt. Ich versuche mich im Spiegel der Sonnenblende zu schminken, was einem Selbstmordkommando gleicht, während Cassie von hinten Anweisungen brüllt.

»Die Nächste raus!«

Amber setzt den Blinker. Während ich mir schnellstmöglich das Kleid übergezogen und meine Achseln rasiert habe, stecken Amber und Cassie noch in genau denselben Klamotten wie zuvor; Jogginghose und Pullover. Das Studio der Show liegt gute drei Stunden von New York entfernt, bis wir da sind, ist die Reunion längst zu Ende. Aber dennoch … wir müssen es versuchen.

»Die nächste Abfahrt rechts!«

»Jetzt?« Amber bremst so ruckartig ab, dass der Wagen schlingert und ich mir die Wimperntusche quer über die Wange schmiere.

»Die nächste!«

»Hat jemand ein Abschminktuch?« Ich betrachte das Unglück in dem kleinen Spiegel über der Sonnenblende.

»Nur etwas für die Brille und Taschentücher«, sagt Amber zerknirscht und sieht in den Rückspiegel, als uns ein SUV überholt. »Komm schon, Miss Marple!« Sie klopft auf das Lenkrad, wie um ihr Auto zu tätscheln.

»Dann nehme ich die Taschentücher.« Ich lehne mich nach hinten und Cassie reicht mir die Packung. Notdürftig befeuchte ich ein Tuch mit etwas Wasser aus der Flasche vor mir im Getränkehalter und reibe damit über meine Backe. Es hilft wenigstens ein bisschen was, ganz weg bekomme ich es aber nicht.

»Wenn du genug scheuerst, geht es bestimmt ab«, meint Cassie, die mich dabei beobachtet. »Und falls nicht – es ist ja sowieso dunkel.« Danke, Cassie. Aber recht hat sie trotzdem.

Die Fahrt zieht sich wie Kaugummi, obwohl Amber fährt wie bei *Mario Kart*. Es fehlt nur noch, dass jemand von uns eine Bananenschale aus dem Fenster schmeißt. Cassie schläft nach einiger Zeit auf dem Rücksitz ein und ich greife nach ihrem Handy, um sowohl die Musik als auch die Navigation zu übernehmen. Es tönt gerade *Superfly* von *The DNC* aus den Lautsprechern, als Amber die Lautstärke herunterdreht.

»Sag mal«, beginnt sie. Ich hatte mir schon gedacht, dass noch etwas kommen würde.

»Hm?«

»Ich habe es versucht, alles in meinem Kopf zu rekonstruieren, muss aber sagen, dass ich nicht so ganz dahinterkomme, wie das jetzt alles gelaufen ist.« Die Scheinwerfer eines entgegenkommenden Autos lassen ihre braune Haut für einen Augenblick golden erscheinen.

»Ich auch nicht. Aber sie haben nicht die ganze Wahrheit gesagt. Dan hat so getan, als hätte er Merve noch nicht getroffen, und es wurde auch nicht deutlich, dass wir einen Deal hatten. Es ging lediglich darum, dass er nicht damit gerechnet hat, dass ich Nein sage. Aber nicht wegen Aprils Videos.« Ich komme mir selbst vor, als würde mir ein großes Puzzlestück im Gesamtbild fehlen.

»Denkst du, er hat mit April geredet?« Meine beste Freundin wirft mir einen kurzen Blick zu, ehe sie sich wieder auf die Straße konzentriert.

»Ich weiß nicht so recht … sie wirkte ja selbst überrascht«, überlege ich und erinnere mich zurück, wie April schockiert auf ihrem Platz saß. Nein, sie kann es nicht gewusst haben.

»Ich glaube nicht, aber ich kann mir nicht vorstellen, dass das kein Nachspiel haben wird.«

»Und wie fühlst du dich?« Ihre Frage klingt allgemein, doch ich weiß, dass sie es in Bezug auf Dan meint.

»Wenn er das ernst gemeint hat und noch da ist, dann werde ich uns noch eine Chance geben, glaube ich.« Ich stoße die Luft laut zwischen den Zähnen aus. Ambers Lächeln lässt mich ebenfalls schmunzeln.

»Das ist eine sehr gute Entscheidung, E.«

Als wir endlich vor dem Studio ankommen, ist dort bereits kaum mehr etwas los. Die Leute packen ihre Sachen zusammen, Autos fahren an uns vorbei, und im Gebäude brennt nur noch vereinzelt Licht. Wir fahren mit quietschenden Reifen auf den Parkplatz.

»Da ist Lewis!«, rufe ich, als wir einen SUV passieren, vor dem ein rothaariger Mann steht und verwundert aufsieht. Ich kurbele das Fenster herunter. Amber hält keine zehn Zentimeter vor ihm abrupt an und ich werde unsanft gegen den Rahmen des Fensters gedrückt, pralle mit dem Kopf gegen die Scheibe. Der Kameramann, der mich über die Show hinweg begleitet hat, ist gerade dabei, sein Equipment zusammenzuräumen.

»Lewis!«

Er wendet mir seinen Blick zu, Verwunderung blitzt in seinen Augen auf, dann Erkennen. »Eyla! Ich wusste, dass du kommst!« Er kratzt sich sichtlich aufgeregt am Nacken. »Dan ist noch im Backstage-Bereich! Wenn du dich beeilst …«

»Danke!«, unterbreche ich ihn, meine Stimme überschlägt sich dabei. »Los!« Ich ziehe meinen Kopf zurück ins Fahrzeug und Amber beschleunigt wieder. Sie wendet und fährt direkt vor den Eingangsbereich des klotzigen grauen Gebäudes mit den großen Fensterfassaden. Der Eingang wird von Laternen beleuchtet, die einen unangenehmen weißen Lichtkegel auf den Boden werfen. Ich stürme aus dem Auto, noch bevor es zum Stehen kommt, und renne auf die Schiebetür zu, die sich Gott sei Dank öffnet. Womöglich wäre ich sonst dagegengerannt. Der Weg zum Studio ist ausgeschildert, und ich hetze einen schmalen Gang entlang, wobei meine Sneakers über den Boden rutschen. Aus dem Studio dringen Stimmen, der Rest der

Crew, der seine Sachen packt. Ich sehe nicht nach links und rechts, als ich hineinstürme, durch die Sitzreihen mit burgunderroten Polstern hinunter auf die Bühne zu.

»Dan!«, rufe ich, achte nicht darauf, dass mich jeder hören und sehen kann, dass mein Schrei viel zu schrill klingt, zu atemlos. »Dan!« Ich habe die letzte Reihe erreicht, stolpere an der Bühne vorbei, wo ich die eiserne Tür zum Backstage-Bereich ausmachen kann.

»Eyla!« Eine Stimme rechts von mir lässt mich innehalten und ich fahre herum. Da steht er. In seinem roten Anzug, die Hände in den Hosentaschen vergraben, die Fliege bereits geöffnet, als hätte er die Hoffnung schon aufgegeben. Seine dunklen Haare sind verstrubbelt und seine Augen von Schatten unterlegt. Meine Beine bewegen sich wie von selbst, dabei weiß ich nicht einmal genau, wie ich mich verhalten soll, wie ich handeln soll, nach all der Zeit, die verstrichen ist. Nach allem, was passiert ist. Ich habe ihn fast erreicht, will anhalten, doch mein Körper gehorcht mir nicht. Ich sehe, wie er die Arme ausbreitet, ein Anflug eines Lächelns auf seinen Lippen liegt, und ich werfe mich an seine Brust. Mit so einer Wucht, dass er nach hinten taumelt und hart gegen die Seitenwand der Zuschauerränge gestoßen wird.

»So stürmisch heute.« Er streicht über meine Haare, kitzelt meinen Hals, mein Ohr.

»Du dachtest, ich komme nicht mehr, hm?« Ich sehe zu ihm auf, verfange mich in seinen dunklen Augen. Seine Kieferknochen mahlen.

»Ich wäre sehr enttäuscht gewesen, wenn nicht. Wo ich mir schon die Mühe gemacht habe, einen roten Anzug auszuleihen.« Er grinst schief. »Ich musste Cedric danach fragen, es hat mich also einiges an Stolz gekostet.«

Mein Herz beginnt noch mehr zu rasen, und ein Ziehen geht durch meine Brust. »Deine Grandma muss mich hassen.«

»Meine Grandma hat mich dazu überredet.« Ich schlucke.

»Du weißt also von allem? Von den Videos?«

»Nicht hier.« Aus dem Augenwinkel kann ich erkennen, dass wir nicht mehr allein sind. Ich werfe einen Blick über meine Schulter.

Lewis steht einige Meter hinter uns, und ein paar andere Crewmitglieder, manche mit Kameras. Ich nicke, löse mich von Dan und trete dann einen Schritt zurück.

»Wieso bist du zurückgekommen?«, fragt er und setzt den Grundstein für einen letzten Schachzug. Und ich gehe darauf ein, nicht weil all die Kameras um uns herumstehen und weil ich es tun muss, sondern weil ich es *will*. Weil ich so viel loswerden muss. Und dennoch finde ich nur vier Worte, die alles so viel besser ausdrücken als Tausende meiner Gedanken.

»Weil ich dich liebe.« Der Satz hängt zwischen uns in der Luft, zunächst verschwommen wie eine Spur aus feinem Nebel, dann immer klarer, deutlicher. »Weil ich dich liebe, Dan«, sage ich noch einmal. »Ich liebe dich, und ich konnte es dir nie sagen, weil ich zu feige war. Und zu viel Angst hatte, es laut auszusprechen.« Ich blende alles um mich herum aus, die Bühne, neben der wir stehen, die Kameras, die Welt. Sehe nur zwei Augen vor mir, so dunkel wie blank geschliffener Schieferstein. Ich greife in den Ausschnitt meines Kleides und fördere einen Zettel zutage.

»Und deswegen habe ich etwas vorbereitet.«

Er blickt auf den kleinen zusammengefalteten Zettel hinab, den ich nun auseinanderfalte. »Aber keinen Song, oder? Das ist mir unangenehm.« Er lacht, aber ich weiß, dass er es ernst meint.

»Keine Sorge, ich singe zu schlecht, als dass ich mir dadurch hohe Chancen ausrechne.« Ich halte ihm den Zettel hin, auf dem in großen Druckbuchstaben steht: *Willst du mich heiraten?* Darunter sind drei Kästchen, neben denen je ein Wort steht. *Ja, Nein, Vielleicht.*

Dan kramt in seiner Jacketttasche herum und zieht einen Kugelschreiber hervor. Er nimmt mir das Blatt aus der Hand und hält es eine Weile, tut, als müsse er überlegen. Und obwohl ich ihn kenne und weiß, dass er mich nur nervös machen will, klopft mir mein Herz bis zum Hals, bevor er den Zettel an die Rückwand der Bühne drückt und die Spitze des Stifts aufsetzt. Er stellt sich dicht davor und sein breiter Rücken versperrt mir die Sicht. Meine Hände beginnen zu zittern. Er dreht sich um und gibt mir den Zettel zurück.

Ich mache einen Schritt nach vorn, schwanke, bevor ich mein Gleichgewicht wiederfinde, und nehme den Zettel entgegen. Dan hat kein Kreuz gemacht. Dafür ist aus dem Kästchen bei dem *Ja* ein kleines Nikolaushaus geworden.

»Ich glaube, ich habe es wieder falsch gezeichnet, aber ich hoffe, dass es trotzdem …« Das Ende seines Satzes verstummt, als ich meine Lippen auf seine lege, die Arme um ihn schlinge und sich alles um uns herum in ein Rauschen verwandelt.

32. Kapitel

»ICH GLAUBE, ICH MUSS MEINE AUSSAGE VON DER BEWERBUNG AUFFRISCHEN. ICH BIN JETZT WOHL DOCH OFFIZIELL VERLIEBT.«
– EYLA, 25

Die Bettdecke hat sich um mein rechtes Bein gewickelt, hängt halb über das hohe Eichenbett hinaus. Das Hotelzimmer ist klein, aber freundlich und einladend. Amber und Cassie haben im Zimmer neben uns eingecheckt, und ich hoffe, sie haben die Nacht mehr Schlaf gefunden als Dan und ich. Es ist einfach so viel Zeit vergangen, seit wir uns das letzte Mal gesehen haben, und wir hatten einiges zu bereden. Wie sich herausgestellt hat, hat Merve ihm tatsächlich alles von Aprils Drohung erzählt, und die beiden haben folglich den Plan ausgeheckt, nur den Teil der Geschichte zu erzählen, der plausibel ist und mich gut dastehen lässt. Nichts von Dans und meinem Deal, sondern nur meinem Wunsch, das Geld für Merve zusammenzubekommen.

»Es tut mir wirklich leid, dass ich deine Anrufe nicht angenommen habe. Das Handy habe ich der Produktion zurückgegeben, weil ich so enttäuscht war. Und habe nicht mehr darüber nachgedacht, dass du versuchen könntest, mich zu kontaktieren«, kommt es zerknirscht aus dem Badezimmer. Die ersten Sonnenstrahlen wagen sich über den Horizont und kündigen den anbrechenden Tag an. Ich rekele mich zufrieden im Bett.

»Was ist eigentlich mit deinem Erbe?«, fällt mir plötzlich ein, was ich eigentlich schon die ganze Zeit fragen wollte.

»Ich habe darauf verzichtet.« Dan kommt mit einem Handtuch um die Hüften gewickelt aus dem Badezimmer. Seine Haare hängen nass über seine Stirn, und Wassertropfen fließen über seine Wangenknochen, den markanten Kiefer und seinen Hals hinab. Immer weiter über seine Brust, seinen Bauch …

»Eyla?«

»Ja?« Ertappt sehe ich auf und mir steigt die Röte in die Wangen. Ich spule in meinem Kopf zurück, bis ich mich wieder daran erinnere, was er gesagt hat, und meine Kehle wird eng.

»Du hast darauf verzichtet? Wieso? Weil es wegen der Regelung deiner Grandma nicht ging?« Ich schäle mich aus den Laken. Nur mit einem weiten Shirt bekleidet.

»Ja, sie konnte sie leider nicht mehr rückgängig machen.« Ein Schatten huscht über seine Züge. »Aber das ist es mir wert.«

Ich kaue auf meiner Unterlippe herum, Schuldgefühle nagen an mir, setzen sich wie ein ätzendes Sekret in meinem Magen ab.

»Ich habe tatsächlich ein wenig gehofft, dass du vielleicht April heiraten würdest und dein Erbe so trotzdem bekommst.« Ich sage es nicht ohne Bitterkeit. Da ich nichts mit meinen Händen anzufangen weiß, verschränke ich sie vor der Brust.

»Das hätte mir niemand abgekauft, und selbst wenn, dann hätte es mich nicht glücklich gemacht.« Er stellt sich vor mich hin, legt seine großen, warmen Hände an meine Oberarme und fährt vorsichtig auf und ab, als wolle er mich beruhigen.

»Und es war mir wichtiger, dass ich verstehe, weshalb du es getan hast. Und dass ich dich habe.« Er beugt sich zu mir nach unten und gibt mir einen sanften Kuss auf den Scheitel.

»Nur weil du vielleicht denkst, dass ich bereit gewesen wäre, alles für mein Erbe zu tun … so war es nie. Ich habe dich ausgewählt, weil es perfekt in meine Pläne gepasst hat, ja, aber hätte ich dich nicht interessant gefunden, hätte ich es nicht vorgeschlagen.«

Ich presse die Lippen zusammen, will, dass er mich noch einmal küsst, und als er es nicht tut, komme ich mir beinahe verloren vor.

»Denkst du, es wird noch etwas von April kommen?« Beim Gedanken daran stehen mir die Haare zu Berge.

»Ich weiß es nicht, aber sie wird nicht mehr viel ausrichten können. Wenn, dann hätte sie uns bei der Show auffliegen lassen müssen. Und das hat sie nicht.« Ein kleiner Rest der Sorge bleibt zwar, dennoch regt sich Erleichterung in meiner Brust. So eine perfekte Gelegenheit wie gestern wird sich nie mehr bieten. Und sie hat sie nicht genutzt.

Können wir reden?

Die Nachricht der unbekannten Nummer bringt mein Herz aus dem Takt. Ich starre auf das Display, weiß nicht recht, wie ich sie beantworten soll. Ich weiß, dass der Text von April kommt.

»Nenne ihr Datum und Uhrzeit, trefft euch, und Cassie und ich warten irgendwo versteckt im selben Restaurant«, schlägt Amber vor. Ihre dunklen Haare sind heute zu einem Pferdeschwanz hochgebunden und sie lächelt beinahe boshaft in die Facetime-Kamera. Als würde sie sich innerlich bereits darauf vorbereiten, sich einen Kampf mit meiner ehemaligen Konkurrentin zu liefern, und dabei wissen, dass sie ihn gewinnen würde. Ich wäge den Vorschlag ab und nicke dann. Vielleicht sollte ich es doch aufschieben? April müsste dafür extra nach New York kommen, und es würde sie mehr Aufwand kosten. Andererseits will ich es so schnell wie möglich hinter mich bringen. Auch hier, in der Gegend des Studios, gibt es ein paar Möglichkeiten, Essen zu gehen oder sich zu treffen. Vielleicht ist es also auch keine schlechte Idee, es so bald wie möglich zu tun. Ich lege meine Finger auf die Tastatur des Displays und tippe eifrig.

Dan, der sich hinter mir gerade ein Shirt überzieht, entlockt Amber ein Pfeifen, und ich verdrehe die Augen.

»Ich finde, du solltest hingehen«, sagt nun auch Dan und beugt sich zu mir herunter. Sein warmer Atem kitzelt meine Haut. »Und dann komm zurück ins Bett.« Seine Stimme nimmt einen rauen, heiseren Ton an. Hitze überzieht meine Wangen, als ich die kichernde Amber schnell wegdrücke.

❄ ❄ ❄

Ich betrete das kleine Café an der Ecke, über dem in großen kursiven Lettern *Pam's Bakery* geschrieben steht. Das E ist in der Form eines Croissants gestaltet und ein paar letzte Eiszapfen hängen daran herunter. Suchend sehe ich mich um, den Schal um meinen Mund geschlungen und meine Mütze tiefer ins Gesicht gezogen. Es sieht zwar nicht so aus, als würde mich irgendjemand erkennen oder verfolgen, aber besser, ich gehe auf Nummer sicher. Ich erkenne Aprils dunklen Haarschopf hinter einer Holzbande, die einen Teil der Tische in einen hinteren Bereich abgrenzt. Vorsichtig schiebe ich mich an einigen Gästen vorbei, die sich gerade ihre Mäntel anziehen, und erreiche die schmale Gestalt hinter der Abtrennung. Sie sitzt zusammengesunken auf der Eckbank, Tasche und Winterjacke neben sich auf das karierte Polster gelegt. Ich räuspere mich erst, als ich direkt vor ihr stehe.

»Hallo«, dringt es krächzend aus meiner Kehle, und April zuckt zusammen. Ihr Blick huscht zu mir und ich sehe Angst in ihren Augen aufblitzen.

»Setz dich, wohin du willst.« Sie zeigt in einer weiten Geste um sich. »Ich kann auch rutschen, wenn du möchtest.« Sichtlich nervös packt sie ihre Sachen und ich wehre ihre Bemühungen schnell ab.

»Nein, nein, ich sitze gern hier.« Ich nehme gegenüber von ihr auf dem Stuhl Platz, schäle mich aus meiner Jacke und hänge sie über die Lehne. Schal und Mütze lasse ich vorerst an. Eigentlich ist das Wetter mittlerweile nicht mehr ganz so kalt, und bis auf die letzten Tage, in denen es noch einmal geschneit hat, ist deutlich spürbar, dass der Frühling allmählich einzieht.

»Ich habe uns schon Cappuccino bestellt. Dann ist es weniger kompliziert.« Sie atmet laut hörbar aus.

»Danke.« Ich bringe ein kleines Lächeln zustande. Und ich hoffe irgendwie, sie weiß, dass mehr dahintersteckt. Sie sieht auf ihre Hände hinab, knibbelt an ihren Fingernägeln herum.

»Wieso hast du geschrieben?«, frage ich, als die Stille drückend wird, unangenehme Schauer über meinen Rücken sendet. Die Kellnerin kommt mit einem Tablett angelaufen und stellt die beiden Tassen samt Untersetzer und Serviette auf unseren Tisch. Ich bedanke mich und sehe wieder zu April, die schnell nach dem Getränk greift und daran nippt, als könnte sie so das unvermeidliche Gespräch noch etwas hinauszögern. Ich warte geduldig, bis sie schluckt, noch einmal nippt. Dann stellt sie die Tasse mit einem dumpfen Geräusch ab und seufzt.

»Ich … es tut mir leid, Eyla.« Sie sieht mich nicht an, als es aus ihr herausbricht. »Ich war einfach so enttäuscht, ich …« Wenn möglich, sacken ihre Schultern noch weiter in sich zusammen. »Ich hatte wirklich Gefühle für Dan, bis zu meinem Einzel-Date nur ein kleines bisschen, aber danach hat es mich einfach total erwischt, und … ich weiß, das klingt bescheuert, aber ich war mir sicher, dass er mich wählen würde.« Sie kaut auf ihrer Unterlippe herum, ringt um Fassung. »Dann habe ich gesehen, wie ihr euch heimlich getroffen habt. Beim Fantasy-Date wollte er nicht weitergehen und … ich war so unglaublich wütend. Nicht einmal auf ihn, sondern auf dich. Weil ich dachte, dass wir Freundinnen geworden sind, und natürlich waren wir auch Konkurrentinnen …« Ihr Gesicht errötet, als sie sich weiter in Rage redet. »Aber man vergisst es einfach manchmal. Dass man in einer Show ist und jeder nach seinen eigenen Regeln spielt. Ich konnte es einfach nicht fassen, dass du alle so hintergehen würdest.« Sie wischt sich die Haarsträhnen aus der Stirn, sieht mich nun direkt an. »Und deswegen habe ich gedacht, ich kann das Ganze stoppen. Ich weiß nicht einmal genau, was ich mir erhofft habe, wenn ich ehrlich bin.« April ballt die Hände zu Fäusten, und ich bin versucht, mit dem Stuhl zurückzurücken, falls sie ihrer aufkommenden Wut Nachdruck verleihen sollte.

»Ich wollte einfach nur nicht, dass er dir einen Antrag macht. Alles andere war mir egal. Ich habe es dir nicht mehr gegönnt, nachdem ich mich von dir so verraten gefühlt habe. Das war einfach ein Schlag ins Gesicht, und ich habe es nicht sonderlich gut verkraftet.«

Ich schlucke. »Hast du gehofft, dass er stattdessen dich wählt?« Ich sage es ohne Hohn oder Herablassung.

Sie seufzt leise. »Ja … ich habe gehofft, dass er vielleicht so verletzt ist, dass er sich dann doch für mich entscheidet, wobei ich auch kein Trostpreis sein wollte oder so, aber es hätte ja auch sein können, dass er vielleicht doch von vornherein mich gewählt hätte, selbst nachdem ich herausgefunden habe, dass bei euch mehr dahinter ist.« Sie schüttelt den Kopf. »Ich wusste ja nicht, was wirklich vorgefallen ist. Nur dass ihr irgendeinen Deal habt, nicht welchen, selbst wenn man es sich denken konnte.«

Meine Finger lege ich um die Tasse vor mir und nippe an dem heißen Cappuccino. Schaum bleibt an meiner Oberlippe zurück, und ich fahre mit der Zungenspitze darüber.

»Ich weiß nicht, was wirklich dahintersteckt, und du musst es mir auch nicht sagen. Ich wollte mich nur entschuldigen. Vor allem, als ich deinen Grund für die Teilnahme an der Show gehört habe.« Der Blick aus ihren grünen Augen ist nun tieftraurig. Schuldbewusst. »Du hast nie etwas gesagt, und ich verstehe auch, wieso du es nicht getan hast. Mir ist in den letzten Tagen einiges klarer geworden, und auch wenn ich noch verletzt bin und die Situation noch nicht ganz greifen kann, will ich, dass du weißt, dass ich mich dafür schäme, was ich dir angetan habe, und ich hoffe, dass du weißt, dass ich eigentlich niemand bin, der anderen droht, um das zu bekommen, was er will. Ich habe mich zu sehr von meiner Wut lenken lassen und stand so sehr unter Druck, dass ich mich selbst nicht mehr leiden konnte. Seitdem habe ich kaum eine Nacht ruhig geschlafen, und seit der Reunion sowieso nicht mehr.«

Ich nehme sie genauer in Augenschein. Die fahle Haut unter dem spärlich aufgetragenen Make-up, die dunklen Augenringe und die Schlüsselbeinknochen, die stärker hervortreten als zu Beginn der Show. Meine Brust wird eng und mein Magen zieht sich zusammen. Ich versuche mich zusammenzureißen, aber ich kann nicht anders, als Mitleid zu empfinden. »Die Show hat einem wirklich einiges abverlangt.« Ich presse die Lippen aufeinander.

»Ja, irgendwann hatte ich solchen Haarausfall, dass ich mich nicht mehr getraut habe, meine Bürste zu benutzen.« Sie lacht gequält. Ich denke an meine raue Haut und die aufgesprungenen Lippen zurück und nicke nur verständnisvoll. Die Show hat mich ebenfalls an meine Grenzen gebracht. April krallt ihre Finger um die bauchige Tasse.

»Ich finde es großartig, was du für deine Schwester getan hast, und ich fühle mich wirklich schäbig.« Ihre Knöchel treten nun so weiß hervor, dass ich Angst um die Tasse habe.

»Es war nicht nett.« Innerlich schlage ich mir für meine nicht vorhandene Eloquenz fest auf den Hinterkopf. Rasch nehme ich einen Schluck meines Cappuccino. Jetzt bin ich diejenige, die die Gedanken ordnen muss. »Ich kam mir auch schäbig vor, weißt du?« Ich setze die Tasse wieder ab. »Weil ich euch … *dich* nicht täuschen wollte. Ich konnte nur nicht anders. Und erzählen konnte ich es euch natürlich auch nicht.«

April nickt betreten.

»Aber es tut mir auch leid, dass es so gekommen ist.« Ich meine es ehrlich, denn neben meiner Wut über April, die ich immer noch nicht ganz überwunden habe, macht sich auch Mitgefühl in mir breit. Denn wenn man es genau nimmt, habe ich alles, das Geld und Dan. Sie dagegen bleibt mit nichts zurück. Und auch wenn ich mich darüber freue, wenn auch nicht in einer schadenfrohen Art und Weise, tut sie mir aufrichtig leid. Sie hatte die Macht, mein Glück vollends zu zerstören. Das zu beenden, was sie aus Eifersucht begonnen hat, aber sie hat sich dagegen entschieden. Weil ich mich vielleicht doch nicht so in ihr getäuscht habe, wie ich dachte.

»Ich habe die Videos gelöscht«, sagt sie mit fester Stimme, die dunklen Haarsträhnen fallen ihr wieder in die Stirn, bedecken die dichten dunklen Augenbrauen, die ihr Gesicht noch schmaler erscheinen lassen. Sie sieht nun unbefangener aus, nicht mehr so angespannt. »Und ich weiß, ich kann dir nicht beweisen, dass ich nirgendwo eine Kopie habe, oder dass ich …«

»Warte, du hast sie gelöscht?«, unterbreche ich sie, meine Lippen gegen Ende der Frage zu einem stummen O geformt.

»Ja. Ich konnte es mir nicht mehr ansehen. Jedes Mal ist mir schlecht geworden.« Sie kräuselt die Nase. Ungläubig knete ich meine Finger, kratze wie besessen an einer kleinen Kruste am Nagel meines rechten Zeigefingers herum, bis es blutet. Ohne es richtig wahrzunehmen, wische ich es an der weißen, bisher unbenutzten Serviette ab, die auf dem Untersetzer liegt.

»Das heißt, du hast wirklich nicht mehr vor …?« Ich lasse den Satz in der Luft hängen, und sie schüttelt den Kopf.

»Nein. Und es tut mir leid, dass ich zugelassen habe, dass der Druck einen so schlechten Menschen aus mir gemacht hat.« Sie beißt sich auf ihre Unterlippe. »Außerdem passt ihr wirklich gut zusammen. Das sieht jeder, und wenn ich alles Revue passieren lasse, dann kann ich auch sehen, dass eure Beziehung einfach stärker war.«

Ihre Augen glänzen verräterisch, und sie trinkt einen großen Schluck aus ihrer Tasse, um es zu überspielen. Ich bin zu überwältigt, um etwas erwidern zu können, deswegen nicke ich nur stumm. Wir leeren unsere Tassen, haken das Gespräch an dieser Stelle ab und reden stattdessen über die Reunion, über die Show an sich, unsere Instagram-Kanäle, die wir nun übergeben bekommen haben, um sie selbstständig zu führen. Das Gespräch ist steif, zeugt davon, dass sowohl April als auch ich nicht so recht mit der Situation umzugehen wissen, weil zu vieles noch zu frisch ist und die Wunden noch nicht verheilt sind. Aber wir geben uns Mühe, und aus einem Treffen, das für mich Grund zur Panik war, wird etwas, was mehr wie das spontane Wiedersehen einer lange verloren geglaubten Freundin ist. Etwas gezwungen, aber ehrlich. Als wir die Jacken überziehen, die Cappuccino bezahlen und uns zum Gehen wenden, bin ich hin- und hergerissen zwischen Erleichterung und Bedauern. Wir begeben uns nach draußen und stellen uns wenige Meter neben den Eingang des Cafés, um den Gästen nicht im Weg zu stehen. April hat die Hände in den Taschen ihrer Jacke vergraben.

»Ich weiß, dass es damit nicht einfach getan ist, und ich erwarte auch nicht, dass du mir sofort verzeihst, aber vielleicht kannst du es irgendwann.« Sie sucht meinen Blick und ich erwidere ihn.

»Danke, dass du das Gespräch mit mir gesucht hast. Ich hätte mich wahrscheinlich nicht dazu durchringen können.« Ich schenke ihr ein ehrliches Lächeln. Als wir uns trennen, ist es kein Abschied auf ewig. Eher ein Abschied auf unbestimmte Zeit. Bis wir beide vielleicht irgendwann dazu bereit sind, von vorn anzufangen.

33. Kapitel

»Die Lage ist toll, ein Supermarkt direkt darunter, nicht zu weit zu einer tollen Kneipe, das hat was.«
– Kasim, 28

»Svea, das sieht wunderschön aus!«, rufe ich entzückt aus, als ich die Couch und die Regale sehe, die nun fertig aufgebaut und dekoriert an ihrem Platz im Wohnzimmer stehen. Siva wischt sich den Schweiß von der Stirn, eine stumme Geste, um zu verdeutlichen, dass er ebenfalls viel geholfen hat. Svea klatscht in die Hände, ehe sie zu ihrem Verlobten herumfährt und ihm einen zärtlichen Kuss auf die Lippen drückt. Das scheint ihn zu besänftigen, und ich grinse in mich hinein. Meine Freude für die beiden kann ich gar nicht recht in Worte fassen. Nur dass ich nicht weiß, wer dieses Glück mehr verdient hat als Svea und Siva. Und Maya, die sie heute bei Sivas Eltern gelassen haben, damit die beiden Dan und mir beim Umzug helfen können. Ein halbes Jahr ist vergangen und der Herbst wartet bereits vor der Tür.

»Es wird langsam zu einem richtigen Zuhause.« Ich drehe mich um die eigene Achse, betrachte die halb ausgepackten Kartons, die auf dem hellen Parkettboden verteilt sind, und die Küchengeräte, die sich auf dem Wohnzimmertisch stapeln. Das kleine Apartment liegt im ersten Stock eines Altbaus in Brooklyn, direkt über einem Supermarkt. Die Wohnung ist verwinkelt, aber gemütlich. Nicht wunderschön, aber perfekt für Dan und mich. Mit meinem neuen Job als Journalistin bei einer städtischen Zeitschrift kann ich mir erst einmal nicht allzu viel leisten, selbst wenn ich die Einnahmen meiner

Werbeverträge als frisch gebackene Influencerin noch dazurechne. Dan hat zwar darauf bestanden, dass er die Miete übernimmt, wenn die gemeinsame Wohnung zu teuer sein sollte, aber ich habe ihm in einer hitzigen Diskussion davon überzeugen können, dass ich mir das selbst erarbeiten möchte, selbst wenn wir später vielleicht ein gemeinsames Konto haben. Eine Nachricht ploppt auf meinem Handy auf und ich entsperre es schnell, um sie zu lesen.

»Merve schreibt, dass sie auf dem Weg zurück sind«, gebe ich weiter.

»Perfekt! Ich mache in der Küche schon mal Platz.« Svea bindet ihre langen blonden Haare zu einem Dutt zusammen und läuft in die angrenzende Küche. Ich folge ihr, um dort die Ablagen frei zu räumen, sodass wir die Partypizzen, die Merve und Cassie besorgen, zwischenlagern können. Die Küche ist schmal geschnitten und mit Fliesen in einem hellen Sandton ausgelegt. Die Schränke sind weiß mit silbernen Griffen, und bis auf den alten eierschalenfarbenen Herd wurden schon alle Geräte neu eingebaut. Ich hätte ihn zwar behalten, aber Dan hat beim Anblick des Dings darauf bestanden, nach Absprache mit der Vermieterin einen neuen zu kaufen, weil er seiner Meinung nach aussieht wie der Herd bei *Sims*, der früher oder später in Flammen aufgeht. Ich stelle ein paar Teller in die Schränke und werfe das Verpackungspapier zurück in die leere Schachtel.

»Mittlerweile ist es wirklich wohnlich hier«, sagt Svea mit einem Blick auf die Küche. »Nur die Wand braucht noch eine andere Farbe.« Sie hat absolut recht. Die Wand ist in einem dunklen und, wie ich finde, grausigen Orange gestrichen.

»Wer braucht eine andere Farbe?«, höre ich Dans Stimme aus dem Flur und eile ihm entgegen, um ihm und Kasim die Tür aufhalten, als sie den letzten Schrank hereinschleppen.

»Die Wand in der Küche.« Ich mache mich ganz schmal, damit das Monstrum von Möbelstück an mir vorbeipasst. »Ich bin für ein helles Braun«, teile ich Dan mit. Er stellt den Schrank ab und streckt sich kurz, dann kommt er auf mich zu und zieht mich in eine stürmische Umarmung, der ich mich sofort zu entziehen versuche, allerdings ist er viel stärker als ich. »Hey! Du hast nur keine Lust, über die Farbe in der Küche zu reden!«, beschwere ich mich, weil es bei der Diskussion irgendwie immer damit endet, dass wir … andere Dinge tun. Er grummelt etwas ganz nah an meinem Ohr und ich schubse ihn spielerisch von mir. »Daniel Scott! Ich möchte ein helles Braun.«

»Ich fände etwas mehr Farbe gut. Vielleicht Grün«, widerspricht er. Ich kneife die Augen zusammen. Alles, aber nicht Grün.

»Mit grünen Punkten bin ich einverstanden«, witzele ich. Cassie, Amber und Merve kommen zurück und bringen vier große Kartons Partypizzen mit verschiedenen Belägen mit. Der Duft nach geschmolzenem Käse und Basilikum breitet sich in der ganzen Wohnung aus, und ein wohliges Gefühl legt sich über mich. Jeder greift sich ein Stück Pizza und setzt sich im Wohnzimmer dorthin, wo nichts herumsteht. Siva, Svea und Amber nehmen das Sofa, Dan und ich teilen uns eine Umzugskiste mit eingepackten Büchern und die anderen nehmen auf übrigen Stühlen Platz. Ich beiße in den dünnen Teig und seufze genüsslich.

»Vor einem Jahr ungefähr haben wir uns beim Casting kennengelernt.« Svea balanciert die Pizza Funghi in ihrer Hand, ehe sie hineinbeißt.

»Ja, als du mir deine Jacke geliehen hast wegen des Kaffeeflecks.« Ich lächele selig, als ich daran zurückdenke. Wer hätte gedacht, dass Svea und ich wirklich unser Happy End finden? Wenn es auch bei mir eher auf Umwegen war. Nach der Show habe ich sie endlich auch in alles eingeweiht, und wider Erwarten war sie nicht sauer, sondern sehr verständnisvoll.

»Wusstest du eigentlich, dass Lynn und Hannah für diese Insel-Show ausgewählt wurden?«, frage ich Svea und erinnere mich an einen Instagram-Post, den ich dazu auf der Seite der Show gesehen habe.

»Für die *Love or Lie* Beach-Edition?« Svea nickt. »Ich bin schon ganz neidisch, ich will auch an den Strand.« Amber und Cassie nicken bedächtig.

»Ob sie wohl Collin auch dazu einladen? Das würde für Lynn bestimmt sehr viel Drama nach der Trennung bedeuten.«

»Ich traue es ihnen zu«, wirft Siva ein und verschlingt den Rest seiner Pizza, ehe er aufsteht und Nachschub holt. »Wer will noch?«

Cassie und Merve springen auf, um ihm zu folgen. Leises Trommeln auf dem Dachfenster lässt meinen Blick nach oben huschen und ich sehe die Regentropfen, die an der Scheibe abperlen. Herbstregen. Beinahe wie an dem Tag, an dem Svea und ich uns kennengelernt haben. Das hier. Das ist wieder ein Moment, in dem ich dieses prickelnde Gefühl in meiner Brust genau zu benennen weiß. Es ist Glück. Ich habe meine Freunde um mich, die zur Familie geworden sind. Und Dan, der zu mehr geworden ist, als ich es mir hätte erträumen können.

Epilog

Zwei Tage später bereue ich zutiefst, etwas von Punkten gesagt zu haben, als Dan mit einem grünen Farbeimer in der Küche steht und auf die frisch gestrichene hellbraune Wand starrt. Meine Mom und Richard sind soeben gegangen, nachdem sie uns geholfen haben, die letzten Kisten auszupacken und die restlichen Wände in der Küche fürs Streichen abzukleben. Es war anfangs etwas befremdlich, meine Mom so einzubinden, aber sie hat darauf bestanden. Und ich habe es schließlich zugelassen. Meine Therapeutin wäre stolz auf mich, dass ich mir Mühe gebe, unser Verhältnis nach und nach wieder aufzupolieren und es nicht noch mehr verrosten lasse. Ich konnte mich allerdings nicht dazu durchringen, die beiden zum Essen einzuladen. Vielleicht nächste Woche. Oder übernächste. Ich darf es auch nicht zu schnell angehen. Alles zu seiner Zeit. Denn auch Verzeihen ist ein Prozess.

»Das wird schön!«, versucht Dan mich zu überzeugen, und ich sehe skeptisch auf die Farbrolle in seiner Hand, die er schwingt wie ein Gladiator sein Schwert.

»Da bin ich mir nicht so sicher.« Ich fahre mir durch die Haare, überlege, wie ich ihn am besten davon abbringen kann. Vielleicht ziehe ich mich einfach aus. Das hilft ganz bestimmt. Das hilft immer. Ich habe schon die Hände an den Bund meiner Hose gelegt und friemele an dem Knopf herum, als ich aus dem Augenwinkel sehe, wie Dan einen Schritt nach vorn macht.

»Wag es nicht!«, rufe ich entrüstet, doch Dan hat die Rolle bereits in das Grün getaucht und sieht mich an wie eine Katze, die im nächsten Moment die Fernbedienung über den Rand des Tisches schiebt.

»Dan!« Er zieht seinen Mundwinkel teuflisch nach oben, als er in Zeitlupe seine Rolle an die Wand legt. Ich schnappe mir den Pinsel aus dem braunen Farbeimer, kreische auf und stürze mich auf ihn. Doch da ist es schon zu spät. Mit schnellen Bewegungen zieht er – verhindert durch meine wilden Versuche, ihm die Rolle zu entreißen – grüne Linien über die braune Fläche. Ich greife mit den Händen in sein Haar und versuche, seinen Hals zu erreichen, um ihn ein kleines bisschen zu beißen, weil ich weiß, dass er das gruselig findet. Als ich ihn nicht erreiche, weil er seinen Kopf schief legt, schaffe ich es immerhin, seine Wange mit dem Pinsel einzufärben. Auch sein Shirt zeichnen einige braune Spuren, als er sich auf einmal nicht mehr wehrt.

»Fertig!« Ich hänge immer noch an seinem Rücken wie ein Klammeräffchen und bemerke erst jetzt, was er gemalt hat.

»Ein Nikolaushaus«, sage ich, lasse mich neben ihm zu Boden rutschen.

»Genau.« Es ist das erste Mal, dass er es richtig gemalt hat, ohne Schummeln. Und irgendwie finde ich seinen Anblick so knuffig, dass ich zu kichern beginne. Wie er da steht mit der Rolle, die Haare von unserem kleinen Kampf verwuschelt, und ganz stolz sein Werk an der Wand betrachtet.

»Es kann bleiben«, sage ich schließlich, ehe ich erneut zu lachen beginne.

»Dann habe ich alles erreicht, was ich wollte.« Dan grinst zufrieden, hält keine Sekunde später jedoch plötzlich misstrauisch inne. »Sag mal, wolltest du dich vorhin ausziehen, damit ich nicht malen kann?«

Ich sehe ihn unschuldig an. »Nein.«

»Du spielst mit unfairen Mitteln, Eyla Morgan.«

In gespielter Überraschung ziehe ich die Augenbrauen nach oben. Mit einer Hand stütze ich mich am Türrahmen ab. »So etwas würde ich niemals tun.«

Dan hebt die vor grüner Farbe triefende Rolle nach oben, ein gefährliches Glitzern in seinen dunklen Augen. »Bringen wir zu Ende, was du begonnen hast.«

Ich strecke ihm die Zunge heraus, bevor ich mir blitzschnell den Pinsel schnappe. »Versuch es doch.«

Wir jagen durch die Wohnung, Dan und ich. Als wäre es niemals anders gewesen. Und dabei war ich vor einiger Zeit noch felsenfest davon überzeugt, dass ich mich niemals verlieben würde. Schon gar nicht bei einer Reality-TV-Show in Alaska. Aber ich habe mich geirrt. Ich habe Dan gefunden, meinen besten Freund. Den Mann, der hoffentlich bis ans Ende meiner Tage an meiner Seite sein wird, auch ohne Kameras und andere Mitstreiterinnen. Und ich kann es kaum erwarten, all diese Tage zu erleben.

Ende

Danksagung

Ich bin gerade noch etwas überwältigt, dass hier wirklich das Wort *Ende* steht. Und dass ich diese Geschichte nun gehen lassen muss, meine allererste New-Adult-Geschichte. Die Idee kam daher, dass ich schon immer über eine Reality-TV-Show schreiben wollte, seitdem ich auf Youtube einige Folgen des amerikanischen Bachelors entdeckt und durchgesuchtet habe. Das Prinzip, am Ende der Show einen Antrag in Aussicht zu stellen, und die Tatsache, dass wirklich noch einige der Pärchen verheiratet sind, hat mein Romantikerherz höherschlagen lassen, und daraus ist schließlich auch der Grundstein zu *»Love or Lie«* entstanden. Ich weiß noch, wie ich angefangen habe zu schreiben und mir dachte, o mein Gott, das wird niemand lesen, das ist sterbenslangweilig, vielleicht sollte ich doch jemanden um die Ecke bringen oder irgendetwas explodieren lassen. Als jemand, der bisher nur Fantasy geschrieben hat, fiel es mir unglaublich schwer, mich auf alltägliche Dinge zu fokussieren. Aber dann kam Eyla. Und Dan. Und Svea und Merve. Und all die anderen Charaktere, die mir gezeigt haben, dass sie auch ohne Fantasyelemente auskommen, und dass sie genügend Eigenes zu erzählen haben. Ich habe gelacht, geweint und ganz viel mitgelitten. Es sind einige Szenen entstanden, mit denen ich so nicht gerechnet hätte, aber die meine Charaktere einfach für sich bestimmt haben (wie zum Beispiel der Wandschrank oder das Nikolaushaus). Und so kann ich im Nachhinein nur sagen, dass es eine Geschichte ist, die mir viel abverlangt, aber mir auch sehr viel Spaß gemacht hat.

Natürlich hätte ich das alles nicht ohne Unterstützung geschafft. Und deswegen will ich noch einmal ganz besonders den Menschen danken, die dazu beigetragen haben, dass ich die Geschichte beendet habe und dass sie so geworden ist, wie sie jetzt vor euch liegt.

Zunächst einmal möchte ich meiner wundervollen Community danken, weil ihr mich so bei meinem Traum unterstützt und immer für mich da seid. Und dir, liebe*r Leser*in, weil du dich dazu entschieden hast, Love or Lie eine Chance zu geben, hihi :) Das bedeutet mir die Welt!

Außerdem will ich dem Drachenmond Verlag, meiner Korrektorin Michaela und ganz besonders Astrid danken, weil sie an meine Geschichte geglaubt und sie bei sich aufgenommen hat. Ich hätte mir kein besseres Zuhause für Dan und Eyla vorstellen können als das Drachennest, und ich freue mich immer noch unglaublich darüber, dass ich die Ehre habe, mit euch am Lagerfeuer zu sitzen.

Auch meiner großartigen Lektorin Mira gebührt ganz viel Dank. Sie hat der Geschichte den letzten Schliff gegeben und sie zu dem gemacht, was sie jetzt ist. Danke für deine Unterstützung und den Ohrwurm von »Jede Zelle meines Körpers ist glücklich, jede Zelle fühlt sich wohl …«, den werde ich nie mehr aus meinem Kopf bekommen.

Danke auch an meine Familie und meinen Freund, die Verständnis gezeigt haben, wenn ich keine Zeit hatte, Nachtschichten einlegen musste oder in Gedanken ganz woanders war. Es bedeutet mir so viel, dass ihr immer hinter mir steht und mit mir mitfiebert.

Meine lieben Erstleserinnen Denise, Lia, Anastasia, Malisa, Jess, Julia und July möchte ich auch einmal ganz fest drücken. Ihr habt mir mit euren Anmerkungen so geholfen, alles noch runder zu machen, und habt mich sehr ermutigt. Danke, dass ihr so an die Geschichte geglaubt habt.

Und auch meine Blogger*innen nehme ich hiermit ganz fest in den Arm. Ihr seid die Besten, und ohne euch wäre das nicht möglich gewesen!

Wen ich auch ganz fest umarmen will, sind meine Schreibgruppe Jumasabi Niweneko, Sina und Maike für ihre Liebe zum Bachelor und vor allem meine Minion-Kumpanin Lily, ohne die es die Toilettenszene nicht gegeben hätte. Du warst so oft für mich da, wenn ich nicht mehr weiterwusste, hast bis tief in die Nacht mit mir zusammen geschrieben und mich angefeuert. Wir haben zusammen böse Pläne ausgeheckt, und ich bin dir einfach unglaublich dankbar, dass du mich beim Schreiben so begleitest (auch wenn mein Freund da gelegentlich schon eifersüchtig ist). Hoffentlich schreiben wir noch ganz, ganz viele weitere Bücher gemeinsam, hehe :)

Und zuletzt ein Dank, der mir besonders schwerfällt, weil es etwas ist, was auch die Geschichte sehr geprägt hat. Denn diese Geschichte ist für dich, Kassandra. Weil du immer für mich da bist, egal wie viel oder wenig Kontakt wir haben. Die Cassandra im Buch ähnelt dir zwar nicht in allen Punkten, aber sie ist eine treue Seele und für jeden Spaß zu haben, und das bist du auch. Und auch Aurelia will ich die Geschichte widmen, weil ich manchmal das Gefühl habe, als würde sie mich immer noch begleiten, wie ein Nordstern am Himmel über mich wachen und mir manchmal zuflüstern, dass alles gut wird.

MIRA MANGER
ALL THE
THINGS
THAT
Matter
DRACHENMOND VERLAG
HERZKLOPFEN

INA TAUS
BULLSHIT BINGO
DAS SPIEL BEGINNT
DRACHENMOND VERLAG
HERZKLOPFEN

Jessica Wismar

Love me snowly

ISBN: 978-3-95991-712-4, Klappenbroschur, EUR 14,90

Urlaub im schneebedeckten Österreich … so hatte sich Elina die Winterferien eigentlich nicht vorgestellt. Um einem ungebetenen Gast aus dem Weg zu gehen, schließt sie sich spontan einem Skitrip an. Abenteuer, Spaß und unbegrenzte Freiheit sind genau das, was Elina gerade braucht. Mitten im Schnee lernt sie neue Freunde kennen – und Noah. Attraktiver, als ihm – und ihr – guttut. Sie kommt ihm näher, als sie sollte, denn eine Beziehung ist das Letzte, was sie will. Doch während ihr Kopf das einsieht, scheint ihr Verstand irgendwo auf der Piste verloren gegangen zu sein. Und ihr Herz gleich mit! Als dann auch noch der Barmann Santino in ihr Leben tritt und Elina gefällt, was sie hinter seiner schroffen Fassade entdeckt, ist das Chaos perfekt.